LUKE RHINEHART

THE DICE MAN

骰子人

《骰子人》媒體好評

「一本好小說……感人肺腑，頗具新意，荒謬得出色。」——《發條橘子》作者安東尼，伯吉斯

「饒富機鋒……無所顧忌……宛如一朵在虛無主義懸崖邊的刺山柑花。」——《生活雜誌》

「厲害……媲美《第二十二條軍規》。」——《休士頓郵報》

「路克．萊因哈特和骰子人掀起一場精神革命。」——《週日電訊報》

「奇異滑稽……古怪得令人投入的一本書。」——《聖路易斯郵報》

獻給A.

M. J.

還有一個「四點」

缺少上述其中之一

此書便無法問世

太初，機率已經存在，機率與神同在，機率就是神。太初，機率就與神同在。萬物都是藉機率造的；受造之物沒有一樣不是藉著祂造的。祂裡面有生命，這生命是人類的光。

有一個人名叫路克，是從機率差來的。他來是要為衝動做見證，叫世人可以藉著他相信。路克不是那機率，他來是為那機率做見證。那機率是真意外，讓一切生在世上的人都成隨機。祂來到自己所創造的世界，世界卻不認識祂。祂來到自己的地方，自己的人卻不接納祂。但所有接納祂的，就是那些意外信祂的人，祂就賜給他們權利成為機率的兒女，這些人既不是從血緣關係生的，也不是從人的情慾或意願生的，而是從機率生的。機率成為肉身，住在我們中間，充滿了混亂、謬誤和衝動[1]。

——出自《骰子經》

1 根據〈約翰福音〉第一章第一節改寫。

序言

理查・尼克森[2]說：「人如其文[3]。」於是他終其一生，害讀者直打哈欠。

那要是人的性子變來變去呢？自傳的文風究竟要隨此時執筆的自己變化，還是隨文中以前的自己變化？有個文學評論家說，章節的文風要配合主角的人生起伏。這建議太有道理了，所以絕對不要照做。哈姆雷特偏要滑稽，邱吉爾偏要閒話家常，愛因斯坦偏要談情說愛。只此一途，別無他法。好了，別再瞎扯文風了。後面章節裡，文風和主題若正巧契合，那純屬意外，只期望之後我不會重蹈覆轍。

「看似巧妙，實則混亂」，這是我這本自傳打算走的風格。敘述會照時序，這手法在現代算新穎，畢竟已經很少人敢用了。但文風會隨機用骰子決定。敘事口吻來個嬉笑怒罵，喜怒無常；觀點從第一人稱換到第三人稱，不如採用第一人稱全知觀點好了，這通常是另一個「祂」在用的。行文中途，若生命史不小心扭曲了，或一時岔題，我都會欣然接受，畢竟謊言編得好聽，也算天賜的緣分。不過說老實話，「骰子人」的人生比我多數虛構小說精采多了。以娛樂價值而言，戲劇終究比不過人生。

---

2 理查・尼克森（Richard Nixon, 1913-1994），美國第三十七任總統，因水門事件成為首位、也是唯一在任期內辭職的總統。

3 書中引用的名言多半刻意張冠李戴。「人如其文」（直譯：風格即其人）出自十八世紀法國自然主義學家布豐伯爵（George Louis Leclerc, Comte de Buffon, 1707-1788）。序言末段的「偉人注定被誤解」出自十九世紀美國哲學家愛默生（Ralph Waldo Emerson, 1803-1882）。

我與每個自傳作家一樣，記載人生其實立意謙卑，只是要向世人證明自己多偉大而已。當然，我像其他人一樣注定失敗。貓王曾說：「偉人注定被誤解。」而且沒有人能反駁他。接下來的故事將述說一個忠於本能的男人，以新方式實現自我，但大家看了大概只會當我是個瘋子。那也就這樣吧，否則，我會擔心自己失敗了。

我們都不是自己；其實再也沒有所謂的「自己」了。我們都有無數面貌，有各式各樣的自己，並隸屬於不同的群體……每個人都有病，精神病患只是極端明顯罷了……

——J．H．范丹伯[4]

我的目標是引導病人進入能實驗自己本質的心理狀態——那是一種具流動性的狀態，能隨時改變和成長，那時，一切都不再永久僵化，無藥可救。

——卡爾．榮格[5]

是故滑疑之耀，聖人之所圖也。

——莊子[6]

4 J．H．范丹伯（J. H. van den Berg, 1914-2012），荷蘭心理學家，專攻精神醫學，研究精神治療和心理精神歷史變化，這段話收錄於《人不斷改變的本質》（*The Changing Nature of Man*）一書。

5 卡爾．榮格（Carl Gustav Jung, 1875-1955），瑞士心理學家，分析心理學創始者。這句話出自一九二九年〈精神治療的目的〉（The Aim of Psychotherapy）一文。

6 出自《莊子》〈齊物論〉。原文直譯回來為：「聖人高舉的是混亂和懷疑的火把。」

我是查拉圖斯特拉，無神論者。我在人生的大鍋中烹煮一切偶然。

——尼采[7]

誰都可以成為誰。

——骰子人

7 尼采（Friedrich Wilhelm Nietzsche, 1844-1900），德國著名哲學家，他的思想不只影響了存在主義、後現代主義和後結構主義，也影響了文學、藝術、心理學、政治等領域。此話出自尼采《查拉圖斯特拉如是說》〈變小的道德〉第三節。

1

我是個大塊頭，雙手大如屠夫，腿如巨木，下顎如岩石般稜角分明，戴著一副鏡片厚重的大眼鏡。我身高一九三，體重快一百零五公斤，長得有點像超人克拉克·肯特，不過我西裝脫下來，速度不比我老婆快到哪去，力量也只比小個兒的男生多點，甭說從一棟大樓跳到另一棟大樓了，我跳幾次都跳不過。

競技方面，我格外平庸，大競技不拿手，小競技也沒幾個行的。玩撲克牌敢衝敢拚，但老輸得一塌糊塗；股票我玩得小心，反倒是得心應手。我娶了個漂亮的老婆，她以前是啦啦隊，還當過樂團主唱。我有兩個可愛孩子，他們不算神經病，但也不算正常。我信仰虔誠，寫過一本頂級的情色小說《馬雅之舞》，現在不是猶太人，以前也不是。

我明白身為讀者，你們必須試著從文中理出頭緒，但我還是不得不補充，我平常其實是個無神論者，曾胡亂捐出數千元美金，也曾斷斷續續向美國、紐約市、布朗克斯和斯卡斯代爾政府進行抗爭，還是個活躍的共和黨黨員。如眾所知，為了研究人類行為，我創立了罪惡滔天的「骰子中心」。《變態心理學期刊》形容那裡「令人髮指」、「不道德」和「長知識」；《紐約時報》則形容「誤人子弟，墮落至極」；《時代雜誌》說那裡像「臭水溝」；《常青評論》說那裡「奇妙又好玩」。我是個忠貞的丈夫，曾多次偷腥，也試過同性戀。我是個稱職且備受讚譽的精神分析師，也是唯一同時遭紐約精神科醫師協會和美國醫學會除名的一位，理由為「行動未經思考」和「恐怕不適任」。我受全國成千上萬「骰子人」景仰，但曾兩度進精神病院，一度關進監獄，目前是個逃犯。骰子在上，我希望能繼續逃亡，至少到我完成這本四百頁的自傳。

我本職是個精神科醫師。身為精神科醫師和骰子人，我致力於改變人格，不光是我自己，也不光是其他人，我指的是所有人的人格。我的目的是帶給人類自由、喜悅和歡樂，重拾生命的震撼，正如第一次在黎明時分，赤腳感受著土地，並望著太陽光像一道水平的閃電劈開山林；如女孩第一次噘起嘴受人親吻；如靈光乍現，一輩子的人生重獲整頓。

人生是百無聊賴的海洋，上頭坐落著幾座歡愉之島，年過三十便不常見到陸地了。我們頂多從一塊走爛的沙洲，游蕩到另一塊，然後過沒多久，又把眼前每一粒沙摸透了。

我向同事提起這「問題」時，他們也保證，正常人的喜悅屬於生理機制，像肉體一樣會隨時間自然凋零。他們提醒我，心理學的目的就是要降低痛苦，提高生產力，讓個人融入社會，幫助個人了解並接受自己。不一定要**改變**特定個人習慣、價值觀或興趣，也別美化一切，坦然接受即可。

對過去的我來說，這無疑是正確的治療方向和目的。七年來，經過「成功」的心理分析，我過著平凡快樂的生活，獲得平凡的成功，擁有平凡的妻子和家庭。但在三十二歲生日時，我卻突然想自殺，也想殺死不少人。

我在皇后區大橋來回踱步，望河面沉思。我重讀卡繆關於自殺的書[8]，身處於荒謬的世界裡，這是個合理的選擇。在地鐵月臺上，我總是搖搖晃晃站在邊緣三吋的地方。星期一早上，我會直盯著櫃子上的老鼠藥發呆。我老做白日夢，想像核爆將曼哈頓街道夷為平地；想像壓路機意外輾過我妻子；想像計程車載著我對手艾克斯坦醫生衝入東河；想像我開墾年輕保姆的處女地，聽她痛苦尖叫。

現代精神科一般認為，想自殺或想刺殺、毒殺、消滅或強暴他人，就代表心理「不健康」。那想法是壞的，邪惡的。更精準來說，是一種**罪**。你想自殺時，你應該看清這點並坦然「接受」，可是天啊，可不要真殺死自己。如果你想和無助的童女發生關係，你要接受自己的慾望，但最好連人家一根拇趾

8 阿爾貝・卡繆（Albert Camus, 1913-1960），法國著名哲學家和作家，他提出因為生活無比荒謬，自殺其實是人很自然的反應。對卡繆而言，自殺是個深刻而嚴肅的哲學問題，藉此能延伸思考生命值不值得。

都別碰。你恨你父親，沒問題，但可別拿根棒子打得那王八蛋頭破血流。了解自己，接受自己，但不要**做自己**。

這原則保守到不行，病人循這套規矩，能避免任何激動、暴力及不尋常的行為，讓他保有一段略為悲慘，但長久可敬的人生。其實，目的只是讓每個人活得像心理治療師一樣。這我一想到便噁心。

坦白說，我會有上述沒用的觀點，是因為我這輩子第一次莫名憂鬱了好幾週。乍看之下，我憂鬱是因為「創作」陷入漫長瓶頸，但其實是因為我靈魂便秘，日經月累所導致。我記得每天早上吃完早餐，看診之前，我會坐在櫟木大書桌前，不屑地檢視自己過往的成就和未來展望。我會摘下眼鏡，望著眼前朦朧模糊到超乎現實的世界，為腦中所想的事痛聲罵道：「瞎！瞎！瞎！」並用拳擊手套般大的拳頭，轟然敲在桌上。

我以前是名優秀的學生，求學期間，我像兒子萊瑞收集口香糖贈送的棒球卡一樣，累積了無數學術獎項。醫學院還沒畢業，我便發表了第一篇關於心理治療的論文，這篇頗受好評的狗屁論文叫〈神經緊張的生理機制〉。但當我坐在書桌前回想，我所有論文似乎和他人的論文一模一樣——廢話連篇。我行醫治病成功的案例，似乎也和其他同儕一樣——毫無意義。對於病人，我頂多希望他們能擺脫內心的焦慮和衝突，因此當他們生活陷入泥沼，我只會讓他們從叫苦連天，變得自我滿足。即使病人內心暗藏創造力、發明力或衝勁，精神分析療法也無從用來挖掘潛能。心理學分析像劑鎮定劑，昂貴、效果慢又不可靠。如果ＬＳＤ迷幻藥真具有里利和艾伯特[9]所聲稱的功效，精神科醫師恐怕會一夕之間丟了飯碗。這我一想到便開心。

憤世嫉俗之際，我偶爾也會遙想未來。我的希望嗎？便是超越過去我做的所有事情。寫出廣受讚

9 提摩西・里利（Timothy F. Leary, 1920-1996），美國著名心理醫生，晚年以研究ＬＳＤ著稱。艾伯特・霍夫曼（Albert Hoffman, 1906-2008），瑞士科學家，是第一個合成、服用、記錄研究ＬＳＤ對心理影響的人。

譽的文章和著作；好好栽培孩子，不讓他們犯下我曾犯過的錯；遇到個光彩照人的女人，和她一輩子相依相伴。不幸的是，正因為這些夢想皆能實現，我反而無聊到深感絕望。

我無法動彈。不論我怎麼扭動掙扎，胸中似乎都有個船錨將我緊緊扣住，錨繩延伸入海，彷彿穿入地心，拴在地核巨大的岩石上，任海濤拉扯拍打。我坐困於此，無聊和怨恨的暴風雨來襲時，我會縱身一跳，試圖扯開草草拴在岩石上的繩結，迎風飛翔，但繩結卻愈拉愈緊，胸中的船錨也陷得更深。於是我只好留在原地。生而為人，我似乎永遠無法逃避自我。

但是，憂鬱往肚裡吞了幾個月之後（我偷偷買了把點三八手槍和九發子彈），卡倫．荷妮帶我認識了鈴木大拙、艾倫．沃茨和禪宗[10]。以前我覺得，野心勃勃的年輕人在世界瞎忙，追求名利，不只正常，也很健康，但理解禪宗那一瞬間，世事全變成瞎忙一場，我也不外乎。

我大為震驚，馬上皈依禪宗——畢竟只有人生百無聊賴的人才會這樣。我鄙視同事，認為他們生活中不論動機、貪婪或求知欲都毫無意義，所以我才能在心底說些高人一等的泛泛之言。結果到頭來，我和他們全是一個樣，徒勞追求著某種空洞的信念。我終於學到了一課，原來祕訣是不在乎，欣然滿足地接受生命中的模棱兩可、侷限和衝突，順水推舟，依直覺行事。人生毫無意義？誰在乎。我的野心毫無價值？沒差，儘管放手追逐。生活無聊？那就打哈欠吧。

我跟隨直覺。我隨波逐流。我不在乎。

不幸的是，人生似乎變得更無趣了。不過，之前我無聊又鬱悶，現在我無聊歸無聊，不得不說心情還滿愉悅的，有時甚至算開心，但生活本質上仍了無生趣。理論上來說，無聊開心也好過想強暴和

10 卡倫．荷妮（Karen Horney, 1885-1952），德國心理學家，女性主義心理學先驅，曾質疑佛洛伊德的陰莖羨妒理論。鈴木大拙（1870-1966），將日本禪宗推廣至西方世界的重要推手。艾倫．沃茨（Alan W. Watts, 1915-1973），英國哲學家，移居美國後在紐約學習禪宗，詮釋多本東方哲學，並轉介到西方。

殺人，但就個人而言，我覺得並無差別。在追求真實的骯髒道路上，差不多到這個階段，我發現了骰子人。

2

轉捩日來臨前，我的人生平凡、單調、重複、混亂、煩燥、無意義、不由自主——換言之，便是一個成功的已婚人士。我的新生活從一九六八年七月初某個炎熱的一天開始。

我醒來時差不多快七點了，妻子麗麗安身子在床上折成Z字型，我依偎著她，用我溫柔巨大的雙手，輕撫她的胸部、大腿和屁股。我喜歡以此作為一天的開始，因為接下來，生活將每況愈下。大概四、五分鐘後，我們兩人都翻過身，她開始用手撫摸我，接著換用雙脣、舌頭和嘴舔我。

「嗯嗯，早安，親愛的。」我們其中一人會終於開口。

「嗯嗯嗯。」另一人會回應。

這一刻之後，對話內容也會每況愈下，但此時，溫暖慵懶的雙手和雙脣游移全身敏感處，世界近乎完美。佛洛伊德不鼓勵這種行為，並稱之為缺乏自我的多相變態（polymorphous perversity），但我敢說他不知道給麗麗安摸有多爽，或者他妻子。佛洛伊德是個非常偉大的男人，但我覺得大概沒人好好撫摸過他的老二。

麗麗安和我漸漸進入下個階段，挑逗轉為激情，就在此時，走廊忽然傳來砰砰砰的腳步聲。兩聲、三聲、四聲，接著臥房的門打開了，二十七公斤精力充沛的男孩子野蠻地一彈，轟炸在我們床上。

「起床了！」他大叫。

麗麗安聽到腳步已直覺翻開身，將性感的屁股對著我，並聰明地扭扭身子，依照長年的經驗，我知道遊戲結束了。我曾試著說服她，在理想的社會裡，父母會自在地在孩子面前做愛，就像吃飯聊天一樣，理想上，孩子也會伸手撫摸挑逗，並向父母一人或兩人示愛，但麗麗安不這麼想。她喜歡在被單下單獨和伴侶做愛，不喜歡中途被打擾。我指出這是下意識感到羞恥，她雖然同意，卻仍繼續在孩子面前躲躲藏藏。我們有兩個孩子。我們的女兒是個二十公斤重的小妮子，她這時也進了門，比哥哥還大聲學雞啼叫道：

「喔喔喔！起床了。」

通常，我們會起床。但偶爾我九點不需看診時，我們會鼓勵萊瑞替自己和妹妹做早餐，不過，廚房不管是傳來玻璃破碎聲，或**鴉雀無聲**，都會讓賴在床上的我們更緊張。腦中浮現廚房起火的畫面後，便很難享受魚水之歡。今個早晨，麗麗安馬上起床了，她身子羞怯地別開，穿上輕薄的睡袍，懶洋洋地去準備早餐。

我在此介紹一下，麗麗安高䠷苗條，手肘、耳朵、鼻子、牙齒都長得筆挺標致，還有一副（比喻上的）尖牙利舌，而胸部、屁股和大腿則渾圓柔軟。大家都覺得她是個美人胚子，留有一頭自然捲的金髮，如雕像般散發尊貴的氣質。不過，她臉蛋儘管俏麗，倒有個特別淘氣的神韻，要我來形容會說像老鼠一樣，但我這麼一說，你大概會想像她雙眼像兩顆紅珠子，實際上，那一雙珠子的顏色是藍色。再說，沒見過哪隻老鼠一米七八，裊娜窈窕，個性溫柔，不會亂攻擊人。

艾薇嘴裡一面唸著，一面匆忙跟著母親走向廚房，萊瑞則仍大字型躺在特大號的床上。他老是說我們的床夠全家人睡，也最討厭麗麗安睜眼說瞎話。麗麗安每次都跟他說，媽咪和爹地又高又大，多了他，床就太擠了。他最近的策略便是撲通跳上床，等趕跑所有大人，再得意洋洋地離開。

「起床了，路克。」萊瑞鄭重其事，靜靜宣布，彷彿醫生告知病人，腿恐怕必須截肢。

拳頭頂我額頭。

「還沒八點。」我說。

「嗯哼。」他嗤之以鼻，並默默指著床頭櫃上的鐘。

我眯眼望向時鐘。「時鐘上是五點三十五分。」我說完翻身不理他。幾秒鐘之後，我感覺到他用

「眼鏡給你。」他說：「再看一次。」

我看了看。「你趁我不注意調時間了。」我說完，又往反方向翻身。

萊瑞再次爬上床，開始跳上跳下，嘴裡亂哼亂唱，我覺得他根本不知道自己在幹嘛。

這時，一股無名火湧上心頭（做父母的應該都能體會），我突然大吼：「給我滾出去！」

萊瑞衝去廚房，大概十三秒的時間裡，我躺在床上，心中略感滿足。我聽到艾薇嘰哩呱啦說個不停，中間不時被麗麗安大聲打斷，下方曼哈頓街頭不停傳來汽車喇叭聲。那十三秒的感官經驗不差，但當我腦袋開始運作，這一天便完蛋了。

我想到早上有兩個病人，想到要和賈克博醫生和費隆妮醫生吃飯，還有我應該要寫的關於虐待狂的書，我想到孩子和麗麗安。我覺得生活好無聊。好幾個月以來，從多相變態結束後十到十五秒起，一直到晚上睡覺，或是到下一次多相變態之間，我感覺自己彷彿在向下的手扶梯上，努力往上爬。艾森豪將軍[11]曾問道：「人生之樂兮，何以蕩然無存？」

「爸爸吃早餐！」

「有蛋喔，親愛的。」

我起床，雙腳套進十三號的拖鞋，像羅馬人要去羅馬廣場一樣裹上浴袍，走向早餐桌。表面上，

---

11 德懷特．艾森豪（Dwight D. Eisenhower, 1890-1969），美國陸軍上將和第三十四任美國總統，二戰期間盟軍在歐洲的最高指揮官。這句話無出處，純為杜撰。

我想我神清氣爽，但內心卻沉思著艾森豪永恆的疑問。

我們家是六房的公寓，地點略偏上城、略偏東，在略貴的那一側，接近中央公園，接近黑人區，也接近時髦的上東區。地點曖昧，朋友至今都不知該羨慕我們，還是可憐我們。

在狹小的廚房裡，麗麗安站在爐子前用力搗著平底鍋中的蛋。兩個孩子乖乖坐在桌子另一端，小聲嘀嘀咕咕。萊瑞剛才亂玩身後的百葉窗（從廚房窗戶能一覽「能一覽我們廚房窗戶」的對面廚房窗戶），艾薇則是起床之後一直嘰哩呱啦，說著不相干的事。我們都不贊成體罰，所以麗麗安直接罵他們一頓。

她端了炒蛋和焙根到桌上，抬頭望我問道：

「你今天幾點會從皇后區回來？」

「四點半左右。怎麼了？」我說著小心地坐到孩子另一端的廚房小椅上。

「亞琳今天下午想要再和我單獨聊聊。」

「萊瑞拿走我的湯匙！」

「把艾薇的湯匙還她，萊瑞。」我說。

麗麗安把艾薇的湯匙拿回給她。

「我猜她想再多聊些『我一定要生個孩子』的夢。」她說。

「嗯。」

「我希望你去跟賈哥聊一聊。」麗麗安說著坐到了我身旁。

「我能跟他說什麼？」我說：「『誒，賈哥，你老婆超想要小孩。我能幫上什麼忙嗎？』」

「哈林區有恐龍嗎？」艾薇問。

「對。」麗麗安說：「你就這樣一字不差跟他說。那是結婚的義務。亞琳已經快三十三歲了，想要小孩已經——**艾薇**，用**湯匙**。」

「賈哥今天要去費城。」我說。

「我知道，這是亞琳要來的原因之一。但今晚還是有撲克牌局，是吧？」

「嗯。」

「媽咪，什麼是處女？」萊瑞靜靜地問。

「處女是年輕的女孩子。」她回答。

「非常年輕。」我補充。

「好好笑喔。」他說。

「什麼好笑？」麗麗安問。

「巴尼．葛菲德罵我笨處女。」

「巴尼在亂用那個詞。」麗麗安說：「路克，不如我們改天再打牌。這樣——」

「為什麼？」

「我寧可看齣劇。」

「我們已經看了不少鳥劇。」

「總比跟他們打牌有趣。」

停頓。

「跟鳥劇比？」

「如果提摩西、雷娜塔和你不要滿口股票和心理學，也許會有趣一點。」

「股票心理學？」

「股票**和**心理學！天啊，你每次都不好好聽我說話。」

我將炒蛋不卑不亢地叉入口中，以超脫物外之姿啜飲一口即溶咖啡。雖然我初入佛門，禪宗已教會我不少事情，其中最重要的是不要跟我老婆爭論。「順勢而為。」偉大的智者王檗[12]說，我已奉行五個月了，這段期間，麗麗安愈來愈氣。

沉默約二十秒之後，我低聲說（理論上要避免爭吵，換言之，要在對方全力攻擊前投降）：「對不起，麗兒。」

「去你的狗屁禪宗。我想跟你**溝通**。我不喜歡我們的日常消遣。我們為什麼不嘗試新的、不一樣的活動，或徹底換個方式，做我想做的事。」

「有啊，親愛的，有啊。最近不就看了三齣劇——」

「我非得用拖的你才去。你真的是——」

「親愛的，孩子在啊。」

孩子其實像大象看兩隻蚊子吵架，絲毫不受影響，但這招總是能讓麗麗安閉嘴。

我們吃完早餐，她帶孩子進房更衣，我則去梳洗刮鬍。我舉起右手，手中僵硬地拿著滿是泡沫的牙刷，臉色陰沉望著鏡子，活脫像個開口問好的印第安人。我討厭剃留了兩天的鬍子。我黑鬍滿面，看起來至少有一丁點像唐喬凡尼、浮士德、梅菲斯托費勒斯、卻爾登．希斯頓或耶穌[13]。剃完之後，我知道我會像年少英俊的成功公關。我是個資產階級精神科醫師，戴眼鏡才看得清鏡中的自己，我一直壓抑著蓄鬍的欲望。不過，我有留鬢角，看起來比較不像成功的公關，稍微像失業的三流演員。

我開始刮鬍子，正當我專注在處理下巴三根鬍鬚，麗麗安來了，她靠在門邊，身上仍穿著她既端

12 王檗（Oboko）是本書作者路克．萊因哈特以本名喬治．寇克羅夫（George Cockcroft）寫的另一部小說《瑪塔麗》（*Matari*）中的人物。禪宗有一派為「黃檗宗」，（Obaku）書中取其諧音。

13 唐喬凡尼又譯唐璜，西班牙情聖，為莫扎特的著名歌劇《唐喬凡尼》（*Don Giovanni*）主角。浮士德（Faust）是歐洲中世紀著名人物，傳說中出賣靈魂和魔鬼交易。梅菲斯托費勒斯（Mephistopheles）為浮士德傳說中邪靈和惡魔的名字。卻爾登．希斯頓（Charlton Heston, 1923-2008），美國影視演員，常飾演英雄、聖人和偉人，著名作品為《十誡》和《賓漢》。

裝又淫蕩的睡袍。

「要不是孩子鐵定歸我，我一定跟你離婚。」她的語氣一半諷刺，一半認真。

「嗯。」

「我不懂的是，你是精神科醫師，幹得應該也不錯，但你對我或對你自己的了解，沒比電梯服務員好到哪。」

「啊，親愛的——」

「別來這一套！你以為好好愛我，每次吵架前先道歉，買化妝品、緊身衣、吉他和唱片、讓我參加讀書會，我就一定能快樂。你根本搞得我快瘋了。」

「那我能怎麼做？」

「我不知道。你是心理分析師，心裡應該要有譜才是。我好無聊。我各方面都像愛瑪．包法利[14]，但我沒有任何浪漫情事能期待。」

「這樣我不就變娶她的蠢醫生了，妳知道吧。」

「我知道。很高興你注意到了。你抓不到哏，罵起來就不好玩了。你在文學造詣上向來是和電梯服務員相當。」

「好了，妳和這電梯服務員到底有什麼關係——？」

「我都放棄瑜伽了——」

「為什麼？」

「瑜伽讓我全身緊繃。」

14 愛瑪．包法利是法國文學家福樓拜（Gustave Flaubert, 1821-1880）的代表作品《包法利夫人》書中主角，她嫁給了鄉下醫生夏爾，卻感到生活無趣。

「真怪，瑜伽應該——」

「我知道！但瑜伽就是讓我緊繃。我也沒辦法。」

我刮完鬍子，脫下眼鏡，拿東西抹在頭髮上，可能就是那油膩小孩玩意兒[15]。麗麗安走進浴室，坐在木製洗衣籃上。我為了用鏡子照頭頂上的頭髮，稍微蹲低身子，膝蓋肌肉不禁感到酸痛。而且，我今天沒戴眼鏡看起來好老，模模糊糊望去好像有點縱欲過度。我這人不大抽菸，也不大喝酒，於是我有點懷疑是不是早晨瘋狂愛撫害的。

「也許我該去當嬉皮。」麗麗安心不在焉地說。

「我們有幾個病人也這麼想。他們對結果不大滿意。」

「或嗑藥。」

「啊，麗兒，我親愛的——」

「別碰我。」

「啊——」

「不要！」

麗麗安退後靠著浴缸和浴簾，彷彿在演狗血劇中被陌生人威脅的橋段，她一臉驚恐，害我略微嚇了一跳，只好乖乖退開。

「我半小時之後有個病人，親愛的。我必須走了。」

「我會一直試！」麗麗安在我身後大叫：「愛瑪．包法利便是這樣。」

我轉身走回去。她雙臂交叉在瘦長的身體前，兩手肘突出在外，表情冷酷無助又像老鼠。那一刻，

15 油膩小孩玩意兒（Greasy Kid Stuff）出自一九六〇年代偉特立斯髮妝水的廣告臺詞，因為偉特立斯髮妝水主打清爽不含油脂，於是廣告中便以此句代稱傳統髮乳。

她像是剛被人霸凌的女唐吉訶德。我走向她，將她一擁入懷。

「可憐的小富家女。妳想跟誰外遇？電梯服務員？（她嗚咽一聲）還有誰？六十三歲的曼恩醫生？帥氣有型的賈克博．艾克斯坦（賈哥他注意力其實從不在女人身上）？好了，好了。我們之後去農村小屋度假，妳需要放個假了。來……」

她頭仍埋在我胸口，但她呼吸恢復正常了。她也就嗚咽那一聲而已。

「來……抬頭……挺胸……縮小腹……」我說：「屁股夾緊……然後打起精神，準備面對人生。妳今天早上多令人興奮啊。要和艾薇說話，和茶壺太太（我們的女傭）討論前衛藝術，看《時代雜誌》，聽舒伯特的《未完成交響曲》。這些體驗全都很有趣，也充滿啟發。」

「你……（她鼻子擦著我的胸口）……忘了說萊瑞放學回家時，我可以陪他畫畫。」

「對。妳在家裡絕對有玩不完的事。別忘了趁艾薇睡覺的時候，打電話給電梯服務員，速戰速決一下。」

我右臂摟著她，走進我們房間。我換衣服時，她站在大床旁，雙臂交叉，手肘向外，靜靜看著我。她送我到門口，我們吻別之後，她表情略有所思，甚至透露出點期待，輕聲說道：

「我甚至連瑜伽都不上了。」

3

我和賈克博．艾克斯坦共用一個辦公室，辦公室位在五十七街，他年輕（三十三歲）、積極（出版兩本書）、聰明（我們通常意見一致）、氣質出眾（大家都喜歡他）、毫無魅力（沒人愛他）、肛門期（他玩股票玩得難以自拔）、口腔期（他是大菸槍）、無性愛期（注意力從不在女人身上），而且有猶太風（他知道兩個意第緒俚語）。我們共同的祕書是蘭高小姐，瑪麗・珍・蘭高，她很老（三十六歲）、被動（替我們工作）、不聰明（跟我相比，她比較喜歡賈克博）、惹人憐（大家都可憐她）、毫無魅力（身材高瘦，戴眼鏡，沒人愛她）、肛門期（有潔癖）、口腔期（吃個不停）、性愛期（拚命嘗試），而且沒有猶太風（覺得能用兩個意第緒俚語非常聰明）。蘭高小姐稱職地向我問好。

「詹金斯先生在你的辦公室等你，萊因哈特醫生。」

「謝謝妳，蘭高小姐。昨天有人打來找我嗎？」

「曼恩醫生確認了今天下午的聚餐。我跟他說『沒問題』。」

「很好。」

我還沒進辦公室，賈克博・艾克斯坦便活力充沛地從辦公室出來，以大多數男人對朋友妻子問好的方式，開開心心說：「嗨，路克寶貝，書寫得如何？」他接著請蘭高小姐替他找些病例資料。我已描述過賈克博的**個性**，現在說說他的**身材**，他身材矮胖，圓滾滾的。至於他的**面孔**，他有張大餅臉，面色和氣，臉上戴著粗框眼鏡，眼神犀利，彷彿能看透你內心，總是一副機靈的樣子。他那樣子在刻板印象裡就是個賣中古車的，而且他鞋子磨得好亮，我有時懷疑他鞋油裡根本偷偷加了磷。

「我的書沒進展。」我回答他，賈克博從莫名慌張的蘭高小姐手中接過一疊資料。

「好。」他說：「《美國心理學》雜誌才刊出一篇關於我〈分析：目的和手段〉的評論。他們說那篇寫得很好。」他緩緩翻閱手中的資料，不時將一頁頁資料放回祕書桌上。

「真是不錯，賈哥。你這篇中大獎了啦。」

「大家一定會喜歡……我也許能讓一些精神分析師改觀。」

「你今天下午能來吃飯嗎？」我問道：「你何時要動身去費城？」

「媽的，對喔。我還想給曼恩看這篇評論。飛機兩點飛。今晚撲克牌局我恐怕來不及。你有繼續讀我的書嗎？」賈克博說著瞇起眼，用犀利的目光瞅著我，要我是病人，我腦中亂七八糟的想法恐怕會嚇得再藏上十年。

「不，沒有，我沒看。我有心理障礙，一定是因為同行嫉妒之類的。」

「嗯。好啦。我要去費城見之前跟你提過的那個肛門期驗光師。我覺得我們快突破了。我治好了他的窺視症，但還有黑矇症[16]要處理。不過畢竟才治療三個月。看我把他搞定，讓他雙眼都恢復標準視力。」他咧嘴一笑，手中最後還是抱了一疊資料，活力充沛地回到辦公室。

九點零七分，我終於坐到椅子上，雷吉諾．詹金斯癱躺在我的沙發上。通常，病人最受不了的便是醫生遲到，但詹金斯是個被虐狂。我想他應該會覺得自己活該。

「對不起，我自己進來了。」他說：「但你的祕書執意要我進來躺著。」

「這沒問題，詹金斯先生。對不起我遲到了。我們都放輕鬆，你直接開始就行了。」

現在，好奇的讀者恐怕會想知道我屬於哪一種精神分析師。我採用的是非指導式治療。不熟悉沒關係，我來解釋一下，精神分析師會採取被動的態度，給予同情和支持，不詮釋也不指導。更精準的說，他會像個多餘的蠢蛋。例如，任何一個早晨，與詹金斯這樣的病人對話可能如下：

詹金斯：「我覺得不管我怎麼努力，我都會失敗，彷彿身上有某種內建機制，搞砸我任何努力。」

（停頓）

分析師：「你覺得有一部分的自己總是害你失敗。」

詹金斯：「對。例如，有一次我跟一個很棒的女人約會，她非常吸引人——就那個圖書館員，你記得吧——結果我晚餐和一整晚都在聊紐約噴射機隊，說他們第二防線多厲害。我明知道應該多聊聊

16 黑矇症即是短暫視覺變暗或失明的病症。

書，問她些問題，但我就是沒辦法。」

分析師：「你覺得有一部分的自己一直破壞你和這女孩的關係。」

詹金斯：「還有上次那個巴啦巴啦公司的工作。我原本勢在必得。但我明知他們想面試，卻去牙買加度假一個月。」

「原來如此。」

「你覺得這是怎麼回事，醫生？我覺得我應該是被虐狂。」

「你覺得你可能是被虐狂。」

「我不知道。你怎麼想？」

「你不確定這是不是被虐傾向，但你確定的是自己常自毀前程。」

「沒錯。正是這樣。不過我沒有自殺傾向。除了在夢裡。我曾夢到像跳到好幾頭河馬之中。或在咕嚕咕嚕公司前自焚。但我一直搞砸**真正的**機會。」

「雖然你不曾有自殺的意思，但你有夢到。」

「對。但那很正常。每個人在夢裡都會做些瘋狂的事。」

「你覺得你夢裡自殘的行為很正常，因為……」

聰明的讀者看到這兒，大概就懂了。非指導式治療法便是一步步讓病人信任眼前不具威脅、全盤接受的蠢醫生，變得愈來愈坦白，最後自主判斷病根，解決內心的衝突，而這一小時拿三十五美金的老賊，就坐在沙發後頭，從頭到尾複述聽到的內容就好。

而且，這方法很有效。治療效果和其他臨床實證的治療法一樣，有時成功，有時失敗，換個分析師也沒差。當然，有時對話十分可笑，彷彿在演一齣喜劇。那天早晨，我另一個病人是繼承一小筆遺產的彪形大漢，他不但身材像職業摔角手，智力也像職業摔角手。

我從醫五年以來，法蘭克．歐士德弗拉是最令人難過的案例。前兩個月分析，這個社交人士儘管生活空虛，人似乎非常和善，只是有點擔心自己無法投入任何事物。他平均兩、三年就會換一次工作。他聊了一大堆工作上的事，還有膽小如鼠的父親，以及兩個各有家庭的噁心兄弟，但他述說時輕描淡寫，彷彿自己是在一場雞尾酒派對上。假使他煩躁背後真有原因，我知道還有一大段路要努力。但從一點看得出來，他人其實不傻。他不時會說出汙辱女性的言論——通常不針對任何事，只是隨口謾罵。有天早上，我問起他和女人的關係，他遲疑一會，然後說他覺得女人很無聊。我問他如何滿足性欲時，他不動聲色道：「召妓。」

後來兩、三次看診，他坦承自己喜歡羞辱叫來的妓女，過程說得鉅細靡遺，卻不肯多花心思分析自己的行為。他灑脫地覺得自己見多識廣，汙辱女人不過是美國人的日常，再正常不過了。他認為分析自己上次為何離職還比較有趣。他說他離職是因為那時辦公室「有股怪味」。

七月那天，看診到一半，他原本正痛快地回憶自己大鬧東區酒吧的事，卻突然停下來，從沙發坐起身子，狠狠瞪著地板，但以我專業角度而言，只覺得他呆頭呆腦的。就連他五官肌肉都彷彿在鼓動。他動也不動坐了好幾分鐘，像一臺吵人的冰箱，默默喃喃自語。最後他終於開口：

「我的感受無處渲洩，我就是必須……做些什麼，不然我會爆炸。」他說。

（停頓）

「做些……跟性愛有關的事，不然我會爆炸。」

「你精神緊繃，覺得自己一定要透過性愛來表達自己。」

「對。」

（停頓）

「你不想知道是什麼事嗎？」他問。

「如果你想跟我說的話。」

「你想知道嗎？你難道不需要知道來幫助我嗎？」

「除非你想告訴我，不然我也不希望你說。」

「哼，我知道你想知道，但我不會告訴你。我已經告訴你我幹過那些他媽該死的女人，她們身體濕滑噁心，高潮簡直讓我想吐，但接下來我不跟你說了。」

（停頓）

「你覺得我雖然想知道，但你已經告訴我你和女人的性事，所以你不想告訴我。」

「老實說，是肛交。我緊繃時——大概是剛幹完白　光滑的臭婊子之後，我會……我需要……我會想找個女人，把她內臟去他媽的全幹出來……找個女孩子……年輕的……愈年輕愈好。」

「你激動的時候，會想找個女人，把她內臟幹出來。」

「幹爆**去他媽的**內臟。我想深深插進她腸子，穿進肚子，通過食道到喉嚨，從她他媽的腦袋刺穿出去。」

（停頓）

「你想穿透她全身。」

「對，但從她屁眼開始。我希望她尖叫、流血、害怕。」

（停頓。長停頓）

「你想插她屁眼，讓她流血、尖叫和害怕。」

「對，但我找來的妓女都在嚼口香糖跟挖鼻屎。」

（停頓）

「你找來試的妓女不痛也不怕。」

「媽的，她們拿了七十五塊錢，屁股翹高高的，接著馬上開始嚼口香糖或看漫畫。如果我動粗，比我高十五公分的大漢會手拿長柄大錘之類的，出現在門口。（停頓）我覺得肛交，**就本質上來說**（他皮笑肉不笑），沒有解決我內心的緊繃。」

「你和妓女從事性行為，因為她們沒感受到痛苦和羞辱，所以也無法釋放你的緊繃。」

「於是，我知道我必須找個會尖叫的人。」（停頓）

（長停頓）

「你換了個方式來釋放自己的緊繃。」

「對。其實我後來開始姦殺年輕女孩。」（停頓）

（長停頓）

（更長的停頓）

「為了釋放緊繃，你開始姦殺年輕女孩。」

「對。你不能對外透露，對吧？你告訴過我，職業道德有規範，你不能將我告訴你的任何事說出去，對吧？」

「對。」

（停頓）

「我覺得姦殺女生大大紓解了緊繃，我感覺好多了。」

「原來如此。」

「問題是我開始緊張自己被抓。我有點希望藉精神治療，能找到稍微正常一點的方式來紓解緊繃。」

「你想找個與姦殺女孩不同的方式來紓解緊繃。」

「對。或是讓我不需擔心被抓……」

敏感的讀者現在也許會覺得，明明是個尋常的上班日，發生這種事也太浮誇了，但歐士德弗拉這人確實存在。或是說曾經存在——這且按下不表。事情是這樣的，我正在寫一本書，書名叫《受虐和被虐的人格轉換》，內容講述受虐人格和被虐人格相互轉換的案例。因此，只要一遇到具嚴重受虐或被虐傾向的病人，同事都會轉介給我。無可否認，歐士德弗拉是我從醫生涯接觸過最專業的虐待狂，但其實精神病院裡多得是。

我想，歐士德弗拉最特別的是他仍逍遙法外。他自白之後，我曾建議他進精神病院接受治療，但他拒絕了，除非違背職業道德，不然我也無法強制將他安置。何況，沒有人懷疑他是「全民公敵」。我唯一能做的就是警告朋友，別讓女兒接近哈林區兒童遊樂場（那是歐士德弗拉下手的地方），並努力尋找治療方法。由於擔心黑人強姦犯，朋友本來就不會讓孩子接近哈林區兒童遊樂場，警告只是多此一舉。

歐士德弗拉早上離開後，受他影響，我心中也有種無力感。我寫下一些筆記，決定動手寫書，書的問題不大，但很關鍵——其內容貧乏。書大半都在描述實際看診經驗，患者大多從虐待狂變成受虐狂。我的目標是找到一個技巧，把握關鍵時機，趁病人虐待傾向緩和，還未轉變成受虐傾向之際，讓他維持在此狀態。當然，首先要真有這個時間點。我遇過許多完整轉變的誇張病例，卻仍未遇過處於「凍結自由」的案例，這詞是我某天早上複述詹金斯先生時，文思泉湧，靈光一閃想出的，專門用來指這理想平衡的狀態。

但問題就在賣汽車的那傢伙身上。賈克博．艾克斯坦寫了兩本心理分析書。在我讀過的所有心理書當中，這兩本最理性，也最老實。書裡明擺著指出，我們所有人壓根不知道自己在幹什麼。賈克博治癒一個個患者之後，出版了詳細的紀錄報告，證明他的成功全是意外。不僅如此，他往往都是違背自己建構的理論，才導致「突破」，使病人改善。賈克博一次次證明，治療過程中機運的重要性，當中最戲劇化的是他著名的〈削鉛筆痊癒案例〉。

他有一名女病人，患有神經麻木症，接受治療十五個月，病情卻絲毫不見起色，賈克博不禁感到灰心喪志，有一天，賈克博不小心把病人誤認成祕書，叫她去幫他削鉛筆，沒想到造成病人一百八十度大轉變。病人是個富有的家庭主婦，她聽話地走到外頭辦公室，正要將鉛筆插入削鉛筆機時，突然之間，她開始尖叫，狂扯頭髮，屎流一地。三週後，「蕭太太」痊癒了（賈克博很會取假名，這是他其中一項可靠的才能）。

這時，我漸漸覺得自己嘔心瀝血不過是白忙一場，根本是為求出版而玩弄文字遊戲。

於是吃飯前，我做以下事情打發時間：（a）讀《紐約時報》財經版；（b）在財務預算報告表格上寫了一頁半關於歐士德弗拉的案例報告（「妓女行情大跌」；「哈林區遊樂場女孩看漲」）；（c）在我書稿上，畫地獄天使駕駛一架架飛天機車，轟炸一棟美麗的維多利亞房子。

4

我那天和三個最熟的同事用餐，包括賈克博．艾克斯坦醫生，近代紐約史上唯一義大利出生的女精神分析師雷娜塔．費隆妮醫生，還有提摩西．曼恩醫生，他身材矮胖，像個衣著凌亂的父親。他過去曾替我做了四年心理分析，從那時起便是我的良師益友。

賈克博和我到餐廳時，曼恩醫生正弓著背大口吃捲餅，親切地朝坐對面的費隆妮醫生眨眼。曼恩醫生頗具影響力，他是皇后區州立醫院的主任之一，我一週在那工作兩次。他也是紐約精神科醫師協會執行委員，寫過十七篇論文和三本書，其中一本更是現今存在主義治療法最常使用的教材。大家認為，接受曼恩醫生的精神分析是無上的榮耀，起初我心裡十分感激他，後來我人生漸漸變無聊又不快樂，不禁覺得分析對我沒幫助。曼恩醫生光顧著吃，不知道有沒有在聽費隆妮醫生高貴的演說。

雷娜塔・費隆妮就像長老教會女子學院的處女校長。她一頭灰髮總是梳理得整整齊齊，臉上戴著眼鏡，說起話來緩慢高貴，帶著義大利和新英格蘭腔，說到陰莖、高潮、雞姦和口交時，聽起來像在討論大學學分或家政而已。而且，就眾人所知，她不曾結婚，這七年來，雖然不甚確定，但她不曾暗示自己認識了哪個男人（《聖經》中的「認識」[17]）。她氣質端莊高貴，我們都不敢直接、間接打探她的過去。我們在她身邊能自在談論的就是天氣、股票、陰莖、高潮、雞姦和口交。

餐廳又吵又貴，除了有飯吃就好的曼恩醫生，我們所有人都痛恨這裡，我們會來是因為附近每一間餐廳都一樣又擠又吵又貴。

「受訪者中只有百分之十的人相信自慰會『永遠受神懲罰』。」費隆妮醫生說，賈克博和我在小桌座位相對而坐。她顯然在談論我和她共同執行的研究案，她規矩地朝左邊的賈克博微笑，接著朝右邊的我微笑，再繼續說：「百分之三十三，也就是三分之一的人相信自慰會『有段時間受神懲罰』；百分之四十的人認為對身體有害；百分之二點五的相信有懷孕的危險，百分之七十五──」

「懷孕的危險？」賈克博拿了菜單之後，轉過頭插嘴。

「我們用一樣的選項。」她微笑解釋：「主題包含自慰、親吻、愛撫、婚前婚後異性性行為，同性愛撫和同性口交與肛交。目前為止，受訪者認為只有自慰、愛撫至高潮和異性性行為有懷孕的危險。」

我朝賈克博微笑，但他瞇眼望向費隆妮醫生。

「那，」賈克博問她：「妳剛說了一大串百分比，原本的問題到底是什麼？」

「我們問『你覺得透過幻想、閱讀、觀看畫像或用手刺激達到性興奮不好嗎？若不好的話，原因為何？』」

17 《聖經》中，「認識」（know）為性交的委婉語。

「妳有給他們正面的選項嗎？」曼恩醫生問道，他用一塊捲餅擦自己的下唇。

「當然有。」費隆妮醫生回答：「受訪者可以回答他贊成自慰，並有六個原因可供選擇：（一）很享受；（二）能釋放緊張感；（三）那是表達愛的自然方式；（四）人必須體驗過才算完整；（五）能繁衍種族；（六）那算是社會正常活動。」

賈克博和我同時開始大笑。笑完之後，她向賈克博說明，問到自慰時，大多數人都勾選前兩個選項，只有一人表示自慰是表達愛意的方式。不過，最後訪談之後，她認為受訪者勾選那個選項只是玩世不恭。

「我不懂你們幹嘛蹚這渾水。」賈克博突然轉向我說：「社會心理學家數十年來都放棄了類似的研究。你們根本就在挖一塊不毛之地。」

費隆妮醫生聽了賈克博的話，有禮地點點頭，只要有人對她或作品隱約提出批評，她都會這麼做。批評愈強烈直接，她頭點得愈有力。我覺得，哪天檢察官庭訊她一小時，根本不需要斷頭臺。她的脖子肯定會融化，頭滾到檢察官腳邊時，還會不斷點著。她回答賈克博：

「不過，我們將和每個受訪者深度訪談，這計畫確實有所貢獻。」

「你們會花一百二十個小時證明一件顯而易見的事實：複選問卷調查不可靠。」

「對，但我們有得到基金會補助。」

「那又如何？你們為什麼不用更創新、更值得的研究案申請呢？」

「因為我們想要申請基金會補助。」我諷刺地回答。

賈克博以「我看透你靈魂」的目光瞇眼瞧我，然後大笑。

「我們想不出任何創新或值得的研究案。」我說完也大笑。「於是我們決定進行這項研究。」

費隆妮醫生同時用力地皺眉又點頭。

「你們會發現婚後性行為比婚前性行為更受人贊同。」賈克博說：「同性戀贊成同性性行為，還有——」

費隆妮醫生輕聲說：「我們的結果不見得會符合過去的期待。透過深度訪談，我們也許會發現受訪者態度和經驗並未正確表達，而先前的研究者都不疑有他。」

「她說得對，賈克博。我同意研究看似無聊至極，也許只能確認平淡無奇的事實，但是……」

「那你何必浪費時間。」曼恩醫生說，他第一次抬頭望向我。他雙頰如聖誕老公公般紅潤，也許是喝了酒，也許是生氣，我看不出是哪個原因。「雷娜塔不需要你的幫忙，整個研究她自己來就行了。」

「用這打發時間還滿有趣的。我常做白日夢，想亂改研究結果，來嘲諷這類可笑的實驗。你知道，像『百分之九十五的美國年輕人相信自慰比性交更適合表達友情和愛』之類的。」

「你們的研究不用改，本身就很可笑了。」曼恩醫生說。

若排除周圍喧嘩、碗盤和音樂聲，四下鴉雀無聲。

費隆妮醫生終於頭如搗蒜地開口：「我們的研究會在性行為、性容忍度和人格穩定度上提出新觀點。」

「我讀過你們寫給埃索基金會的信了。」曼恩醫生說。

「我認識一個十幾歲的女孩，她的智力比我們大多數人都還高。」賈克博眼睛眨也不眨換了個話題。「她什麼都懂，腦都要從耳朵流出來了。我原本再幾週就能有重大突破。結果她就死了。」

「她死了？」我問。

「從威廉斯堡大橋墜入東河。不得不說，我覺得她可能算我兩、三次失敗案例其中之一。」

「聽著，提摩西。」我轉向曼恩醫生說：「我同意我們的研究接近廢話，但世界如此荒謬，人只能順勢而為。」

「我對你的形上學思辨毫無興趣。」

「你對我的科學研究不也一樣。我乾脆只談股票好了。」

「喔，夠了沒啊，你們兩個。」賈克博說：「自從路克寫了〈道教、禪宗和精神分析〉的論文，提摩西就搞得好像他迷信占星學一樣。」

曼恩醫生冷冷看著我說：「至少占星學仍試圖預測重要的事件。禪宗的話，人不思不想不努力，隨波逐流，進入涅槃。」

「人不會進入涅槃。」我熱心解釋：「隨波逐流本身就是涅槃。」

「這理論真方便。」曼恩醫生說。

「所有好理論都是如此。」

「金價和通用汽車這個月平均每週股價都漲了兩元。」費隆妮醫生點頭說道。

「是啊。」賈克博說：「而且垃圾公司、洋娃娃衣和低點科技股價全都在攀升。」

曼恩醫生和我繼續望著彼此，他臉發燒漲紅，藍色的眼珠子散發寒意，我則試著露出超然愉悅的神情。

「我的股票最近似乎都不見漲勢。」

「也許是下跌到正常水平。」

「也許會蓄勢反彈。」

「隨波逐流的人才不可能蓄勢反彈。」

「怎麼不會。」我說：「你只是不了解禪宗。」

「幸好如此。」曼恩醫生說。

「反正你天天不也酒足飯飽。別管我信禪宗和進行性關係研究的事。」

「吃飯不會影響我的生產力。」

「想必還讓你生產力大增吧。」

他臉又漲得更紅了，用力把椅子向後一推。

女服務生再次來到桌旁，每個人趕緊埋頭點甜點，但費隆妮大聲朝全桌說：

「雖然股市下跌百分之二，但我的投資組合過去三個月漲了百分之十四。」

「妳很快就能成立自己的基金會了，雷娜塔。」曼恩醫生說。

「投資要精明。」她回答：「同樣的，研究也要精明。最好循著顯而易見的選擇走。」

這一餐的對話接下來每況愈下。

5

吃完飯後，我在當地停車場付了停車費，穿過大雨駛向醫院。我的車是美國漫步者[18]。我的同事都開捷豹、賓士、凱迪拉克、雪弗蘭科爾維特跑車、保時捷、福特雷鳥和福特野馬（稍微窮酸的）。我開漫步者。這是當時我對紐約市精神分析師獨步的貢獻。

我往東開，橫越曼哈頓，越過皇后區大橋，到位於東河中島嶼的州立醫院。古老的建築瀰漫一股毛骨悚然的冰冷氣息。有些看起來荒廢已久。醫院還有三棟新蓋的建築，外表是亮眼黃磚，四周圍著光潔明亮的柵欄，搭配上較古老的可怕房子，宛如好萊塢的場景，同時在拍《母親發瘋》和《監獄暴動》兩部片。

我直接去了行政大樓。行政大樓古老低矮，一片烏漆墨黑，根據可靠消息，內牆和天花板漆了

18 美國六〇年代中低價車。

三十七層淺綠色的油漆，建築物才沒分崩離析。每週一和週三下午，我可以在一間小辦公室為病人治療。病人必須符合兩點：一、病人是由我所選；二、他們真的要接受治療。我通常負責兩名病人，一週兩次，每次各和他們會面約一個小時。

我在皇后區州立醫院第一個病人是亞特羅．托斯卡尼尼．瓊斯，他是個黑人，每一刻都覺得自己彷彿是隻黑豹，活在半畝大的島嶼上，周圍充滿拿著榴彈炮的白人獵人。他看世界的方式都真切反應他過去的人生經驗，這是我診療中遇到最大的難處。治療時，我們通常話都不多。亞特羅．托斯卡尼尼．瓊斯對白人獵人沒什麼好說的。我不怪他，但身為非指導式治療師，我有點不知所措。我需要他說話，才能重述。

瓊斯原本是個紐約市立大學的優秀學生，他讀了三年便被退學，因為他趁保守派青年俱樂部開會時，扔了兩枚手榴彈進去。一般而言，這牢飯包準要吃上好一陣子，但瓊斯先前曾有「精神障礙」（長期吸食大麻和LSD，大三更曾「精神崩潰」——他在政治學課堂上，突然對教授大吼不堪入耳的話），再加上那兩顆手榴彈除了參議員貝利．高華德兩幅畫像，沒破壞到重要的東西，所以他只被判關進皇后區州立醫院一輩子。理由雖然蹩腳，但大家覺得一個扔手榴彈到保守派青年俱樂部的人肯定是虐待狂，因此他就成了我的病人。那天下午，我決定稍微主動一點，看能不能和他對話。

「瓊斯先生。」我開口（已經有十五分鐘耗在沉默上）：「你為何覺得我不能或不願意幫你？」

他側身坐在一張正放的木椅上，沉靜的雙眼透露出輕視，望向我。「經驗。」他說。

「連續十九個白人踹你蛋蛋，不代表第二十個白人也會這麼做。」

「對。」他說：「但要是遇到下個王八蛋，手不護著胯下，那人就是個大蠢蛋。」

「對，但他還是能說話不是。」

「不行！我們黑人說話要用**手**的。沒錯！我們動作多，就是這樣。」

「你剛才說話雙手倒是動都沒動。」

「其實我是**白人**，老哥，你不知道嗎？我是中情局派來的，調查美國全國有色人種促進會內部是否有神祕黑人勢力滲入。」

「啊，這樣的話，」我說：「你就能理解我的偽裝了。其實我是**黑人**，老弟，你不知道嗎？我是——」

「你不是黑人，萊因哈特。」他厲聲打斷我。「你是的話，你我會心裡有數，而且他們絕不會讓兩個黑人湊在一塊。」

「黑人也好，白人也好，我都想幫助你。」

「黑人的話，他們不會讓你幫助我。白人的話，你幫不了我。」

「隨便你。」

「真這樣就好了。」

我再次陷入沉默，他也不吭聲了。我倆聽著卡斯摩大樓某個男人規律的尖叫聲，度過最後十五分鐘。

瓊斯先生離開後，我望著窗外一片灰濛濛的雨，一個漂亮年輕的實習護士拿下個病人的病歷進來，並說她會帶病患一家人進來。她走之後，我興致盎然想著醫療界所稱的「P」現象。護士制服都會燙得格外筆挺，因此人人胸部都看似十分壯觀，上身會呈「P」字形。醫生偷偷打量時，永遠不確定自己在調情的是長兩顆葡萄柚的細木桿，還是放上兩顆豆子的燙衣板。有人說，這就跟醫療業一樣，神祕費解，又無比誘人。

曼恩醫生之前向我提到過，有個十七歲的男孩因初期人格神化而入院。他自以為自己是耶穌基督。愛瑞克．坎農的病歷表清楚描述這當代「披著狼皮的羊」。自從五歲開始，男孩同時顯得早熟，又有點呆。雖然他是路德宗牧師之子，但他仍好與老師爭辯，曠課無數，不服老師和家長教誨，九歲至今離家出走六次，最後一次不過是在六個月前，他失蹤了整整八週，最後在古巴出現。十二歲時，他開始色誘神職人員，到了最後，他拒絕進任何一間教堂，也不願去學校，並被逮到持有大麻。他在布魯克林中央義務兵徵召中心前，似乎打算拿自己獻祭，結果被阻止了。

他父親坎農牧師似乎是個好人——意思不外乎，他個性保守，默默拒絕改變。但他的兒子叛逆成性，不但拒絕私人精神科醫師治療，也拒絕工作，除非合他意，不然拒住家裡。他父親因此決定送他到皇后區州立醫院，並知道兒子將由我負責治療。

「萊因哈特醫生。」漂亮的實習小護士突然在我手肘旁出聲：「這是坎農牧師和坎農太太。」

「你們好。」我直覺出聲問好，不知不覺已和一個一臉和善的男人握手，他手掌厚實圓胖，有一頭蓬厚的灰髮。他握手時露出大大的笑容。

「很高興見到你，醫生。曼恩醫生跟我說了不少關於你的事。」

「你好，醫生。」悅耳的女人聲音傳來，我轉向坎農太太。她站在丈夫左肩後，身材嬌小，體態勻稱，臉上笑容僵硬。她雙眼不斷向門外飄，一群女巫般的古怪女病人依序吵吵鬧鬧湧出走廊。病人穿得醜到無法形容，彷彿是《馬哈／薩德》[19]劇中打扮過度，被趕走的瘋人院配角。

兒子愛瑞克站在她身後。雖然他穿著西裝，打著領帶，但他一頭長髮，戴著無框眼鏡，眼中閃現光芒，看來不是人蠢，便是充滿神性，怎麼看都不像來自市郊的中產居民。

「那就是他。」坎農牧師說，臉上露出微笑，老實說似乎挺開心的。

我禮貌地點頭，手比向椅子，請他們坐下。牧師和妻子從我身邊走過，坐到位子上，但愛瑞克盯著經過走廊最後幾個女人。其中一人停了下來，她長相醜陋，滿口無牙，頭髮像洗碗刷一樣，並故作嬌羞朝他嫣然一笑。

19 《馬哈／薩德》（*Marat/Sade*）是德國劇作家彼得．魏斯（Peter Weiss, 1916-1982）的成名劇作，劇情以戲中戲的方式呈現，描述法國作家薩德侯爵於瘋人院中執導一齣戲劇，內容有關法國政治思想家馬拉遭暗殺。魏斯以此劇榮獲美國東尼獎。

「嗨，小寶貝。」她說：「有空來看看我啊。」

那男孩盯著她一會，微笑道：「好啊。」他仰頭大笑，雙眼明亮朝我使眼色，坐到椅子上。真是個幼稚的白痴。

我正對坎農一家人，沉重巨大的身軀直接靠到桌上，露出「哇，真開心能碰到你們」的笑容。男孩坐我右側靠窗的位子，稍稍比父母後面些，一臉友善期待地望著我。

「坎農牧師，我希望你明白，你將愛瑞克交給醫院，等於放棄自己對他的監管權。」

「這個自然，萊因哈特醫生。我完全信任曼恩醫生的判斷。」

「好。可想而知，你和愛瑞克都知道，這裡可不像夏令營。這是州立精神醫院，而且——」

「這地方很好，萊因哈特醫生。」坎農牧師說：「我們紐約州人都該引以為傲。」

「嗯，是的。」我說完轉向愛瑞克。「你對這一切有什麼想法？」

「窗子上的汙痕中，有些圖案滿有趣的。」

「我兒子相信全世界都瘋了。」

愛瑞克仍自得其樂地望著窗外。「不得不說，以這陣子來說，這說法挺有道理的。」我對他說：「但這麼說不會讓你出院。」

「是啊，只會讓我進來。」他回答。我們首次四目相交。

「你希望我幫助你嗎？」我問道。

「你又怎能幫助任何人？」

「有人付我一大筆錢，要我試試看。」

男孩的笑容似乎不帶諷刺，只顯得親切。

「有人也付錢要我父親傳遞『真相』。」

「你知道，這裡日子可能不好過。」我說。

「我覺得不會。我覺得我在這裡會很自在。」

「這裡沒什麼人希望打造一個更好的世界。」他父親說。

「每個人都想打造一個更好的世界。」愛瑞克回答，語氣依稀帶著怒火。

我從桌上站起，繞過桌子拿起愛瑞克的病歷。我低著頭，眼睛從鏡片上方向外望，假裝還是能看清楚似的，對他父親說：

「你離開前，我想和你談談愛瑞克的事。你希望我們私下聊，還是希望愛瑞克在場？」

「對我來說沒差。」他說：「他知道我怎麼想。他可能會發狂，但我習慣了。讓他在這就行了。」

「愛瑞克，你想留下來，還是想現在去病房？」

「我父親已葬身五噚深處[20]。」他望向窗外道。他母親聽了縮了一下身子，但他父親只緩緩搖頭，推了一下眼鏡。我好奇他兒子會有何反應，便讓他留下了。

「跟我說說你的兒子，坎農牧師。」我坐到木椅上說，並傾身擺出真誠、專業的表情。坎農牧師果斷地抬起頭，一腿蹺到另一腿上，清了清喉嚨。

「我的兒子是個謎。」他說：「我仍不明白他為何存在。他對其他人毫無包容心。你……如果你看過檔案，就會知道細節。不過，兩週前——這是個說明的好例子。愛瑞克（他緊張地望向男孩，他只望著窗子或窗外）那時已一個月沒好好吃飯，不讀書，也不寫字。他燒了前兩個月寫下的一切。量可不少。他也不大跟任何人說話。我很訝異他會回答你……兩週前，在餐桌上，愛瑞克拿杯水在一旁裝神弄鬼，我則和當晚的客人佩斯工業副總休斯頓先生在聊天。我對他說，我有時真希望第三次世界大戰爆發，不然我不知道這世界要如何才能擺脫共產主義。這根本沒什麼，我們所有人都曾有過這念

20 莎士比亞《暴風雨》中的臺詞所改編，原句為「你父親已葬身五噚深處」（Full fathom five thy father lies），也可能有暗示父親說謊（lie）的意思。

頭。但愛瑞克聽了，便將水潑我臉上，並將玻璃杯砸在地上。」

他專注地盯著我，看我反應。我只是回望著他，他便繼續說：

「我自己是不介意，但你能想像，看到那景象，我妻子多難過，而且這種事可不是一次、兩次而已。」

「是的。」我說：「你覺得他為何這麼做？」

「他是個自大狂。他看事情不像你我。他不想活得像我們一樣。他覺得所有天主教牧師、大多數老師和我都錯得離譜，說實話，他也不是第一個，但別人不會胡亂鬧事。這便是問題所在。他把人生看得太認真了。大家覺得該鬧著玩時，他偏是不肯；不該鬧的場子，偏是鬧得凶。美國是偉大的自由之邦沒錯，但也容不得堅持己見的人任性妄為。寬容是我們的格言，但愛瑞克對人尤其不寬容。」

「真抱歉啊，老爸。」愛瑞克忽然說，他掛著親切的笑容起身，站到父母正後方，雙手各放在他們的椅背上。坎農牧師望向我，彷彿想從我表情看出，他究竟還必須活在世上多久。

「你不寬容嗎，愛瑞克？」

「我受不了邪惡和愚蠢的事。」他說。

他父親略微轉身，面對兒子說道：「但誰給你權利定奪善惡？」

「那是諸王神聖的職責。」愛瑞克微笑答道。

他父親轉向我，聳聳肩。「看吧。」他說：「我再跟你說另一個例子。愛瑞克當年才十三歲，在我的教堂裡，大家齊聚一堂，正舉行聖餐禮，他突然站起來高高在上，對跪地的人群說：『想不到竟然淪落至此[21]。』然後走出教堂。」

21 莎士比亞《哈姆雷特》劇作臺詞，他發現家族人倫悲劇，卻又不能說出口，憤而吐出這句話，表示事情令人無法忍受和相信。

我們全都待在原處，沉默無語，彷彿我是專注的攝影師，而這一家人正要照全家福。

「你不喜歡現代基督教？」我最後問愛瑞克。

他手指梳過長黑髮，抬頭望了天花板一下，放聲尖叫。

他父母像老鼠碰到電網，從椅子上跳起來，全身發顫盯著兒子，看他手垂放在身側，臉上掛著淺淺的笑容，放聲尖叫。

一個身著白衣的黑人看護進到辦公室內，另一人也隨即進了門。他們望向我，等我指示。我等愛瑞克第二口氣叫完，看他是否要再叫第三聲。他停下了。叫完之後，他靜靜站了一會，然後自言自語道：「該走了。」

「帶他到入院處，請維諾醫生替他身體檢查，並把這張處方箋交給維諾醫生。」我草草寫下低劑量鎮定劑，發現兩個看護人員謹慎地望著男孩。

「他會安分跟我們來嗎？」比較矮小的看護問道。

愛瑞克動也不動站一陣子，忽然快速跳個交換步，接著以零落的吉格舞步跳向門口，口中唱道：「我們要去拜訪巫師，奧茲國的神奇巫師。我們要去……」

他跳著跳著便離開了。看護跟在後頭，我最後看到兩人分別抓住他一邊手臂。坎農牧師緊緊摟著妻子肩膀安慰她。我找來實習護士。

「我真是非常抱歉，萊因哈特醫生。」坎農牧師說：「我就怕發生這種事，但我覺得你該親眼看看他的行為。」

「完全正確。」我說。

「還有件事。」坎農牧師說：「我妻子和我在想，有沒有可能……我知道有時病人能有單人房。」

我繞過辦公桌，整個人湊近坎農牧師，他一手仍摟著妻子。

「這是個基督教機構，牧師。」我說：「我們堅信四海之內皆兄弟。你兒子會和其他健康、正常的美國精神病患共住一間臥房。這樣一來，他們能團結一致，營造歸屬感。如果你兒子需要單人房，只消動手揍一、兩個看護，他便會得到自己的房間。州政府甚至為此免費提供一件拘束衣。」

他妻子縮了縮身子，別開目光，坎農牧師遲疑了一會，點點頭。

「說得沒錯。教那孩子一點現實。好，至於他的衣服——」

「坎農牧師。」我嚴厲地打斷他。「這可不是主日學校。這是精神病院。不願遵守現實正常遊戲規則的人才會送來這裡。你的兒子已經屬於病房了。不論是好是壞，你下次看到他，他再也不會是同一個樣子。別若無其事談著房間和衣服的事。你兒子回不來了。」

他雙眼閃現一絲恐懼，接著馬上變得冰冷，手臂從妻子肩頭落下。

「我沒有這兒子。」他說。

然後他們轉頭離開了。

6

我到家時，麗麗安和亞琳．艾克斯坦穿著寬鬆的便褲，肩並肩倒在沙發上笑得花枝亂顫，像喝完一整瓶琴酒似的。話說，由於亞琳丈夫散發耀眼光芒，她站他身旁總是相形失色。以我一米九三的身高來說，她身高略矮，打扮呆板，一本正經，她和賈克博一樣戴著粗框眼鏡，一頭平凡的黑髮在頭上綁個圓髻。小道消息指出，雖然她偏瘦，卻有一對豐滿的巨乳。但她平時老愛穿鬆垮毛衣、男性襯衫、寬鬆上衣和大件長版襯衣，要認識她好幾個月，才會注意到她的胸部——那時男人早將她拋諸腦後了。

我想她身為人妻，曾以可愛又少根筋的方式誘惑我，但我抵抗住了誘惑，畢竟我已婚，形象專業，也是個老實的朋友，老早將她拋諸腦後。（我還記得有天，她一整晚不斷央求我幫她清長襯衣上的棉絮，於是我一整晚都乖乖替她清長襯衣上的棉絮）。不過，在精神病院辛苦一天後，或當麗麗安和孩子感染流感、痢疾或麻疹，照顧完他們之後，我總會後悔自己結了婚，後悔自己形象專業，又是老實的朋友。

至今我已幻想將亞琳單邊胸部吞入口中兩次了。事實攤在眼前，要是命運給我合理的機會（例如她一絲不掛爬上我的床），我馬上會屈服。兩人初次偷情會天雷勾動地火，然後慢慢變習慣，最終麻木。但只要主動權在**我**身上，我絕不會越雷池一步。已婚專業男性友人中，有三分之二的人都能控制住心中那頭蠢蠢欲動、百無聊賴的野獸。而我的朋友，如你所知，我日夜天人交戰，人生無比悽慘。

「我們才要一起喝掉一瓶琴酒。」麗麗安說，不知怎的，她竟能同時舒展手腳、微笑、咯咯笑又瞪人。

「沒喝酒，我們就會嗑藥，但找不到藥。」亞琳幫腔道：「賈哥不相信LSD的效用，麗麗安找不到你的。」

「這就怪了。」我脫下雨衣說：「麗麗安明知道我藥都放在兒子的玩具櫃裡。」

「我還在納悶，萊瑞今早怎麼會乖乖聽話上學。」麗麗安這句玩笑話一出口便不笑了。

「好啦，又發生什麼事？妳們是哪個要離婚還是要墮胎了？」我一邊問，一邊用還剩三分之二瓶的琴酒調了杯馬丁尼。

「別傻了。」麗麗安說：「我們從來不妄想人生出現高潮。我們的生命正一點一滴流逝。流逝的不是刺激，也不是性感，總之就是不斷流逝。」

「就像從軟管流出來的陰道外用凝膠。」

她倆頹倒在沙發上半分鐘之久，彷彿萬念俱灰，接著麗麗安振作起來。

「我們乾脆辦個精神科醫師妻子私人社團，亞琳。」她說：「然後不要邀請路克和賈哥入社。」

「但願不要。」我說著拉了張桌椅來，手中拿著酒杯，裝腔作勢地跨坐上去，面對這兩個女生，一臉倦容。

「我們會成為精神科醫師妻子社團的創辦人。」麗麗安皺眉說道：「我想不出來這對我們有什麼好處。」然後她咯咯笑了。「不過，我們社團人數搞不好會比你們協會還多。」兩個女人洋洋得意望了我幾秒，傻笑成一團。

「我們第一個社會計畫就是改變丈夫一個星期。」亞琳說。

「這樣我們不會看到任何差別。」

「才不會。賈哥都用自創的方式刷牙，我相信路克也有不為人知的本領。」

「相信我。」麗麗安說：「他沒有。」

「噓。」亞琳說：「妳不該在大庭廣眾數落丈夫。他自尊心會受損。」

「謝謝妳，亞琳。」我說。

「路克是個博、學、多、聞的人。」她好不容易說出口。「我連人文素養都沒有，而他研究……研究……」

「尿液和糞便。」麗麗安接話，兩人大笑。

為何面對人生無聲的絕望時[22]，我仍能秉持鎮定、尊嚴和優雅，而我所知的大多數女性，卻堅持**聒噪**。我認真思考這問題時，注意到麗麗安和亞琳四肢著地爬向我，十指交握，向我哀求。

「救救我們，喔，糞便大師，我們好無聊。」

---

22 原文出自美國作家梭羅（Henry David Thoreau, 1817-1862）的代表作《湖濱散記》：多數人的人生都在無聲的絕望中度過（The mass of men lead lives of quiet desperation）。

「拜託，求求你！」

面對神經病一天之後，回到溫暖寧靜的家裡真是太好了。

「喔，大師幫幫我們，我們的生活全靠你了。」

兩個酒醉的女人扭動身子，邊哀求邊爬向我，果不其然，我勃起了，不論身為醫生或丈夫，這都不是個好反應，但相當真誠，畢竟人非聖賢。不知何故，我對聖賢要求比較高。

「起身，我的孩子。」我溫柔地說，並站到她們面前。

「喔，大師，啟示我們！」

「妳們希望得到救贖？希望重生？」

「喔，是的！」

「妳們希望擁有新生活？」

「對！對！」

「妳們試過硼砂清潔劑新出的『全效版』嗎？」

她們身子向前癱倒，邊呻吟邊笑，但馬上撐起身子表示「有啊，有啊，但還是沒頓悟」（麗麗安說）以及「連『清潔先生』都試了」（亞琳說）。

「妳們必須停止在乎。」我說：「妳們一定要放棄一切。**一切**。」

「喔，大師，來吧，在你妻子面前說吧！」兩人咯咯笑個不停，像熱浪中不斷撲翅的麻雀。

「**一切**。」我氣憤地大喊：「放棄**所有**希望，**所有**假象，**所有**欲望。」

「我們努力了。」

「我們努力了，可是我們還是充滿欲望。」

「我們還是渴望放下渴望，希望不抱希望，看不穿自己能看穿假象的假象。」

「放棄吧，我會這麼說。放棄一切，包括得到救贖的渴望。化為原野上的雜草，死活由人。將自己寄於清風。」

麗麗安突然站起，走向酒櫃。

「這我全都聽過了。」她說：「結果清風不過是有人在吹大氣。」

「我以為妳醉了。」

「看到你傳道，任誰喝再多酒都醒了。」

亞琳仍跪在地上，厚重鏡片後的眼睛眨了眨，莫名其妙說：「但我還是沒獲救。我想得到救贖。」

「妳聽到他說的。放棄。」

「那便是救贖？」

「他能給的就這樣。賈哥給更多嗎？」

「不行，但跟他在一塊能享受家庭折扣。」

兩人大笑。

「妳們兩個真的醉了嗎？」我問。

「我醉了，但麗麗安說她要維持清醒來嗆你。賈哥不在家，所以我讓理智放假去了。」

「路克從沒失去理智。他的理智已獲得終身職。」麗麗安說：「所以他每一絲理智都很資深。」

麗麗安先是苦笑，後來笑容變得得意，舉起剛倒好的馬丁尼，滿是嘲諷地向我資深的理智敬酒。我帶著尊嚴，緩緩走回書房。

有時候，即使點起菸斗，尊嚴也回不來了。

7

那天晚上的牌局是場災難。麗麗安和亞琳一開始莫名亢奮（那瓶琴酒快空了），一陣亂加注之後，她們馬上輸到灰頭土臉。麗麗安不計後果繼續加注，亞琳則變得嫵媚自得，對牌局毫不關心。曼恩醫生手氣旺，令人喘不過氣。他有時神情漠然，看似漫不經心，卻大把大把加注，贏一桌子錢；有時唬過對手，再次得手；有時又早早蓋牌，只輸底錢。他是賭場高手，當好牌上手，面無表情的他簡直是神。瞧這腦滿腸肥的神祇吃得一桌子馬鈴薯片碎屑，我心情更不爽了。麗麗安看到我輸，而曼恩醫生贏，似乎很開心，而費隆妮醫生才剛輸一大筆錢，瞧她頭點個不停，想必也超不爽。

大約十一點，亞琳下桌，懶洋洋地說輸錢害她飢渴又愛睏，於是下樓回公寓去了。麗麗安繼續喝、繼續賭，她在最喜歡的七張撲克中贏了兩把大的，精神馬上又來了，一會熱情地逗我，為自己脾氣道歉，一會又揶揄曼恩醫生贏那麼多，最後突然衝下牌桌，吐在浴缸裡。幾分鐘後她回來也不打了。她說輸錢害她冷感又失眠，於是便回床上休息去了。

我們三個醫生又玩了半小時左右，並討論著艾克斯坦醫生新出版的書，我對書的批評可說是一針見血，後來大家慢慢對打牌也失去了興致。接近午夜，費隆妮醫生說她該走了，但曼恩醫生不打算和她一起搭車，他說他想再多留一會，晚點自己搭計程車回家。她離開之後，我們又玩了四盤梭哈，我痛快贏了三場。

結束之後，他從直背椅起身，坐到長書櫃旁的單人沙發。走廊傳來沖馬桶的聲音，我想麗麗安可能又吐了。曼恩醫生掏出菸斗，塞入菸草，點燃，動作慢得好比是慢動作中的慢動作，他邊點邊抽，時間彷彿被吸進菸斗，最後「轟」一聲，一枚中型百萬噸級的核彈朝天花板引爆，架子上的書陷入一片迷濛，令我無比震撼。

「你書寫得怎麼樣了，路克？」他問。他聲音低沉粗啞，像個老頭。

「不怎麼樣。」我坐在牌桌的椅子上回答。

「嗯嗯嗯。」

「我覺得我書的內容有價值……」

「呃……嗯。哼。」

「我剛開始寫，以為虐待狂轉變成被虐狂的過程也許會有重大發現。」我手指拂過牌桌軟柔的綠色天鵝絨布。「結果只發現虐待狂會變成被虐狂。」我嘴角上揚。

他輕輕吐幾口煙，抬頭望著掛在牆上的佛洛伊德肖像照，開口問道：

「你仔細分析和寫好的案例有多少？」

「三個案例。」

「還是**那三個**？」

「還是那三個。提摩西，我跟你說，我唯一在做的是客觀記錄病歷而已。圖書館早就累積了一堆。」

「嗯。」

我望著他，他繼續望著佛洛伊德，警車開過麥迪遜大道上，警笛沿著街道一路傳上來。

「對了，你轉給到皇后區州立醫院給我的男孩，今天初次與我會診。我發現他——」

「我不在乎你在皇后區州立醫院的病人，路克，除非他能成為書的主題。」

他仍不看我，突如其來一席話害我不知所措。

「你沒在寫書，就沒在思考。」他繼續說：「沒在思考，你就死了。」

「我以前也這麼覺得。」

「對，你以前是。後來你發現了禪宗。」

「是的，沒錯。」

「現在你覺得寫作沒意思。」
「對。」
「思考呢？」
「思考也是。」我說。
「也許禪宗有問題。」他說。
「也許思考有問題。」我回答完大笑。
「搞屁啊，路克，你還笑得出來。」他大聲說：「你最近都在浪費生命，根本在虛擲光陰。」
「我們不全都如此嗎？」
「沒有，我們沒有。賈哥沒有，我也沒有。各行各業盡忠職守的人都沒有。你原本也沒有，一年前才開始。」
「我是小孩子的時候，言語像小孩子[23]——」
「路克，路克，聽我說。」他是焦躁的老人家。
「說——？」
「回頭我幫你做個精神分析。」
我用手背滾著一顆綠骰子，腦中沒特別多想什麼，開口回答：
「不要。」
「你到底有什麼毛病？」他罵道。
我想都沒想，從椅子上一躍而起，像防守絆鋒看到攻擊四分衛的大好機會，大步走過曼恩醫生，來到窗口，順著街道俯瞰中央公園。

23 《新約聖經》〈哥林多前書〉第十三章十一節。

「我好無聊。我好無聊。對不起，但差不多就這樣。我厭倦治療不快樂的病人，讓他們重拾正常無趣的生活，厭倦不值一哂的研究，空洞的論文——」

「你講的都是症狀，不是病因。」

「我想體驗第一次的感覺。例如拿到人生第一顆氣球，踏上陌生土地，或者和另一個女人轟轟烈烈出軌。像拿第一份薪水，像第一次意外在牌桌或賽馬場上贏一大筆錢，或獨自一人迎著風，興奮地在公路上，等哪輛車停下讓我搭便車，也許只是到五公里外的城鎮，也許會認識新朋友，也許會死。我想感受心中那份滿足，例如寫出一篇像樣的論文、發表非凡的分析或打出一記漂亮的反手拍。像是感到恍然大悟，人生翻轉，像買新家或生下第一個孩子。這些是我們人生中渴望的事，而現在……這些都消失了，不論是禪宗或精神分析都無法挽回。」

「你聽起來像個夢想破滅的大二生。」

「不變的出國，不變的出軌，不變的賺錢花錢，不變的辦公室，見到絕望嗑藥的重複面孔，進行不變的治療，打著有效率、毫無意義的球。不變的人生哲學。而我投身奉獻的精神分析，竟然和這問題八杆子打不著關係。」

「關係可大了。」

「如果真的有關，精神分析應該能改變我，改變一切，改變所有人，消除所有惱人的精神症狀，而且應該要更快，而不是兩年才見得到成效。」

「你在做夢，路克。不論是理論或實作上，那都不可能。」

「那也許理論和實作都錯了。」

「確實有可能。」

「比起你我，人類一定有更多可能。」

「什麼鬼話！」曼恩醫生將菸斗使勁敲在銅菸灰缸上，氣呼呼瞪著我。「你在做夢。世上沒有烏托邦，也沒有完人。人生有限，我們注定會犯下一系列錯誤，最後變得死板重複。每個人要拿一句話描述自己，絕對都是『所見即真實，人命本注定[24]』。人類……人類性格最後都會僵化，變成一具屍體。你無法改變一具屍體。屍體不會洋溢熱情。你頂多替他們打扮，教他們能見人，也就是了。」

「我想也是。」我回答：「對於人格僵化，精神分析通常不會尋求突破，無法給人任何改變。」

曼恩醫生哼了一聲，究竟是應和還是不屑什麼的，我也不確定，我從窗邊退開，望向佛洛伊德。佛洛伊德嚴肅地向下望著，似乎一臉不悅。

「一定有什麼……其他的祕密（光這樣想就是種褻瀆！）有其他……神奇藥水，讓某些人能徹底改變生活。」我繼續說。

「試試看占星學、《易經》、ＬＳＤ。」

「你覺得承認失敗，接受自己是一具屍體就叫心理健康？」

「嗯嗯。」

我面對曼恩醫生，全身竄過一股莫名的怒火。我想拿十噸的水泥塊砸死他。我脫口而出：

「我們一定都錯了。所有精神療法都是一場冗長無用的大災難。我們肯定犯下了根本錯誤，造成全盤思維出問題。未來人們回首現代精神治療理論和技巧，恐怕會像我們看十九世紀的放血一樣。」

「你病了，路克。」他靜靜說。

「你和賈哥是最傑出的精神科醫師，但身為人類，你們兩人都毫無價值。」他聽了從椅子坐正。

「你病了。」他說：「你一半的時間像個小學生在那傻笑，另一半的時間像個混蛋自大狂。」

24 前半句「所見即真實」出自英國詩人亞歷山大．波普（Alexander Pope, 1688-1744）〈論人〉一詩，意即眼前一切就是真實，不論結果如何，我們都必須接受。

「我是個精神治療專家，身為人，我無庸置疑是個災難。醫生啊，治好你自己吧[25]。」

「為了禪宗都覺得不切實際的理念，你對世上最重要的職業失去信心。精神治療是個讓人每天都變得更好的奇蹟，你卻覺得無聊。放任他人一天天變糟，我不懂哪裡值得驕傲。」

「我沒有感到驕——」

「有，你有。你就是荷妮[26]經典的案例，滿腦子幻想成功，卻忽略眼前實際成就。」

「我是。」我直截了當而，這確實是實話。「提摩西，但你也只是正常人類經典案例，我根本看不上眼。」

他死盯著我，面紅耳赤，然後像顆大氣球突然從椅子上彈起，哼了一聲。

「抱歉讓你失望了。」他鼻子一邊噴著大氣，一邊走向門口。

「比起目前的發現，一定有什麼辦法能更徹底改變人——」

「你找到再跟我說。」他說。

他停在門口，我們望著彼此，彷彿身處於兩個不同的世界。他臉上全是不滿和輕視。

「好。」我說。

「找到時，直接打電話給我。牛津 4-0300[27]。」

我們站在原地，面對彼此。

「晚安。」我說。

「晚安。」他說完轉身。「早上代我向麗麗安打個招呼。路克，還有件事……」他又轉回來面對我。

25 〈路加福音〉第四章第二十三節。

26 德國心理學家卡倫．荷妮提出我們看自己有兩種觀點，一個是理想的自己，一個是真實的自己。理想的自己督促真實自己成長，發揮潛力，但心理如果失衡，會一味追求幻夢，造成自我厭惡。

27 早期美國電話號碼是以地名加號碼，讓接線生轉接。

「麻煩看完賈哥的書。要批評的話，等看完再批評比較好。」

「我有——」

「晚安。」

他打開門，蹣跚走出去，在電梯口猶豫了一下，然後走入樓梯間。

8

我關門之後，無意識走回客廳。我望向窗外少數燈火，凌晨的街上空空蕩蕩。曼恩醫生從大樓走出去，前往麥迪遜大道。從三樓望去，他看起來像一個擁腫的矮人。我心裡有股衝動，好想拿起他剛才坐的便椅，穿過窗玻璃砸向他。我腦中飛掠過各種扭曲的畫面：賈克博沉重的書在中餐時放在白桌巾上；愛瑞克的黑色眼珠親切地望著我；麗麗安和亞琳扭動身軀爬向我；我桌上的白紙；曼恩醫生的蕈狀雲霧飄向天花板；亞琳幾小時前離開的模樣，她毫不掩飾，性感地打著呵欠。不知何故，我好想從客廳一端全速衝向另一端，一頭撞穿牆上佛洛伊德的肖像照。

後來，我從窗前退開，在客廳踱步，最後抬頭望向那幅肖像照。佛洛伊德望著我。他象徵著尊嚴、認真、多產、理性和穩定，任何有理智的男人都會想努力向他看齊。我舉起手，小心拿起肖像畫，將它翻面。我望著畫背面的棕色紙板，心中感到滿足，然後嘆口氣，走回牌桌，收拾撲克牌、籌碼和椅子。其中一顆骰子不見了，我找遍地上卻找不著。我轉身正要去睡覺時，目光瞥向曼恩醫生剛才訓話時坐的那張椅子，椅子旁的小桌上有張撲克牌（那是張黑桃皇后），底下好像蓋住什麼。我走過去，盯著那張撲克牌，心知底下便是那顆骰子。

我動也不動站了一分鐘，心中興起一股莫名的憤怒。那一定是歐士德弗拉的感受，或也許是麗麗安下午的感受，但那股憤怒毫無目標，不經思考，漫無目的。我依稀記得壁爐上的電子鐘響起，然後東河船隻拉響霧角，恐懼將我心臟的動脈撕下，在肚裡打成結。我心想，如果骰子朝上的是一點，我要下樓強暴亞琳。「如果是一點，我要強暴亞琳。」這句話如巨大的霓紅燈在我腦中閃爍，我內心恐懼不斷加深。但我一想到如果不是一點，我會上床睡覺，恐懼便昇華為一股愉悅的興奮感，我嘴一咧，露出大大的笑容。一點代表強暴，其他點數代表上床睡覺。骰子早已擲出，命數早已決定。我哪有資格質疑骰子呢？

我拿起黑桃皇后，看到對著我的正是獨眼巨人之眼：一點。

我嚇得大概有五秒身體動彈不得，最後倏地像軍人一樣向後轉，大步走向公寓門口，打開門，向外走一步，然後回身，帶著愉悅的興奮感，一步步如機械般精準地走回公寓，沿走廊來到臥室，將門打開條縫，大聲說：「麗麗安，我去散個步。」我轉身再次走出公寓。

我直挺挺走下兩層樓，看到欄杆上有鏽斑，有張廣告單被丟在角落，上頭寫著「突破侷限，眼光放遠」。到了賈克博家那層樓，我像傀儡一樣轉身，走向他們公寓按門鈴。我一時間再次回神，腦中閃過一個高尚的想法，心裡一陣驚慌：「亞琳真的有吃避孕藥嗎？」這簡直像開膛手傑克要去強暴和勒死另一個女人，卻擔心她有沒有保鏢，一想到這兒，我內心都發笑了。

過了二十秒，我又按門鈴一次。

一想到也許有人早發現那顆骰子，現在已在門另一頭地上使勁幹著亞琳，我內心又笑了（臉上面無表情）。

門栓打開，門開了一條縫。

「賈哥？」含糊慵懶的聲音傳出來。

「是我，亞琳。」我說。

「你要幹嘛？」門仍只開一條縫。

「我下樓來強暴妳。」我說。

「喔。」她說：「等我一下。」

她解開門栓，打開門。她穿著一件難看的棉質睡袍，搞不好是賈克博的，黑髮從她額前垂下，面霜令她一臉粉白，她沒戴眼鏡，瞇眼瞧著我，彷彿是耶穌生平劇中的盲乞婆。

我關上門，面對她靜候著，納悶接下來該怎麼辦。

「你剛才說你要幹嘛？」她問。她已睡昏了頭。

「我下樓來強暴妳。」我一邊回答，一邊逼近她，她站在原地，表情漸漸有了反應，也許還有一絲好奇。我開始感到一絲性欲，並伸手環抱住她，隨即低下頭，雙脣湊上她的脖子。

我馬上感到她雙手用力推著我胸膛，拉長著聲音喊我：「路……嗚嗚嗚克。」她半是驚恐，半是疑惑，還邊嬉笑著。她退開一步，拉好醜陋的睡袍。我們處於不同的恍惚狀態，望著彼此，像兩個醉鬼對峙，明白自己將與對方共舞。

「來吧。」兩人驚愕對望後，我不由自主說道。說完我左臂環住她的腰，將她拉向臥房。

「放開我。」她斷然說道，並把我手臂推開。

身為受制於超自然力量的傀儡，我右手迅速反應，甩了她一巴掌。她嚇呆了。我也是。我們第二次面對面對峙，她左頰出現紅腫。我不由自主用褲子將手指上的面霜抹乾淨，然後伸出手，抓住她睡袍，將她拉向我。

「來吧。」我又說一次。

「手給我放開賈哥的睡袍。」她用氣音遲疑地說。

我放開她說：「我想強暴妳，亞琳。此時此刻。我們來吧。」

她像隻嚇壞的貓，弓身退開，雙手扣在脖子前，將睡袍勒緊。然後她站直身子。

「好吧。」她說完便繞過我，沿走廊走向臥房，表情要我來形容可謂義憤填膺，中途又補一句：「但你別碰賈哥的睡袍。」

接著強暴圓滿完成，我根本沒施暴，其實也沒感到幻想、熱情和喜悅。享受的主要是亞琳。我該有的動作都沒少，如吸吮她的胸部、使勁抓她屁股、撫摸她的櫻唇，也照正常方式騎她，比平常抽插更久後，正式完結（整段過程中，我都覺得自己是個受人訓練的傀儡，目的是向一群愚蠢的青少年示範何謂正常性交）。她繼續扭動、搖擺好幾秒鐘，然後嘆了口氣。過了一會，她抬頭望著我。

「你為何要這麼做，路克？」

「我不得不如此，亞琳。我不由自主。」

「賈哥不會高興的。」

「啊……賈哥？」

「我什麼都告訴他。他說能提供他珍貴的研究內容。」

「但……這……妳以前……有被強暴過嗎？」

「沒有。結婚之後沒有。賈哥是我唯一的伴侶，他從未強暴過我。」

「妳確定妳一定要跟他說？」

「當然了。他會想知道。」

「但他不會氣到爆炸嗎？」

「賈哥？不會。他會覺得很有趣。他什麼都覺得有趣。我們肛交的話，甚至會更有趣。」

「亞琳，不要開這種玩笑。」

「我沒有開玩笑。畢竟賈哥是科學家。」

「對啦，妳說的也許沒錯，可是——」

「當然，是說有一次……」

「哪一次？」

「上次在派對上，他在柏衛市的同事用手肘碰我一邊胸部，賈哥拿了一瓶……一瓶……酒打得他頭破血流。是干邑白蘭地嗎？」

「頭破血流？」

「應該是一般的白蘭地。還有一次，有個男的在槲寄生下親我，你也在場，你記得吧，賈哥叫那人——」

「我想起來了——亞琳，聽著，別傻了，不要告訴賈克博今晚的事。」

她考慮了一會。

「但如果我不告訴他，不就代表我做了虧心事。」

「不。是**我**做了虧心事，亞琳。我不過是強暴妳而已，我不想因此失去賈哥的友誼和信任。」

「我了解。」

「他會很難過。」

「對，他會。他一定無法客觀看待這件事。要是他喝酒的話……」

「對，他一定會喝……」

「我不會告訴他。」

我們又聊了幾句，這事便這麼結了。我進門大約四十分鐘後便離開。喔，其實還有個小插曲。臨走之前，我和亞琳在公寓門口激情舌吻，她穿著輕薄的睡衣，我一手捧著她彈出的巨乳，衣服已穿得跟進門時差不多整齊。兩人吻得正起勁，門另一頭突然傳來鑰匙聲，我們馬上分開，公寓門打開，哪還有別人，開門的正是賈克博．艾克斯坦。

他透著厚重的眼鏡，彷彿打量了我十六分半之久（可能只有五、六秒吧），然後大聲說：

「路克寶貝，你來得正好。還記得那個肛門期驗光師嗎？他痊癒了。我成功了。這下我出名啦。」

9

我回到樓上客廳，恍惚地望著骰子上的一點。我搔了搔蛋蛋，茫然搖搖頭，心中充滿敬畏。我雙腿和胯下感覺十分沉重，腦袋輕飄飄的。多年來，甚至**數十年來**，我都有可能強暴她，沒想到，我真的下手時毫無預謀，腦中一片空白，沒有可不可能、小不小心、甚至想不想要，我感覺自己不需負責，像個受外力驅使的傀儡，或是神祇（骰子）的奴隸。這全是機率或命運，不是我。骰子為一點的機率只有六分之一。骰子在那張卡下的機率也許是百萬分之一。這場強暴無疑命中注定。無關乎罪惡。

但我經過專業的訓練，已懂得在顯而易見的事實中，找出表面上「不」重要的線索。我在客廳來回踱步，納悶著不管骰子是一或四，甚至牌下只是一盒火柴，我是否都會下樓找亞琳。感覺不大可能。我大力跳著的巨大心臟知道，只有骰子能驅使我下樓，進入亞琳的大門。

在骰子被撲克牌蓋住前，或我發誓骰子是一點就行動前，我會不會早已看到小桌上的骰子了？我試著猜測撲克牌和骰子是誰放的，最後我猜一定是麗麗安，應該是她衝向廁所時順手放的。從我椅子上，我有偷看到骰子**四面**嗎？我下意識知道朝上的不是一點，就是六點嗎？我走到小桌旁，擲了顆骰子上去，還沒看到點數，便用黑桃皇后蓋住。我回頭坐回牌桌，戴好眼鏡，從那裡又瞄又扭，瞇起眼睛，伸長脖子，用盡伎倆。我看到了桌子，也稍微看到微彎的撲克牌，但如果牌下真有骰子，我連個影子都看不到。我要是從牌桌上看得到骰子，那我肯定有自己都不知道的望遠超能力。結果很明顯。我不可能知道黑桃皇后下有什麼。我的強暴是命中注定。

當然，我也可能直接違背口頭誓言，不照骰子的指示。對不對？對。但那可是誓言啊！遵守骰子指示的莊嚴誓言！君子言出必行！機率這麼低，骰子不過是決定強暴一個人，身為紐約精神科醫師協會的專業人士，難道會就此反悔嗎？不，當然不會。無庸置疑，我無罪。我現在的感覺好比陪審團前方剛好置了個痰盂，然後我精準地唾沫到裡頭。

平心而論，這理由站不住腳，我心不在焉找新說詞時，突然靈光一閃，我不禁感到熱血沸騰：從今以後，我永遠都會服從骰子。骰子帶領，我願跟隨。主權在骰！

我既興奮又驕傲，並在我個人的盧比孔河[28]前站了一會。然後我抬起腳步，跨過了河。那一刻，我在心中決定自己永不質疑，骰子說什麼，我幹什麼。

骰子會下達什麼指示？嗯，也許會叫我不要再寫愚蠢的精神分析論文，也許會叫我賣光股票，或將錢全拿來買股票。也許會要我趁妻子睡在雙人床上時，與亞琳在一旁做愛。也許會要我旅行到舊金山、夏威夷、北京。玩撲克牌每一場都唬人。也許會要我放棄家庭、朋友和工作。放棄精神科事業之後，我也許會成為大學教授……股票經紀人……房地產經紀人……禪宗大師……中古車業務……旅行社員工……電梯服務員。我的職業選項突然變得無窮無盡。我過去不想成為中古車業務，也不尊重那行業，原來那根本是個人偏見和自我設限。

我腦中充滿各種可能。我過去的無聊根本是庸人自擾。我想像自己每次隨機的決定之後會宣布：「骰子已擲。」然後堅定地嘩啦嘩啦越過另一條盧比孔河。如果一生無聊又枯燥，那又如何？新生活萬歲！

28 西方「渡過盧比孔河」一語代表破釜沉舟，做出無法回頭的事。這說法原自於凱撒大帝打破不得帶兵渡過盧比孔河的禁忌，進軍羅馬，最終獲得勝利。

但什麼新生活？最近幾個月事事都不值一哂。骰子改變一切了嗎？我有想做什麼特定的事嗎？嗯，沒什麼特定的。那一般而言呢？主權在骰！合理，但骰子能決定什麼？決定一切。

一切？

一切。

下一刻有點反高潮。我拿起骰子說：「如果是一、三、五點，我就上床睡覺。如果是兩點，我會問賈克博我能不能跟亞琳再來一次。如果是四或六點，我會熬夜多思考一下這件事。」我雙手空握，用力搖著骰子，接著將骰子拋上牌桌。骰子滾一會停下：五點。我在驚訝和失望中，乖乖睡覺去了。未來擲骰數次後，我學到了一個教訓：骰子的判斷有時和人一樣糟。

10

結果，說是說一切，但起初改變並不多。

那天下午，骰子駁回了所有刺激的選項，反而叫我去街角的藥妝店，隨機選些東西看。不得不說，閱讀《痛苦告白》、《橄欖球初上場指南》、《去他的！》、《健康與你》四本雜誌，比我平常的精神分析有趣多了，但骰子沒要我去做更重要或更荒謬的事，我稍感可惜。

那天晚上和隔天，我都避免用骰。偉大的轉捩日之後兩個晚上，我躺在床上，反覆思考著亞琳的事。當然，我想再次將她一擁入懷，但這麼做太危險了，也會衍生諸多麻煩，並自陷於可笑的處境。我輾轉反側，猶豫不決，在焦慮和肉欲中煎熬，最後麗麗安要我吃安眠藥，不然就去睡浴缸。

我翻下床，回到書房。我想像自己跟賈克博坦承，清楚解釋我在他床上幹了什麼好事，並提醒他謀殺犯法，想到一半，我鬆口氣想到，乾脆讓骰子決定不就得了。不夠果斷？猶豫不決？擔心東、擔心西？讓雪白的骰子滾去你的負擔，一個只要二點五元。

我拿出筆，寫下一到六。根據我保守的本質，第一個選項是把一切都忘了。我會忽略這次出軌，裝作沒事，正常對待亞琳。畢竟，不定期和人妻有染可能會有麻煩。尤其那女人的丈夫是你「最好的朋友」加「隔壁鄰居」加「最親近的同事」，關係錯綜複雜，可謂最極致的背叛，到頭來，根本不值得。說實在的，亞琳和麗麗安其實沒那麼不同，不值得折騰好幾小時，計畫如何利用骰子和她外遇；也不值得折騰好幾小時，考慮自己該不該好好考慮此事。而她蜷縮的身體和其他女人差不多，蜷縮的靈魂想必也不會有創意到哪去。

亞琳和賈克博結婚十七年，結婚之前兩人就讀十一年級。青少年時的賈克博十分早熟，他夏天勾搭上亞琳，秋天便去泰柏資優寄宿學院就讀，兩人分隔兩地，他才發現自己性欲不得發洩。自慰令他沮喪萬分，因為雙手捧著亞琳胸部，或用嘴吸吮的滿足感，都遠遠超過幻想和自摸。聖誕節他向雙親坦白，他有三條路可以走，回公立高中、自殺或娶亞琳為妻。他父母稍微考慮了後兩個選項，最後不甘心地讓他們成婚了。

亞琳開開心心離開學校，將代數和化學期末考拋在腦後。他們在復活節成婚，她開始工作，支持賈克博完成學業。亞琳的教育全來自生活，由於她這輩子都在金貝爾百貨當櫃姐、在巴赫銀行打雜等下班、在沃爾沃斯超市當打字員、在流行設計學院操控配電盤，所以她教育程度有限。這七年來，不需工作的她獻身於各種沒人聽過的慈善工作（捐小錢救小狗、幫助糖尿病患、幫助阿富汗牧羊人！），閱讀口水小說和高深的心理分析期刊。她對自己的一切經歷有多少理解仍是個謎。

結婚之後，賈克博顯然不再把心思放在追求女人上。亞琳對他而言，其實就像下半輩子用不盡的阿斯匹靈，或晚年用不盡的瀉藥。而且，這兩種藥保證無副作用，於是賈克博不時使用亞琳時，自然也處心積慮，不希望造成任何副作用。根據傳言，他不僅要亞琳吃藥，也要她用子宮內避孕器、避孕隔膜和子宮沖洗器，他自己也乖乖用保險套，還乾脆肛交，並認分地實行體外射精。無論如何，成果斐然。他們沒有孩子，賈克博十分滿意，亞琳感到無趣，並渴望孩子。

所以我第一個選項很清楚：不要再出軌了。我叛逆地寫下第二個選項：亞琳說要幹嘛我就照做（在那個年代這可要點膽量）。第三個選項，我會儘快再次引誘亞琳。太模糊了。嗯哼，我會趁星期六晚上再次誘惑她。（賈克博那天要辦雞尾酒會）。

第四個選項，我……直覺的選項差不多都列完了——誒，等一下，第四個選項，只要我一有機會和她獨處，我就會告訴她雖然我愛她愛到難以言喻，但我覺得為了孩子著想，我們應該要保持柏拉圖式的愛。第五個選項，我會隨機應變，憑直覺行事（另一個膽小鬼選項）。第六個選項，我星期二下午會去她公寓（我知道她那天會獨自在家），貨真價實地強暴她（換言之，不會溫柔以待，也不誘惑她了）。

我看著選項，開心地露出笑容，並擲出骰子：四點。柏拉圖式的愛。柏拉圖式的愛？這怎麼會在選項之中？一時間，我愣住了。後來我決定，雖然我會照著第四個選項跟她說，但我仍可能被亞琳說服，放棄柏拉圖式的愛。

星期六晚上，亞琳到門口迎接我，她穿著我沒見過的藍色小禮服（賈克博也沒看過），手上拿著一杯蘇格蘭威士忌，眼睛睜得大大的，也許是畏怯或害怕，或只是沒戴眼鏡看不清楚。她給我威士忌之後（麗麗安仍在樓上換衣服），便躲到另一頭去了。我緩緩走到一群以賈克博為首的精神科醫師間，聽人人各自分享一段避稅之道。

憂鬱的我隨亞琳飄了過去，文藝唯美的情話如餅乾屑在唇邊留連。她從廚房吧檯回到客人身旁，笑容燦爛空洞，客人話說到一半，她便藉故要幫另一人拿飲料離開了。我從未見她如此焦躁。後來我好不容易逮到機會，跟她進到廚房，發現她望著一張帝國大廈的照片或下方的月曆，上頭銀行假日都標上了橘框。

她轉身望著我，眼睛同樣睜得大大的，也許是畏怯、害怕或眼前模糊，並緊張恐懼地大聲問道：

「我要是懷孕了怎麼辦？」

「噓。」我回應。

「如果我懷孕了，賈哥絕不會原諒我。」

「但我以為妳每天早上都有吃藥。」

「賈哥有叮嚀，但過去兩年來，我把曆鐘裡的藥都換成維他命C。」

「天啊，什、呃、什麼時候……妳覺得妳懷孕了嗎？」

「賈哥會知道我出軌，而且沒吃藥。」

「但他會認為自己是孩子的父親？」

「當然了，不然還可能是誰呢？」

「喔……呃……」

「但你知道他多討厭有小孩。」

「我完全了解。亞琳……」

「不好意思，我要幫人拿飲料。」

她端兩杯馬丁尼出去，回來時手上拿著一杯空的高球雞尾酒杯。

「你不准再碰我。」她一邊說，一邊準備另一杯酒。

「啊，亞琳，妳怎麼能說這種話？我的愛就像……」

「這星期二，賈克博一整天都要待在圖書館書庫寫他的新書。如果你敢像昨晚不規矩，我一定報警。」

「亞琳……」

「我已經查好號碼，而且我電話一定不離身。」

「亞琳，我對妳的感情……」

「不過我昨天跟麗麗安說，我那天要去威斯特徹斯特郡拜訪米黎恩阿姨。」

「妳一定不知道我有多……」

她拿一杯滿滿的威士忌和兩條沾了乳酪的芹菜出了廚房，她回來之前麗麗安來了，然後我被一個叫西德尼·厄普特的人纏住，聽他長篇大論分析披頭四對美國文化的影響。那天晚上，那是最文藝的一刻。在那之後我跟亞琳一句話都沒說到，後來說到話已經是……嗯，星期二下午的事。

「亞琳。」我一邊說，一邊忍住尖叫，因為亞琳剛才煞有其事狠狠關門，門用力夾到我用來卡門的腳。「妳一定要讓我進門。」

「不要。」她說。

「如果妳不讓我進去，我就不告訴妳我打算做什麼。」

「你打算做什麼？」

「妳也永遠不會知道我要說什麼。」

過了好一會，門才終於打開，我跛著腳走進公寓。她遲疑地退到電話旁，手握話筒，姿勢僵硬，手指蓄勢待發插入轉盤號碼鍵，想當然爾是第一個號碼，她說：

「不准再靠近。」

「好，我不會靠近。但妳真的該掛上電話。」

「我才不要。」

「如果話筒拿起太久，電話會被切掉。」

她猶豫地放下話筒，坐到沙發一端（靠近電話那端）；我則坐到另一端。

她茫然地望著我幾分鐘（我正醞釀著柏拉圖式的情話），突然摀住臉哭了起來。

「我阻止不了你。」她哀嚎。

「我什麼都沒做啊！」

「我阻止不了你，我知道我辦不到，我太軟弱了。」

「但我沒有要碰妳。」

「你力量太大，強壓逼迫……」

「我不會碰妳。」

她抬頭。

「你不會嗎？」

「亞琳，我愛妳……」

「我就知道！喔，我太軟弱了。」

「我愛妳愛到難以言喻。」

「你這人太邪惡了。」

「但我已決定（她真是煩死我了，我決定長話短說），我們的愛必須是柏拉圖式的。」

她瞇起眼，目光帶著忿恨。我想她在模仿賈克博看透人心的眼神，但她看起來只像想看清楚義大利舊片的字幕。

「普拉圖式？」她問。

「對，必須是柏拉圖式的。」

「普拉圖式。」她仔細思考。「普拉圖是冥王[29]。」

29 柏拉圖（Plato）和冥王（Pluto）英文發音相近。

「不對，等一下，不是普拉圖，是柏拉……」

「你真是噁心的變態。」

「亞琳，夠了。」我起身，站到她面前。她拿起話筒，放到耳邊。「我想以超過言語、超越肢體碰觸的方式愛妳。以純精神上的愛好好愛妳。」

「那我們要怎麼做？」

「我們會和過去一樣見面，心底知道我們其實是一對愛人，但十七年前，造化弄人，讓妳嫁給了賈哥。」

「但我們要怎麼做？」

「為了孩子著想，我們必須對彼此的配偶保持忠貞，永遠不能因激情沖昏頭。」

「我知道，但我們要怎麼做？」

「什麼都不做。」

「什麼都不做？」

「呃……不做……不正常的事。」

「我們不會和彼此見面嗎？」

「會吧。」

「至少說我們愛彼此？」

「會，我想會吧。」

「至少再向我保證你沒有忘記？」

「也許可以。」

「你不喜歡碰我嗎？」

「啊，亞琳，喜歡，我當然喜歡，但為了孩子……」

「什麼孩子？」

「我的孩子。」

「喔。」

她坐在沙發上，一手放在大腿上，另一手將話筒拿在右耳。她不知為何今天又穿上那件低胸藍色小禮服，害我覺得愈來愈不柏拉圖了。

「可是……」她似乎在找正確的說法。「為什麼……為什麼你……強暴我會傷害你的孩子？」

「因為——為什麼我強暴你會傷害我的孩子？」

「對。」

「就是……如果我再觸碰妳曼妙的身體，我可能永遠無法回到我家人身邊。我可能必須將妳擄走，和我展開新生活。」

「喔。」她睜大眼睛望著我。

「你好奇怪。」她又補了一句。

「愛讓我變得奇怪。」

「你真的愛我？」

「我一直都愛著妳……我愛妳好久，自從……自從我發現妳美麗的外表之下藏有多少內涵，靈魂有多麼深沉、多麼充實。」

「可是我不懂。」

她將話筒放到椅臂上，雙手再次摀住臉，但這次沒有哭。

「亞琳，我必須走了。我們絕對不能再提起我們的愛。」

她抬起頭，透過眼鏡望著我，臉上帶著不同的表情——究竟是疲倦還是悲傷，我也說不上來。

「十七年了。」

我猶豫地站起，緩緩離開沙發。她繼續望著我剛才坐著的地方。
她站起來，脫下眼鏡放到話筒旁。她接近我，伸出顫抖的手放上我手臂。
「你留下吧。」她說。
「不，我要走了。」
「我永遠不會讓你離開你的孩子。」
「我力量太大。沒有人阻止得了我。」
她猶豫一會，目光在我臉上游移。
「你好奇怪。」
「亞琳，真希望……」
「留下來。」
「留下來？」
「拜託。」
「為什麼？」
她將我的頭拉到臉前，雙脣湊上來給我一吻。
「我無法控制自己。」我說。
「你要努力。」她恍惚地說：「我已發誓永遠不能再跟你上床了。」
「什麼？」
「我以丈夫的名譽發誓，永遠不能再跟你上床了。」
「那我就必須強暴妳了。」
她抬頭哀傷地看著我。
「是啊，看來是如此。」

11

第一個月裡，骰子對我的影響少之又少，我當然從沒想過要將人生拱手讓給骰子。當時，這想法令我害怕，於是我限制了選項，以免麗麗安和同事懷疑我又接觸什麼邪教。我將閃爍的綠骰子謹慎藏好，必要時，才偷偷摸摸徵求它開示。

除了決定休閒娛樂，平時的「我」不在意的事，我也會交給骰子決定。例如，在骰子吩咐下，我和麗麗安放棄劇評獎得獎作品，去看愛德華．阿爾比[30]的劇作，我也用骰子在藏書中隨機選作品來閱讀。骰子讓我不再寫書，開始寫一篇叫〈為何精神分析經常失敗〉的論文。骰子也告訴我，要買通用封包公司的股票，不要買汪德菲工業或動力格公司的股票。因為骰子，我沒有參加芝加哥的大會。另外，骰子也要我以《慾經》二十三、五十二、八號體位和老婆做愛。骰子也替我決定我見不見亞琳；以及和她見面時，要在甲地，還是在乙地。諸如此類。

簡而言之，骰子決定的其實都是不重要的事。選項多半出自我中庸的品味和個性。我漸漸喜歡上玩弄選項的機率。例如，我讓骰子決定當晚要追求哪個女人時，我可能會給麗麗安六分之一的機率，另一個新女人則隨機有六分之二的機率，亞琳則擁有六分之三的機率。如果用兩顆骰子，機率會變得更微妙。我總遵守著兩個原則。一、永遠不寫下我不願去做的選項；二、絕不多想，絕不找藉口，骰中直接執行。骰子生活要成功，訣竅就是讓自己成為骰子的懸絲傀儡。

陷入和亞琳的關係之後，我讓骰子送我到城市各處的酒吧，找個位子喝酒、聽人對談、和人聊天。

30 愛德華．阿爾比（Edward Albee, 1928-2016），美國劇作家，曾獲東尼獎和普立茲獎肯定，劇作書寫社會觀察、心理成長、性關係和婚姻，代表作為《動物園故事》和《誰怕吳爾芙》。

骰子會選出我該跟哪些陌生人對話，並選擇我當下的角色。我曾是底特律老虎隊的外野手老將，來紐約與洋基打系列賽（布朗克斯的酒吧），我也曾是《衛報》英國記者（巴比松廣場酒吧）、同性戀劇作家、酒精成癮教授、逃犯等等。不論是酒吧、餐廳、劇院、計程車、商店——只要沒人認識我，我就不會是過去「正常的自己」。我去打了保齡球，加入維克譚尼健身房訓練軀幹的肌肉。我去看了音樂會、棒球賽，參加靜坐抗議和免費的舞會。這都是我以前從未做過的事，如今，我都視之為選項，骰子會指示我一一去接觸——而且每天身分都不一樣。

我行為已盡量收斂，好找些「合理」理由向麗麗安解釋我古怪的行為，但骰子有時讓情況變得非常棘手。骰子要我對她表達關心，展現大方氣度，並要我為她買首飾，這可是六年來第一遭，結果她馬上懷疑我出軌。放心之後，她高興極了。骰子讓我們連三天晚上看了三齣劇（我平均一年看三齣劇，其中兩齣還會是音樂劇，而且會是史上最短的音樂劇）。看完之後，我們兩人都深感文化薰陶，氣質變得前衛又高雅。我們發誓這一整年每週都要看劇。但骰子不同意。

有一週，骰子要我一味順著她的意思。中途她兩度罵我沒骨氣，最後幾天，她更覺得我沒主見到令人想吐，不過我發現，雖然以前有些情況，我會當她是空氣，但那週遇到同樣情況，我都有好好聆聽和回應；有幾次，她也因此有所觸動。

骰子胡亂決定性愛體位時，麗麗安甚至都顯得樂在其中，不過有次骰子要我高潮前要用十三種體位插她，我正要換到第十一種體位時，她就生氣了。她納悶我最近為何心血來潮，多了不少怪興趣，我打趣道也許我懷孕了。但媒介即是訊息[31]，骰子的決定，不論對麗麗安、亞琳或其他人來說多開心，或讓彼此身體變得更親近，卻仍讓我遠離人群。

31　此句話為加拿大哲學家赫伯特・麥克魯漢（Herbert Marshall McLuhan, 1890-1966）的名言，他認為媒介就是人體的延伸，媒介就是訊息，強調獲得訊息的方式比訊息內容本身更重要。

還有另一個有趣的發展，骰子開始玩弄我的病人。這是決定性的一步。我開始列出特別的選項，例如，我心血來潮會直接對病人做出評論；我會重讀其他醫療分析理論和方法，並在病人身上花幾個小時實驗；我還會對病人講道說教。

最後，像教練替運動員安排體能訓練一樣，我開始替病人列出精神訓練的選項。害羞的女孩我會叫她去和約炮大師約會；愛挑事的惡棍就吩咐他去跟一個四十四公斤的弱雞單挑，故意打輸；書呆子便要他一週看五部電影、參加兩場舞會，每天花至少五小時打橋牌。當然，這些作業雖然深具意義，但完全違反了精神刻醫生的職業道德規範。指示病人行動，若出差池，法律責任都在我身上。一般精神病患不管做任何事，最終下場都不好，我出作業給他們就代表鐵定會出問題。尤有甚者，我職業生涯恐怕會劃下句點，但不知何故，我覺得特別高興。我像職業四分衛，讓機率決定我要打什麼戰術，球要丟到哪。我可謂暴露了命根子，不再是個專業的精神科醫師，全心擁抱各種奇想。

前幾天，骰子容許我自由向病人表達感受，徹底打破**所有**精神治療的基本原則——不得批評。面對哭哭啼啼、畏畏縮縮的病人，我開始當面譴責他們，抨擊任何一絲見不得人的弱點。我的老天啊，真好玩到家了。你記得的話，這四年來，我跟個聖人一樣，理解體會，原諒並接受所有人愚蠢、殘酷和荒唐的事。換言之，我壓抑了所有正常的反應，所以當骰子讓我暢所欲言，罵病人虐待狂、白痴、王八蛋、賤貨、懦夫和罹患隱性白痴症時，你能想像我有多爽。爽。我又找到另一個樂園。

病人和同事似乎不欣賞我的新角色。從那天起，我的名聲一落千丈，惡名遠播。我在耶魯大學的英文教授奧維爾．鮑格斯是第一個給我找麻煩的傢伙。

他是個胖子，一口暴牙，有雙呆滯的小眼睛，這六個月來斷斷續續來找我克服寫作瓶頸。他三年來動筆頂多就簽簽名，為了維持學術聲望，他還不得不挖出以前在密西根州大學大二寫的好幾份期末報告，稍作修改，在季刊上發表。反正沒人讀超過第二段，所以他並未被抓。其實，由於他生涯著作驚人，早在來找我之前，他就已享有終身職。

我之前有一搭沒一搭處理不少他的問題，像他對父親感情十分矛盾，也擁有潛在的同志傾向，對自己的印象和現實也有落差。在骰子放縱下，我有天突然爆發。

「鮑格斯。」有天早上，他來了之後我說（我之前都有禮地稱他為鮑格斯教授）。「鮑格斯。」我說：「我們不如別說屁話了，直接來談根本問題吧？你何不乾脆死了這條心，向大家宣布你要封筆？」

鮑格斯教授才剛躺下，一個字都還沒吐，一聽之下全身震顫，彷彿向日葵的巨葉，初次感受到暴風雨第一口氣息。

「不好意思，你說什麼？」

「為何執意寫作呢？」

「寫作是我多年來享受的——」

「屁。」

他坐起來，望向門口，彷彿期待蝙蝠俠破門而入拯救他。

「我來找你，不是因為我有精神病，而是想治療單純的寫作瓶頸。現在——」

「現在情況就像你以為只是來看小感冒，其實卻得了癌症。」

「現在你治不好我的寫作瓶頸，就試圖說服我封筆。我覺得——」

「你覺得聽起來很刺耳。但想想你放棄出版著作之後，能享受多少樂趣。過去這六年來，你有好好看過一棵樹嗎？」

「樹我看夠多了。我想出版作品。我真不知道你今早在搞什麼。」

「我摘下了面具，鮑格斯。我一直在跟你玩精神分析的遊戲，假裝我們在分析像肛門期、客體投入、潛在異性性欲之類的高深玩意，但就我判斷，你要痊癒的話，必須接受啟蒙，看透表面假象，了解背後的祕密，可謂直搗糞坑，面對真相。直搗糞坑只是比喻，鮑格斯，那——」

「我一點也不想接受啟蒙——」

「我知道你不想。誰都不想。但你一小時付了我三十五元，我希望你錢花得值得。首先，我希望你從大學辭職，並向系主任、董事會和媒體宣布自己要去非洲，重新尋找和原始動物的連結。」

「根本胡扯！」

「當然是胡扯。那就是重點。想想你會引起多大關注：『耶魯教授辭職尋找真實』。那比你之前在《羅德島季刊》發表的〈亨利·詹姆斯[32]和倫敦巴士服務〉一文有話題多了。再說——」

「但為什麼是非洲？」

「因為那跟文學、學術進修和正教授資格毫無關係。這樣一來，你無法騙自己在為論文取材。在剛果待一年，試著參加革命或反革命團體，射殺幾個人，嚐嚐在地土方，擁抱所有來到眼前的誘惑，哪怕是男人、女人、動物、植物和礦物。那之後，如果你還是想在季刊上寫亨利·詹姆斯的文章，我一定幫助你。」

他坐在沙發邊緣看著我，緊張又維持著威嚴。他說：

「但你為什麼希望我不要再寫書？」

「因為你現在的樣子，鮑格斯。過去四十三年，你一直是個廢物。絕對是。我不想批評，但絕對是個廢物。你心底知道，你同事知道，我也完全知道。我們必須將你全面改造，讓你錢付得值得。通常我會建議你來個師生戀，但看你個性，大概只有比你更慘的學生願意投懷送抱，那根本沒幫助。」

鮑格斯站起來。我繼續平靜地說：

「你需要的是接觸更廣泛的事物，累積個人經驗，感受人生殘酷、折磨、飢餓、恐懼和性愛。一

32 亨利·詹姆斯（Henry James, 1843-1916），英美重要作家，是寫實主義和現代主義轉變的關鍵人物，也被視為偉大英文小說家，重要作品為《仕女圖》。

旦你全面探索這些基礎的事物，人生也許仍有希望出現重大的突破。不然，毫無希望可言。」

鮑格斯披上大衣，挺著暴牙，眉頭緊皺，慢慢退向門口。

「再見，萊因哈特醫生，我希望你能快點好起來。」他說。

「再見，鮑格斯。我也希望你能好起來，但除非你被剛果反叛軍抓住，或在叢林重病八個月，或成為如庫茲[33]一般的象牙商人，不然恐怕機會不大。」

我從辦公桌後起身，想和他握手，但他退出門外走了。六天後，我從美國在職精神科醫師協會收到一封有禮的信件，通知我耶魯大學的奧維爾·鮑格斯博士對我出現了妄想和幻覺，他寫了一封又臭又長的信，文情並茂地向協會投訴我的行為。我寫信給威恩斯敦理事長，感謝他的諒解，並寫信給鮑格斯告訴他，他寫得出申訴信就代表寫作瓶頸已有突破。我另外也允許他將信發表在《南達科他州文評季刊》。接下來六個月，我都沒見到他，他回來之後，成為我首位、也是最成功的骰子學生。

12

「詹金斯。」一天早上，我對那被虐狂，也就是所謂麥迪遜大道的米爾托斯特[34]說。「你有沒有

33 庫茲（Kurtz）是在剛果發瘋的一個象牙商人，為波蘭裔英國小說家約瑟夫·康拉德（Joseph Conrad, 1857-1924）《黑暗之心》一書的核心人物。

34 米爾托斯特是美國著名漫畫家 H·T·偉伯斯特（H. T. Webster, 1885-1952）筆下的可笑人物，個性緊張膽怯。

考慮過強暴別人？」

「我不懂。」他說。

「強迫傳授肉體知識。」

「我……不懂你說考慮是什麼意思。」

「你有沒有幻想殺人或強暴別人？」

「沒有，沒有，我從來沒想過。我根本不想傷害任何人。」他頓了頓。「除了我自己。」

「這正是我害怕的事，詹金斯，這就是為何我們最好認真考慮一下強暴、竊盜或謀殺。」

詹金斯在這整段診療中，身體在沙發上躺得規規矩矩，不曾提高音量，也不曾抽動任何一絲肌肉。

「你……你是說幻想這類事嗎？」他問。

「我說實踐。」

「但我想幫助人。我不想傷害人。我從來沒有過這念頭。」

「聽著，詹金斯，我厭倦你的消極和白日夢了。你到底有沒有成就過任何事？」

「我一直沒有好機會——」

「你有沒有傷害過另一個人？」

「我辦不到。我不想。我想救——」

「首先你必須拯救**你自己**，唯一的辦法就是擺脫惰性。我們星期五診療前，我給你一個作業。你能替我完成嗎？」

「我不知道。我不想傷人。我的靈魂全以這原則為中心。」

「我知道。我知道，可是你的靈魂生病了，記得嗎？所以你才會來這裡。」

「拜託，我不想強暴任何——」

「你注意到我請了個新的櫃檯人員吧？請了第二個（她其實是中年應召女郎，我專門雇她來跟詹金斯先生約會）？」

「呃，有，我有注意到。」

「她很漂亮，對吧？」

「對，她滿漂亮的。」

「而且她人也很好。」

「是的。」他說。

「我希望你強暴她。」

「喔，不，不，我……不，這不是個好主意。」

「好吧，那你願意跟她約會嗎？」

「可是……這沒有道德問題嗎？」

「你打算對她做什麼？」

「我是說……她是你的櫃檯……我以為——」

「完全沒問題。她的私生活是她的事（確實如此）。我希望你跟她約會。就今天晚上。帶她去吃晚餐，邀她回你公寓，看有沒有戲。如果你心癢難耐想強暴她，就下手。告訴她那是你療程的一部分。」

「喔，不，不，我從來不想做任何事傷害她。她似乎是個很善良的人。」

「她的確是，因此更能強暴她。但隨便妳。總之盡你所能，展現侵略性。」

「你真的覺得我有侵略性一點會有幫助嗎？」

「當然了。那會全然改變你的人生。好好努力，你搞不好還能引發越戰咧。但如果你只能偷罵別的行人，那根本甭想了。」我起身。「好了，去吧。要讓瑞塔答應和你約會，你也許也需要努力個幾分鐘。」

雖然他一開口自我介紹，瑞塔就等著回答「好」，但他還是花了二十分鐘才邀她出去。詹金斯扭扭捏捏追求三週半後，終於請她坐上福斯汽車前坐，所有人都鬆了口氣。不只如此，兩人也總算返回了詹金斯公寓，進行室內活動。過程中，詹金斯只有一次呈現出侵略性，他不小心用手肘撞到她鼻子，最後並未道歉。瑞塔試了老把戲「喔，你好有勁，打我。」但詹金斯向她保證，不管他多厲害，他絕不會打任何人。她要他咬她乳房，但他說自己牙齦不好。她想勾起他性欲，又不讓他滿足，藉此來激怒他，但詹金斯只會自己生悶氣，後來她放棄了。

同時，受虐狂的詹金斯千方百計想讓瑞塔和他分手。他放她鴿子兩次（瑞塔還是有把帳單寄來），不小心摔了她的腕錶（我也收到帳單），身為愛人，他高潮時要麼在她出乎意料的時間點，要麼就趁她打哈欠。然而，瑞塔仍甜蜜地黏著他，或者說對一週三百元不離不棄。

那個月底，由於交往順利，詹金斯和女人相處確實自在多了。他甚至挑逗蘭高小姐五分鐘。但他精神狀態變得岌岌可危，處於崩潰邊緣。他無法染上性病，無法讓瑞塔懷孕，也無法激怒她，讓她離開，他想搞砸一切，卻無能為力。他被逼得走投無路，情急之下，他在別處下了功夫，全力搞砸生活其他方面。他弄丟皮夾兩次，出門時還忘了關浴缸水龍頭，害公寓淹水。有天他跟我說，他後來決定自己操盤投資，錢在股市都賠光了，因此他不得不放棄治療。

我勸他繼續，但那天下午，他去工地監督工程時，想方設法讓堆土車撞到自己，並住院六個星期。幾個月之後，骰子要我把瑞塔的帳單寄給他，遺憾的是，他二話不說馬上付清這筆帳。雖然我有點遲疑，但仍將他列為失敗案例。

我到後來才開始進行骰子療法。沒讓病人用骰子那段時間，結局通常十分悽慘。我被告兩次，一個病人自殺（一小時三十五元就這麼沒了），另一個病人因教唆未成年人犯罪被捕，最近還有個病人乘著小帆船前往大溪地，就此消失在茫茫大海上。不過，即使是失敗案例，也許最後仍算是成功；這事沒人說得準。

拿琳達．瑞可曼來說吧，她是個富家女，年紀輕輕，身材苗條，過去四年都待在格林威治。富裕自由的女孩在格林威治會享受的事，她一樣也沒錯過。我重生之前，她已來我這兒看診四週了，從之前的診療，我知道這是她第三次接受心理治療，也知道她愛談自己，尤其是她如何殘忍地和男人亂搞，卻不將他們放在心上的事。她說男人總想以愚蠢、無用的方式傷害她，但她從未讓他們得逞。她獨自說著說著，有時會掉起書袋，瞎扯文學、哲學和佛洛伊德式的比喻，有時又突然平鋪直述。每次診療，她都會吐出些驚人之語，想嚇嚇我這體面的中產階級人士。

任憑骰子擺布第三週，我便成功和她進行了一場不可思議的療程。她那天挺著翹臀，扭腰擺臀從門口走進來，一屁股重重坐到沙發上，感覺情緒比平時激動不少。出乎意料之外，進門都三分鐘了，她卻一句也沒吭。以她而言，這可是頭一遭。終於，她以不悅的語氣說道：

「我真是受夠這些……鳥治療了。（停頓）我不知道我來這裡幹嘛。（停頓）你根本跟脊椎按摩師一樣沒用。搞什麼，我哪天才找得到一個**真男人**啊。我遇到的怎麼都是……沒種的娘炮。（停頓）這……是什麼鬼世界。大家生活爛成這樣，怎麼還過得了？我有錢、有腦、有性生活——我都快無聊死了。那些笨蛋啥都沒有，他們到底怎麼活下來的？（停頓）我好想把他媽整座……鳥城市全炸成碎片。（長停頓）

「我週末和柯特．羅林斯在一塊。跟你說，他才剛出版一本小說，《黨派評論》[35]形容——我一字不漏引用——『多年來最具詩意的小說作品，令人震驚。』就這樣。（停頓）他很有才華。他的散文就像閃雷劈空，雷轟電掣，燦爛耀眼。他是擁有亨利．米勒能量的喬伊斯[36]。（停頓）他現在在寫一本新小說，關於一個剛失去父親的年輕男孩十五分鐘內的人生。十五分鐘——整本小說就寫那十五分

35 《黨派評論》（*Partisan Review*）為出版於紐約市的政治及文學季刊。

36 亨利．米勒（Henry Miller, 1891-1980），美國極具爭議的小說家，其作品不拘形式，主題放蕩墮落，橫掃假道學的精神形式，代表作為《北回歸線》。詹姆斯．喬伊斯（James Joyce, 1882-1942），二十世紀最重要的愛爾蘭現代主義詩人和作家，代表作為《都柏林人》和《尤利西斯》。

鐘。而且柯特很可愛。多數女孩都會為他傾心。（停頓）他需要錢。（停頓）很好笑，他似乎不怎麼喜歡做愛。人劈里啪啦一下就又衝回寫字板前。劈里啪啦的。（停頓）不過他喜歡我替他吹出來。可是……

「我想把他雙手剁了。咔嚓，咔嚓。這樣他就會向我口述小說的內容。（停頓）剁了他的手——我想那代表我想閹割他。也許是吧。我想他不會覺得有差。我想他會覺得這樣有滿滿的時間進行他最愛的寫作，寫那臭小鬼十五分鐘好重要的人生。（停頓）『令人震驚』——哇，那書有赫爾曼．梅爾維爾[37]晚期的味道，還有臨死之際艾蜜莉．狄金生[38]的那個勁。你知道那本書內容是什麼嗎？在說一個敏感的年輕人發現，他母親和教導他愛上詩的男人有染。敏感的年輕人悲痛欲絕。『喔，雪萊[39]，你為何拋棄我？』（停頓）他也是個沒種的娘炮。（停頓）

「你今天真的很安靜。你難道不能哼個幾聲，或說幾聲『是』嗎？我一小時付你四十元，記得嗎？我每分鐘至少值兩到三聲『是』吧。」

「我今天不想。」

「今天不想！誰管你啊？你以為我喜歡一週來這三次吐苦水嗎？嘿，萊因哈特醫生，你一定要回答。這世界有個原則，所有人不論品味，都必須吃屎。嘿，說話啊。好好扮演精神科醫師的角色。我們來聽聽那忠實的重述。」

「今天我想聽聽看，如果妳能重新創造這個世界，完成妳……最終的夢想，妳想創出什麼世界？」

「別說屁話了。我會把世界變成一個巨大的睪丸，不然咧？」

37 赫爾曼．梅爾維爾（Herman Melville, 1819-91），美國小說家，作品往往神祕悲觀，著有美國經典作品《白鯨記》。

38 艾蜜莉．狄金生（Emily Dickinson, 1830-1886），美國重要詩人，詩的風格在當時獨樹一格，句式有長有短，韻腳不齊，常利用破折號和大寫。

39 雪萊（Percy Bysshe Shelley, 1792-1822），英國浪漫派詩人，其詩影響深遠，著名作品為〈西風頌〉。

（停頓）（長停頓）

「我會……先把人類全殺光……除了……呃……也許會留幾個人。我會摧毀所有人造的東西，**所有東西**，然後我會——所有動物都還會在——不。不，不會。我也會把牠們全殺光。不過世上還是會有草，還有花。（停頓）

「我無法想像有人類。（停頓）我甚至無法想像我在。我一定也消失了。哈！嗚呼。我最遠大的夢想是創造一個空白的世界。哇，那好酷。雷摩斯披薩店的那些傢伙應該很愛。但在我的世界裡，他們在哪？他們也不見了。一個空白、空白、空白的世界。」

「妳能想像一個妳喜歡的人在那嗎？」

「聽著，醫生，我厭恨人類。我知道。史威夫特厭恨人類，馬克．吐溫[40]也厭恨人類。我不是唯一的人。笨蛋才會欣賞笨蛋，野獸才會欣賞野獸。不論我是何者，我也算聰明。我察覺人類不管多厲害，不是軟弱，就是假惺惺。當然你也是。其實你們精神科醫生是所有人中最假惺惺的。」

「妳為何這麼說？」

「你們遵守著假惺惺的道德規範。你們在那規範後頭縮頭縮腦。我在這裡坐了四週，告訴你我各種愚蠢、殘酷、雜交、胡亂的行為，而你就坐那，像傀儡一樣點頭，同意我說的一切。我向你扭腰擺臀，隱隱露出大腿，你故意裝作渾然不覺。除非我說出口，不然你一概裝沒事。好啊，說就說：我想感受你的老二。（停頓）現在一個好醫生會用平靜、死板的聲音說：『妳說妳想感受我的老二。』然後我會說：『對，這能追溯到我三歲時，我父親……』接著你會說：『妳渴望感受我的老二，因為這能追溯到……』然後我們兩人會繼續假裝**這些話什麼都不是**。」

40 強納森．史威夫特（Johnathan Swift, 1667-1745），愛爾蘭作家，以書寫諷刺文學見長，代表作品為《格列弗遊記》。馬克．吐溫，美國著名幽默作家，代表作品為《湯姆歷險記》和《頑童歷險記》。

琳達停頓了一下，然後用手肘撐起身子，看都不看我，以拋物線吐一大口口水到辦公桌前的地毯上。

「我不怪妳。我一直都像個機器人。更具體來說，像個混蛋。」

琳達從沙發上坐起，上半身轉過來，看著我。

「你剛才說什麼？」

「妳覺得妳不曉得我剛才說了什麼？」我重複她的問題時，又故意擺出精神科醫生的臉，試著露出親切笑容。

「媽呀，所以還是個人嘛。（停頓）哼。說說別的啊。我之前從沒聽你說過什麼話。」

「好吧，琳達。該是時候結束非指導式治療法了。妳該聽聽我對妳的感覺。對吧？」

「我剛才就是這意思。」

「首先，我覺得我們彼此都知道，妳太自大了。再來，妳在性愛上和許多女人比起來差太多了，因為妳很瘦，光這麼看過去，胸部應該是假的（她冷笑），而且男人拉鍊還沒全拉開，妳大概就急著讓他高潮。第三點，不論廣度和深度，妳所有的知識都僅限於個人閱讀和理解。簡而言之，以人類而言，妳在各方面都十分平庸，唯一特殊的是妳的財產。妳睡過的、還有曾向妳求婚和求歡的眾多男人，都是為了妳張開的大腿和皮包，而不是妳的人格。」

她一臉輕蔑，露出冷笑，嘴角愈拉愈開，臉沒戲了，便換肩膀轉向，最後整個身子裝模作樣撇向一旁，不屑地背對我。等我說完，她面紅耳赤，刻意緩慢開口、故作平靜。

「喔，可憐的琳達啊。只有路克．萊因哈特大師能拯救妳汙穢的靈魂，以免妳變成自大的廢物。（她突然語氣一轉）你這自大的王八蛋。你以為你是誰？還自以為是評論我的事？你一點都不了解我。除了幾件誇張、膚淺的事，我根本什麼都沒跟你說，結果你就憑那些事來批評我。」

「不然妳要給我看妳的胸部嗎？」

「幹你娘。」

「妳有寫文章、故事或詩嗎？還是妳有畫可以給我看？」

「你不能憑身材或文章來評斷一個人。我跟男人做愛後，他們都永生難忘。他們心底知道自己曾擁有過一個女人，而不是空有其表的冰山。你躲在自己的寶貝道德規範後面，覺得高人一等，其實是因為你根本只看得到表面。」

「妳還有什麼優點？」

「我這人總是直話直說。我知道我不完美，我就不會說自己完美，我早就發現，精神科醫師都是自以為了不起的偷窺狂，而且我告訴你，那就是你們最後都只會攻擊我的原因。你們根本受不了實話。」

「我的道德規範讓我不能跟妳做愛？」

「對，除非你是同性戀，像我認識的另一個精神科醫師。」

「讓我正式跟妳宣布，我未來和妳相處，我不會維持傳統醫病關係，我也不會遵守美國在職精神科醫師協會規章中訂立的標準道德規範。從現在起，我會以人與人相處的態度回應妳。身為精神科醫神，我提出建言，但僅此而已。怎麼樣？」

琳達將雙腿從沙發上盪下來，望向我，臉上緩緩露出微笑，莫非想賣弄性感？其實，她確實性感。她身材苗條，五官深邃，雙唇飽滿。不過，只要她是我的病人，我絕不會有一分一毫的邪念，過去五年來，即使無數女病人扭腰擺臀、揭露本色、明示暗示、寬衣解帶、試圖霸王硬上弓，我都不動如山——上述情況都曾在不同的診療中出現過。醫病關係徹底壓抑了我的性衝動，彷彿一邊沖冷水澡，一邊做五十個伏地挺身。看到琳達．瑞可曼嫵媚微笑，稍稍弓著背，挺出她（不知是真是假的）胸部，在個人診療史中，我胯下首次有了反應。

她嘴角緩緩勾起，微笑中出現輕蔑。

「比之前的你好點，但那也不代表什麼。」

「我以為妳想感受我的老二。」

「誰理你啊。」

「既然如此，那我們回到妳身上。再躺回去，把腦袋放空。」

「『再躺回去』，你那什麼話。你剛才說你要像個人。人彼此聊天才不會背對背。」

「確實。那就來吧，我們聊聊……面對面。」

她又望向我，雙眼稍稍瞇起，上唇抽動兩下。她站起身，面對我。我桌上的光照亮了她臉上的汗。她這次臉上沒有掛著暗示的笑容，也許她想吧，但最後露出的是個緊繃、硬擠出的怪表情。她施施然走向我，一邊走一邊解開裙側的鈕扣。

「我想，我們兩個互相了解也許會有幫助，我是指身體上的。你覺得呢？」

她走到椅子旁，讓裙子落到地上。她較短的襯裙一定也同時脫下了。她現在只穿著一件絲質的白色比基尼內褲，腿上沒有褲襪。她坐到我大腿上（椅子咿啞一聲，向後羞恥地傾斜了幾公分），她雙眼半閉，抬頭望著我的臉，懶懶地說：「你覺得呢？」

坦白說，答案是「好」。我完全勃起，脈搏加快百分之四十，該有的荷爾蒙都已分泌，刺激著我的胯下各處，腦袋依循自然機制，此時糊成一團，無法運轉。她雙脣和舌頭再次濕濡地湊上我的嘴，手指沿著脖子撫入我的頭髮。她假裝自己是碧姬．芭杜[41]，我則配合著她。我們滿足地吻了好久，接著她起身，臉上擺出慵懶又制式的笑容，一件件褪下上衣、胸罩（她不需要隆乳）、手鐲、手錶和內褲。

由於我仍吃吃傻笑，坐在那兒，她遲疑了一下。其實照理來說，此時我差不多該熱情地抱起她，帶她到沙發上，和她水乳交融。但我決定忽略暗示。短暫遲疑之後（她濕潤的上脣抽動一下），她跪

41　碧姬．芭杜（Brigitte Bardot, 1934-），法國電影明星，並且是五、六〇年代的性感女神，晚年投入動保運動。

到我旁邊，手指撥動我的褲門襟。她解開腰帶和褲勾，拉下拉鍊。因為我絲毫沒有（自願的）動作，她費了點功夫，才將渴望之物從我四角內褲掏出。她成功扒開牢籠，它從褲中彈出，渾身直挺，散發尊貴之情，微微顫動，像個博士帽正要落到頭上的年輕學者（我全身其他部分維持冷漠，動也不動，遵照美國在職精神科醫師協會所規範）。她傾身向前，嘴湊到正上方。

「妳看過《碧血金沙》這部片嗎？」

她停下來，一臉詫異，然後閉上雙眼，將我的陰莖塞入嘴中。

在這種情況下，她做了一個聰明的女人該做的事。雖然她嘴巴溫暖，舌頭纏繞，快感陣陣傳來，但我精神上沒有因這一刻感到興奮。瘋狂科學家骰子人以嚴肅的態度看待這一切。

過了好一段尷尬的時間（我默不吭聲坐著，從頭到尾充滿威嚴和專業），她起身輕聲說：「脫下衣服過來。」她優雅地走到沙發，面對牆趴下身子。

我覺得我再不動，她會立刻翻臉，並重新把衣服穿上，要求退錢。我過去看過她扮演兩個角色，分別是性感的小貓和聰明的賤貨，莫非還有第三種琳達？我走過去（左手拉著褲子），到沙發坐下。琳達赤裸白皙的身體趴在正式的棕色皮革上，顯得冰冷又幼稚。她臉朝向另一頭，但我坐到沙發上，她一定感覺得到。

不論琳達身為人有多糟糕，渾圓結實的美尻都彌補一切。她一見男人性欲高漲，馬上轉身翹起屁股，這直覺（或長年來的習慣）精準得令人咋舌。其實我的手已不由自主伸過去，離她肌膚不到五公分，這時，瘋狂科學家終於撥開腦中的倫敦濃霧警醒過來。

「翻過身。」我說（不讓她用最精良的武器瞄準我）。

她緩緩翻過來，兩隻纖白的手臂伸起，勾住我的脖子，將我拉向她，與她相吻。她霸道地呻吟著。雙唇緊抵著我的嘴，設法讓我雙腿也抬到沙發上，並讓我們腹部相靠。她舌頭舔舐，身子蠕動，口中不住沉吟，手緊扣我的身體，招招狂野高明。我只靜靜躺著，腦中不是很清楚該做什麼。

我顯然又錯過另一個暗示，因為她嘴抽開來，並輕輕將我推開。一時間，我以為她要放棄這角色了，但她雙眼半閉，嘴脣嘛起，看來仍投入其中。她雙腿打開，準備交配。

「琳達。」我低聲說（這次不講什麼鬼電影的事了）。「琳達。」我又喚了她一次。她放蕩地一手把玩著我的但丁，想引誘他進幽冥深淵，但我拉住但丁[42]。「琳達。」我喚她第三次。

「放進去。」她說。

「琳達，等一下。」

「怎麼了，放進去啊。」她睜開眼，向上望，彷彿完全不認得我。

「琳達，我生理期來了。」

佛洛伊德一定懂我為何這麼說，雖然我明知精神分析背後的意義，卻仍為了追求荒謬而說出口，我不禁感到十分羞愧。

琳達要麼沒讀過佛洛依德，要麼不在乎；好可惜，我看她快從芭杜變回賤貨了，中間卻沒有第三種琳達。

她眨了一下眼，開口發出輕蔑的哼聲，上脣扭動三、四次，再次半閉起眼，哀求道：「喔，來啊，拜託快進來，現在。馬上。」

雖然她雙手沒拉我，但我心中那匹種馬聽了那番淫話，馬不停蹄飛奔向前，離那片星空山谷不到三公分處，瘋狂科學家才拉住了韁繩。

「琳達，有件事我希望妳能先做。」我說（什麼？什麼？老天啊，究竟是什麼？）其實這句話很完美。她無從得知我要說的是淫蕩的要求，讓她以芭杜之身演繹，或只是身為精神科醫師不切實際的

42 但丁（Dante, c. 1265-1321）是義大利中世紀著名詩人，其史詩作品《神曲》咸認是歐洲偉大的文學作品，描述但丁遊歷地獄、煉獄和天堂的經過。

治療法。她眼睛睜大，心中興起一股好奇，芭杜和賤貨全拋到腦後。

「什麼事？」她問。

「就像這樣，躺著不要動，然後閉上眼睛。」

她望著我（我們身體只距離不到十公分，她一手仍勾著我的身體，引誘我投身巨大的融爐），她再次不是芭杜，也不是賤貨。她嘆口氣，放開我，閉上雙眼，我再次緩緩坐到沙發邊緣。

「試著放鬆。」我說。

她雙眼忽地瞪大，頭像玩偶一樣舉起。

「我幹嘛要放鬆？」

「拜託，為了我，做這……件事。躺在那兒，展現妳的美貌，讓手臂、雙腿、臉和全身放鬆。拜託。」

「幹嘛？你又不放鬆。」她冷笑望著我不得滿足，卻屹立不搖的中間那條腿。

「拜託，琳達，我想要妳。我想要跟妳做愛，但首先我想撫摸妳，親吻妳，我想要妳接受我的愛時，不要——是要完全放鬆。我知道不可能，所以我會建議一個放鬆的方法。我希望妳想像一個小女孩在原野中摘花。可以嗎？」

賤貨惡狠狠瞪我。

「為什麼？」

「如果照做的話，妳可能——如果妳照我的指示，可能會有驚喜。如果我現在進到妳體內，我們兩人什麼都學不到。」我誇張地將臉湊到她面前幾公分處。「一個小女孩在一整片翠綠繁茂的美麗荒野。妳見到了嗎？」

她瞪我好一會，然後頭躺到沙發上，併攏雙腿。兩到三分鐘過去，我依稀聽到門外蘭高小姐打字機答答的聲音。

「我看到一個小鬼在沼澤附近摘虎皮百合。」

「那小女孩漂亮嗎？」

（停頓）

「對，她很漂亮。」

「父母——這小女孩的父母長什麼樣子？」

「那裡還有小朵的野雛菊，以及丁香花叢。」

（停頓）

「她父母是混蛋。他們打那個孩子……那小女兒。他們買長項鍊，並用項鍊鞭打她。他們用一串手鍊將她綁住。他們給她吃毒糖果，害她嘔吐，然後逼她喝自己的嘔吐物。他們從來沒放過這小女孩。她只要到這片荒野玩，回家時他們便會打她。」

（我一言不發，但心中突然湧起一股如海克力士的強大力量，讓我好想重述『回家時他們便會打她』）。我們兩人靜默了好一會。

「他們用書打她。他們用書一次次打她的頭。他們用大頭針和鉛筆刺她。還有平頭釘。他們折磨完她，便把她關到地窖。」

琳達一點也不放鬆；她也沒有哭；基本上像賤貨的她，抱怨著那對父母的惡行，卻不覺得小女兒可憐。她只是滿腔忿恨。

「仔細看看荒野中的小女孩，琳達。仔細看她。（停頓）那個小女孩——？」

「那小女孩……在哭。」

「為什麼那小……她有沒有……那小女孩手上有沒有花？」

「有，她有……手上有朵玫瑰，白玫瑰。我不知道是哪裡……」

（停頓）

「她是……她對白玫瑰有什麼感覺？」

「……白玫瑰是……她在世上唯一能傾訴的事物，唯一……愛她的事物……她手握著花莖，舉到眼前，她對白玫瑰說話……不……她沒有拿著。白玫瑰浮在她面前……像魔法一樣，但她從不曾碰觸花，也不曾親吻過花。她看著花，花看著她，那些時光……那些時光中……那小女孩……很快樂。白玫瑰，和白玫瑰在一起……她很快樂。」

又過一分鐘，琳達雙眼眨了眨睜開。她望向我，接著望向我垂下的陰莖，然後是四周牆面和天花板。她的目光停在天花板。鈴聲響起，我這時才發覺，這可能已是第三或第四聲了，我嚇了一跳。

「時間到了。」她恍惚地說，然後又補了一句：「這真是個愚蠢又好笑的故事。」但這次，她語氣幽幽的，不再有怨恨。

我們默默穿上衣服，療程結束了。

13

我當了基督一天。要打破陳規，當個博愛世人的耶穌當然也算其一，而且令我驚訝的是，我馬上變得謙遜博愛，饒富同情。骰子命令我「做個像耶穌的人」，而且持續對所有人展現「伽督」（不唸「基督」）之愛。那天早上，我自告奮勇送孩子上學，路上我牽著他們的手，心中充滿父愛、仁慈和博愛。萊瑞問我：「怎麼了，爸爸，你為何要跟我們來？」我絲毫不被這句話影響。回到公寓書房，我重讀了山上寶訓[43]和大半的〈馬可福音〉，後來麗麗安要出發去開心逛街，和她道別時，我祝福了她，溫柔到她以為出了什麼事。一瞬間，五味雜陳之下，我差點脫口承認自己和亞琳外遇，要乞求她原諒，但後來我決定那是另一個角色——另一個世界的。那天晚上我又見到麗麗安，她告訴我在我的愛加持之下，她花了比平常多三倍的錢。

我早上對病人特別同情，但似乎沒什麼效果。

琳達．瑞可曼衣服才脫到上半身，我便建議我們一同禱告，結果她似乎生氣了。她開始親吻我耳朵時，我向她逑說人必須有心靈之愛。她生氣時，我乞求她的原諒，但當她拉開我的拉鍊，我又開始吟誦山上寶訓。

「你今天搞什麼鬼啊？」她啐道：「你比上次還糟。」

「我想告訴妳，和完美的肉體經驗相比，精神之愛更加豐富。」

「你真的相信那鬼話？」她問。

「我相信除非眾人拾回溫暖的大愛、心靈之愛以及對耶穌的愛，不然所有人都迷失了自我。」

「你真的相信那鬼話？」

「對。」

「我要退錢。」

她離開之後，我幾乎快一年沒見到她。

我和賈克博碰面用餐時，我差點哭出來。我好想幫助他，他困在精力過度飽滿的身體中，在生活中橫衝直撞，錯過一切，尤其錯過了充滿我內心溫暖的大愛。他一邊叉起燉牛肉和利馬豆塞入嘴中，

43 〈馬太福音〉第五章到第七章，耶穌基督在山上所說的話。

一邊告訴我他有個病人不小心自殺了。我尋找時機，想穿透他看似堅固的心牆，卻找不到任何破綻。這頓飯我愈吃愈傷心。我感到淚水盈眶。最後，我化悲憤為力量，再次尋找進入他內心的方式。

「賈哥。」我終於開口：「你可曾對人感到同情和愛？」

他叉子停在嘴邊，張嘴凝視著我片刻。

「什麼東西？」他說。

「你心裡可曾對誰或對所有人類湧起一股同情和愛？」

他又盯著我好一會，然後回答：

「沒有。佛洛伊德認為那感覺和泛神論有關，並是兩歲孩子經歷的階段。要我來說，泛濫、不理性的愛是種退化。」

「你從來沒有感覺到愛？」

「沒有。怎麼了？」

「但要是那種感覺……十分美好。要是心中有愛比其他狀態更好、更令人嚮往呢？即使那是一種退化的感覺模式，難道不令人嚮往嗎？」

「當然了。哪個病患？你上次跟我說那個姓坎農的孩子嗎？」

「要是我跟你說，對所有人感到愛和同情的人是**我**呢？」

聽到這句話，眼前這輛蒸汽挖掘機停下了。

「而且尤其愛你。」我又說。

賈克博眼鏡後的雙眼眨了眨，一臉恐慌（我從未看過他臉上出現這個表情，所以這只是我的解讀）。

「我會說你退化了。」他緊張地表示。「你陷入某種成長困境，為了逃避責任，尋求協助，你對所有人感到幼稚的大愛。」他又吃了起來。「很快就會好了。」

「對於這感覺，你覺得我在開玩笑嗎，賈哥？」

他別開頭，目光在餐廳各處游移，像受困房中的麻雀。

「不好說，路克。你最近怪怪的。有可能是裝的，有可能是真的。也許你應該回去精神治療，找提摩西聊聊。身為朋友，我不會現在評論你。」

「好吧，賈哥。但我想要你知道，我愛你，我不覺得這跟客體投入或肛門期有任何關係。」

他緊張地朝我眨眨眼，又吃不下了。

「這當然是『伽督』之愛，或所謂猶太伽督之愛。」我補充。

他臉上表情愈來愈驚恐。我開始怕他了。

「我說的只是溫暖親切的兄弟之情，賈哥，沒什麼好擔心的。」

他緊張地微笑，眼一瞇問道：

「這經常發作嗎，路克？」

「別擔心。再跟我說說那個病人的事。關於他的論文你寫完了沒？」

滿懷大愛的路修斯．萊因哈特[44]成功滑進通往偏僻鄉下的側軌道，賈克博自己則快速回到正軌，全速衝刺，並希望能繼續維持路線，晚點也許來寫一篇關於路克的論文。

「請坐，我的孩子。」那天下午，愛瑞克．坎農進入了我在皇后區州立醫院的綠色小房間。他回望著我，彷彿相信能看穿我的靈魂，他黑色的大眼睛閃爍，顯得興致盎然。他穿灰色卡其褲，T恤破爛，但散發平靜和尊嚴，彷彿一個年輕貌美的長髮基督，每天都做體操，而且幹過這一區每個女孩。

他如常將一把椅子拉到窗邊，心不在焉一屁股坐下，他雙腿伸直在身前，左腳球鞋底的破洞無言

44 路克的全名。

對著我。

我垂頭說道：「我們來禱告吧。」

他打哈欠到一半，張嘴停住，手臂枕在頭後，盯著我瞧。然後他收起腿，傾身低頭。

「親愛的神。」我大聲說：「請幫助我們遵從祢的意志，和祢的靈魂合一，每一口氣都榮耀著祢。阿們。」

我坐下，雙眼低垂，心想接下來該怎麼辦。之前面對愛瑞克，我一貫採用非指導式治療，結果卻弄得自己一身狼狽，精神治療史上，他是第一個在頭三次診療中能維持沉默，又完全放鬆自在的病人。第四次，他一整個小時說個不停，談論病房和世界的情況。再下來的療程中，他有時沉默不語，有時暢所欲言。前三週，我只有兩度進行了骰子主導的實驗，並指示愛瑞克試著對權威人物展現愛，但不論我用什麼策略，他都沉默以對。這時，當我抬起頭，他滿懷戒心望著我。他黑不溜丟的眼睛緊盯我，手伸入口袋，不吭聲遞給我一支菸。

「謝謝你，不用。」我說。

「同是耶穌，別客氣。」他嘴角諷刺一笑。

「不用了，謝謝。」

「禱告是怎麼回事？」他問。

「我今天……覺得特別虔誠。」我回答：「而且我——」

「那敢情好。」他說。

「——希望和你分享這感受。」

「你憑什麼當宗教人士？」他突然冷冷問道。

「我……我是……我是耶穌啊。」我回答。

一時間，他冰冷的神情帶著警戒，後來臉上化為輕蔑一笑。

「你缺乏意志。」他說。
「什麼意思？」
「你沒有受苦，你不夠在意，你心中沒有那股火，不夠格活在世上當基督。」
「那你呢，我的孩子？」
「我夠格。我生活每一刻肚中都有一把火，渴望喚醒這個世界，想鞭打那些幹他媽的混蛋，將他們趕出聖殿[45]。」
「那愛呢？」
「愛!?」他在椅子上朝我咆吼，身體挺直緊繃。「愛……」他稍稍平靜下來說：「對，愛。我對受苦的人有愛，對在社會制度機器齒軌飽受折騰的人有愛，但我對掌權、折磨他人的罪魁禍首毫不留情。」
「他們是誰？」
「你啊，兄弟，還有每個位高權重的傢伙，他們明明能改變、摧毀、捨棄社會機制，卻袖手旁觀。」
「我是社會機制的一部分？」
「你每次只要採用鬧劇般的治療法，你就是在十字架上釘釘子。」
「但我想幫助你，給予你健康和快樂。」
「小心點，我快吐了。」
「如果我停止為社會機制工作呢？」
「那你還有一點希望。那我會聆聽你說話，而你不再微不足道。」

45 此處影射《聖經》中耶穌「潔淨聖殿」的事件。耶穌有天來到耶路撒冷的聖殿，發現有人在裡面做生意，耶穌勃然大怒，把商人全趕了出去。

「但如果我離開社會系統，我要如何才能再見到你？」

「有會客時間。而且我與你同在的時間不多了[46]。」

我們各自坐在椅子上望著彼此，既提防又好奇。

「發現療程以禱告開始，或聽到我是耶穌，你難道不訝異嗎？」

「你有許多詭計。我不知道為什麼，但你確實不大一樣。你不像其他人，這點挺討人喜歡的，但我知道我絕對不能相信你。」

「你覺得你是基督？」

他的目光從我臉上飄開，望向汙黑的窗戶。

「有耳可聽的，就應當聽[47]。」他說。

「我不確定你有足夠的愛。」我說：「我感覺愛是一切的關鍵，而你似乎只有恨。」

他緩緩將目光移到我身上。

「你一定要抗爭，萊因哈特。不要耍花招。你一定要認得你的朋友，好好愛他，認得你的敵人，予以痛擊。」

「那好難。」我說。

「睜亮你的雙眼。萊因哈特，躲在機制後面的人，還有屬於機制的人，他們並不難發現。說謊的、騙人的、操控人的和殺人的，你其實都見過。只要走上街，睜亮雙眼，目標多得是。」

「但你要我們殺了他們嗎？」

「我要你們對抗他們。這是一場全世界的戰爭，關乎所有人，你不是支持機制，就是反抗機制；

46 〈約翰福音〉第十三章第三十三節。

47 〈馬太福音〉第十一章第十五節。

你不是機制的一部分，就是天天受機制折磨。現今生活是一場不容你選擇的戰爭，而目前為止，萊因哈特，你都是站在另一方。」

「要愛你們的仇敵[48]。」我說。

「當然了。還要恨惡邪惡。」他回答。

「你們不要論斷人，免得你們被論斷[49]。」

「猶豫不決，呆坐原地，屁股爛掉。」他笑也不笑回答。

「我心中沒有火，我喜歡所有人。」我難過地說。

「你心中沒有火。」

「那我還有什麼用？我想當個宗教人士。」

「你也許可以當個門徒。」他說。

「像十二使徒？」

「大概吧。你一小時收三十塊對吧？」

我坐在亞特羅・托斯卡尼尼・瓊斯對面半小時之後，覺得又難受又疲倦，沒耶穌的感覺，也不想說話。瓊斯跟平常一樣安靜，我們坐在那裡，自在地處於各自私人的世界裡，最後我喚起足夠的力量，努力扮起我的角色。

「瓊斯先生。」我望著他緊繃的身體和皺眉的臉，終於開口。「你不相信任何白人，沒問題，但請你想像一下，若今天我了發神經，心中興起一股強大溫暖的感情，想盡一切力量幫助你。我該怎麼

48 〈馬太福音〉第五章第四十四節。
49 〈馬太福音〉第七章第一節。

辦？」

「讓我離開這裡。」他說。

「把你放走之後，我接下來該怎麼辦？」

「總之，先讓我離開這裡。我自由前無法思考其他事。在外頭，哼……」

「你在外頭會做什麼？」

他突然轉向我。

「他媽的，老哥，我說讓我離開這裡，可沒說要多說什麼。你說你想幫忙，結果嘮叨個沒完。」

我起身，走到汙黑的窗前，望向外頭一群病人有一搭沒一搭打著壘球。

「好吧。我會放走你。你今天下午晚餐前就會回家。可能算違法，我也許會惹上麻煩，但如果我能給你的只有自由，那我就給你吧。」

「你要我嗎？」

「就算要我親自載你，我也會帶你出去。你一小時就會回到城裡。」

「有什麼企圖？如果我今天能走，為何一個月前不能走？我不都沒變。」他脫口吐出黑人文法，露出戲謔的笑容。

「對，我知道。但我變了。」

他狐疑地盯著我，我也凝視著他，內心認真，秉持著蹩腳演員的尊嚴。我好想昭告天下自己多偉大，但身為謙虛的耶穌，我仍秉持為善不欲人知的原則。

「來吧。」我說：「我們去拿你的衣服，離開這地方。」

結果，要讓亞特羅．托斯卡尼尼．瓊斯重獲自由，一小時根本不夠，成功是成功了，但正如我所擔心，這事果然違法。在我監護之下，我讓他離開了病房，但嚴格說來，他並未獲准離開醫院。離院必須經過一名董事同意，那天下午根本不可辦到。我星期五中餐會告知曼恩醫生此事，也許打電話好了。

我載瓊斯到他母親位於一百四十二街的家。整趟路上，我們兩人都不發一語，我放他下車時，他只說：「謝謝你載我。」

「小事。」我回答。

他依稀頓了一下，接著便甩上門，大步走了。

耶穌這一局再次零分收場。

等到我將瓊斯放出院，我已精疲力盡，我在車中不發一語一部分是因為疲憊。要我每分每秒裝作耶穌，扮演和自己個性截然不同的角色著實辛苦。其實，簡直不自量力。那一整天，我發現耶穌**上身**大約四十分鐘後，我系統會自動當機，整個人變得冷漠，毫無感情。我持續角色超過四十分鐘的話，最後都只剩身體反射，一舉一動都沒發自內心。

我開車去赴亞琳的約，模模糊糊中，我一直想釐清我跟她的關係。基督教義對通奸頗有微詞：我唯一能思考的就這麼多了。我們的關係是罪。耶穌要不乾脆失約好了？不。他會想表達他對情婦的愛，以及他的**愛加倍**[50]，並提醒她各式各樣相關的誡律。

於是那天下午，耶穌心懷此念，來到哈林區一百二十五街和萊辛頓大道街口，和賈克博・艾克斯坦太太碰面，接著開車進到海灣上的拉瓜地亞機場，停到停車場暗處。女子心情愉快放鬆，一路上都在談論《波特諾伊的怨訴》[51]，那本書耶穌沒讀過，不過，從她描述中能聽出，小說作者心中沒有愛。

50 《新約聖經》中神對人的愛都用希臘文「愛加倍」（agape）來表示。

51 《波特諾伊的怨訴》，作者為菲利普・羅斯（Philip Roth, 1933-2018），書中主角波特諾伊以獨白的方式，向精神科醫生傾訴他對自我價值的疑惑，並深刻反應了美國猶太人荒謬的心理處境。

艾克斯坦太太讀了之後，態度只更加憤世嫉俗、寡廉鮮恥，滿不在乎地沉浸在罪惡之中。話題此時要直接切入猶太基督之愛，耶穌覺得無比突兀。

「亞琳。」耶穌停好車後說：「妳對人有同情和愛嗎？」

「只有對你，親愛的。」她回答。

「妳不曾對誰，或對全人類感到一股強烈的同情和愛？」

女子歪頭思考。

「偶爾吧。」

「何時會有這樣的感受？」

「喝醉酒的時候。」

女子拉開了耶穌的拉鍊，一手伸進去，握住「聖具」。文獻一致指出，聖具滿滿都是**愛加倍**。

「我的女兒。」他說：「妳難道不擔心丈夫和麗麗安不開心嗎？」

她盯著他。

「當然不會。我最愛這樣了。」

「妳丈夫的感受對妳來說不重要嗎？」

「賈哥的感覺！」她大叫：「賈哥好得很。他根本沒有感覺。」

「連愛也沒有？」

「他一週也許感受到一次愛吧。」

「但麗麗安有感覺。神有感覺。」

「我知道，所以我覺得你對她做的事很殘酷。」

「確實，你和萊因哈特醫生的關係一定要停止，那不僅罪大惡極，而且一定會令她傷心。」

「我們什麼都沒做，害她受苦的是**你**。」

「萊因哈特醫生會成為一個更好的人。」

「太好了。我不希望看到她跟你在一起那麼難過。」她握了握聖具，以示善意，然後頭湊到祂大腿上，吸吮起了聖靈義大利麵。

「但是亞琳啊！」祂說：「萊因哈特醫生和妳做愛是通奸，此舉可能會傷害到她。」

女子以靈蛇般的舌頭進一步引誘耶穌，但效果不彰，於是她起身。她享受不到罪惡的快感，一臉不悅。

「你到底在說什麼？什麼通奸？你另一個變態癖好嗎？」

「和萊因哈特醫生性交是罪。」

「你一直提到的這個萊因哈特醫生是誰？你今天怎麼搞的？」

「妳在做的事不但自私殘酷，也違反了神之道。你們出軌的事可能會對麗麗安和孩子造成無可挽回的影響。」

「她只會跟你離婚而已。」

「如果他們發現的話。」

「怎麼會!?」

耶穌望著女子。

「我們在談的是人類，以及神聖的婚姻制度。」祂說。

「我不知道你在說什麼。」

耶穌勃然大怒，甩開女子的手，拉上神聖拉鍊。

「妳埋首在罪惡之中，看不清妳的所做所為。」

女子也生氣了。

「你明明自己享受了三個月，現在突然之間醒悟，然後**我**倒成了罪人。」

「萊因哈特醫生也是個罪人。」

女子又戳了戳聖胯下。

「今天不是好榜樣。」

耶穌從擋風玻璃向外望，一艘小遊艇駛過海灣。兩隻海鷗原本跟在船後，此時轉了個彎，螺旋向上十五公尺，然後螺旋向下飛向祂，轉眼間，鳥兒掠過車旁，不見蹤影。這是訊息？還是「神蹟」[52]？

耶穌虛懷若谷，他當然明白自己不理智。祂以萊因哈特的身體，痛快幹了艾克斯坦太太好幾個月，她肯定迷糊了。眼前這人她不但認識，過去也都一直是個罪人，她自然認不出祂來。他凝視著她，他看到她眺望著水面，大腿上的雙手握著吃一半的杏仁酥餅。她裸露的雙膝在祂眼中突然像小孩的雙膝，感情上像個小女孩。祂想起祂關於孩子的教諭[53]。

「我非常非常抱歉，亞琳。我失去理智了。這我承認。我有時不是我自己。我經常喪失自我。沒頭沒腦說起罪惡、麗兒和賈哥，在妳聽來肯定既殘酷又偽善。」

她轉身面對祂，祂看到她雙眼擒著淚水。

「我愛你的老二，你愛我的胸部，那不是罪。」

耶穌思考這句話。聽起來確實挺合理的。

「那都很好。」祂說：「但還有更偉大的善。」

「我知道，但我喜歡你的那個[54]。」

52 《聖經》中會以鴿子象徵聖靈從天降下。
53 〈馬太福音〉第十九章第十四節。耶穌說：「讓小孩子到我這裡來，不要阻止他們，因為天國屬於這樣的人。」
54 此處是英文 greater goods 的雙關語，一般這個詞是解讀成更大的善、利益或福祉，但亞琳則用來暗示他的老二。

他們望著彼此：兩個不同的心靈遙遙相望。

「我必須走了。」祂說：「我會回來的。但我發瘋了，所以我必須離開。我發瘋的腦袋告訴我，我可能有一陣子無法跟妳做愛。」耶穌發動引擎。

「哇。」她咬了杏仁酥餅一口說：「要我說的話，你才應該要一週看**五次**心理醫生。」

耶穌載著兩人回城裡。

14

終於，事情發生了：骰子要萊因哈特醫生散播病毒——骰子命他玷汙他天真無邪的孩子，教導他們骰子生活。

他輕易就安排妻子去代托納海灘三天，探望她的父母，再三強調保姆羅伯茲太太和他會盡心照顧好孩子。接著他安排羅伯茲太太去無線電城音樂廳看表演。

萊因哈特搓搓手，笑得歇斯底里的，他開始開始執行邪惡計畫，引誘天真無邪的孩子踏入噁心墮落的網中。

「我的孩子。」他坐在客廳沙發上，以父親的口吻向他們說（喔！惡魔披上的斗篷！）：「我今天準備了一個特別的遊戲。」

萊瑞和艾薇聚到父親身旁，如天真的飛蛾撲向致命的火焰。他從口袋掏出兩顆骰子，放到沙發椅臂上：這對可怕的種子已結成了苦澀的果實。

孩子睜大眼睛，盯著骰子，他們從沒正視過邪惡。骰子閃爍著綠光，他們內心深處竄過一陣寒顫。
萊瑞壓抑著恐懼，勇敢地開口：
「什麼遊戲，爸爸？」
「我也要玩。」艾薇說。
「遊戲叫骰子人遊戲。」
「那是什麼？」萊瑞問。（他年僅七歲，一接觸邪惡便快速長大。）
「骰子人的遊戲是這樣玩的：我們寫下六件可能會做的事，然後我們擲骰子，看要做哪一件事。」
「嗯？」
「或寫下六個你想當的人，擲骰子，看你要當哪個人。」
萊瑞和艾薇盯著他們的父親，為眼前反常的邪惡罪行感到無比震驚。
「好。」萊瑞說。
「我也要玩。」艾薇說。
「我們要怎麼決定要寫什麼？」萊瑞問。
「直接告訴我你覺得有趣的事，我就會寫下來。」
萊瑞想了想，渾然不覺這第一步將是向下沉淪的開始。
「去動物園。」他說。
「去動物園。」萊因哈特醫生說，他事不關己似的走到書桌拿鉛筆和紙，記錄這惡貫滿盈的遊戲。
「爬到屋頂上扔紙。」萊瑞說。他和艾薇來書桌，湊到父親身旁，看他寫下選項。
「去揍傑瑞．布萊斯。」萊瑞繼續說。
萊因哈特醫生點頭記下。
「這是第三個選項。」他說。

「跟你玩騎馬。」

「哦耶。」艾薇說。

「好，第四個選項。」

一片沉默。

「我想不到了。」

「妳呢，艾薇？」

「吃冰淇淋。」

「好。」萊瑞說。

「那就是第五個選項。再想一個。」

「去哈林區走一大段路遠足。」萊瑞大喊完，衝回沙發把骰子拿來。「我能擲了嗎？」

「你可以擲了。記得，只能擲一個。」

他擲出一顆骰子，他的命運滾過地面：四點——玩騎馬。老天，簡直是披著馬皮的狼。

他們又吵又鬧玩了二十分鐘，然後各位讀者，我必須遺憾地說，萊瑞已完全上勾，他又開口說要再玩一次骰子人。他父親喘著氣，露出微笑，搖搖晃晃走到書桌，寫下另一紙墮落之書。萊瑞加入幾個新選項，也留了些舊選項，骰子的選擇是：「去揍傑瑞．布萊斯。」

萊瑞盯著他父親。

「接下來要怎麼辦？」他問。

「你下樓，按布萊斯家的門鈴，說要來找傑瑞，然後你試著打他一頓。」

萊瑞低頭望著地板，他感到自己無比愚蠢，這份感覺如大石沉重落入他小巧的心中。

「要是他不在家呢？」

「那你晚一點再試一次。」

「我打他之後我要說什麼？」

「你為什麼不問問看骰子？」

他馬上抬頭望向父親。

「什麼意思？」

「你一定要打傑瑞，那麼為何不列六個選項，讓骰子決定你要說什麼？」

「太好了。有哪些選項。」

「你是神。」他父親露出一樣可怕的笑容。「你作主。」

「我會說是我父親叫我打的。」

萊因哈特醫生咳出聲來，猶豫一陣。「那是……嗯……第一個選項。」

「我會說是我母親叫我打的。」

「好。」

「說我喝醉了。」

「第三個選項。」

「說……我受不了他。」

他興奮地沉思。

「說我在練拳擊……」他不禁大笑，跳上跳下。

「還有說是**骰子**要我打的。」

「這樣就六個選項了，非常好，萊瑞。」

「讓我擲，讓我擲。」

年輕、天真、墮落的萊瑞將骰子擲上客廳地毯，大聲向父親報告骰子的吩咐：「三點！」

「好啦，萊瑞，你喝醉了。去打他吧。」

各位讀者，萊瑞去了。萊瑞打了傑瑞．布萊斯。打了他好幾下，宣布自己喝醉了，布萊斯父母和女傭剛好都不在家，他因此躲過一劫，但對這毫無道理的邪惡行為，復仇之火絕不會輕易放過他。萊瑞回到自己公寓，第一句話令我無比羞愧：

「骰子在哪，爸爸？」

啊，我的朋友，和萊瑞度過那天真無邪的下午之後，我不禁以前所未有的角度反思自己的骰子生活。面對骰子的決定，我總是經歷錐心的掙扎和痛苦，結果萊瑞竟輕輕鬆鬆便執行了骰子的決定。我不禁納悶，人從七歲到二十七歲的二十年間發生了什麼事？能讓好奇的小貓成為一頭大笨牛？為何孩子做起事來都顯得自然而然、滿心喜悅、全神貫注，而大人卻身不由己、心神不寧、精神渙散？

都是因為有了他媽的自我。自我意識的發展雖然自然又正常，但會不會不必要，也不適合人呢（當時我以為這是原創的想法）？要是那代表精神上的闌尾呢？只是身上沒用、不合時宜的痛呢？——或者，那是進化的歧路，像蝸牛或烏龜的殼，侷限住我們，阻礙我們演化到更高等的物種。

我無比激動：人應該在角色之間隨心所欲流動——我們為何沒這麼做呢？我們發展出永久不變的自我：啊，心理學家和父母多希望將孩子鎖在有限的牢籠之中。前後一致，有跡可循，並能貼上標籤——我們對孩子的期望便是如此。

「喔，我們家強尼每天早上吃完早餐總是順利排便。」

「比利就是喜歡閱讀……」

「瓊恩好棒不是？她總是讓別人贏。」

「西維亞好美好成熟喔；她就是喜歡花時間打扮。」

就我看來，關於孩子內心，一年有上千條過度簡化的謊言。強尼其實一度早餐後不想大便，但他不想讓媽媽失望；比利好想和其他孩子在泥池中打滾，可是……每次弟弟贏，瓊恩都巴不得咬斷弟弟的老二，可是……還有西維亞，她幻想著一個不需再擔心自己外貌的世界……

固定的行為模式純粹是為了迎合父母，讓他們說嘴。大人支配孩子，獎勵特定行為模式。於是生活成了模式。最後陷入悲慘之中。

要是我們用不同的方式讓孩子長大呢？在他們改變習慣、品味和角色時獎勵他們？行為不一致時獎勵他們？那會怎麼樣？我們可以訓練他們變化，努力保持不一致，堅持不落入慣性——甚至避免培養「好」習慣。

「什麼，我的孩子，你今天還沒說謊過？哼，回房間去，等你想到一個謊話，下次改進之後才能出來。」

「喔，我的強尼真的太棒了。去年他成績單都是A，今年他大部分都得D和F。我們好驕傲。」

「我們家愛琳偶爾還是會尿褲子，她都快十二歲了。」「喔，那真的太厲害了！你們家女兒真的是**活力滿滿**。」

「媽的我兒子搞什麼鬼。一週都沒打混。如果我再發現草都除好，垃圾筒都按時倒，一定要好好修理他。」

「萊瑞，你應該感到丟臉。你整個夏天沒欺負過任何社區的小孩。」「我不想做嘛，媽。」「唉，你至少可以**試試看**啊。」

「我要穿什麼，媽媽？」「喔，我不知道誒，西維亞。何不穿那件羊毛衫，那樣妳胸部看起來比較小，再配奶奶送你的醜裙子。」

老師也必須改變。

「年輕人，你畫的圖全都跟你想畫的東西一模一樣。你似乎放不開自我。」

「這篇文章邏輯和結構都太工整了。你一定要學著離題，講些無關緊要的事。」

「你兒子的作業進步很多。他歷史報告寫得難以捉摸，態度上反反覆覆，很不簡單（A-）。他的數學還是放不開，算得有點太精準了，但他把『學生』寫成『學升』令人驚豔。」

「貴子弟行為舉止一直像個男人，敝校深感遺憾。他似乎無法偶爾當個女孩子。長期下來，他只和女孩交往，恐怕需要精神治療。」

「喬治，九年級學生中，這週你和少數人有點太過成熟，完全不像幼稚園的小孩子。我罰你今天留校查看，好好反省。」

據我們所知，孩子在世上需要找到秩序和穩定，不然他會失去安全感，始終感到害怕，但就我看來，只要生活的不一致一致不變，孩子可能同樣能健康成長。其實，生活不也是如此。若父母親能接納和讚許這種不一致，他們變偽善或無知時，孩子便會感到習以為常。

「你打翻牛奶我有時會打你屁股，有時我根本不管。」

「我偶爾會喜歡你反抗我，兒子，至於其他時候，我會把你痛打一頓。」

「你在學校成績好，我通常都很高興，但有時我會覺得你根本是個臭書呆子。」

這就是大人的感受，也是孩子察覺到情況。我們為何不擁抱並欣賞我們不一致之處？因為我們都覺得我們擁有「自我」。我們熟悉了同一套行為模式，害怕失敗，不敢輕易拋棄。

當個骰子人並不容易，因為在大人世界的眼中，你冒著不斷失敗的風險。身為骰子人，我一次次地「失敗」（從某個角度來看）。麗麗安、我的孩子、我位高權重的同事、我的病人、路上的陌生人全都不接受我，三十年生活中，社會價值烙印在我身上，也和現在的我格格不入。從某個角度來看，我不斷失敗受苦，但從另一個角度看來，我從未失敗。每次我遵循骰子的指示，我便彷彿成功建造了一棟房子，或也可以說，存心推倒了一棟房子。沒有我解不開的迷惘。我隨時都放開心胸，迎向新問題，享受化解的過程。

從小到大，我們慢慢陷入同一個模式裡，不願面對新問題，並逃避失敗。不用多久，人生不再有新問題，人也變得無趣，永遠活在失敗的恐懼下。

失敗吧！輸吧！做惡吧！去玩、去冒險、去挑戰。

我下定決心讓萊瑞和艾薇成為無所畏懼、無拘無束、毫無自我的人類。萊瑞將成為老子之後第一個無我的人。我會讓他扮演家中父親的角色，讓艾薇演母親。我會讓他們交換角色。有時他們可以照自己理解，扮演父母親，有時則可以扮演他們覺得父母該有的樣子。我們可以一起扮演電視上的英雄和漫畫角色。麗麗安和我（以及每個有良心的家長）每天或每週都會改變個性。

「我是個什麼遊戲都能玩的孩子。」這便是四歲孩子快樂原因，而且他從不覺得自己輸了。「我是x、y和z，而且只是x、y和z。」這便是大人不快樂的原因。我會試著延伸我孩子的孩子性。套一句J．愛德加．胡佛不朽的名言：「你們若不變成小孩那樣，絕不能進天國。」[55]

15

萊瑞首次成為骰子男孩，兩小時後就結束了，因為他單純想玩貨車，不想冒險用骰子決定。因為我經常有同樣的感受（但跟貨車無關），我解釋骰子人的遊戲只需在他想玩的時候再玩就好。

可惜的是，接下來兩天，我努力想讓萊瑞成為老子，卻搞得自己無比狼狽，因為他把骰子當寶箱，只寫出最棒的選項，例如冰淇淋、看電影、去動物園、玩騎馬、玩貨車、騎腳踏車、零用錢。我最後

55 這句話並非出自胡佛，而是出自〈馬太福音〉第十八章第三節。約翰．愛德加．胡佛（John Edgar Hoover, 1895-1972）是美國聯邦調查局改制後第一任局長，任職長達四十八年，生前頗受敬重，死後濫用權力的行為才浮上檯面。

告訴他，骰子人的選項永遠都要有風險，也一定要有稍微不好的選項。驚訝的是，他同意了。我那週替他發明了一個骰子遊戲，這遊戲後來也成為骰子人的經典遊戲——俄羅斯輪盤：規則就是每六個選項至少要有一個不想做的選項。

結果，萊瑞接下來五、六天之間，經歷了許多有趣的事情（艾薇後來就不玩了，她只玩洋娃娃，或跟羅伯茲太太玩）。他在哈林區走了好長一段路（我跟他說，要注意一個手拿糖果叫歐士德弗拉的壯漢），結果警察以為他逃家把他抓起來。我花了四十分鐘，才說服第二十六分局警員，我鼓勵七歲的兒子在哈林區散步。

骰子要他溜進電影院看《好奇的是我》黃色版[56]，那部片有不少裸體性愛戲，他回來不怎麼好奇，反而無聊得要死。有一天，他四肢著地，從我們公寓出發，爬下四層樓梯，然後沿著麥迪遜大道爬到沃爾格林超市，買了一個冰淇淋聖代。又有一次，他不得不把三個玩具扔了。不過，骰子替他買了一組全新的賽車玩具組。還有一次，他下棋必須讓我贏兩次，然後我必須讓他贏我三次。在那美好的一小時，他故意下蠢棋，害我要輸變得好難。

有一天，骰子要他扮爸爸，我扮艾薇一小時，但他馬上變得興趣缺缺；我演的艾薇太軟弱，太笨了。但兩天後，他扮爸爸，我扮麗麗安，他倒是玩得非常開心。

萊瑞這階段第一個也是最後一個危機，發生在麗麗安從佛州回來之後第四天。萊瑞的骰子要他從麗麗安皮包偷走三塊錢，他後來買了二十三本漫畫書（這是骰子搞的，他告訴我他好後悔，因為他比較喜歡口香糖、棒棒糖、飛鏢槍和巧克力聖代）。麗麗安納悶他哪來那麼多錢買漫畫書。他不告訴她，堅持要她問爸爸。於是她便來問我了。

56 《好奇的是我》是瑞典導演維果・史約曼（Vilgot Sjöman, 1924-2006）一九六七年的作品，分為黃色版和藍色版兩部，手法前衛，現實和幻想交織，當年因為情慾戲過於大膽，曾為美國禁片。

「很簡單，麗兒。」我說，她剛才幫艾薇穿鞋時（這已經是這一小時內的第五次了），我偷瞄了一眼骰子。我受命（六分之一的機率）要說實話。

「我跟他玩一個骰子遊戲，他輸了，所以必須從妳皮包偷三塊錢。」

她望著我，一綹金髮垂在她額前，整個人都愣住了，藍色的雙眼一時間充滿疑惑。

「他**必須**從我皮包偷三塊錢？」

我坐在舒服的椅子上，抽著菸斗，大腿上攤著一本《時代雜誌》。

「那只是妳離開時我發明的愚蠢小遊戲，用來幫萊瑞學習自律。玩的人會創出一些選項，有些不大好，像偷東西，然後由骰子決定你要做什麼。」

「**誰**必須做？」她把艾薇趕進廚房，走到沙發旁，點了一根菸。她在代托納海灘玩得很開心，我們小別重逢感覺也不賴，但她小麥膚色的臉此時漲紅了起來。

「玩家。」

「我不知道你在說什麼。」

「簡單。」我說（我愛死這兩個字了；我一直想像伊曼努爾．康德[57]寫下《純粹理性批判》第一句之前，或美國總統解釋越戰政策之前，吐出這兩字的模樣）。「為了鼓勵萊瑞趁年輕拓展新的——」

「偷東西！」

「——拓展新的領域，我發明了一個遊戲，你列出要做的事——」

「但偷東西，路克，我是說——」

「——接著骰子會從中選出該做的。」

57 伊曼努爾．康德（Immanuel Kant, 1724-1804），啟蒙時代德國哲學家，統整了早期的現代理性論和經驗論，深深影響近代西方哲學，最具影響力的作品為《純粹理性批判》，書中第一句為：「對於我自己，我不想說什麼。」

16

「然後偷東西在選項裡。」

「家裡的東西大家共有的嘛。」我說。

她在沙發旁瞪著我，雙臂交叉在胸前，手指夾著香菸。我心想，她看起來無比冷靜。

「路克。」她緩緩開口。「我不知道你覺得自己最近在幹什麼。我不知道你是瘋了還是怎麼了。我不知道你想毀了我，毀了孩子，還是毀了自己。但如果你——如果你——再把萊瑞捲入你噁心的遊戲——我、我就……」

她無比冷靜的面龐倏地像一面破碎的鏡子，出現數十道裂痕，她眼眶充滿淚水，臉轉到另一頭，抽著氣，忍著尖叫。

「不要。拜託不要。」她輕聲說，接著突然坐到沙發椅臂上，臉仍沒轉回。「告訴他不准再玩遊戲了。永遠不行。」

我起身，《時代雜誌》翻落地面。

「對不起，麗兒。我沒想到——」

「永遠……萊瑞，永遠不能再玩遊戲。」

「我會告訴他。」

我走出客廳，走到他臥室，並告訴他這消息，他骰子男孩的生涯在僅僅八天之後宣告結束。

直到骰子讓一切起死回生。

我的童年！我的童年！我的天啊，我已寫了一百多頁，你甚至都不知道我是喝奶瓶，還是吸乳頭長大的！你不知道我何時斷奶，用了什麼方法；我何時發現女生沒有小雞雞，並為此納悶多久，並何時開始決定平心看待這件事。你不知道我的曾祖父母是誰，我祖父母是誰；你甚至不知道我父母！我的親戚！我的出身！我的社經背景！我早年的創傷！我早年的喜悅！我出生時的預兆和徵兆！親愛的朋友，你們不知道任何「大衛．考柏菲式的廢話」（引用自霍華．休斯[58]），那正是自傳的精髓啊！

別緊張，我的朋友，我不打算說。

傳統的自傳能幫助你了解人是如何「形塑而成」的。我想大多數人就像陶製尿壺，都是被「形塑而成」——長什麼形狀就作什麼用途。但我呢？每次綠骰子落下，我就會重獲新生，藉由擲骰，我抹除了我「過去的因」。過去（過期、過氣、狗屁）就是為了解釋現在，以某個石面具為本所捏造的一連串事件罷了。生活瞬息萬變，自傳存在的唯一理由就是它剛好被寫下來而已——就像這一本書。某天，更高等的生物會寫下最完美、最誠實的自傳：

「我活著。」

不過，我承認，其實我**擁有**一個人類母親。這點我不諱言。

58 霍華．休斯（Howard Hughes, 1905-1976），美國商業巨擘，也是當時世上數一數二的富豪。這句話事實上出自美國作家沙林傑（J. D. Salinger, 1919-2010）《麥田捕手》書中叛逆的青少年霍爾頓．考爾菲德（Holden Caulfield）之口。霍爾頓所說的大衛．考柏菲則是英國文豪查爾斯．狄更斯（Charles Dickens, 1812-1870）作品《塊肉餘生錄》中的主角。

17

十一月，曼恩醫生打了通電話通知我，在我到休士頓參加研討會這一週，愛瑞克．坎農發作了，因此院方不得不加重藥量（鎮靜劑），並請我儘快動身回來看他。愛瑞克可能要轉院了。我在島上的臨時辦公室閱讀護理長赫比．弗蘭對愛瑞克．坎農的報告。報告有種亨利．詹姆斯尋覓了五十年卻抓不到的小說力道：

我不得不說，愛瑞克．坎農這病人居心叵測，十足是個作亂份子。其他病人都被他害得不得安寧。在我管理下，這裡向來是島上最清靜的〔**原文如此**〕病棟，但自從他入院，這裡便變得吵鬧不堪。多年來不曾吐出一個字的病人現在不肯閉嘴。總是站在同一個角落的病人開始互相扔椅子。現在還有許多病人開始胡亂唱歌大笑，想安靜休養的病人都不堪其擾。電視機也不停遭到破壞。我認為坎農先生患有思覺失調症。他有時安安靜靜，乖巧漫步病院，像置身夢境；有時卻像蛇一樣鑽動，對我和病人口出惡言，好像我不是病院的老大，他才是。

遺憾的是，他有追隨者。現在許多病人拒吃鎮定劑。有些人也不去機械工作坊進行勞動治療法。有兩名坐輪椅的病人一直假裝自己在走路。病人開始嫌棄醫院的伙食。我們病院高度警戒病房已關人關到不夠用了。另外，不服用鎮定劑的病人一直又唱又笑，我們好聲好氣拜託也沒用。病院中不自重的行為比比皆是。有時在病院裡，我都覺得自己彷彿不存在。我的意思是，再也沒有人理我了。看護人員經常想動手，但我始終提醒他們遵守希波克拉底誓詞[59]。病人晚上都不再乖乖待在床上。

---

59 希波克拉底誓詞俗稱醫師誓詞，規定醫師對病人和社會的責任及倫理規範。

他們不斷交頭接耳。我猜也許在開會。他們四處窸窸窣窣，竊竊私語。我不知道這有沒有違反病院規定，但我建議加入這一條。竊竊私語比唱歌糟多了。

我們將他好幾個手下關入W病房〔**暴力戒護病房**〕，但坎農本人很棘手。他從來不自己出手。我想他在病院散播非法藥物，但我們找不到證據。他從來沒做過什麼事，但問題層出不窮。

還有件事我必須報告。這很嚴重。九月十日凌晨兩點三十分，在大廳已成廢物的電視機前，有一群病人開始互相擁抱。他們圍成圈，手臂環抱彼此，一邊低哼，一邊呻吟。後來他們靠得愈來愈近，口中不住吟誦，身體搖擺，彷彿巨大水母或心臟般脈動，其實就是一群人而已。R．史密斯護理師試圖要他們放手，但他們的圈子圍得很緊。當我正試著盡可能溫柔拆開他們，圈子突然打開，兩人伸出手臂勾住我，將我強拉入那可怕的圈子。那感覺噁心到我難以形容。

病人簡直目中無人，繼續非法擁抱，後來T病房的四名護理師加上R．史密斯盡可能溫柔地拆開圈子救出了我，不幸的是，他們意外弄斷我的手臂（我判斷是脛骨下側輕微骨折）。

這起事件基本上反映了坎農病患入院後，病院中的可怕情況。他人在圈子裡，但因為他們有八個人，維諾醫生說W病房容納不下所有人。嚴格說來，擁抱也沒有違反規定，因此病院規定必須重新檢討。

那男孩從來沒跟我說過話。但我有耳聞些事情。病人之中有些人是我的朋友。他們說他反對精神病院。這你應該知道。據說他是所有問題的元凶。他想讓所有病人快樂，根本不管我們。據說他還表示病人應該接管醫院。連我的病人朋友都這麼告訴我。

基於上述事件，恕我建議以下幾點：

（一）一律以針筒施打鎮定劑，避免病人拒食鎮定劑，白天吵鬧。

（二）所有違法藥物都該嚴格禁止。

（三）訂立**嚴格規定**，加強規範唱歌、大笑、竊竊私語和擁抱。

（四）製造特製鐵籠保護電視，並架於三公尺高之處，電線直接沿天花板裝置，以免不想看的人破壞，保障想看的人權利。這是言論自由。鐵籠格子設計為三公分乘三公分，籠子力求堅固，以免被東西砸穿，打破螢幕，雖然螢幕前方會一格一格的，但還是要讓大家看得到螢幕。電視**一定要有**。

（五）**最重要的一點**。請將病患愛瑞克．坎農轉院至其他地方。

弗蘭護理長將報告寄給我、維諾醫生、曼恩醫生、總監事漢寧斯、州立精神醫院主任艾福勒．柯爾、約翰．林賽市長和納爾遜．洛克斐勒州長。

自從我以耶穌之姿和他會診後，我只見過他三次，他每次都特別緊張，話說得不多，但那天下午他走進我辦公室時，靜得像隻走上一塊翠綠草地的小羊。

他走向窗戶，向外望。他穿著藍色牛仔褲，T恤髒兮兮的，腳上穿一雙球鞋，身上還披著醫院灰色的襯衫，鈕扣都沒扣。他頭髮滿長的，但皮膚比之前還蒼白。過了大約一分鐘，他轉身躺到沙發左側的矮沙發上。

我說：「弗蘭先生向我報告，他相信你教唆病人——做出不適當的行為。」

出乎意料，他馬上回答我。

「對，不適當。不好。差勁。就是我。」他盯著綠色天花板說：「我花了好長久才想通那群王八蛋在搞什麼鬼，要我們乖乖聽話無非是場遊戲，那只是他們維持他媽的系統最有效的方法。那一刻，我才發覺自己被愚弄了，內心感到無比憤怒。我溫良恭儉讓只讓系統更恣意踐踏所有人。如果是愛個好人，那愛太美好了，但如果是愛條子、愛軍隊、愛尼克森、愛教會，哇，兄弟，那真是被愛沖昏頭了。」

他一邊說，我一邊拿出菸斗，塞入大麻。他終於說完之後，我說：

「曼恩醫生說，如果弗蘭繼續向上申訴，他們會把你轉入W病房。」

「喔，哇嗚哇嗚。」他一眼也不看我，嘴裡發出假哭聲。「都一樣。這是個系統，你懂吧。一個機器。只要努力工作讓機器繼續運作，你就是個好人；你亂搞，試圖停下機器，你就是共產黨或瘋子。機器也許像耙種子一樣耙著黑人、在越南像放煙火一樣投下十噸炸彈、在拉丁美洲每隔一個月推翻一個改革政府，但固有的機器**一定要繼續運作**。喔，兄弟，我看清事實之後，我吐了一個星期，並把自己關在房內六個月。」

他頓了頓，我倆一同聆聽外頭楓樹上傳來的鳥囀。我點燃菸斗，深吸一口。我吐出煙，煙緩緩飄向他。

「那段時間，我開始慢慢感覺到，我將經歷某種重要的事件，上天選我來執行某個特別的任務。我只需要準備好，靜靜等待。我因為賞父親一巴掌被送到這裡時，我甚至更確定有件大事要發生了。我**心知肚明**。」

他不說話了，吸了兩口氣。我又抽了一口菸斗。

「發生了什麼事嗎？」我問。

他靜靜躺著，緩緩抬起頭（動作如夢似幻般緩慢，一時間，我納悶兩三口大麻怎會有這種效果），轉過來望向我。我朝他吐口煙。

我們倆面無表情望著彼此，然後我說：

「發生了什麼事嗎？」

他看我又吸了一口大麻，然後躺回沙發。他手伸入頭髮，拿出一根捲菸。

「有火柴嗎？」他說。

「如果你要抽的話，抽我的吧。」我說。

他傾身接下菸斗，但菸斗熄了，於是我把火柴也交給他。他點燃大麻，接下來三分鐘，我們無言地來回遞著菸斗。他望著天花板，綠色的縫隙彷彿如龜殼般預言著未來。菸斗遞出去第二次，我已經嗨了。我覺得好快樂，即使骰子人的生活早已開始，這一刻，我彷彿第一次感到自己不光是表面改變，而是真的要揚帆出航，展開一段全新的旅程。

我雙眼望著他的臉，在大麻影響下，他的臉彷彿發著光。他笑容散發著寧靜，這我還算能理解。他雙手疊在肚子上，像個死人一樣躺著，但臉上卻散發光芒，光采照人。他說起話來聲音緩慢，低沉真誠，彷彿從雲中深處傳來。

「大約三週前，看護都去睡覺了，我半夜醒來上廁所，但我其實根本不想尿。彷彿受磁鐵吸引，我不知不覺進到休息室，從那兒的窗戶眺望曼哈頓天際線。曼哈頓好比機械中的主要齒輪，或也許只是系統的下水溝。我不禁跪下禱告。是的，我禱告了。我向讓基督降世的聖靈禱告，求祂將祂的靈降在我身上，賜我點亮世界的光。讓我成為道路、真理和光[60]。是的。」

他頓了頓。我將菸灰倒入菸灰缸，重新塞入新菸草。

「我不知道自己禱告了多久。但突然之間，**砰！**一道強光將我吞噬，服迷幻藥跟那景象相比，簡直像吸強力膠一樣而已。我什麼都看不到。我的身體和精神似乎不斷擴大，我似乎擴展到了全宇宙。世界就是我。」

他頓了頓，走廊某處傳來傑佛森飛船合唱團[61]的歌聲。

「我當時三天沒嗑藥了。我沒有瘋。我擴展到全宇宙。」

他又頓了頓。

60 〈約翰福音〉第十四章第六節，耶穌說：「我就是道路、真理、生命。」

61 傑佛森飛船合唱團（Jefferson Airplane）是一支一九六五年成立於加州舊金山的搖滾樂團，反對一九五〇年保守、內斂且威權的美國主流文化，是迷幻搖滾的先驅。

「我哭了。我喜極而泣。我猜我站了起來，全世界全是光，全是我，全都很好。我站在那裡，伸展雙臂，擁抱萬物，當我發覺臉上燦爛的笑容，那畫面不如為何慢慢淡去，我漸漸縮小成自己。但我剛才感覺到了，我明白自己身負重任……一個角色，一個任務……是的。這棟灰綠色的地獄不能存在。灰色的工作坊、灰色的辦公室、灰色的建築、灰色的人……一切都缺乏光……這都必須消失。我過去明白，現在也明白。我長年等待的事終於發生了。我多年尋找的聖靈，我……已……我知道不是所有人都能接受我。大部分的人永遠只知道灰色的世界，並在其中生活。但少數人會跟隨我，少數人，而我們將改變世界。」

他說完之後，我把重新點燃的菸斗遞給他，他伸手接下，吸了一口，又還給我。他看也不看我。

「至於你，你在玩什麼把戲？」他說：「你不是因為想抽大麻，才跟我一起抽大麻。」

「對。」我說。

「那為什麼？」

「因為機率。」

他盯著綠色天花板，後來我又將菸斗遞給他。他終於吐出煙之後，彷彿從遠方又說了一次：

「如果你想追隨我，你必須放棄一切。」

「我知道。」

「和精神病患抽大麻抽到嗨的醫生職業生涯不會久。」

「我知道。」我好想笑。

「妻子、兄弟、父母通常不喜歡我的作風。」

「我想也是。」

「有朝一日，你會幫我。」

我們兩人現在都盯著天花板，菸斗放在我手掌中，熱燙燙的。

「是的。」我說。

「我們會玩一場不可思議的遊戲——最棒的。」他說。

「不知為何，我覺得我是你的手下。」我說：「不管你要我做什麼，我都會想做。」

「一切都會成真。」

「是的。」

「盲目的混蛋（他的聲音平靜遙遠）會嚇得亂殺人，嚇得亂殺人，試圖控制無法控制的，殺死無法殺死的。」

「我們會嚇得亂殺人。」

「然後我會……」他輕笑一聲打斷自己。「我會試著拯救這他媽的世界——」

「是的。」

「我是天選之子，你知道。」他說。

「是的。」我說道，打從心底相信。

「我來到世上是為了提醒世界正視邪惡，引導人類走向善途。」

「我們會恨你——」

「鞭打腦筋像馬鈴薯泥般的混蛋，讓他們看清自己的罪。」

「我們會繼續無視——」

「並讓盲人睜眼，跛子行走，死人復生。」他大笑。

「那我們會將大家眼睛戳瞎，雙腳打斷，奪走生命。」我微笑。

「我會是世上瘋子的救世主，而你會殺了我。」

「不論你想做什麼，一定都會成真。」我慢動作呵呵歡笑。

「我會是……」他也慢動作咯咯笑著。「我會是……世上的……救世主……然後什麼都不做，然後你……我會殺死……自己。」

「然後我……（天啊，這太好笑了！這多美啊！）……我會殺了你。」

我們全身顫動，痛快笑著，眼前的辦公室又模糊又美麗。我笑到雙眼流淚，於是我拿下眼鏡，臉埋入雙臂中大笑，我笑得雙頰、肚子和膝蓋都在震動，外套都沾滿淚水，柔軟的棉質布料如熊毛擦過我濡濕的臉，我笑得不能自已，在此之前我不曾有過這種感受，然後我抬頭，不敢相信自己居然哭了，愛瑞克的臉一片模糊，明亮奪目但模糊不清，我摸索著眼鏡（忽然怕自己就此失明），找了快四十天[62]，終於找到了。我戴上眼鏡，望向模糊明亮的身影，愛瑞克神聖的臉龐和我一樣流著淚水，而他沒在笑。

18

在全然隨機男子的革命中，下一件大事發生在一九六九年一月二日凌晨一點。我決定新年（我動作是慢了點）要用骰子決定我長期的命運。

我眼冒金星，手顫巍巍地寫下第一個選項，兩點或十二點：我會離開妻子和小孩，開始獨自的生活。我全身顫抖（這對一個肉那麼多的人來說挺難的），並感到無比驕傲。骰子遲早會擲出兩點或

62 四十是《聖經》裡常出現的數字，神對人所定的判決時期或懲罰時期都跟「四十」這個數字有關，例如洪水在地上氾濫四十天、摩西在山上四十晝夜、耶穌被試探四十晝夜、耶穌復活到升天之間是四十天等等。

十二點，而骰子破壞自我的最後偉大試煉將會成現實。如果我離開麗麗安，一切將無法挽回，骰子生活將至死方休。

但這時，我感到好累。骰子人彷彿是無趣、毫無吸引力的**他者**。感覺太費力了。何不放鬆享受人生，像剛開始一樣和骰子共樂，放棄摧毀自我這種毫無意義的誇張挑戰？成為骰子人之後，這六個月以來，我第一次興起了完全放棄骰子的念頭。

六、七、八點的選項，我寫下回歸正常無骰子的生活六個月。我感到非常滿意。

但我的朋友啊，我馬上嚇壞了，內心感傷。一想到骰子將不在身邊，就像麗麗安不在身邊，我內心感到同樣深沉的哀慟。我將七點的選項劃掉，感覺好了點。我撕掉整頁，扔到廢紙簍。我放棄了以骰子決定長期人生的概念。我從椅子上起身，緩緩走到浴室刷牙洗臉。我望著鏡中的自己。

克拉克．肯特回望著我，乾淨俐落，無比平庸。拿下眼鏡有好一點，主要因為我眼前一片模糊，讓想像力主導。那張模糊的臉起初沒有眼睛和嘴巴，如死人的頭顱。我戴上眼鏡之後，我再次變成自己，一個精神科醫師，紐約的克拉克．肯特，路克——萊因哈特醫學博士。超人在哪裡？對啊，這場廁所發生的身分危機中，那就是關鍵。如果我回床上睡覺，那超人到底跑哪去了？

我回到桌前，重新寫下前兩個選項：離開麗麗安和放棄骰子。接著五分之一的選項裡，我寫下在接下來七個月的月初，我將擬定每個月努力的方向（直到七月中轉捩日週年為止）。再五分之一的選項，我寫下這七個月我會努力寫本小說。再來我將選項的機率提高，寫說我將花三個月遊覽歐洲，剩下的時間則讓骰子決定。我最後的選項是將我和費隆妮醫生的性別研究交給天馬行空的骰子主導。

半年一度的命定之日到了——關鍵的一刻。我以尼采、佛洛伊德、賈克博．艾克斯坦和諾曼．文生．皮爾[63]之名祈福，雙手捧著骰子使勁搖著。我期盼不已，喉嚨發出咕嚕聲：接下來半年的生活在

63 諾曼．文生．皮爾（Norman Vincent Peale, 1898-1993），美國神職人員和心靈作家，著有《向上思考的祕密》（*The*

我雙手中滾動，也許甚至不只半年咧。骰子擲出，滾過桌面：其中一顆是六點，另一顆是……三點。九點——代表著大難不死、反高潮、命運未決、甚至有些失望落寞。骰子只要我每個月決定當月特殊的命運。

19

骰子看不慣我那副爽樣，毅然決然訂立了國定破舊習月；其他選項包括（一）認真盡責的精神科醫師月、（二）開始寫小說月、（三）在義大利度假月、（四）對人好月、還有（五）幫助亞特羅・X老弟月[64]。國定破舊習月造成我上百次的斷裂，讓我漸漸脫離路克・萊因哈特醫學博士的身分。仔細來說，骰子的吩咐如下：「這個月我時時刻刻都要試圖改變習慣和行為模式。」

首先，像是我凌晨翻身想擁抱麗麗安時，忽然驚覺不對，馬上翻回來盯著牆。盯了幾分鐘後我開始打嗑睡，這時又驚覺自己從未在凌晨起床，於是我暗中咒罵，費了一番勁鑽出被窩。我雙腳穿上拖鞋，拖著腳步走向浴室，突然發覺自己又不知不覺陷入習慣的窠臼。我踢掉拖鞋，拖著腳步……後來小跑步進到客廳。但我仍然想尿尿。我順利尿在假唐菖蒲的花瓶裡。（三天後，費隆妮醫生稱讚花瓶

Power of Positive Thinking）一書，一生提倡正向思考。

64 亞特羅・X這個名字模仿黑人人權鬥士麥爾坎・X（Malcolm X, 1925-1965）。麥爾坎・X因為不承認歷史上奴隸主所賦予的家族姓氏，而將姓氏改為代表未知數的X。

中的花長得真好）。幾分鐘後，我站在原地醒來，發覺自己臉上還掛著得意的傻笑。我摸著良心，仔細反省，我確實沒有在客廳尿尿後站著睡覺的習慣，於是我又打起瞌睡。

「你在幹嘛？」我還在睡時，有個聲音傳來。

「嗯？」

「路克，你在幹嘛？」

「喔。」我看到麗麗安裸體站在面前，雙手叉在胸前望著我。

「我在思考。」

「思考什麼？」

「恐龍。」

「回來床上。」

「好的。」

我跟著她回到床上，但想到自己跟著裸體女人到床上是習慣。麗麗安一頭躺到床上，蓋上棉被時，我鑽到床下。

「路克？？？」

我沒答腔。

床的彈簧咿啞作響，面前的床墊一會凹這頭，一會凹那頭，代表麗麗安先從一邊探頭，接著又從另一邊探頭。她把床單掀開，她倒垂的臉出現在我側邊。我們對望三十秒。她頭一聲不響消失在床邊，我正上方的床不再有動靜。

「我想要妳。」我說：「我想跟妳做愛。」（我處境頗具詩意，彌補了這句平淡無奇的話）

四下仍一片死寂，我頓時對麗麗安心生敬意。正常庸俗的女人此時通常會（a）罵髒話、（b）再次看床下、（c）對我大吼。只有高智商的敏銳女人會維持沉默。

「我希望你那根插到我裡面。」她突然說。

我嚇傻了：這是意志的對決。我一定不能照正常回應。

「我想要妳的左膝。」我說。

沉默。

「我想要在妳腳趾之間高潮。」我繼續說。

「我想感覺你的喉結上下跳動。」她說。

沉默。

我開始吟唱〈共和國戰歌〉，用盡全力抬起上方的彈簧床。她滾到床的一邊。我換個位置，想把她弄下床。她又滾回中間。我雙手沒力了。雖然我在床下的舉動並非習慣之事，但我搞得自己背好痛。我從床底下鑽出，站起來伸展身體。

「我不喜歡你的遊戲，路克。」麗麗安低聲說。

「匹茲堡海盜隊三連勝，但依舊位居第三。」

「請回床上，好好做自己。」

「哪個自己？」

「隨便一個，只要不是今早的版本就好。」

習慣將我拉向床，但骰子將我拉住。

「我必須思考恐龍的事。」我說。我突然發現自己是用正常的聲音，於是我大叫重述一次。我又發現自己用習慣的大叫方式，於是我衍生出第三個版本，但又發現任何事只要有三個版本，也是一種習慣，所以我半喊半嘟噥說：「恐龍在床上吃早餐。」然後走入廚房。

走到一半，我想改變一下腳步，最後五公尺變成在地上爬。

「你在幹嘛，爸爸？」

萊瑞睡眼惺忪，但一臉驚訝地站在廚房門口。我不想讓他難過。我必須斟酌用詞。

「我在找老鼠。」

「天啊，我可以看嗎？」

「不行，牠們很危險。」

「老鼠？」

「這些老鼠會吃人。」

「喔，爸……（不當一回事）。」

「我在開玩笑（這是我習慣說的話；我搖搖頭）。」

「回你的床——（又是慣性！）」

「去你媽床下找，我想牠們可能躲到那裡去了。」

沒過幾秒後，萊瑞從我們臥房回來，一旁麗麗安已穿上浴袍。我跪在火爐旁，正準備燒壺水。

「不准把孩子扯入你的遊戲。」

因為我從來沒有對麗麗安生氣過，所以我生氣了。

「閉上嘴！妳會把牠們全嚇跑。」

「你不准要我閉嘴。」

「妳再說一個字，我會把一隻恐龍塞到妳嘴裡。」我站起來，大步走向她，雙拳緊握。

他們兩個一臉驚恐。我大為感動。

「回床上，萊瑞。」麗麗安說，她擋住萊瑞，並向後退。

「給我跪下，求我原諒，萊瑞，快啊！」

萊瑞哭著跑回房間。

「我的天啊，你瘋了。」麗麗安說。

「我呸！」

「你敢打我試試看。」

我打她左肩，力道有所保留。

她打我左眼，力道毫不保留。

我坐倒在廚房地上。

「吃什麼早餐？」我問道，至少有把「早餐吃什麼」換句話說。

「你玩夠了沒？」

「妳要什麼我都給妳。」

「回床上。」

「除了我的尊嚴。」

「你可以把尊嚴留在內褲裡，但回床上，不准胡鬧。」

我搶在麗麗安前，小跑步回床上，全身繃緊，像塊木板躺了四十分鐘，後來麗麗安叫我下床。我馬上聽話，硬邦邦地下了床。像個機器人一樣站在床邊。

「放鬆。」她從梳妝檯那頭不耐煩地命令道。

我軟倒到地上，盡量用側面和背小心著地，比較不痛。麗麗安過來，低頭望了我一會，然後踢了我大腿一腳。「行為正常點。」她說。

我起身，雙手伸直，做了六下深蹲，然後走去廚房。我早餐吃了一根熱狗、兩根生紅蘿蔔，咖啡加入檸檬和楓糖，吐司烤了兩次，烤到兩邊焦黑，最後塗上花生醬配蕪菁。麗麗安氣炸了；主要是因為萊瑞和艾薇想跟我吃一樣的早餐，最後難過得哭成一團。麗麗安也是。

我沿著第五大道慢跑，從公寓慢跑到辦公室，吸引無數人目光，（一）因為我在慢跑、（二）因為我像魚要被空氣淹死、（三）因為我穿著晚禮服，底下則是一件以白色大字寫著「大紅色」的T恤。

到了辦公室，蘭高小姐一板一眼和我打招呼，中規中矩，而且我不得不說，還有一絲祕書處變不驚的泰然。她冰冷、醜陋又極具效率的樣子，不禁讓我想突破我倆的關係。

「瑪麗．珍，寶貝。」我直呼她的名字說：「我今早有個驚喜。我決定要解雇妳。」

她嘴巴打開，露出兩排一致歪七扭八的牙齒。

「至明早為止。」

「可是——可是萊因哈特醫生，我不明——」

「原因很簡單，緊張鬼。最近幾個星期我一直很飢渴，想找個辣妹祕書睡睡。」

「萊因哈特醫生——」

「妳很有效率，但妳屁股太扁。我雇了一個三圍38、24、37的妹，超懂口交，**故此**她知道**六六式**[65]、還會優美的手勢和適當建檔程序。」

她緩緩退向艾克斯坦醫生的辦公室，兩眼凸出，白森森的牙齒全露出來，像兩排亂七八糟的平行軍隊。

「她明早開始上工。」我繼續說：「就我了解，她有自己避孕的一套。妳到世紀末都會有全薪。再見，祝妳好運。」

我長篇大論說到一半便開始原地跑步，說完那一刻，我俐落地衝進辦公室。我最後瞥見蘭高小姐慌亂的衝進賈克博辦公室。

我以傳統蓮花坐姿坐在桌上，心裡想著蘭高小姐面對我混亂殘酷的一面不知會做何反應。想沒幾下，我便覺得她無趣的人生因此有了亮點。我想像幾年後，二十多個甥姪子女圍繞在她乾瘦的膝旁，聽她講述邪惡的醫生用大頭針刺病人，還強暴他們，並在ＬＳＤ和進口蘇格蘭威士忌影響下，開除了

---

65 書中對話出現法文處一律以粗體顯示。此處萊因哈特醫生胡言亂語中將法文的六九式講成六六式。

認真負責的祕書，雇用漂亮的女色情狂。

我為自己想像力感到得意，但瑜伽動作實在不舒服，於是我伸高雙臂。這時有人敲門。

「唷！」我手臂仍高舉回答，我的晚禮服扭曲變形。賈克博探頭進來。

「嘿，路克，寶貝，蘭高小姐跟我說──」他看到我。賈克博一如往常瞇起眼，但他怎麼看也看不明白。他眨了兩次眼。

「怎麼了，路克？」他探問。

我大笑。「喔，這個啊。」我摸著晚禮服說：「昨晚深夜派對。我想在歐士德弗拉來之前清醒一點。希望我沒讓蘭高小姐傷心。」

他猶豫了一下，唯一探進辦公室的仍只有他肥肥的脖子和那張大餅臉。

「這個啊，」他說：「有。她說妳把她解雇了。」

「亂說。」我回答：「我只跟她說我昨晚在派對上聽到的笑話；也許有點猥褻，但抹大拉的馬利亞聽了也不會被冒犯。」

「好。」他說。他再次凝聚天生的瞇眼之力，眼鏡如兩個飛碟，縫隙中藏有致命的雷射槍。「好滴。」他說：「不好意思打擾了。」

他臉消失了，門輕輕關上。幾分鐘之後，門又打開，賈克博眼鏡再次出現。

「她想要我來確定她沒被解雇。」

「告訴她明天好好準備來上班。」

「好滴。」

歐士德弗拉大步走進門時，我拖著腳在房裡踱步，試著讓雙腿血液恢復循環。他自動走向沙發，但我阻止他。

「不，不要坐那兒，歐士德弗拉先生。今天你坐這頭，我會躺沙發。」

我舒舒服服躺好，而他遲疑地緩緩坐到辦公桌後的椅子上。

「怎麼了，萊因哈特醫生，你——」

「我今天特別開心。」我注意到天花板角落有張美麗的蛛網。我的病人盯著那張蛛網多少年了？

「我覺得我有了重大突破，快要成為新新人類了。」

「什麼新新人類？」

「隨機人。無法預測的人。我覺得自己今天在展示習慣可以改變。人類**確實**是自由的。」

「我希望我能突破自己強暴小女孩的習慣。」他想將焦點放回自己身上。

「有希望的，歐士德弗拉，一定有希望的。只要做跟平常完全相反的事就行了。如果你想強暴她們，那就拿糖果善待她們，並就此離開。如果妳想痛打妓女，那就讓她們打你。如果你覺得想見我，那就去看場電影。」

「但那並不容易。我**喜歡**傷害別人。」

「也是，但你也許會喜歡上善待別人的感覺。例如，我平常上班都搭計程車，但我今天跑步來，就感覺格外有意義。我也覺得蹂躪高小姐充滿新鮮感。我以前對她態度都十分和善。」

「我剛就納悶她為何在哭。怎麼了？」

「我罵她有口臭和體臭。」

「老天。」

「沒錯。」

「這真是太傷人了。我永遠做不出這種事。」

「希望不會。但城市衛生單位發了個公文來，反應整棟樓都開始發臭了。我別無選擇。」

接下來的沉默中，我聽到他椅子咿啞一聲。他也許向後倒了，但從我這裡看不到。我只看得到兩面牆的一部分，還有書櫃、書、蛛網和一小張蘇格拉底喝下毒芹汁的畫像。畫是為了安撫病患，但我的品味似乎有問題。

「我最近也過得挺開心。」歐士德弗拉略有所思說，我發現我想將話題聚焦在我的問題上。

「當然，打破習慣也可能變例行公事。」我說：「例如，我覺得很難臨時找到新方法和新地點小便。」

「我覺得……我覺得你差一點就讓我突破了。」歐士德弗拉說道，不理會我。

「我特別擔心我下一次排便。」我繼續說：「社會認同的事似乎有一定的範圍。社會容許所有詭異和沒道理的駭人之事——戰爭、謀殺、結婚、貧民窟——但隨地大便的話，似乎會被全人類瞧不起。」

「你知道如果……我覺得我如果能戒掉對小女孩的癮頭，只要……沒有興趣，我就沒問題了。大人的話沒關係，花錢也買得到。」

「還有運輸的事。要從甲地到乙地，只有幾種特定的方法。例如，明天我不想慢跑上班。我能怎麼辦？倒退走嗎？」我皺著眉頭，一臉認真轉頭望向歐士德弗拉，但他沉浸在自己的思緒中。

「但現在……最近……我不得不承認……對小女孩似乎慢慢失去興趣了。」

「當然，倒退走是個辦法，但只是暫時之道。在那之後，不管是爬行、倒退跑或單腳跳，我都會覺得受限、重複，像個機器人。」

「那是好事，我知道這一定是好事。我是說，我恨死小女孩了，而現在我對幹她們比較沒興趣了，我覺得這……絕對是進步。」他真誠地低頭望著我，我真誠回望他。

「對話也是個問題。」我說：「我們的語法、用詞、邏輯都是習慣。我習慣以邏輯思考，這點顯然一定要打破。還有單字。我為何要接受我們固有單字的限制。我是低能兒！低能兒！」

「可是……可是……最近……我擔心……我感覺……我幾乎不敢說出口……」

「呃普維立。亞特法德。威許蒙格。格萊索。帕特明克松。講比。布里特。為何不這麼說話？人根本自甘侷限於過去。我感覺重獲自由了。」

「……我好像，我覺得我開始想要，我開始喜歡……小男孩。」

「一大突破。如果我能繼續像今早打破習慣的模式，絕對是一大突破。還有做愛。做愛的模式也一定得打破。」

「我是說真的很喜歡他們。」他熱情地說：「不是想強暴或傷害他們之類的，只是想雞姦他們，要他們吸我老二而已。」

「這實驗可能會讓我身陷危險。我想，既然我通常沒強暴小女孩的癖好，那理論上我就該試試看。」

「還有男孩的話……小男孩比較容易下手。他們比較容易相信人，較沒疑心。」

「但想到要真的傷害別人，我會害怕。我想——不！那是侷限。我必須克服。要從習慣的壓抑中解放的話，我必須強暴和殺人。」

他的椅子又咿啞作響，我聽到他一腳跺地。

「不行。」他堅定地說：「不行，萊因哈特醫生。我正試著告訴你，強暴和殺人是不必要的行為。連打人都不准。」

「強暴，或至少殺人，對隨機人來說至關必要。逃避的話，便是逃避擺在眼前的責任。」

「男孩，小男孩，甚至青少年一定沒問題，我敢肯定。小女孩太危險了，醫生，我警告你。」

「危險是必要的。隨機人基本上就是人類所想出最危險、最具革命性的概念。如果成功要流血，血就一定得流。」

「不行，萊因哈特醫生，不行。你一定要找另一個方法解決。比較不危險的方式。你說的可是人命。」

「那只是我們慣用的角度。小女孩搞不好是從另一個世界派來毀滅我們的惡魔。」

他沒有答腔，但我聽到椅子輕輕咿啞一聲。

「很明顯。」我繼續說：「沒有小女孩，就不會有女人，而女人——斯諾福，巴搭克里斯汀，林斯臭爾。」

「不行，不行，醫生，你在引誘我。我懂了，我現在明白了。女人是人啊，她們一定是人。」

「你要怎麼稱呼她們隨你便，但她們和我們不一樣，歐士德弗拉，這點你不能否認。」

「我知道，我知道，男孩就不是這樣。男孩子就是我們。男孩子很好。我想我可以學著愛男孩子，這樣就再也不用一直擔心警察的事了。」

「歐士德弗拉，拿糖果善待女孩，對男孩像個徹頭徹尾的混蛋。你說得對。這對你來說，絕對突破了你的慣性。」

「對，對。」

有人敲門。時間到了。我神情恍惚，將腳放到地上，我感到歐士德弗拉先生激動地握著我的手；他雙眼閃爍著喜悅。

「這是我這輩子經歷過最不可思議的精神治療。你……你……你是個**男孩**，萊因哈特醫生，貨真價實的**男孩**啊。」

「謝謝你，歐士德弗拉。我希望你是對的。」

20

我的朋友，我一點一滴慢慢發瘋了。我發現殘存的自我正悄悄改變。就連我決定讓骰子沉睡，回歸「自然的自我」時，我也漸漸發覺自己喜歡荒謬的評論、小故事和行動。我在中央公園爬樹，在雞尾酒派對上做出瑜伽冥想的姿勢，每兩分鐘便吐出神祕玄妙的話語，那些話連我聽了都感到疑惑且無聊。跟曼恩醫生講電話到最後，我聲嘶力竭大喊：「我是蝙蝠俠。」——這一切都不是骰子的緣故，而是因為我想這麼做。

我會無緣無故大笑；對各種事情過度反應，反常表現出憤怒、恐懼或同情。我不一致。我有時快樂，有時難過。我有時口才伶俐，態度認真，才思洋溢；有時荒誕不經，心不在焉，沉默寡言。幸好，第一天早上，我首次在蘭高小姐面前脫序表現之後，賈克博要我接受他精神治療，我一口答應。我一週和他會診治療三次，因此我仍能自由上街。只要我沒出現暴力行為，大家仍相對放心。「可憐的萊因哈特醫生，但艾克斯坦醫生在幫他治療了。」

麗麗安愈來愈擔心我，但骰子不讓我告訴她真話，於是我一直拿似是而非的道理解釋我荒謬之舉。她與賈克博、亞琳和曼恩醫生聊過，他們個個全然理性，分析得頭頭是道，可惜的是，沒人能提供解決辦法。

「一兩年內大概……」曼恩醫生好心安慰麗麗安。他跟我說，她快發狂尖叫了。我向她保證，我會努力控制自己脫序的行為。

國定破舊習月讓事情每況愈下。大家看到固有模式被打破之後，面對我可謂幾家歡樂幾家愁。我慢跑進辦公室，說些唐突的話語，以侮慢的態度色誘性冷感又清純的蘭高小姐，也曾喝醉酒，或在病人面前做出可笑的行為——目睹這一切都人都感到震驚和失望，但同時，我漸漸發現，也有喜悅。

看到不理性、毫無意義荒謬之事，我們會大笑，感到快樂。我們往往引頸期待有人能爆發，突破道德和理性。暴動、革命、大災難——這些事令我們多開心啊。日復一日閱讀同樣的新聞多悶。喔，老天，真希望發生些有趣的事——意思就是，真希望能將模式打破。

那個月底，我一直在想，要是尼克森能喝醉，對人說：「幹你娘，老兄。」要是威廉．巴克利或比利・葛理翰[66]說：「我有些好朋友是共產份子。」要是運動播報員能說一次：「各位觀眾，這場比賽好無聊。」這樣有多好，但他們當然都沒這麼做。於是我們每個人四處旅行，去羅德代堡、去越南、去摩洛哥、離婚、出軌、換新工作、換新社區、嗑新藥、拚命找新事物。模式啊模式，喔，多想掙脫那枷鎖。但我們身後拖著一個個以前的自我，他們將所有經驗裝上堅固的櫟木框。

大多時候而言，國定破舊習月其實不大實際；最後我一度讓骰子決定我什麼時候要睡覺，並要睡多久。睡覺不定時，不定量，馬上讓我脾氣暴躁，精疲力盡，當然偶爾也會突然亢奮起來，尤其是嗑藥或喝酒的時候。三天內，不論何時，我吃飯、洗浴、刮鬍、刷牙都是由骰子決定。結果，我有一、兩次在市中心人群間拿電動刮鬍刀刮鬍子（經過的人都在轉頭找攝影團隊），在夜店廁所刷牙，在維克・坦尼健身房洗澡美容，凌晨四點在納迪克速食餐廳吃正餐。

還有一次，骰子要我時時品嚐五感之美，每一刻都要清醒，好好活著。那似乎是絕美的一件事。我想像自己是華特・派特、約翰・羅斯金和奧斯卡・王爾德[67]的綜合體。美學敏感日當天，我第一個感覺到的是我會不自覺抽鼻涕。我可能有這習慣好幾個月了，甚至好幾年了，我從沒意識到。一月，幸虧骰子隨機的命令，我發現了自己每隔一段時間鼻孔會累積黏液，抽氣時會發出通常形容為「哼」的聲音。要不是骰子，我會繼續是個無感的傻蛋。

敏感日那天，我又發現另一個我先前沒注意到的感官經驗。我原本都在體會微小的喜悅，半小時之後我決定要去當代藝術館，渴望感受美學薰陶，最後我待了一個半小時，腳都走痠了，不過不算太

66 威廉・巴克利（William Buckley, 1925-2008），美國保守派作家和媒體人，比利・葛理翰（Billy Graham, 1918-2018）是美國福音派教會代表人物，對社會影響力相當大。兩人在當時是著名反共人士。

67 華特・派特（Walter Pater, 1839-1894），英國文學評論家和作家，他對文藝復興的研究和對美的追求，雖然受大眾歡迎，但極具爭議。約翰・羅斯金（John Ruskin, 1819-1900），英國維多利亞時代的藝評家，著作橫跨各項領域。奧斯卡・王爾德（Oscar Wilde, 1854-1900），愛爾蘭作家和詩人，個人推崇英國唯美主義。

痛，我心滿意足。其實我視覺在某一刻便麻木了，即使是無所不能的骰子也救不了。隔天我很高興骰子放棄了華特・派特。

整體而言，那個月我穿了我從未穿過的衣服；罵了我不曾罵過的話；幹了不曾幹過的妓女。突破性愛習慣和價值觀是裡頭最難的挑戰。散步下樓和亞琳交媾並未顛覆我的性愛價值觀，反倒算是迎合。我心想，以我典型系統化的方式，突破性愛習慣代表先改變最愛的體位，接著換個女人，並從女人換成男人，再從男人換成男孩，然後根絕性愛之類的。想到這，我的多相變態傾向有點蠢蠢欲動，一天晚上，我凌晨兩點從一場晚宴回來，試圖在公寓電梯中和我妻子肛交。麗麗安沒生氣，也不害羞，純粹是毫無興趣，她逕自走出電梯，上床睡覺去了。

在找新對象時，我發覺在這項任務中，我必須改變對女人的品味。因此，我下一個對象必須年老、乾瘦、頭髮斑白、戴眼鏡、腳大，並且喜歡桃樂絲・黛及洛克・哈德森[68]主演的電影。雖然我相信紐約有不少這樣的女子，我不久便發覺，這種女生和身材可比拉寇兒・薇芝[69]的辣妹一樣難找。我不得不降低標準，尋找年老、乾瘦和追求靈性的女人，其他特定細節就隨便了。

蘭高小姐的身影躍入我腦中，我不禁打了個寒顫。如果我要突破性愛價值觀，我必須色誘她。我向骰子請示，骰子開示說好。

我難得對骰子指示有意見。蘭高小姐完全不是我的菜，簡直是陰間的碧姬・芭杜。她當然不算老；不過她有個驚人的能力，雖然她三十六歲，卻能給人六十三歲的印象。她尿尿的畫面我連想都不敢想，

---

68 桃樂絲・黛（Doris Day, 1922-），美國著名女演員和歌手，深受觀眾喜愛，六〇年代甚至有「票房皇后」的美譽。洛克・哈德森（Rock Hudson, 1925-1985），著名影視演員，好萊塢黃金時代的萬人迷。兩人於六〇年代曾合作主演多部愛情喜劇電影。

69 拉寇兒・薇芝（Raquel Welch, 1940-），美國演員和歌手，六、七〇年代的「性感女神」，有別於過去女性小家碧玉的樣貌，展現出強悍、堅強的女性形象。

連寫在這裡我都滿臉通紅了。她與艾克斯坦和萊因哈特共處的一千兩百零六個日子裡，我們不曾發現她用過辦公室廁所。她身上唯一散發的是嬰兒爽身粉無孔不入的氣味。我不知道她到底是不是平胸；畢竟，一般人沒事不會猜母親或祖母的三圍。

她說話比狄更斯書中女主角還貞潔；她唸出超級女色情狂的性愛報告時，就像在唸公司業績快速成長的冗長報告。最後她會問：「你希望我將巴啦巴啦小姐多次性交的句子改成排比嗎？」

然而，喔，骰子啊，我意願為次，願祢的旨意得成。國定破舊習月過了三週後的一天晚上，我有病地邀她去吃晚餐，那天晚上隨著時間一點一滴過去，我毛骨悚然地發覺我可能會成功。吃完晚餐後，我去上廁所，向骰子請示各種可能，但它只吩咐我抽兩根大麻，相當於拔牙前替我打個麻醉而已。後來晚一點的時候，儘管我渾身不舒服，我最後仍和她坐在沙發上討論女色情狂的事（我發誓這話題不是我提起的）。幾小時過去，我發現她笑容挺美的（僅限於嘴巴緊閉的時候），白皙的她穿著黑色的露背晚禮服，不知為何令我想起掛在棺木上的黑簾。

「但妳覺得女色情狂享受人生嗎？」我語氣自然隨意，豁達灑脫，大麻加上蘭高小姐似乎有這效果。

「喔，不會。」她馬上回答，並將眼鏡推高八分之一吋。「她們一定非常不開心。」

「是啊，也許吧，但我不禁在想，她們受如此多男人熱愛，這份歡愉是不是能填補她們的不開心。」

「喔，不行。艾克斯坦醫生告訴我根據羅傑斯、羅傑斯和希爾斯曼的研究，百分之八十二點五的人做愛時不會感到快樂。」她僵硬地坐在沙發上，我因為抽了大麻眼前朦朧，時不時以為自己在跟裁縫師的假人說話。

「對。」我說：「但不管是羅傑斯或羅傑斯或希爾斯曼都不是女色情狂。我甚至覺得他們根本沒當過女人。」我得意地露出笑容。「我現在有個新理論，我覺得女色情狂其實是享樂主義者，快樂得很，但她們對精神科醫師謊稱她們無感，來色誘精神科醫師。」

「喔，不是吧。」她說：「怎麼會有人色誘精神科醫師呢？」

一時間，我們心照不宣眨著眼，她臉色五顏六色變化一陣，然後變得如打字紙一般白。

「沒錯。」我最後說：「那女的是個病人，基於職業道德，我們不能和病人有所牽扯，可是……」

我話沒說完，因為不知道該怎麼接了。

她雙手扭著手帕，悄聲問道：

「可是……」

「可是？」我重述。

「你說基於職業道德，不能和病人有所牽扯，可是……」

「喔，對。可是好難啊。我們一直慾火焚身，卻沒有合乎道德的方式滿足欲望。」

「喔，萊因哈特醫生，你**結婚**了啊。」

「結婚？喔，對，這倒是。我都忘了。」我轉向她，臉上佯作悲慘。「但我妻子在學瑜伽，因此只能跟大師性交。」

她睜大眼回望著我。

「你確定嗎？」

「我連簡易式頭倒立都不會。我已經開始懷疑自己是不是男人了。」

「喔，不，萊因哈特醫生。」

「更糟的是，看到妳從未對我有『性趣』，我又更難過了。」

蘭高小姐臉上又一陣五光十色，最後又如打字紙一般白。她用前所未有的微小聲音說：

「我有啊。」

「妳……妳……」

「我對你有『性趣』。」

「喔。」

我頓了頓，全身每一吋都想奪門而出；但宗教戒律將我約束在沙發上。

「蘭高小姐！」我激動地大喊：「妳願意讓我成為男人嗎？」我坐直身子，朝她傾身。

她盯著我，從臉上拿下眼鏡，放在沙發旁的地毯上。

「不，不行。」她柔聲說，雙眼朦朧望著我們之間的沙發。「我辦不到。」

一開始，不是因為骰子，我人生第一次陽萎了。我全裸在床上，坐在她身旁，呈半蓮花式盤坐，身體毫無接觸，花了七、八分鐘凝聚瑜伽修行者冥想之力，幻想亞琳的巨乳、琳達・瑞可曼的美尻和麗麗安的裡面，聚精會神之下，我終於以「貓搖籃式」壓到蘭高小姐「屍體式」之上，放下身子，進入**三摩地**（空無之境）。

和母親做愛，尤其是母親的屍體，是極為駭人的體驗，和佛洛伊德的想像差太多了。雖然我視她為母親，仍採用適當的體位，成功實行所有該有的動作，這全歸功於我身為瑜伽修行者的潛力。這是突破心理障礙的一大步，隔天我一想到，全身仍不住顫抖。還有件事也令人驚訝，從那次之後，我感覺和蘭高小姐親近多了。

21

但也沒**那麼**親近。

22

不得不說，幹一個男人毛絨絨的屁眼，或被別的男人幹，簡直像當著美國在職精神科醫師協會的面，在講臺上幫人灌腸或接受灌腸。想到要撫摸、親吻、吞含男人陰莖，不知何故，讓我依稀想起六、七歲時被逼著吃焗烤通心粉的事。

不過，偶爾幻想自己是個女人，在某個身影模糊的男人下扭動倒是令人十分興奮——直到那身影上出現鬍子（不管有沒有刮）、毛絨絨的胸膛、毛絨絨的屁股和冒青筋的醜陋陰莖。這時我便會失去興趣。偶爾幻想自己當個女人教人興奮。但身為男人，跟任何身影清晰的男人「交媾」似乎很噁心。

在國定破舊習月的一月天之前，我對一切早已心裡有數，骰子一定會要我扛下責任，走入世界，被人擁有。我去了趟下東區，我有個病人（其實就是琳達．瑞可曼）告訴我，那兒有好幾間同志酒吧，其中一個名字我特別記得：高多酒吧。

晚上大約十點三十分，我進到高多酒吧，一眼望去毫無異狀，看到男女坐在一起喝酒，我驚愕不已。而且，酒吧裡只有七八個人。甚至沒半個人看我一眼。我點了杯啤酒，仔細搜索回憶，難不成我內心有所壓抑，或搞錯了同志酒吧的名字。高登酒吧？索多酒吧？索登酒吧？高基酒吧？摩多酒吧？高更酒吧？高更酒吧！同志酒吧叫這名字再適合不過了！我走進酒吧裡的公用電話亭，在曼哈頓電話簿中尋找高更酒吧的名字。我一無所獲。坐在電話亭裡，我又驚訝又灰心，茫然望著平凡可笑的酒吧思考。四個年輕男子突然經過電話亭的玻璃門，走向酒吧前門。他們是從哪出現的？

我走出電話亭，隨意往後頭逛，看到通往樓上的樓梯，並聽到上頭傳來陣陣音樂聲。我緩緩走上去，樓梯最上頭坐了個克里夫蘭布朗隊前防守絆鋒般的人物，他冷酷的目光和我相交，我經過他身旁，進到一個小前廳。巨大的雙扇門後傳來音樂聲。我推門走進去。

我身前一公尺處，兩個年輕男人一邊搖擺，一邊激情舌吻。我感覺彷彿有人拿一袋滑溜的濕陰脣，半敲半磨弄著我的肚子。

我繞過他們，走入跳舞的男孩和男人之間擠向空桌。桌子大概五乘八公分，上頭放了三瓶空啤酒、十一根香菸和一個口紅。在噪音、煙霧和男人交雜的一片混亂中，我只心不在焉地茫茫望著前方，一、兩分鐘後，一個年輕人問我要不要點飲料，我點了瓶啤酒。環視四周，我看到二十幾張桌子只有幾個人坐著，除了我右邊一對中年夫婦，其他都是男的。那男人臉上帶著噁心的笑容，女人看起來很自在，感覺興味盎然。我望過去時，她盯著我，好像在看同院的精神病患。她丈夫只一臉緊張；我朝他眨眼。

我眼睛無法聚焦在一、兩人身上，只看得到一具具舞動的男體。最後，我抬起雙眼，望向身旁跳舞的兩人。兩人裡頭的高個子大概快三十歲，長得粗獷平凡，眉毛濃密，有個歪鼻子。另一人矮些、年輕些，而且非常帥，像彼德．方達[70]的翻版。他們心不在焉對跳，不斷望向彼此身後其他情侶。正當我看著，年輕人目光忽然轉到我身上，他睫毛低垂，抬起一邊肩膀，朝我張開濕潤的嘴脣，性感妖嬈。我被電到了。那是我這輩子見過最淫蕩，也最令人興奮的表情。

真是晴天霹靂！這代表我這輩子一直是個潛在的同性戀嗎？男人以女性姿態朝我拋媚眼，讓我出現性反應，這究竟算有變態傾向的正常異性戀，還是正常雙性戀？

該是判斷情勢的時候了。骰子希望我主動還是被動，究竟要像宙斯撲向伽倪墨得斯，還是哈特．克萊恩對水手[71]那樣。我要像蘇格拉底，和其中一個孩子進入古老的對話，還是像惹內[72]，敞開身體，

70 彼得．方達（Peter Fonda, 1940-），美國演員，是反文化運動的代表人物之一。

71 希臘神話中，宙斯見伽倪墨得斯年少美貌，便化為老鷹將他擄走。哈特．克萊恩（Hart Crane, 1899-1932），美國詩人，他曾深深愛上一名丹麥水手，為其創作情詩。

72 尚．惹內（Jean Genet, 1910-1986），法國文學家，他一生跌宕起伏，個性叛逆，創作極具實驗性，對同性戀運動和變裝癖文化都深具影響。

慵懶躺臥在地，迎接朝他走來的一百八十公分勃起男人？骰子指示不明確，但與其展現男性侵略性，不如偏向女性，表現被動些，這樣也算顛覆習慣。但我這一米九三的伽倪墨得斯去哪找我的宙斯呢？能將我劈成兩半的偉大老二在哪裡？我想應該找個認為我是天菜，夢到我褲子都要撐破的傢伙，事情會比較容易。但容不容易不是重點。我必須當個女人，好好扮演女人的角色。就算我站在老公身旁，就像珠穆朗瑪峰聳立在矮小灌木叢旁，我都必須學著慵懶地仰躺在他身前。我一定要釋放我的女性特質。成為女人之前，骰子人永遠無法完整。

「我能請你喝一杯嗎？」一個男人問，他矗立在我面前，像珠穆朗瑪峰聳立在矮小的灌木叢旁。原來是那個克里夫蘭布朗隊前防守絆鋒，他俯視著我，一副見怪不怪，心照不宣的樣子，嘴上還帶著笑容。

23

你永遠不能質疑骰子的智慧。祂高深莫測。祂牽著你的手走進深淵，哇，那是一片富饒的平原。祂將重擔放到你肩上，然後，瞧，你展翅翱翔。骰子永遠不會遍離正道，你也是。

將命運獻給骰子，卻想暗中掌控，從中獲利，那都只是徒勞。那樣的服從永遠無法讓你從自我的痛苦中解放。你一定要放棄掙扎，放棄你的意圖、價值和目標，然後唯獨那時，你不再相信能用骰子實現自我那一刻，你肩上的重擔將消失，人生變得全然自由自在。

沒有折衷辦法：你必須獻上一切。

——出自《骰子經》

24

「我是處男。」我用纖細脆弱的聲音說：「請溫柔點。」

25

有兩條路：你用骰子，或讓骰子用你。

——出自《骰子經》

26

「老天。」我粗啞地說：「我明天一定痛死。」

27

自我啊，我的朋友，自我。那是似是而非的事。我愈想透過骰子消除自我，自我便不斷擴大。骰子每次一滾動，便削下一塊舊有自我的碎片，餵養骰子人，讓他不斷增長。我慢慢殺死過去的自尊，包括精神分析師的我，論文作者的我，充滿男子氣概英俊的我，體貼丈夫的我，每具屍體都餵給我內心的超人類，他以自我為食，漸漸壯大。身為骰子人，我多驕傲啊！當骰子人主要目的明明是殺死所有和自尊相關的概念。我唯一不容列出的就是可能會挑戰骰子權威和榮耀的選項。除了這點，所有價值都是屎。把這身分奪走，我就只是害怕顫抖的傻瓜，孤獨活在空蕩蕩的宇宙。擁有決心和骰子，我就是神。

我曾寫下一個選項，如果我（一個月內）想違背骰子，我可以再擲一次，如果是奇數就成功。那一瞬間，我馬上嚇得汗水直流。後來我發覺，這種「違背」其實不過是一種服從罷了，心情才冷靜下來。骰子沒選那個選項。又有一次，我想寫下一個選項，決定從今以後，骰子所有決定都只是建議，不是命令。換言之，我將改變骰子的角色，讓它從總指揮變成顧問團。「自由意志」重現害我再次嚇傻了。

我始終不敢寫下這選項。

骰子令我愈來愈謙卑。有一次，骰子要我在星期六喝醉。喝醉酒代表缺乏自我控制，徹底玷汙了我的尊嚴，這也跟骰子人疏離、實驗的本質相斥。但是，我很享受。酒醉的放縱和我清醒的瘋狂其實相去不遠。那天晚上，我和麗麗安及艾克斯坦夫婦一起度過，半夜我拿了虐待狂那本書的草稿來折紙飛機，從窗戶射到第七十二街上。我醉醺醺的對亞琳毛手毛腳，也只被認為是醉醺醺的對亞琳毛手毛腳。這起事件再次證明了路克．萊因哈特已漸漸崩解。

二月，骰子命令我在「費隆妮和萊因哈特」的性調查中進行實驗。它一字不差吩咐：「做些有價值的新嘗試。」我把骰子裝回小盒子中，思索好幾天。我感到無比灰心。

人類實驗限制很大。你可以強迫他們回答，但不能動他們。當然，其他動物就相反，問沒有用，只好直接動牠們。你可以閹割牠們，切掉半顆腦，讓牠們走過火炭才能吃飯或交配；或剝奪食物、飲水、性愛和朋友好幾天，甚至好幾個月；給牠們服用過量的ＬＳＤ，讓牠們狂喜而死；循序漸進切下牠們四肢，研究牠們的移動力等等。上述實驗能詳實記錄下閹割的老鼠、無腦老鼠、思覺失調倉鼠、寂寞的兔子、狂喜的樹懶和無腿黑猩猩的事，可惜人類辦不到。

基於道德，我們不能要求受試者去做他們或社會認為不道德的事。我這輩子致力解決的問題——人類能改變多少，科學家永遠無法探究。所有人類最根深蒂固的本質便是拒絕改變，受試者不願做，實驗者若強逼他就範，便違反了道德。

我決定來改變「費隆妮和萊因哈特」調查的部分受試者。既然研究主題是性行為，我會試著改變受試者性向、性癖好和性行為。不幸的是，我知道必須花兩年時間做精神分析，才能讓同性戀變成異性戀，即使如此，改變也相當罕見。我能讓處女變女色情狂嗎？自慰的人變放蕩的人？忠貞的妻子變淫婦？讓花花公子禁欲？恐怕很難。但有機會。

要改變一個人，一定要改變他面對的受眾，才能改變他對自己的評價。一個人是由受眾所定義的，例如周圍的人、組織、作者、雜誌、電影英雄和哲學，他身在其中，會想像自己的行為是會受肯定或被噓。精神醫學最大的干擾就是「身分危機」，這情況常發生在個人受眾改變那一刻，像是從父母眼光變同事眼光、從同事眼光變受阿爾貝·卡繆的作品影響；從《聖經》戒律變休·海夫納[73]的價值觀。從「我是個好兒子」變成「我是個好哥兒們」基本上是項革命。不過，他的哥兒們如果前一年忠貞，後一年不忠，害那人從忠實的丈夫變浪子，那可一點也不奇怪。近朱者赤，近墨者黑道理不變；只是其中一項微不足道的小事改變了。

變成骰子人一開始，我的受眾從精神科同事變成了布萊克[74]、尼采和老子。我的目標是破壞受眾的概念，脫離價值和評價者，不再感到欲望——成為非人，或總而言之，成為神。

不過，讓骰子人進入性研究，我真正渴望的是美色，如同宙斯化身野獸，為的是和美人性交。但我另一個欲望也不亞於性欲，我想成為受試者的受眾，營造出一個包容一切的開放環境，讓處女自在表達她潛藏的肉欲；讓同性戀表達他對陰戶潛藏的欲望。從骰子人身上，我們發現人類實驗其實毫無極限。我能為受試者營造同樣開放的實驗環境嗎？

這正是我的希望。誘惑是一種藝術，目的是將原本不正常、不可取、邪惡、不值得的事變成正常、可取、善良和值得。誘惑是改變他人受眾的藝術，從而改變對象的個性。當然，我指的誘惑是傳統上誘惑「天真無邪的人」，不是誘惑大人互打手槍濫交。

費隆妮醫生充滿威嚴，彷彿一個女院長，我則不修邊幅，一臉專業，受試者都相信我們是典型正

73 休·海夫納（Hugh Hefner, 1926-2017），《花花公子》雜誌創辦人。

74 威廉·布萊克（William Blake, 1757-1827），英國浪漫派詩人和畫家，一生默默無聞，但卻對後世詩作和視覺藝術有極大影響，他相信孤立的自我意識（Selfhood）是人的原罪。

經體面的人物。比起一般人，他們更習慣和古怪、不帶批評的大人討論各種見不得人的性問題。我順勢推想，經過這一切，受試者也許已準備好接受我們見不得人的指示。

「今天下午，F先生，隔壁房間有個害羞但性濫交的年輕女子，她和你年齡相仿。她是雇來和你做愛的。請當個紳士好好待她，但一定要讓她幹得痛快。這段體驗之後，請填寫密封信封中的問卷。回答時請盡可能誠實，身分將完全保密。」

「F小姐，隔壁房有個害羞的年輕男子，他叫F，和妳年紀相仿。和妳一樣，他是個處男。就他所知，妳是雇來的妓女，為的是要教他做愛的藝術。在這實驗裡，我們希望藉由性行為觀察妳是否能好好扮演妳的角色，我們將以此盡可能收集資料。如果妳突破壓抑，不再害怕裸體，也敢和男人進行親密的性接觸，妳會額外得到一百元獎勵。如果妳讓他和妳性交，妳會額外得到兩百元。其他獎勵請見信封中的指示單和問卷第五和第六頁。妳不用擔心懷孕，因為另一名受試者經過醫學檢驗，已證實不育。」

「明天下午，J先生，請前往這張卡上所印的地址。你會和一個男人見面，就他所知，你也是個同志。他會試圖色誘你。你必須盡力迎合他，並時時注意自己的感覺和反應。如果他高潮了，你會因為提供重要資料額外獲得一百元。如果你也達到高潮，你會額外得到兩百元獎勵。我們在研究像你一樣的正常人和同性戀社交和性交的關係。信封裡……」

我腦中出現一幕幕此類指示。我可能必須雇用妓女和同志，但有時我也許能安排兩個受試者扮演角色（以收集資料之名，讓兩個異性戀男子互幹）。

我開始相信人類什麼都做得到。我們現代的人格習慣受人支配，在切身的社會環境中，我們隨時會自省自己的行為是否得到認可，但只要有正確的實驗指示者、語調和情境，我應該能讓受試者改變他們習慣的性角色。

這感覺是很值得一試的研究，媲美薩德侯爵[75]。我心底是希望證實人類的可塑性理論，但另一方面，我似乎心懷不軌，並有種不理性的期待。

28

忙！忙！忙！實驗者的生活實在不輕鬆。打造迷宮，找老鼠來實驗，記錄結果，最後將所有資料做成表格，就已經夠難了。安排性愛會面，找到實驗人選，記錄結果，最後**相信**一切是事實，根本難上加難。

然而，接下來幾週，我做好萬全準備，打算進行這次複雜的實驗，並正式命名為「萊因哈特和費隆妮超道德容忍度調查」，但紐約精神科醫師間稱之為「為享樂和利益，無畏相幹」實驗，紐約《每日新聞》稱為「哥倫比亞醫學院不法性交活動」，實驗是由我和費隆妮醫生一同進行，但我無法說服她實驗的正當性，後來有一天我約她吃中飯，一直談論「實驗情境下，測試行為模式和態度的穩定性」還有「萊柏維茲和盧恩研究中定義同性戀的標準」還有「異性戀行為上可定義為在女人面前能持續勃起超過五分鐘」，最後決定性的論點是「完整量化所有結果」。她終於答應實行，並秉持專業，強調所有受試者必須匿名參與。

75 薩德侯爵（Marquis de Sade, 1740-1814），法國貴族，以放蕩和色情文學著稱，（性）虐待狂的英文「Sadism」便是以他為名，代表作為《索多瑪一百二十天》。

前兩週實驗亂七八糟。我們不少雇用的人員（男妓女妓）都沒出現，更常出現的情況是不遵守指示。我們原本雇了個女人，要演出欲擒故縱的戲碼，結果她帶了個朋友到場，跟受試者一起大玩3p。另一個女人原本要和一個如情聖唐璜般的受試者見面，搞到他精疲力盡，結果她才搞十五分鐘便睡著了，用皮帶稍鞭了幾下也醒不過來。

我們不少受試者先同意實驗，後來都消失了。我亟需受試者、「實驗助理」（在預算和基金報告中，我們是以這個說法來申請「幫手」的經費）和實驗數據。我好想雇用妻子、亞琳、甚至蘭高小姐來赴約。費隆妮醫生回報，她和受試者也遇到同樣的問題。亂七八糟的情況不只如此，更多問題來自我們所有「實驗」都用同樣的兩間公寓。

我請亞琳去飾演一個獨守空閨的正經家庭主婦，和一名性乾涸、個性害羞的大學生見面，我指示他要扮演亨利．米勒的角色；結果她回來累壞了。她說那天晚上大獲成功，不過她承認前兩小時沒半點進度，所以她洗完澡後光溜溜地走進客廳時，可能沒有完全照角色個性走。如果需要進一步實驗，她自願全力協助，甚至答應不會告訴賈克博。

最後，我決定我這名老教練必須親上火線，加入戰局。有人必須上場快刀斬亂麻，挺身而出，從中間突破防線得分。我踏上場時，全場鴉雀無聲。

T小姐得到的指示是：「在公寓和三十五歲的O先生共度一晚。男人會付一百元與妳上床。O先生是個寂寞的大學教授，他一年前喪妻。他對於實驗的事一無所知，以為朋友替他找了個年輕沒經驗的應召妹。妳要試著完全將自己交給他。仔細感受自己的態度和感情，結束後填答信封中的問卷。」

根據在我們態度問卷上的答案，T小姐十九歲，從未性交過，只跟兩個男生「打得火熱」，親過「不到十個男生」，從未自覺是同性戀，也沒有相關經驗。她也相信婚前性行為是錯的，因為「神會懲罰」，且對「心理不健康」，而且有「懷孕的危險」。她肯定性是正面的行為，並能繁衍後代。據她所說，因為「神會懲罰」，所以她從未自慰。她對於超出異性戀的所有性偏差都頗有微詞，其他價值觀也相當保守，沒有和任何人有過親密關係，除了她母親，兩人似乎還算親近。她說自己是虔誠的天主教徒，希望成為情緒障礙兒童的社工。

就我看來，T小姐大概不會出現。我下達類似指令的其他七人中（有的是受試者彼此見面，有的有雇用幫手），有三人從未現身，其中兩人和T小姐一樣屬於安靜型的。指定時間是「大約八點鐘」。我好心自告奮勇，七點半鐘就到了，我替自己倒杯小酒，準備坐上一會，這時門鈴響了。我開了門，一個年輕女子說自己叫「泰芮·崔西」。八人中來的第五人。

泰芮·崔西抬頭望著我，笑容可掬，像是青少年上門來當褓姆一樣。她身材嬌小，玲瓏有致，有溫暖的棕色眼珠和一頭柔順的棕髮，有點緊張又散發優雅，令我想起娜塔麗·伍德[76]。她穿著裙子，搭配鬆垮的套頭毛衣，左手臂下夾著的回家作業都壓皺了（後來發現那牛皮紙袋裝的是問卷）。我笨拙地請她進門，感覺自己像老不休的變態色老頭。

「要喝杯什麼嗎？」我問。我忽然想到，這女孩也許誤會了指示。

「好，謝謝。」她說著走到房中央，環視四周，盯著保守到不行的現代沙發、椅子、書桌、書櫃和地毯，彷彿那些都是從月亮進口的。

「我叫羅勃·歐康納。我是長島大學的歷史教授。」

「我是泰芮·崔西。」她燦笑道，並目不轉睛望著我，彷彿我是個有趣的叔叔，準備要講述令人如痴如醉的航海故事。

我試著拿酒假裝沉思，但後來覺得太蠢了。

「最近有看什麼好電影嗎？」我問。

---

76 娜塔麗·伍德（Naralie Wood, 1938-1981），美國知名女演員，代表作為《西城故事》。

「喔，沒有。我不常看電影。」

「最近電影變很貴。」

「喔，對。而且不少電影……嗯……不那麼值得一看。」

「也是。」

她望向壁爐。我望向壁爐。壁爐中有個燒柴用的鐵柵，好像自九十年前公寓建好後便不曾用過。

「妳想點個火嗎？」我問。

「喔，不用。夠暖了，謝謝你。」

我啜了一口酒，舔掉杯外的凝珠。我忽然想到，這可能會是我今晚做出最性感的事。

「不如來坐到我旁邊吧，怎麼樣。」簡直是大河馬吃小雛菊。

「我在這裡就很舒服了，謝謝你。」她緊張地看了壁爐幾眼，又加了一句。「好吧。」

她小心地拿著酒，像拿著第一杯牛奶的孩子。她走過來，坐到沙發上，離我約一公尺。她略微拉了一下迷你裙，但裙腳離膝蓋還有一大截。她身材不可思議地嬌小。身高一九三的我看誰都要低頭，但低頭望向我左邊的泰芮．崔西時，我唯一看得到的是她棕色鬈髮，還有兩截彷彿全裸的雙腿。

「嘿。」我說。

她微笑抬頭，但雙眼似乎濛上一絲曖昧，彷彿編造航海故事的叔叔剛才吐出「妓院」二字。

「我能親妳嗎？」我問。一百元當前，這似乎不為過。

她雙眼迷濛，說道：「喔，好。」

我將她嬌小的身軀拉向我，傾身吻她的雙唇。我沒事先預演，最後只和她雙唇相觸而已。她嘴巴小巧，雙唇乾燥。幾秒鐘之後，我坐直身子。

「妳真的太漂亮了。」我說。

「謝謝你。」

「妳的嘴唇非常舒服。」

「你的也是。」她說。

「現在換妳親我。」

她抬頭，等我低下頭，但我沒彎下身，甚至還向後仰，靠到沙發上，並繼續以性感的眼神俯視著她。

她猶豫了一會，將酒放到茶几上，雙膝跪到沙發上。她雙手環住我的脖子緩緩靠向我。我手臂環抱住她，一手緊緊捧住屁股，並將脣舌迎向她。我舌頭在她嘴中纏繞十、二十、三十秒，雙手在她背、屁股和大腿游移。她身體嬌小結實，羊毛裙下的小屁股渾圓細嫩。最後我抽身望著她。

她露出微笑，像個乖乖牌優等生。

「那真的太讚了。」我說。

「喔，是啊。很不錯。」她回答。

「把妳的舌頭放到我嘴裡。」我說著側身倒下，平躺到沙發上，將她拉到我身上。她輕得驚人，她舌頭從小巧的嘴中一次次試探鑽出，彷彿一隻想嚇人的蛇。我雙手探到她裙子和內褲下，迷失在她雙腿間。換言之，草叢中一般而言會有兩座洞穴，但我只找到一處，套句羅伯．佛洛斯特不朽名詩，那條路「人煙罕至」[77]。她把另一個洞縫起來了嗎？我後來發現一道濕滑的裂口，撫摸之下，裂口並未如麗麗安或亞琳豁然開朗，通往溫暖柔軟的境地，反而是一條死路：處女到極處。

她向後抽開好幾公分。

「請別碰我那裡。」她說。

「不好意思。」我說著溫柔地收回雙手，順了順她裙子。

77 羅伯．佛洛斯特（Robert Frost, 1874-1963），美國著名詩人，創作常以鄉野生活為題表達哲思，此詩句出自他的代表作品〈未行之路〉（The road not taken）。

她遲疑了一會，然後雙手捧著我的臉，櫻桃小嘴暖烘烘地湊上來。她腹部緊靠我挺直的陰莖，我漸漸受不了了，於是我收回嘴，翻身讓兩人回到坐姿。她抬頭開心望著我，彷彿滿意自己能帶一張漂亮的成績單回家。當然，笑容也可能是因為她感到性興奮：我濕黏的手指可不代表她充滿求知欲。我略帶醉意地望著她，沙啞地問道：

「我們該進臥室嗎？」

「喔，不用。」她說：「我必須喝完酒。」她又拉了裙子，伸手喝了一大口她健康的琴通寧。我從腳邊地上拿起我的酒杯，一口乾了。

「你是個教授嗎？」她問。

「是的。」

「哪個領域？」

「歷史。」

「喔，對，你剛才說過。那一定很有趣。你最喜歡哪一段歷史？」

「我專門研究文藝復興時期的教宗詔書。嘿，要不要我幫妳再倒杯酒？」

「真的嗎？我很愛讀關於切薩雷．波吉亞和教宗的故事[78]。再來一杯酒不錯。教宗真的像書裡說的那麼壞嗎？」

我走向酒吧，腳步略急，但回頭說道：「端看妳說壞是什麼意思？」

「我是指有小孩那一類的。」

「教宗亞歷山大一世有好幾個小孩，教宗若望九世也是，不過那都是在他們成為教宗之前的事。」

「今日的教會純潔多了。」

78 切薩雷．波吉亞（Cesare Borgia, 1475-1507），義大利貴族和軍官，他也是教宗亞歷山大六世與情婦生的孩子。

我替她倒了一大杯琴酒，加入一丁點通寧水，替自己倒一缸子蘇格蘭威士忌，大步走回沙發。

「妳大學讀多久了？」我問。

「這是我在杭特學院第四學期。我主修算社會學吧，我想。喔！──呃──」

「怎麼了？」一時間，我以為自己拿酒給她時潑到她了，但沒有。我拉鍊也有拉好。但她看起來嚇壞了。

「沒事。」她說，她喝了一大口琴通寧。「可是……你怎麼……我是說你為何覺得我有讀大學？」

「妳看起來挺聰明的。」我說：「妳只讀到高中的話，不可能跟文藝復興時期那麼熟。」

她別開頭，望向骯髒荒廢的壁爐，看起來不像之前那麼開心了。

「大學女生……來到這裡……不覺得有點奇怪嗎？」

啊。她角色扮演露了餡，現在心亂如麻。

「當然不會。」我斬釘截鐵說：「我朋友說，他認識的應召女郎幾乎都是大學生，許多人還是優等生呢。學費如此高昂，女孩子又能怎麼辦呢？」

這段合情合理的解釋似乎需要時間消化。她聽到**應召女郎**一詞滿臉羞紅，別開身子，但最後悄聲說：

「是啊。」

「而且，」我說：「大學女生都知道壓抑性欲多不理性。她們不只懂得性交多安全，也懂得這行多麼賺錢。」

「可是──」她說：「可是……當然有些女孩仍害怕神……性行為──」

「當然，妳說得對。但就算是虔誠的大學女生，有不少人也成為了應召女郎。」

她現在一臉詫異望著我。

「她們發覺，」我繼續解釋：「神往往會追究我們做事的**原因**。若女孩將身體交給男人，一則給予他快樂，二則賺錢讓自己受教育，增進個人能力以服事神，那她其實是在行善。」

她緊張地別開頭。

「但神說姦淫是罪。」

「啊，但希伯來文的姦淫一字為『fornucatio』，其實意思是只為快感而性交。十誡中這條其實應該翻譯為：『不可出於自私姦淫。』長島大學許多選修『聖經史一六二』[79]這門課的女孩子聽了都很驚訝，並很高興自己能理解神真正的旨意。」

她坐在我身旁，弓著背，心不在焉縱情喝著琴酒。她盯著酒杯，彷彿酒杯內藏有最終的解答。

「但神說……」她開口：「聖保羅說……教會說——」

「只有為了**私自的**快感不行。希伯來文講得再清楚不過了。〈哥林多後書〉第八章經文說：『為榮耀神，女人讓男人摸透的有福了，但為自私姦淫的人有禍了。大地會實在地把她吞下。』」

她再次猶豫了一會。然後她問道：

「榮耀神？」

「聖湯瑪斯．阿奎那[80]解釋，這代表能拓展個人能力以榮耀神的任何行為。他引用拔示巴的女兒為例，她將自己獻給亞拉米[81]，想藉自己讓他轉信神。他也引用了《新約聖經》中的妓女抹大拉馬利亞，根據傳說，她繼續賣身，讓她更了解男人，並見證基督的神性。」

「真的假的？」她語氣激動，彷彿終於接觸到真理。

「但丁《天堂篇》中，妳可能讀過，虔誠的妓女在天堂第三層，就在聖徒下面一層，但比修女和

79 美國大學課程名稱後面通常有代號，開頭數字越小表示課程越基礎。
80 湯瑪斯．阿奎那（Thomas Aquinas, 1225-1274），義大利道明會修道士，中世紀經院派哲學家和神學家。
81 拔示巴為《希伯來聖經》中的人物，先後是烏利亞和大衛王的妻子，也是所羅門王的母親。此處故事為虛構。

處女還高。根據他的嚮導貝緹麗彩的說法：『逃亡者和隱世的貞潔者[82]永遠不如實踐之人離神更近。若靈魂潔淨，身體便不會被玷汙。』」

「喔，我讀過。但是出自但丁嗎？」

「《天堂篇》第十七章吧，我想。彌爾頓在他討論離婚的知名著作中詮釋過這段話。」

「好好笑……」她說，她在喝之前，朝杯中冰塊咯咯笑了笑。

「教會自然輕描淡寫帶過這傳說。」我說，心滿意足喝了口自己的酒。「感覺年輕女孩會為了讓男人改頭換面的夢想，受到不必要的誘導，雖然這種行為不算罪，但教會決定不如營造性是邪惡的印象。當然，社會大眾因此對神真正的旨意一無所知。」

終於，她抬頭望向我，一臉苦笑。

「我必須多上幾堂歷史課了。」她說。

我轉向她，右手撥開她臉頰上的頭髮。

「我很希望像妳這樣的學生來我課堂上課。我其實非常寂寞，很希望有個能聊事情的人。」

「你？」

「我心靈迷失了，孤單一人——自從我失去了妻子。我需要女人的精神和身體，但在今晚之前，我遇到的全都是無趣、愛賣弄學問的女人，無法……將自己無私奉獻於我。」

「我非常喜歡你。」她試探地說。

「啊，泰芮，泰芮……」

我擁她入懷，她剩餘的酒灑落地面和沙發。我溫柔地抱著她，雙眼越過她的頭，隨意盯著書櫃上

82 「逃亡者和隱世的貞潔者」語出彌爾頓（John Milton, 1608-1674）的《論出版自由》。彌爾頓為著名英國詩人，著名作品為《失樂園》。

的牛皮紙袋。收音機播放著〈我們為何不在路上做？〉[83]。

「親愛的，」我說：「請跟我到臥房吧。」

她仍依偎在我懷中，沒有回答。音樂停止，主持人開始信口開河說著格麗寧牙膏的清潔效果。他緊接下來大氣也不喘一口，馬上推銷起羅勃．霍爾衣飾。

「你好高大。」她最後說。

「我非常需要妳。」

她仍動也不動。我鬆開手，低頭望著她。她抬頭緊張地望著我說：「先親我。」她雙手環抱我的脖子，我們相吻時，我沉沉壓到她身上。我們糾纏在一起一分鐘有餘。

「太重了嗎？」我問。

「有一點。」她說。

「我們去臥房。」

我們身體分開，站起身。「去哪裡？」她問，彷彿我們正準備爬山。

「這邊。」我說。我們朝臥室踏了十步之後，我又說了一句：「那裡是浴室。」我們彼此相視。「妳可以在裡面脫衣。我會在這裡脫衣。」

「謝謝你。」她說著走向浴室，進門時肩膀撞了門框一下。我脫下衣服，在床和老胡桃木梳妝檯間，依序堆放成堆。我躺在加大雙人床上，雙手枕在頭後，看著天花板如宇宙星雲般天旋地轉。五分鐘過去，全場在動的仍只有頭頂上的漩渦。

「泰芮？」我輕喚她。

83 披頭四的歌曲，收錄在《白色專輯》。保羅．麥卡尼寫這首歌是因為在印度看到兩隻猴子在大街上交配，一方面訝異性在自然中竟如此單純，一方面感嘆人類關係複雜。

「我辦不到。」她從浴室中說。

「什麼？」我大聲說。

她從浴室出來，衣裝整齊，雙眼通紅，下脣的口紅咬得斑駁。她僵硬地站在浴室門口和床之間說：「這是個錯誤。我不是你想的那個人。」

「那妳是誰？」

「我——我誰都不是。」

「喔，怎麼會呢，泰芮，不論妳是誰，妳都很棒。」

「我——但我不能跟你上床。」

「啊，泰芮。」我說著正要下床，這時瞄到她神情，察覺到她可能會嚇跑。於是我只坐起身：「好吧，那妳是誰？」

「我——我被派來這裡是因為——我是哥倫比亞醫學院實驗的一部分。」

「不是吧！」我目瞪口呆說。

「真的。我其實只是個女大學生，非常單純的女大學生，我想。我想盡我所能做好這項實驗，但我辦不到。」

「我的天啊，泰芮，這太好了；太不可思議了。我也是。」

她一臉茫然望著我。

「你——也——是——什麼？」

「我來這裡也是為了進行哥倫比亞醫學院的實驗，調查人類性本質。我是聖約翰神明座堂的福布斯神父。」

她望著我龐大赤裸的身軀。

「原來如此。」她說。

「命運轉彎將純潔的我倆湊在一起！」我雙眼抬向天花板一會。天花板一陣旋轉，以示回應。

「我必須走了。」她回答。

「我的孩子，妳不能走。妳看不出來這是神的旨意嗎？妳可曾將自己獻給男人？」

「沒有，神父，我得走了。」

「我的孩子，妳一定要留下來。以神聖之名，妳一定要留下。」我充滿威嚴地從床上起身，雙眼散發父愛和**愛加倍**，手臂友善地向外展開，我走向T小姐。

「不。」她說著無力地舉起一隻手。

我毫不猶豫如神父般擁抱她，一手撫摸她的頭髮，一手撫摸她的背。

「親愛的孩子，妳是我的救贖。若我和妓女犯罪，我永遠都將落入地獄；那女人動機將出於自私，我將成為她罪惡的因。但是和天主教女孩性交的話，她將違背個人意願，無私奉獻自我，這樣就免除了妳的罪，我也不會受到玷汙。」

她僵硬地站著，並未投入我的懷中。接著她哭了起來。

「我不相信你是神父，我想回家。」她身子蜷縮在我肚子上方，嚎啕大哭。

「In domine Pater incubus dolorarum, et filiaspiritugrandus magnum est。Non solere sanctum raropunctiliusinsularum, noncunninglingus variorum delictim。Habere estcogitare[84]。」我正經地胡謅一串拉丁文。

她抬頭望向我。

「但你為何在此？」

84 此句話拿了些類似拉丁文的字詞胡言亂語，用字遣詞毫無章法，錯字連篇。胡亂拼湊出的意思是想表達：「以悲痛的睡魔之父、聖女兒、偉大之靈之名，舐陰非屬原罪，不只神聖，鮮少保守拘泥。做即是思考。」

「Manus Patri，Manus Patri[85]。為了妳啊，我的孩子，我們一定能結合，只要有 love spiritus delicti et corpus boner[86]。」

「你好奇怪。」她說。

「這是個神聖的一刻。去吧，然後來找我。」

兩分鐘後，她第二次從浴室出來，她端莊地拿了條毛巾遮在肚子上，但暴露了兩個渾圓可愛、粉嫩小巧的胸部。

我拉開她那側的被子，她跳了進來，像是十歲的孩子拿著泰迪熊跳上床一樣。

泰芮．崔西完成了她崇高的義務，我的朋友，過程中，她親切溫暖，姿態過人，聽話又充滿技巧。技巧有點太多了。起初，我難以插入，便鼓勵她以口中聖水為我未割包皮的孩子洗禮，在她盡心盡力之下，我全然失了神，幾分鐘後才想起自己最重要的任務。但到那時，我心靈已太過飽滿，施加任何壓力，恐怕會馬上見證神的恩典。她感同身受地用雙手撫摸我，並將她神聖之口放到我顫抖的孩子上方，一邊替它洗禮，一邊喃喃說著不為人知的語言[87]。如同所有經歷宗教儀式的人，我情緒激動，語無倫次，丟臉地呻吟，並感到聖靈漸漸高升。我想將未割包皮的孩子抽出聖殿，並歇斯底里輕聲叫道：「不要！」但那天使的服侍並未就此打住。在複雜而神聖的感覺之中，星雲、孩子和我同時爆炸。我激情射入她嘴中。十或十五秒之間，我超脫於塵世，接著才漸漸自心靈之旅返回現實。

她手和嘴仍溫暖地包裹著我的陰莖和蛋蛋，彷彿什麼事都沒發生。我又躺著不動半分鐘，然後一手放上泰芮的頭說：

85 Manus 意思為手，Patri 意思為父親，亂湊出的意思為：「父的旨意，父的旨意。」
86 同樣是胡言亂語，英文和拉丁文夾雜，拼湊出的意思大致為「罪惡之愛和勃起之身」。
87 原文為 speaking in tongues，又可稱為 Glossolalia，可譯為「說方言」，意思是指人流利說出類似語言的聲音，但那些聲音通常無法解讀。宗教信仰有時會相信此人受聖靈感召，並說出神聖的語言。

「泰芮。」

這三、四分鐘間，她第一次從我身上抬起頭，但她望也不望我，直接將她屁股轉過來對著我說：

「摸我。喔，拜託摸我。」

我將雙手伸入她腿中，開始撫摸抽插，她狂野地迎了上來。這次我將一根手指放入正確、適當的開口。她張嘴試著吞噬相對放鬆，剛洗禮完的孩子。突然她翻開身，發出第一聲呻吟。我想是呻吟之類的啦——因為那聲音聽起來壓根是失望。

我感到沮喪、罪惡、憤怒、差勁，但身為扮演教授／神父／顧客的骰子人，我只別開身子，告訴她我感覺相當美好。

她一聲不吭，我們靜靜躺著十分鐘。我下定決心，我全身的紅軍只要一能衝回半島上，我馬上會突進甜美之鄉，迎向勝利，但此時，我唯一能做的就是躺在床上自卑。我甚至沒在想她在想什麼。

「你能再試一次嗎？」她說。

我們轉向彼此，熱情又有點不甘願的擁抱，後來她抓我的肩膀，說我抱太緊了。幾分鐘前戲之後，我將她身體抬起，讓她四肢撐著，試著走後門。我們將龍頭放到洞穴口，鼓勵他進去。那就像推一隻狗走樓梯下地窖洗澡。我們又推了一次。不可思議的事情發生了：我的大龍突然突破外圍障礙，鑽入整整兩公分。她尖叫著向前軟倒。我不住道歉，但她馬上跪起，手在雙腿間摸索。她的手彷彿督導委員會，負責為他指示方向。經過幾次進攻，大龍深入洞穴，舒服滿足地躺在她肚中。我的大手扶著她的腰輕鬆擺動，這一刻我感覺等待是值得的。太美妙了。公寓門鈴響起。

一時間，我們兩人根本恍然不覺，只全心享受填滿她的快感。待意識到時，她抬起頭，像鹿聞到獵槍一般說：

「那是什麼？」

我笨拙答道：「門鈴。」

她傾身和我分開，並翻過身。她嚇傻了。

「是誰？」

我笨拙答道：「我不知道。」

接著，我重新成為超人類：「一定是有人按錯門鈴。」

「不是吧。你最好去看看。」

門口站著的是一個戴眼鏡矮胖的年輕人。他看到我一臉驚訝。

「這是——」他又望向我稍微打開的大門。「這間是4－G嗎？」

我也不記得，於是我全裸傾身向前，彎過去看他剛才看的地方。上面寫4－G。

「對，這間是4－G。」我親切地為他解答。

他盯著我。

「我以為……我原本應該——九點在這裡見某個人。」

「九點？」我漸漸開始理解了。

「我猜我晚到了……也許——」

「你是不是——是不是要來這裡見個女生——」

「對。」他接話：「我來這裡見個女生。」他緊張地露出笑容，並推了推他的金邊眼鏡。我發現他額頭有兩個面皰。

「你叫什麼名字？」我手仍拉著門問道。

「呃——雷．史密斯。」

「我明白了。」我記得他的真名叫歐萊利，根據問卷，他是個手段高超、對女人很有一套的風流公子。他這趟來是要見我特別為他雇的妓女，她要盡可能讓他感到無能和挫敗。他早到了。

「進來吧，雷。」我說著將門敞開。「我叫奈德．彼德森。我來是確認泰芮——那是我們女孩的名字——讓你錢花得值得。」

他望向我（我全身赤裸），然後望向自己毛衣肩膀，那裡沾了個常見的東西。他也沒那麼有一套啊。

「泰芮已經在床上了。我在替她熱身。你想現在騎她嗎？」

「不用。不用。你儘管先。我看本書好了。」他目光飄向書櫃。

「別鬧了。」我說：「她是為你而來的。我只是在為她調整，讓她進入狀態。」

「但如果你……」他望著我，一臉老實。他毛衣肩膀附近那應該是蛋之類的。他也沒那麼有一套啊。

「不如這樣吧。」我說：「我們兩人一起上。我們不管誰待在外頭，感覺都挺寂寞的。」

「不用，不用。你先吧。」

「不行。我絕不能讓你一人待在客廳。好了，跟我來吧。」

我抓住他手肘，帶他進入臥室。床是空的。

「泰芮？」

「在這。」浴室傳來嬌柔的聲音。

「我有個年輕的學生來了。年輕的神學生，他是個非常寂寞的年輕人，渴望有人陪伴。他能加入嗎？」

雷・史密斯在想什麼我不知道。浴室一片沉默。

「誰？」她終於問。

我走近門邊。

「一個非常寂寞的年輕修道士需要妳幫忙。他有強烈的需求，幾乎快哭了。他能加入我們上床嗎？」

「喔，好啊。」她馬上回答。

史密斯從剛才就一直站在床邊，像是一盞沒有燈泡的廢棄檯燈。我百般溫柔地替他褪去衣裳，引導他躺到床上。他將床單拉到下巴，像八十歲的老頭準備度過負三十度的夜晚。泰芮不久將毛巾拎在同一個位置，端莊地從浴室出來。史密斯盯著她，彷彿在看另一組來自火星的家具。

「泰芮．陰道炎，我跟妳介紹喬治．色鬼。喬治，這是泰芮。」

「喔，嗨。」泰芮笑容燦爛說。

「妳好。」喬治．雷．史密斯．歐萊利．色鬼說。

「你想怎麼幹她，喬治？」我問道。我的陰莖抬起頭，現在可不只有點好奇了。

「你先請。」他脫口而出。

「好，我先，泰芮。把屁股轉過來。」泰芮看來有點驚訝，但馬上跳上床，趴在我們那個年輕人旁邊，小屁股直接翹起。她臉靠在枕頭上，露出笑容，轉向喬治，喬治躺在一公尺處另一個枕頭上，臉朝天花板。喬治看起來想吐。

我放好陰莖，來回抽插，不疾不徐配速，深深插入泰芮溫暖濕潤的內部。我的天啊，太舒服了。泰芮原本用雙手替我瞄準，現在我已能放鬆進出，她手肘撐著自己爬向沉默不語的喬治（從頭到尾一定都笑容可掬），臉湊到他臉前，性感如蛇般開始和他親吻。

喬治像乾稻草一樣僵硬躺著，不過他中間那一肢倒是跟濕稻草一樣軟。我將泰芮的大腿拉到我身上，多少抬起她的身體，讓她臉靠近喬治肚子。泰芮發現一個可憐沒人愛的寂寞老二，於是便實行她的義務。

讀者啊，我們長話短說（這種事也的確通常是一會長一會短的），我在泰芮裡面射出美妙的水花，泰芮爽快呻吟，使勁抽動，盡心盡力取悅所有人，我想也包括她自己。她終於從喬治騎士的身上抽開，他的小兄弟和之前一樣癱軟。不過，當泰芮翻身離開他，我發現他全身也終於癱軟下來。喬治騎士也見到了聖杯。

「泰芮的嘴非常棒，你不覺得嗎，喬治？」
「呃，對，沒錯。」他說。
「妳裡面特別美好，泰芮。」我說。
「謝謝你。」她說。我兩個年輕朋友並肩仰躺，我則跪在床尾。我感覺既空虛又疲憊，從我尷尬的諷刺中，就知道我有多難過了。
「妳屁股和屄一樣溫暖多汁嗎，泰芮？」
「我不知道。」她說完咯咯笑了。
「學無止境，一如李奧納多．達文西不朽的名言：『Anus delictoris ante uturusi sec[88]。』告訴我，喬治，你現在覺得有人愛你，生活終究有意義嗎？」
「我──你說什麼？」
「我剛才對陰道炎小姐說你今晚非常不開心，又寂寞又沒人愛。她有給你需要的精神補給嗎？」
「有一點，我想。」
「聽到了嗎？泰芮，只有一點。喬治一定真的很難過。你不明白嗎，喬治？你甚至都**沒開口**，泰芮便親吻並撫摸了你。她自動自發，無私以身相許，帶給你快樂，讓你大開眼界。現在你該說什麼？」
他表情緊張地糾結。他望著我，最後終於說：「謝謝妳，對吧。」
「不客氣。」泰芮說：「我喜歡幫助別人。」
「泰芮特別熱心，你說是吧，雷？」
「是的，確實如此。」
「我們一起喝杯酒吧。你喝蘇格蘭威士忌嗎，色鬼先生？」

88 同樣是拉丁文的胡言亂語，意思大約為「子宮先於肛門衰老」。

「好，謝謝你。」

我全身赤裸走到酒櫃，首次懷疑起問卷的可信度。T小姐自稱為性壓抑的天主教處女，但她蜜汁橫流，技巧可比四十三歲的女色情狂。至於玩咖歐萊利……唉，回頭再看看問卷吧。

我們喝酒時，談論了數個零星話題，包括（a）天氣（我們需要雪）、（b）文藝復興時期歷史（拉伯雷[89]其實是個認真的思考者）、（c）宗教（經常遭到誤解）。喝完之後，我堅定地對喬治說：

「換你了，色鬼。」

「喔，好，謝謝你。」

泰芮躺在床上迎接他，幾段年輕的嬉笑聲後，他似乎進入了應許之地。門鈴響起。一時間，我納悶崔西小姐子宮深處是不是有個電子裝置連接公寓門鈴。似乎不大可能，可是……我這次穿上了浴袍，要兩個小傢伙別理我，繼續享受，接著我便恬淡寡欲地走向門口。我從門邊探出我頹廢的面孔時，看到門口站的是費隆妮醫生。我們不可置信對視了整整五秒鐘。她臉漲得通紅，頭無可避免激動地上下擺動，要我形容的話，我會說她的頭高潮了。她隨即轉身，沿走廊飛奔而去。

隔天她祕書打來說她去蘇黎世參加研討會，這兩週都不在。

29

89 弗朗索瓦・拉伯雷（François Rabelais, 1495-1553），文藝復興時期人文主義代表人物。

整體對我而言，與泰芮．崔西這段經歷以及哥倫比亞醫學院不法性交活動的結果是個啟示。費隆妮醫生那天晚上奔離公寓門口之後，搭著計程車橫越大西洋遠赴蘇黎世，我回到臥室，看到泰芮和喬治在床上搖動，彷彿我根本不存在。我站在原地，看著蓋著喬治屁股的被單規律起伏，被單顫抖時，我突然感到如宗教啟示。其他人能扮演別人加諸於身的角色——因此也能扮演骰子指示的角色。如果泰芮**真的**保有處女心，那她今夜表現突出，大膽擁抱了全新的體驗；如果她其實是個女色情狂，她稍早展現的害羞和壓抑和她天生開放的本性徹底相反，亦令人無比驚豔。喬治．色鬼似乎也是個優秀的學習者——三十分鐘內他從笨蛋變成性交能手。

我站在那裡，漸漸覺得我長久以來只是在「扮演」骰子人。骰子人彷彿是我引以為傲的**俏皮話**，僅此而已——在中產階級不知情下，一個不適應社會的男人以此方式**震撼中產階級**[90]。莫非天真無邪的我找到火藥只做了煙火，但卻不知道大人物會拿它做炸藥？或我拿到了放大鏡，只拿來玩，卻不知道那能用來發現新事物？

我難道不該將其他人變成骰子人嗎？如果亞琳享受一日肉欲人妻，泰芮享受一日應召女郎，何不讓人人如我享受骰子賜予的其他角色？我難道不該把骰子遊戲當作骰子療法，用在朋友和病人身上嗎？

我的骰子生活簡直像場笑話。這一刻，努力將同胞提升到新的高度似乎成了一項任務——一生的追尋。我原本只是憤世嫉俗，擲骰來對抗世界；現在我擲骰是為了打造新的自我——隨機人。骰子在手，無聊全消，像小兒痲痺的疫苗。我會創造新世界，更好的世界，喜悅、多元和隨性而為的世界。我會成為新種族之父——骰子人。

「能請你幫我們拿條毛巾嗎？」泰芮問，她臉和身體都被被單和喬治龐大的身軀擋住了。

90 原文為 Épater la bourgeoisie，是十九世紀末法國頹廢派詩人鄙視中產階級而出現的口號。

即使有人粗魯地打斷了我，我的昇華並未受到干擾。這光榮的幾分鐘內，我非常認真看待自己。我走到浴室，替他們拿了條毛巾，他們咯咯笑了一陣，靜靜躺在一起，再次無視我在場。被單覆在床上，他們的靜止身形若隱若現，我躡手躡腳走去，將我地上的褲子拿起，並拿出口袋中的骰子。「奇數」的話，我會今晚和喬治及泰芮開始骰子療法；「偶數」的話，我就作罷。我滿懷自信，將一顆骰子擲到床腳：六點。嗯。像在枕下留下一角硬幣的好仙女，我拿起衣服，悄悄離開，消失在黑夜裡，耳中不斷響起基督不朽的名言：「醫生，幫助自己：這樣你也幫到了病人。親眼見到醫生治癒自己，便是病人最好的幫助[91]。」我決心脫去路克．萊因哈特醫生的外衣，在病人面前赤裸裸揭露自己的身分——骰子人。

30

第一個接受萊因哈特醫生介紹，踏入骰子生活的成年人是亞琳．艾克斯坦，也就是知名精神分析師和作家賈克博．艾克斯坦醫生不起眼的妻子。艾克斯坦太太認為丈夫多年來都毫無性趣，害她倍感挫折，多年來受神經緊張所折騰。艾克斯坦醫生實在沒空處理這個，最後決定一月中，她必須開始進行精神分析，深入治療她的問題。在丈夫推薦下（好好教訓她，路克，寶貝），她開始由萊因哈特醫生進行精神治療。前幾次療程十分深入，於是艾克斯坦太太漸漸發現自己比之前更能放得開。她丈夫

91 出自尼采《查拉圖斯特拉如是說》〈贈予的道德〉第二節，此處稍微更動內容。

發現她神經緊張的症狀有所改善，甚至不藥而癒，她強烈的性欲也得到緩解。

治療六週多後（一週三次），萊因哈特醫生在「萊因哈特和費隆妮超道德容忍度調查」中經歷宗教啟示，他決定開始進行骰子療法。在人生全新的階段，他靜靜散發尊嚴。

「別脫胸罩，亞琳，我希望跟妳說件重要的事。」

「可以晚一點再說嗎？」

「不行。」他拿出兩顆墨西哥塔斯可出產的全新銀骰，放到桌上。他請艾克斯坦太太坐到桌前。

「這是什麼，路克？」

「這是骰子。」

「好。」

「我們要開始骰子療法。」

「骰子療法？」

萊因哈特醫生鉅細靡遺解釋擲骰決定行動的方法和理論。艾克斯坦太太仔細聆聽，不過她身體一直在椅子上扭動。他說完之後，她沉默一會，然後深深嘆了口氣。

「但我仍不了解**為什麼**。」她說：「你說我要讓骰子決定我們今早幹不幹。我覺得很蠢。我想幹，你想幹，為什麼要把骰子扯進來？」

「因為有無數小部分的妳**不想**幹。有一小部分的妳想打我，或想奔回賈哥身邊，或想和我談論精神分析。但這些妳永遠不會問世。妳壓抑著他們，因為大部分的妳只想幹。」

「如果她們是小部分的我，那就讓她們繼續小小的吧。」

萊因哈特醫生向後一靠，嘆了口氣。他拿出菸斗，開始裝填。他拿起一個銀色骰子，一手搖了搖，把骰子擲到桌上。他皺起眉頭。

「我要告訴你神是如何誕生的，也就是所謂骰子人的誕生。」

萊因哈特醫生敘述起這段故事，劇情稍微經過刪節，但他說明了自己如何發現骰子，起初如何強暴了艾克斯坦太太。他下結語：

「要不是我給一小部分的我一個機會，讓骰子有機會選擇，我們現在不會坐在這裡。」

「你只給骰子六分之一的機率？」

「對。重點是我給小部分的自己一個機會，讓他被聽見。」

「只有六分之一機率？」

「在發展自我所有重要的面向之前，我們永遠無法成為完整的人類。」

「你只有六分之一想要我？」

「亞琳，那是歷史的意外。我們在談的是理論。妳看不出來嗎？將自己交給骰子後，人生開拓出全新的領域啊。」

「我覺得自己被利用了。」

「如果我因為冷血的性慾而去引誘妳，妳就高興了。但因為我讓機率決定，所以妳覺得被利用了。」

「你難道不曾有過強烈到讓你不想用骰子的欲求嗎？」

「當然有，但我會試著克服。」

萊因哈特醫生和艾克斯坦太太對視整整一分鐘，萊因哈特醫生刻意露出微笑，艾克斯坦太太一臉驚嘆。最後，她一針見血說出內心話。

「你瘋了。」她說。

「沒錯。聽著，我示範給妳看。我寫下兩個或三個選項。一點和兩點代表我會繼續這個話題，三點和四點代表我們現在會結束，讓骰子替我們決定接下來四十分鐘要做什麼。五點和……」

「五點和六點代表我們會幹炮。」

「好啊，好。」

萊因哈特醫生把一顆骰子給艾克斯坦太太，她活力充沛地用兩手搖了幾秒，開口問：

「我搖骰子的時候要唸什麼鬼咒語嗎？」

「妳可以簡單說：『骰子啊，我意願為次，願祢的旨意得成。』」

「好好搞我們，骰子。」她說完擲到桌上。五點。

「我覺得不想幹了。」她說，但她看到萊因哈特醫生緊皺的眉頭時，露出笑容，並開始了解骰子生活的價值。但大部分的她正準備上工時，萊因哈特醫生開口了。

「我們現在可以擲骰子決定我們要**怎麼**做愛。」

她猶豫了。

「什麼？」

「性交有無數方式：我們有無數自己各自喜歡的方式。我們要讓骰子決定。」

「好。」

「首先，主動的是誰，我還是妳？如果骰子是奇數——」

「等一下。我開始懂這遊戲了。我也要玩。」

「好啊。」

艾克斯坦太太拿起兩顆骰子說：

「一點代表我們會用你喜歡的那個好笑姿勢做愛。」

「好。」

「兩點代表我會躺下來，你用你的雙手、嘴巴、還有蘋果佬約翰尼[92]愛撫我全身，直到我受不了，

92 約翰・查普曼（1774-1845），人稱蘋果佬約翰尼，他是美國拓荒時期傳奇農夫，將蘋果樹引進美國各州。此處借代為陰莖。

要幹別的事。三點——」

「或那時我們再擲一次骰子。」

「三點……我們看看：你挑逗我胸部五分鐘。」

「繼續說。」

艾克斯坦太太猶豫了一會，然後臉上緩緩浮現一抹微笑。

「我們一定都要讓骰子決定，嗯？」她問。

「沒錯。」

「但我們決定選項。」

「沒錯，非常好。」

她快樂地綻放笑容，彷彿是剛學會閱讀的孩子。

「如果骰子是四點、五點或六點，代表我們必須試著生孩子。」

「啊。」萊因哈特醫生說。

「我已經把賈克博請醫生裝到我身上類似橡皮栓的東西拿掉了，而且我想我才剛排卵。我讀了一本書，上面寫了兩種最容易生孩子的姿勢。」

「好。亞琳，我——」

「我該擲骰子嗎？」

「等一下。」

「幹嘛？」

「我——我在思考。」

「把骰子給我。」

「我相信妳的機率有點投機取巧。」萊因哈特醫生秉持一貫專業口吻冰冷的說：「不如這樣，如果是六點，我們會列出六個體位，並一個個換。每個姿勢試兩分鐘。什麼時候高潮順其自然。」

「但四點和五點仍代表我們要生小孩？」

「對。」

「好。我要擲了嗎？」

「擲吧。」

艾克斯坦太太擲出骰子。四點。

「耶。」艾克斯坦太太說。

「啊。」萊因哈特醫生說。

「這兩個醫學建議的幹炮體位究竟是哪兩種？」萊因哈特問，語氣有些惱怒。

「我待會告訴你。誰高潮最多次誰贏。」

「贏什麼？」

「我不知道。贏一副免費的骰子。」

「好。」

「我們怎麼不早點開始這治療法呢？」艾克斯坦太太問。她快速褪下衣服。

「妳知道。」醫生緩緩準備行動。「我們做愛一次之後，一定要再詢問骰子的安排。」

「當然好，當然好，快來吧。」艾克斯坦太太說，她很快和萊因哈特醫生全力專注在骰子療法上。

早上十一點，萊因哈特醫生按話機通知祕書，由於他那天早上特別深入，這次努力的結果可能有長遠的影響，他必須取消下個小時的門診，讓他和艾克斯坦太太繼續。

中午時分，艾克斯坦太太眉開眼笑離開了醫生辦公室。骰子療法的歷史正式開始。

31

（此為賈克博．艾克斯坦醫生對精神病患路克．萊因哈特醫生早期的精神分析的截取錄音。我們將從看診中途開始聆聽。第一個說話的人是萊因哈特醫生。）

——我不確定我為何捲入外遇關係，但我想有一部分可能因為我對她丈夫有敵意。

——你跟麗麗安的關係怎麼樣？

——很好。其實差不多一樣吧，意思是有些起起伏伏，但基本上很快樂。我不覺得原因是我對麗兒有敵意。至少我覺得不是。

——而是對對方的丈夫有敵意。

——對。我不會提到名字，或講細節，因為你認識當事人，但我覺得她丈夫太有野心，而且自以為是。我視他為競爭者。

——你不需要隱瞞名字。你知道出了這間辦公室，我也會一如往常對待他們。

——嗯，也許吧。我想你說得對，但如果我其他事情都能誠實，我不覺得名字有那麼必要。

——其他細節。

——對。不過我想說完之後，你馬上會發現我在說誰。但我還是想省略名字。

——這段外遇是怎麼開始的？

——一天晚上我依照……心裡的衝動，去了她家，發現她獨自一人便強暴了她。

——**強暴**她？

——嗯，過程大部分都經過兩人通力合作。其實，她比我還享受。但最初是我的想法。

——嗯。

——我們現在時不時見面，已經半年了。

——嗯。

——她丈夫不在家時我會去她家，我們偶爾也會在我辦公室見面。

——啊。

——性事上非常滿足。女人對性似乎毫不壓抑。我用上我腦袋中所有天馬行空的花招，結果她招式比我還多。

——我明白了。

——她丈夫似乎毫不起疑。

——他一點也不起疑。

——對。他似乎全心全意都在工作上。他妻子說他每兩週會快速做一次愛，但就像排便一樣，既無激情，也沒樂趣。

——嗯。

——有次她遞毛巾給浴缸裡的丈夫時，我在她體內高潮。

——什麼？

——我從後面抽插，她傾身進浴室跟丈夫說話，並遞毛巾給他。

——聽著，萊因哈特，你知道你在說什麼嗎？

——我想我知道吧。

——你怎能……你怎麼會……

——怎麼了？

——你怎麼會看不出這場外遇的重要意義？

——我不知道。這似乎只是……

——自由聯想。

——什麼？

——我會說一個詞，然後你自由聯想回答。

——喔，好。

——黑。

——白。

——月亮。

——太陽。

——父親。

——母親。

——水。

——啊……浴缸。

——路。

——路面。

——綠色。

——黃色。

——從後面幹。

——亞……啊……啊……假假的。

——假假的？

——假假的。

——為什麼？

——我怎麼知道？我只是在自由聯想。

——我們繼續。父親。

——形象。

——湖。

——塔荷湖。

——渴。

——水。

——愛。

——女人。

——母親。

——女人。

——父親。

——女人。

——白色。

——女人。

——黑色。

——女黑人。

——好。夠了。正如我預料。

——什麼意思？

——在浴缸的是你父親。

——是嗎？

——很明顯。證據一：你將父親和形象連結在一起。你可以解釋，父親形象只是一個精神分析用語，兩者也確實相關，但這也代表你將一個「形象」——自然是女人的形象——和父親放在一起。

——哇。

——證據二：你將「從後面幹」跟亞斯柏格連結，不過在關鍵的那一刻，你有所遲疑，最後才脫口而出。我建議你坦白告訴我，第一個閃過你腦中的詞。

——呃……

——說吧。

——坦白說，我真的覺得從後面幹炮假假的，非必要，也不重要。我目的是為了傷害人……傷害更強大的人。

——正是如此。證據三：從後面幹顯然是雞姦，男性和男性做愛。

——可是——

——證據四：你將湖聯想到塔荷湖。縱使你執意否認，塔荷湖在切羅基語意思是「巨大父親酋長」。湖明顯是水體，而你將水和浴缸聯想在一塊。因此意謂：巨大父親酋長在浴缸裡。

——哇。

——最後，雖然很細瑣，但在在證明一件顯而易見的事，你將「渴」和「水」聯想在一起。你渴望的不是女人，而是水、浴缸和你父親。最後，自由聯想似乎分崩離析，因為你將父親和母親都和女人連結，但其實更進一步證實你這次外遇及自由聯想的重點：一切反映了你對父親亂倫和同性愛戀的欲望。

——簡直不敢相信。這真的是……晴天霹靂啊！……（長停頓）……可是這……這一切代表什麼？

——怎麼會不懂？我剛才告訴你了。

——我是說……那我該怎麼辦？

——啊，這個啊。只差在小細節而已。你現在知道真相了，對這女人的衝動大概會慢慢淡去。

——我父親在我兩歲時便過世了。

——正是如此。我不需再多說了。

——我父親身高一九三，金髮。對象的丈夫一七二，黑髮。

——轉移作用。

——我父親從不泡澡，只淋浴，至少我母親是這麼說的。

——無關。

——女人遞毛巾給丈夫，並和他說話時，不方便從前面抽插她。

——胡扯。

——我不知道塔荷湖名字代表巨大父親酋長。

——潛抑作用。

——我想我未來仍會享受和這女人做愛。

——我建議你做愛時，重新檢視自己的幻想。

——我通常會幻想自己在和妻子做愛。

——時間到了。

32

耶魯教授奧維爾・鮑格斯嘗試了骰子；亞琳・艾克斯坦覺得骰子很有用；泰芮・崔西透過骰子重新找到了神；皇后區州立醫院病人喬瑟夫・史貝基歐覺得這是逼他發瘋的陰謀：骰子療法在我的妻子和同事不知不覺中，緩慢穩健地成長發展；但偉大的哥倫比亞醫學院不法性交實驗發展到達頂峰之後便結束了。巴納德學院的兩個女生分別接受指示要和彼此培養同性戀關係，結果她們竟向女訓導中訴，訓導聽了馬上著手調查。雖然我向她保證，費隆妮和我是貨真價實的專業研究者，也是美國醫學會會員，更是共和黨黨員，只對越戰頗有微詞而已，她仍覺得實驗「疑似相當離譜」，於是我結束了這場實驗。

其實我們安排好的受試者已全數完成任務。照實驗設定執行的人低於百分之六十，而事後，我和兩名研究生還要忙好幾週，一方面要回收牛皮紙袋，一方面要試著訪問實驗助手；但總而言之，實驗確實結束了。我於秋天發表一篇關於實驗的論文（費隆妮醫生拒絕和論文及實驗扯上關係），論文掀起些許波瀾，後來成為敵人將我趕出美國醫學會其中一項證據。

雖然大多數人參與研究時似乎得到了快樂，但也有人心靈受創。我自己三人舞十天之後，費隆妮醫生的一名受試者前來尋求協助。這位維格莉歐塔小姐說，參與我們實驗之後，害她得了精神病，希望能進行諮商治療。預約好之後，隔天到了看診時間，我便進入辦公室，坐在辦公桌前修改新寫下的骰子選項。辦公室門打開又關上，一個嬌小的女生進門。我抬頭望向她時，她猶猶豫豫走向前，跌坐在沙發上。

居然是泰芮・「崔西」・維格莉歐塔。我花了二十分鐘向她保證，我真的是萊因哈特醫生，也是專業的精神分析師，而我那天參與實驗非常正常，全是為了蒐集必要數據。她冷靜之後述說她來尋求治療的原委。她坐在沙發邊，一雙短腿在離地數公分處擺盪。她穿著保守的灰色短裙套裝，討論精神上的問題時，看來比不到兩星期前來得忐忑不安。我發現接下來幾次看診，她說話都不大敢看我，進出辦公室時，溫柔的棕色眼睛總盯著地板，彷彿心事重重。

泰芮與我和喬治共度那不尋常的夜晚之後，顯然出現身分危機。她和歷史教授及福布斯神父的對話讓她對天主教信仰有了新的看法，但她漸漸覺得，她的性經驗和「神偉大的榮耀」毫無關連。她發現自己慢慢將神的榮耀拋在腦後，對男人反倒愈來愈有興趣。可她上半輩子學到的是，性欲和性愛是邪惡的事情。可福布斯神父指出教會享受性愛。可福布斯神父最後竟是心理學家、科學家和醫生；可這些人也都享受性愛。另外，解救了喬治．X寂寞的內心後，她感到很滿足，但福布斯神父離開之後，喬治只允許她再解救他一次，後來他便罵她是妓女和蕩婦。經歷這一切之後，她再也無法相信任何事。實驗那天晚上，她心情五味雜陳，所有欲望和信仰盡皆粉碎，心中也並未浮現任何新理念。一切似乎都不可信，而且毫無意義。

我雖然急著讓她開始骰子療法，但前兩次療程我必須按捺住心情，讓她痛快渲洩心聲。第三次看診（她仍坐在原位，雙腿擺盪，盯著地板），她終於說完了心中委屈，開始重複人類最愛的一句話：「我不知道該怎麼辦。」

「妳一直回到最根本的感覺。」我說：「也就是妳所有欲望和信仰都如泡影，毫無意義。」

「對。我來尋求治療便是因為我受不了空虛感。那天晚上之後，我不知道自己是誰了。我上週找你當精神科醫師，我覺得自己一定瘋了。就連我的空虛感都空洞到不行。」

她露出娜塔麗．伍德悲傷的淡淡笑容，目光低垂。

「如果妳是對的呢？」我說。

「什麼？」

「妳覺得所有欲望都不可信，所有信仰都是泡影，若這點是**對的**呢？要是這才是現實中成熟、正確的觀點，世上其他人都活在幻象中，妳的經驗反倒讓妳看清一切呢？」

「當然，那正是我所想的。」她說。

「那妳為何不照這想法生活呢？」

笑容從她臉上消失，她皺起眉頭，眼睛仍無法直視我。

「什麼意思？」

「成為骰子人。」

她抬起頭，緩緩和我四目相交，眼中不帶情緒。

「什麼？」

「成為骰子人。」我重複。

「什麼意思？」

「我……」我傾身向前，適度加強威嚴感。「……就是骰子人。」

她淡淡一笑，別開頭，並朝四周望了望。

「我不知道你在說什麼。」

她雙腿擺盪，專注聆聽我解釋創造選項，並由骰子決定的人生。

「我的天啊。」我說完之後她說。她又盯了我一會。「那太棒了。」她頓了頓。「一開始，你是歷史教授，然後福布斯神父，接著又是愛人、皮條客、心理學家，現在你是——骰子人。」

我的臉上散發勝利的光芒。

「其實，」我打趣道：「這是《隱藏攝影機》節目的惡作劇啦。」

事實上，一開始泰芮和我沒什麼進展。她冷冷淡淡，對骰子存疑，就算照做也只是敷衍。她毫不熱衷，因此選項都缺乏想像力，當我逼她大膽一點，她便會索性不服從骰子的指令。

快兩週後，我們有一次看診終於讓她有所突破，相信了骰子生活。她自己找到了問題核心：

「我……我有信任……問題。我必須擁有……信仰，可是我不……」她話只說一半。

「我知道。」我緩緩地說：「骰子生活和信仰有關，和宗教、真正的宗教有關。」

一片沉默。

「是的，神父。」她說，罕見露出笑容。

我也朝她微笑，繼續說：

「這可能聽起來像福布斯神父的話，但基督的訊息很清楚。妳一定要放棄自己來拯救自己。」

「是的，神父。」她又說一次。

「妳一定要放棄個人、世俗的欲望，成為虛心的人[93]。卸下個人意志，將一切交給隨機的骰子，妳便是在實踐經文中放棄自我的美德。」

她茫然地望著我，彷彿有聽到，但不理解。

「仔細聽，泰芮。如果人靠自己的意志克服所謂的罪惡，他的自尊會膨脹，根據《聖經》，那便是罪惡的基石。罪惡由外在力量克服，人才會明白自己的渺小；這時自尊才會消滅。你只要以個人身分努力行善，要嘛會失敗——然後背負罪惡感，要嘛就是變得自傲，那可是邪惡之源。罪惡感或自傲：那就是自我的大禮。唯一的救贖便是要有信仰。」

「但要信什麼？」她問。

「信仰神。」我回答。

她一臉迷糊。

「但骰子怎麼辦？」她問。

93 《聖經》中「虛心」是指人要承認，自己因罪而心靈貧乏，並謙卑接受神的救贖。出自〈馬太福音〉第五章第三節。

我手伸進辦公桌，拿出我最近在寫的文章，內容和我革命性骰子理論相關，我讀了半分鐘，找到我在找的段落，唸了出來。

「『我教導時，絕對不是在褻瀆神：在萬物之上有意外之天、純真之天、戲謔之天、機率之天。機率是世上最神聖之物，瞧，目的奴役萬物，我來是為了讓機率之天重返王座，統領萬物。心靈受目的和意志禁錮，我以神聖的意外和戲謔將心靈解放，因為我所教導的是，這世上不可能有的，就是理志。些許的智慧可以，剛好將萬物混淆，但我在每個原子、分子、物質、植物、生物或星晨中無庸置疑都見到機率——它們都寧在機率的腳上**跳舞**。

「『喔，我頭頂上純淨高聳的天！我明白世上沒有永恆理性的蜘蛛和蛛網，你成了神聖意外的舞廳；你成為聖骰和骰子玩家的聖桌。』[94]」

我讀到這裡，確認沒有其他相關的句子便抬起頭。

「我不認得這段。」泰芮說。

「妳了解嗎？」

「我不知道。我很喜歡。我非常喜歡裡面某些論點。但我不——我不懂為什麼要信仰骰子。我想那就是問題所在。」

「沒有天父的許可，一隻麻雀也不會掉在地上[95]。」

「我知道。」

「骰子落在桌上，神會沒看到嗎？」

「不會，我想不會。」

94 根據尼采《查拉圖斯特拉如是說》〈日出之前〉改寫。
95 〈馬太福音〉第十章第二十九節。

「妳記得〈約伯記〉的大結局嗎？神從暴風中開口，問約伯他怎能擅自質疑神的做法。在整整三章美好的經文中，神指出人無藥可救的無知和無能。面對可憐的約伯，神的話並不中聽，但說得漂亮——那是世上最美的詩篇——而約伯明白自己抱怨和質疑都錯了。他對神說的最後一段話是這樣：

『我知道，你萬事都能做；你的旨意不能攔阻……

因此我厭惡自己，在塵土和爐灰中懊悔。』[96]」

我停頓一下，泰芮和我默默忘著彼此好一會。

「神萬事都能做。」我繼續說：「祂的旨意不能攔阻。永遠不能。」

「對。」她回答。

「我們一定要藐視自我，拋棄自我，才能獲得拯救。」

「對。」

「神會看著最小的麻雀掉到地上。」

「對。」

「看著最小的骰子滾落桌上。」

「對。」

「祂永遠知道妳給骰子哪些選項。」

「對。」

「泰芮，信仰骰子的原因很簡單。」

「對。」

「骰子就是神。」

96 〈約伯記〉第四十二章第一節至第六節。

「骰子就是神。」她說。

33

那年春天某個星期三晚上，我在皇后區州立醫院開委員會時，忽然有了成立「完全隨機環境實驗中心」的想法。面前一張大方桌上坐了十五個老人，個個都是醫生、博士和富翁。他們討論著管線擴建、薪水級距、藥物表和先行權，而方圓一哩的病人安安穩穩陷入各種分門別類的昏迷之中。我原本正在亂畫一個千臂、千腳、千首濕婆，突然之間，轟！我靈光一現想到了——骰子中心，一個讓人皈依成隨機人的機構。我看到一個短期環境，人們會在其中接觸骰子生活的原則和做事方法，承受全面的衝擊，只消幾個星期，鐵定會達到我數個月才能達到的程度。我看到骰子人的社會。我看到一個全新的世界。

其中一個老頭是我們高大尊貴的主席卡勃史東，他正仔細探討皇后區法律中關於挪用權的複雜事宜。現場有六個菸斗、三根雪茄和五根香菸，綠牆環繞的會議室白霧瀰漫，彷彿置身水中；我身旁坐了個年輕的醫生（四十六歲），他的腳以同樣的方式搓了四十分鐘，不曾停過。除了我之外，人人的筆都躺在紙張旁。我是唯一在亂塗亂畫的人。大家打哈欠都以咳嗽或菸斗掩飾。卡勃史東說完換溫克醫生說話，他抱怨起自己原本想解決管線問題，但官僚系統一點效率也沒有，就在此時，我正畫著七手、六腳、三首的濕婆時，腦中冒出了骰子中心。

我從背心口袋拿出綠色骰子，給它一半機率，看我該不該打造這樣一個機構。骰子說「好」。我興奮得差點尖叫出來。不論我嘴中發出什麼聲音，身旁搓動的腳未受驚動，只慢了一拍。四人的頭精準地轉向我，然後一一轉回溫克醫生。我心中無比激動。我再次將骰子擲上塗鴉板。

「各位先生！」我大聲說道，椅子一推站了起來。我俯視在我對面的溫克醫生，他張開嘴。其他人紛紛轉向我。搓腳的傢伙繼續搓腳。

「各位先生。」我又說一次，並在心中尋找正確的措詞。「另一條下水道只能協助我們處理屎尿，無法解決任何事情。」

「這個確實。」一人附和道，好幾人點著頭。

「身為盡責的董事，我們必須要有遠見，創立一個機構，改變我們的病人，讓他們回歸社會，成為自由自在的人。」我緩緩道出一字一句，說得煞有介事，贏得兩人點頭，一人打哈欠。

「如艾茲拉・龐德[97]在晚期詩句中所寫，精神病院是個綜合機構，它用一致的規定、習慣和態度吞噬每個病人，將他和外在世界徹底隔離，不再面對人生無法預測的問題。病人之所以成功適應醫院生活，是因為醫院模式可預測，他的恐懼不會放大。不過對他來說，他根本不可能回到外在世界。等他適應醫院生活，一想到離開，便會嚇得腿軟。我們其實是將病人困在精神病院，不讓他走了。」

「這有切題嗎？」卡勃史東從主位問道。

「喔，有的，主席。有的。」我說得稍微更快些。然後擺出威嚴：「我有個夢想。一個願景：我們希望讓病人能在所有環境實現自我，使人不再封閉自己，不再遠離挑戰和改變。我們——」

「這……可是，萊因哈特醫生。」溫克醫生結巴遲疑地說。

「我們要創造一個長不大的人不需害怕的世界。我們想藉混亂和矛盾的社會突破藩籬，進而讓每

97 艾茲拉・龐德（Ezra Pound, 1885-1972），美國詩人，意象主義代表人物，身為編輯和評論家，鼓勵了不少有潛力的作家，在現代文學具相當影響力。

個人充滿多樣性。我們希望人人在街上向彼此問好，不知道彼此是誰，也**不在乎**。我們希望從個人身分解放。不用再受安全感、穩定性和一致性束縛。我們希望打造一個由創造者組成的共同體，由愉快的瘋子成立的修道院。」

「你到底在說什麼？」卡勃史東那老頭語氣堅定地說。他站起來了。

「老天啊，路克，坐下。」曼恩醫生說。眾人面面相覷，然後轉向我。

「喔，我們一直是群傻瓜！一群傻瓜！」我拳頭重重敲到桌上。「一百萬年來，我們以為我們別無選擇，只要不控制、不規範，便淪於放縱；我們沒發現二者其實換湯不換藥，都會培養出固定的習慣、態度和個性。他媽的個性！」我咬牙切齒，全身顫抖。「我們需要規範的混亂、控制的放任、一日女王[98]、俄羅斯輪盤、否決權、數數的童謠。我們需要一種全新的生活方式，一個新世界，一個骰子人的社會。」我這幾句話直接朝卡勃史東說，他甚至沒眨眼。

「你到底在說什麼？」他又問一次，這次語氣溫柔多了。

「我在說要把皇后區州立醫院變成醫療中心，我們會有系統的教導病人和人生玩遊戲，藉由骰子的機率，實踐他們所有幻想，即使不誠實也能樂在其中，讓他們鬼話連篇，裝神弄鬼，感受憎恨和憤怒、愛和熱情。我說的是打造一個機構，在那裡，醫生可以不時假扮病人好幾天，甚至好幾週；在那裡，病人可以扮成醫生負責看診；在那裡，看護和護士也可以是病人、訪客、醫生和電視修理工；在那裡，整間機構就是一座他媽的大舞臺，裡頭百無禁忌。」

「我認為你太失控了，萊因哈特醫生。請坐下。」卡勃史東醫生站在主位，面無表情說出這句話。每個人頭都轉向我，全場鴉雀無聲。我開口時，幾乎是在自言自語。

98 一日女王（queen for a day）是美國司法術語，代表聯邦檢察官和犯罪調查對象的信息交換會議，檢察官的目的是獲得關鍵資訊，調查對象則以資訊爭取減刑或無罪。會議中調查對象能承認犯罪，但不會影響庭審。

「在這機械式的鬼社會裡，我們所有人都變成了倉鼠。內心明明有無數潛能想破繭而出，我們卻恍然不覺。演員只能演一個角色？誰聽過這種瞎事？我們一定要創造隨機人、骰子人。世界需要骰子人。世界應該要有骰子人。」

有人緊緊抓住我手臂，將我從桌前拉走。大概有一半的醫生此時都站著，彼此竊竊私語。我甩開拉住我的手，緊握拳頭，舉起右臂，朝卡勃史東低吼：

「還有一件事！」

眾人嚇得噤聲。全部的人都盯著我。我放下拳頭，綠色的骰子落到我面前的塗鴉板上：五點。

「好吧。」我說：「我走。」我拿起骰子，收進背心口袋離開了。我後來得知，全體一致反對建造全新的下水道系統，後來有人提出臨時修繕工程案，但沒有人滿意。

34

愛瑞克．坎農和父親達成協議，將在三天後出院，在此之前，我和他只剩一次看診，於是我趁此機會，向他介紹骰子療法。我原本打算採用蘇格拉底對話法來解釋骰子理論，但他因為快出院了，心情激動，根本沒心思理我。尤其，進行蘇格拉底對話法時，另一個人至少要時不時哼一聲，但愛瑞克卻一聲不吭，我最後只好放棄，直接花二十分鐘解釋骰子生活是怎麼回事。他聽了變得充滿戒心。我說完之後，他緩緩搖著頭。

「你怎麼能逍遙在外，醫生？」他問：「你怎麼能坐在辦公桌**那一頭**？」

「什麼意思？」

「他們怎麼沒把你關起來？」

我露出微笑。

「我是個專業人士。」我回答。

「專業傻蛋。進行精神治療。」他又搖搖頭。「可憐的爸爸。他以為我痊癒了。」

「你不覺得骰子生活的概念很棒嗎？」

「當然很棒。你把自己變成一臺電腦，像空軍在越南用的那種。只是你沒有設定要殺死最多的敵人，你將自己設定成隨機轟炸。」

「你沒抓到重點。因為沒有真正的敵人，人生所有戰爭都是遊戲，骰子生活創造千變萬化的戰爭遊戲，而不是日常生活泥濘的壕溝戰。」

「『沒有敵人。』」他靜靜重述我的話，盯著前方的地板。「『沒有敵人。』這世界上最讓我想吐的，就是那些認為世上沒有敵人的人。你的骰子生活甚至比我父親還令人噁心。他很盲目，所以他有藉口，可是你！『沒有**敵人**！』」愛瑞克在椅子上蠕動，臉緊皺成一團。他強壯的身軀扭曲延伸，最後站起，脖子緊繃地搖擺，雙眼盯著天花板。他握緊拳頭，終於稍微平靜下來。

「你這大笨蛋。」他說：「這世界是個瘋人院，處處是殺人犯、拷問者、變態墮落的虐待狂，他們經營教會、企業和國家。世界明明可以不一樣，可以更好，而你卻端著你的大屁股，坐在那邊擲骰子。」

我一聲不吭，因為我可不想跟他摔角，但我聽著聽著，心中莫名感到了罪惡感。

「你**明知**這間醫院是場鬧劇，是個慘無人道、慘絕人寰——一個荒謬的悲劇。你**明知**管這地方的人是瘋子——瘋子！——甚至還沒算上你！——大多數病人頂多就像歐茲、哈里葉、大衛和里奇[99]。你**明知**何謂美國種族歧視。你**明知**何謂越戰。結果你擲骰子！你擲骰子！！」

他雙拳重重敲在我面前的辦公室，兩下、三下、四下，他長髮隨每一下落到面前，像黑色的頭紗。然後他停手。

「我要走了，醫生。」他冷靜對我說：「我要走入世界，讓世界變更好。你可以待在這裡，隨機扔下炸彈。」

「等一下，愛瑞克。」我站起身。「你走之前——」

「我要走了。謝謝你的大麻，謝謝你的沉默，甚至謝謝你的小伎倆，但別再提到擲他媽的骰子的事，小心我殺了你。」

「愛瑞克……我……你……」

他走了。

35

曼恩醫生請他到皇后區州立醫院的辦公室時，萊因哈特醫生就該知道事情不妙了。而進門時，看

99 這四人出自《歐茲和哈里葉冒險》，是一九五二年至一九六六年的美國情境喜劇，主角就是納爾森一家人，歐茲是父親，哈里葉是母親，大衛和里奇是兩人的兒子。

到卡勃史東醫生也正色正坐在裡頭，他便更加確定事情不妙了。卡勃史東醫生身材高瘦，頭髮斑白，曼恩醫生身材矮胖，髮量稀疏，但兩人表情一致，嚴厲、堅定、苛刻。萊因哈特被叫到皇后區州立醫院主任辦公室時，想起自己八歲時，因為擲骰子賭贏六年級生而被叫到校長室的事。他人生的難題沒什麼變化。

「骰子是怎麼回事，年輕人？」卡勃史東醫生尖銳提問。他從椅子上向前傾身，原本執在雙腿間的手杖重重頓地。他是醫院的資深主任。

「骰子？」萊因哈特醫生問，臉上露出疑惑。他穿著藍色牛仔褲，白色T恤和球鞋，這是骰子的決定，他一進辦公室，曼恩醫生臉馬上變慘白。卡勃史東似乎不以為意。

「我想我們應該照你剛才說的順序來。」曼恩醫生對主任說。

「啊，對。沒錯，該當如此。」卡勃史東醫生又敲了一下手杖，彷彿這是某種通用暗號，代表遊戲重新開始。「在你性愛研究中，我們聽說你扯入了妓女和同性戀，那是怎麼回事？」

萊因哈特醫生沒馬上回答，只來回凝視兩人嚴肅的面孔。他靜靜說：

「研究報告中會詳細說明。有什麼問題嗎？」

「費隆妮醫生說她完全從研究中抽身了。」曼恩醫生說。

「啊。她從蘇黎世回來了嗎？」

「她說她抽身，是因為受試者接受的指示違背道德。」卡勃史東醫生說。

「受試者的實驗是關於性取向變化。」

「有要求受試者進行不道德的行為嗎？」卡勃史東醫生追問。

「指示十分清楚，受試者不需做任何他們不想做的事。」

「費隆妮醫生報告指出，研究鼓勵年輕人性濫交。」曼恩醫生說，態度中立。

「她應該懂這次研究。指示是在她協助下所寫的。」

「研究有鼓勵年輕人性濫交嗎？」卡勃史東醫生問。

「還有老人家——聽著，我想不如等我把研究報告寫完，各給你們一份算了。」

兩張嚴肅的面孔並未放鬆，卡勃史東醫生繼續說：

「其中一個受試者聲稱自己被強暴。」

「沒錯。」萊因哈特醫生回答。「但經我們調查發現，他不是在幻想，就是以強暴來搪塞那次經驗，藉此壓抑自己無意識投入的心理。」

「所以是什麼？」卡勃史東醫生說，他惱怒地把手括在耳旁，正對著萊因哈特。

「他享受被幹，強暴的事全是謊言。」

「喔，謝謝你。」

「你知道，路克。」曼恩醫生說：「你以皇后區州立醫院病人進行研究，不論在法律上或道德上，我們都必須為研究結果負責。」

「我明白。」

「看護和護士回報，大量病人都自願進行你的性研究計畫，並說病人能享受妓女服務。」

「我報告寫完便會解釋清楚。」

卡勃史東醫生手杖頓地第三次。

「我們接獲報告，這次實驗你……作為……作為……自己參與其中。」

「很正常。」

「很正常？」曼恩醫生問。

「我參與了實驗。」

「但我們的報告指出……」卡勃史東醫生臉漲得通紅，激動地尋找正確的說法。「……你和受試者有所接觸……在性方面。」

「啊。」萊因哈特醫生說。

「怎樣？」曼恩醫生問。

「我想造謠中傷我的是某個年輕的精神病患？」萊因哈特醫生說。

「對，對。」卡勃史東醫生馬上說。

「他將自己潛在的欲望投射在他恐懼的權威人物身上？」萊因哈特醫生繼續說。

「正是如此。」卡勃史東醫生說，稍微放鬆了點。

「太慘了。有誰在幫他治療嗎？」

「有。」卡勃史東醫生回答：「有。維諾醫生已……你怎麼知道是個年輕人？」

「喬治．色鬼．雷．歐萊利。投射、補償、轉移、肛欲投入。」

「啊，是的。」

「還有別的事嗎？」萊因哈特醫生說，他準備起身離開。

「恐怕還有，路克。」曼恩醫生說。

「好。」

卡勃史東醫生雙手小心握著手杖，瞄準好，第四度在雙腿間頓地。

「骰子是怎麼回事，年輕人？」他問。

「骰子？」

「你有個病人投訴說，你要他玩奇怪的骰子遊戲。」

「新來的，史貝基歐先生？」

「沒錯。」

「我們治療病人會用各種東西，包括陶土、布、紙、木頭、皮革、珠子、紙板、車床、金屬線……讓幾個病人用骰子，我想這沒什麼。」

「好。」卡勃史東醫生說。

「為什麼要用？」曼恩醫生淡淡問了一句。

「我報告寫完便會解釋清楚。」

一陣子無人開口。

「還有別的事嗎？」萊因哈特醫生終於問道。

兩個前輩不安對視，卡勃史東醫生清了清喉嚨。

「你最近整體的行為啊，路克。」曼恩醫生說。

「啊。」

「你上次在董事會議上十分無禮……舉止不大尋常。」卡勃史東醫生說。

「對。」

「你常做出不穩定且反社會的古怪行為。」曼恩醫生說。

「你打斷了溫克醫生。」卡勃史東醫生補了一句。

「我們收到許多人投訴，包括皇后區州立醫院幾名護士，當然還有多位董事，以及史貝基歐先生，還有……」

「然後呢？」萊因哈特醫生說。

「我自己也沒瞎。」

「啊。」

「在電話中大喊蝙蝠俠，我不覺得哪裡好笑。」

一片沉默。

「你的行為舉止不但不自重，也不專業。」卡勃史東醫生說。

沉默。

「我報告寫完便會解釋清楚。」萊因哈特醫生終於開口。

沉默。

「你的報告？」卡勃史東醫生說。

「我在寫一篇論文，關於人類面對怪異行為會做出的形形色色反應。」

「好，好，我懂了。」卡勃史東醫生說。

「我的假設是這樣——」

「夠了，路克。」曼恩醫生說。

「什麼？」

「夠了。除了賈哥之外，差不多所有人都覺得你人格分裂。只剩他一個人相信——」

「我的假設是這樣——」

「夠了。我不管你朋友怎麼保護你。你最好變回之前的路克·萊因哈特，不然你精神科醫師的生涯到此為止。」

卡勃史東醫生嚴肅地站起。

「另外，如果你想成立某種新中心幫助病人，你必須在開會之前放入議程。」

「我明白了。」萊因哈特醫生說著也站了起來。

「夠了，路克。」曼恩醫生說。

萊因哈特醫生明白了。

36

麗麗安要他坐到對面的扶手沙發上，並拒絕他遞去的大麻時，萊因哈特醫生就該知道事情不妙了。骰子六分之一的機率選中對人好月（六月）之後，他以煥然一新方式待她，全力展現無私浪漫的愛，他們這一週過得非常美好。前四天，我先以傳統的方法獻殷勤（一天看劇、一天聽音樂會、一天下午在公園漫步、一天晚上抽大麻，然後恩恩愛愛），最後他們在週末擺脫孩子三天，住到位於東長島舊有的鄉村大房，游泳、日光浴和乘船出航。他為她摘了花，買了香檳，他們乘船到了火燒島，抽了點大麻，在沙丘上鋪了塊毯子，在上頭嘻嘻哈哈，盡情慢慢做愛（中途只有偶爾被馬蠅打斷）。兩人在海浪間游泳嬉戲，她美麗動人，眉開眼笑，如女孩般身材健美；他英姿煥發，深情款款，如男孩般動作笨拙。

在六月初沁涼的夜晚，他們升起一爐熊熊烈火，在老舊的雙人床上咿咿呀呀第二次雲雨一番，甜美地進了夢鄉。

他們隔天、再隔天都同樣航行游水嬉戲，最後一夜，兩人喝香檳、抽大麻到微茫，中間有十分鐘，兩人在火爐前緊握著手，不發一語，再十分鐘兩人關燈坐在床上，從房中望著窗外月光照亮海灣，海水一片蒼藍。萊因哈特醫生又點一根大麻，內心感到溫暖、滿足和寧靜。麗麗安的觸碰彷彿神聖無比。但後來麗麗安請他坐到對面扶手椅，而且萊因哈特醫生遞大麻給她，卻被搖頭拒絕時，他便知道事情不妙了。

他打開床前燈，抬頭望向她，訝異地發現她眼眶中都是淚水。她手伸向前，握住他雙手，並放到自己臉上。她雙脣輕輕拂過他的手，望著他黑溜溜的雙眼。她試著微笑，但淚水卻流下臉頰。

「路克。」她說，她頓了好幾秒，目光在他雙眼梭巡。「你為什麼行為舉止一直這麼怪……都這麼久了？」

「啊，麗兒。」萊因哈特醫生開口回答：「讓我來告訴妳……」他停了下來。他剛才感受到的感情全然凍結，戀人已僵硬石化。此時坐在那兒，手被握著，一聲不吭的是個謹慎的骰子人。

「拜託告訴我。」她說。

她舔了舔嘴唇，握了握他的手。

「我們又在一起了，路克。」她繼續說：「我感覺好滿足，充滿對你的愛，但是……我知道明天、後天，你可能又會再變。過去這幾天美好的一切都將消失。而我不知道原因。」

他心想，也許麗麗安可以成為骰子女。那聽起來像是蝙蝠俠節目中的女壞蛋，但他若要在此時透露人生的祕密，這是他腦中浮現的唯一理由。他猶豫著。

「我在……」他開口。骰子人仍在抗拒。

「告訴我。」她說。

「實驗，麗兒。」他第三次說道。他頓了頓。她睜大眼睛，等待他解釋。他瞇著眼，也等待著自己的解釋。他手伸到側邊，再次關上燈。他們兩人臉只距離一公尺，月光下仍清楚可見。

「在我知道實驗有沒有價值之前……我不想告訴妳；妳可能會抗拒實驗，拒絕我。」

「喔，不，我不會。」她用力緊握著他的手，力道大到令人害怕。「我一定會配合。」她說：「我一定會。那群混蛋以為你瘋了。要是我知道，我一定會笑他們。（停頓）但為什麼？你早該跟我說了。」

「我現在知道了。我一從實驗中走出，我就發現，我早該跟妳一起做實驗。」

「可是……」她眼睛閃閃發光，仍望著我，看起來緊張、猶豫又好奇。「那是什麼樣……什麼樣的實驗？」

萊因哈特醫生在月光下蒼白如石，彷彿像一尊廢棄的雕像。

「喔，去些我從未去過的地方，扮成別人看大家的反應。實驗食物、禁食、嗑藥，甚至喝醉那次也是意識實驗。」

「真的？」她面露微笑，淚水潤濕雙頰和下巴，像身在雨中的孩子。

「證明了我喝醉時舉止就是喝醉了。」

「你為何不告訴我？」

「我心中的那個瘋狂科學家堅持，如果我告訴妳我在做實驗，妳的反應便會失效，重要的證據也就消失了。」

「所以……所以實驗現在……結束了？」

萊因哈特醫生望著她，擠出微笑。「當然了。」他說。

她回望他，神色緩緩轉變，起初是惱怒，後來變成乞求。

「一週。」她終於輕柔地說：「這最後一週。」她悄聲重複，並望向窗外。然後，她突然投入他懷中，失聲大哭。

「我希望事情能一直下去，我希望一直下去。」她一邊抽搐，一邊說著，全身在他懷中發抖。

萊因哈特醫生撫摸、親吻她，甜言蜜語哄她，但其實，他感到自己完全被拋棄了。

37

艾克斯坦太太星期三要他坐到她家客廳沙發時，萊因哈特醫生就該知道事情不妙了。她和他開始骰子療法之後，他們不曾在她家公寓見過面。讓他進門後，她無聲坐到沙發上，雙手交疊盯著地板。

她穿著灰色中性的正裝，戴著眼鏡，頭髮綁成樸素的髮髻，模樣簡直是家家戶戶敲門，發送浸信會宗教小冊的信徒。

「我要生小孩了。」她低聲說。

萊因哈特醫生坐到沙發另一端，向後靠，反射動作跨起腳。他目光空洞望著面前的牆，上頭掛了一張維多利亞女王的石版畫。

「我為妳高興，亞琳。」他說。

「現在我已經第二個月沒有來月經了。」

「我很高興。」

「我問骰子要取什麼名字，給了它三十六個選項，骰子選了愛德格。」

「愛德格。」

「愛德格．艾克斯坦。」

他們默默坐在一起，目光避開彼此。

「我給了骰子三十六分之十的機率叫路克，但骰子選愛德格。」

「啊。」

沉默。

「如果是女的呢？」萊因哈特醫生過了一會問。

「愛德琳娜。」

「啊。」

「愛德琳娜．艾克斯坦。」

沉默。

「妳高興嗎，亞琳？」

「高興。」

沉默。

「還沒決定父親是誰。」艾克斯坦太太說。

「妳不知道誰是父親？」萊因哈特醫生坐起問道。

「喔，我當然知道。」她說，微笑轉向萊因哈特醫生。「但我還沒讓骰子決定我該說誰是父親。」

「好。」

「我想我會給你三分之二的機率當爸爸。」

「啊。」

「當然，有六分之一機率要給賈哥。」

「嗯哼。」

「然後我想，最後六分之一機率是『你不認識的人』。」

沉默。

「骰子會決定妳跟賈哥坦白時，要說誰是父親？」

「對。」

「那墮胎呢？妳才懷孕第二個月。妳有讓骰子決定墮胎嗎？」

「喔，當然有。」她再次微笑說：「我給墮胎兩百一十六分之一的機率。」

「啊。」

「骰子說不要。」

「嗯。」

沉默。

「所以再七個月妳要生寶寶了。」

「對，沒錯。很棒對不對？」

「我為感到妳高興。」萊因哈特醫生說。

「等到我發現誰是父親之後，我會讓骰子決定要不要離開賈哥，和真正的父親在一起。」

「嗯。」

「然後讓骰子決定我要不要生更多小孩。」

「嗯。」

「不過在那之前，骰子必須告訴我我該不該告訴麗兒。」

「啊。」

「還有我該不該告訴麗兒孩子的父親是誰。」

「呃。」

「這一切都好刺激。」

沉默。

萊因哈特醫生從西裝外套口袋拿出個骰子，在雙手中搖一陣，擲到他和艾克斯坦太太間的沙發上。兩點。

萊因哈特醫生嘆了口氣。

「我為妳感到高興，亞琳。」他說著緩緩癱倒在沙發上，空洞的目光不由自主轉回那面空牆，上頭只有一幅維多利亞女王老舊的石版畫。女王微笑著。

38

從前從前，萊因哈特醫生夢到自己是隻大黃蜂，嗡嗡作響，飛掠四周，自個兒隨心所欲，不亦樂乎。他不相信自己是萊因哈特醫生。突然之間，他發覺自己醒來了，他是路克・萊因哈特，身旁床上躺了個美麗的女人麗麗安。但他不知道，他究竟是萊因哈特醫生夢到自己是大黃蜂，還是一隻大黃蜂夢到他是萊因哈特醫生。他不知道，他的頭嗡嗡作響。好幾分鐘後，他聳聳肩：

「也許我是休伯特・韓福瑞[100]夢到自己是一隻大黃蜂夢到成為萊因哈特醫生。」

他頓了好幾秒，然後翻個身，依偎著妻子。

「無論如何。」他對自己說：「在這個身為萊因哈特醫生的夢裡，我很高興身旁床上躺的是個女人，不是隻大黃蜂。」

39

有天，我多重夢遊醒來後發現，自從改變命運的骰子發現日算起，已過了一整年。幾天前，骰子

---

100 休伯特・韓福瑞（Hubert Humphrey Jr., 1911-1978），美國民主黨政治人物，一九六五至六九年出任美國副總統，在一九六八年總統大選中輸給共和黨的尼克森。

決定七月為國定角色扮演月，但那三到四天裡，我記憶模模糊糊，不大記得自己做了什麼或說了什麼：我扮作賈克博．艾克斯坦，從賈克博的觀點分析骰子人的概念；我扮作禪宗大師王檗，而一個年輕的研究生試圖問我精神分析的問題及生命的意義時，我靜坐無語，拈花微笑；我扮成七歲的孩子，騎腳踏車優遊中央公園，望著池裡的鴨子發呆，盤腿望著老黑人釣魚，買了個口香糖並吹出大泡泡，接著騎腳踏車和另一個騎士競速，最後出車禍，擦傷膝蓋，大哭收場，路人全困惑不已——一百零八公斤嚎啕大哭的大寶貝可不常見。

那天，我和麗麗安在中央公園滿足地打了網球，在曼恩醫生的俱樂部游了泳，和萊瑞及艾薇在五十七街的兒童玩具展玩鬧，並接了通令人驕傲的電話，一個年輕精神科醫師告訴我，他正以骰子療法在兩個病人身上實驗。到了晚上，我心中一陣懷舊，深感自豪，並想起那天其實是我的「誕生日」。不過，由於過去所有朋友都不知道我的骰子生活，這注定是個冷清寂寞的生日。我抽了兩根高檔大麻（以醫學研究的名義暗藏的上等新貨），接著西洋棋故意下輸麗麗安，以茲慶祝。時近午夜，她上床睡覺，我則留下來，在客廳來回踱步，思索生命的意義。一年前，我時時感到無聊不安，現在我時時感到興奮不安。骰子解放了無數受囚禁的自我，未來無疑會解放更多。雖然骰子療法並未改變世界，但在天緣巧合中，確實影響了一些人。

我來回在客廳踱步，拳頭開心地敲著緊繃的肚子，大口吸著空氣，滿身是汗（冷氣關了），並在半身鏡前停下腳步，欣賞自己的英姿，我覺得這是很好的一年。但這也是我的週年日。我必須給個機率，下樓再強暴亞琳一次。我將骰子拋到面前的地毯上，三點。我驚訝不已，而後聳聳肩。如果一年前是三點，那我還會留在這裡讀股市報告。

我決定，我的生日當然也該是命運日，於是我一邊掩住口中呷比呷比呷比呷比的鬼叫，一邊衝入書房，拿來紙筆和我兩顆特別的綠骰子。但我回到客廳時，麗麗安顯然被我吵醒了，她站在臥房門口，睡眼惺忪問事情都還好嗎。

「事情混亂又不可靠。」我開心地說：「本該如此。」

「來睡覺了，路克。」她說著把細瘦的手臂環上我脖子，慵懶地靠到我身上。我雙手抱著她在床上躺得暖烘烘的身體，感到十分踏實又可靠，我垂下頭，擁抱麗麗安。

「但我還不想睡。」我親完她之後柔聲說。

「到床上來吧。」麗麗安說：「很晚了。」

「如果世界夠大，時間夠多……[101]」

「時間很足夠……來。」她開始將我拖向臥房。

「但我還不想睡。」我進門停下，又說了一次。麗麗安仍握著我的大手，朦朧轉身微笑，打了呵欠。

「我會等你。」她說，不經意扭了扭她更誘人的部位，搖搖晃晃，爬上了床。

「晚安，麗兒。」我沒什麼熱情地說。

「嗯嗯。」她說：「來之前去看一下孩子。」

我左手仍拿著紙筆和兩顆骰子，迅速走進孩子的臥房，躡手躡腳去看萊瑞和艾薇。他們都沉沉進了夢鄉，萊瑞嘴張大大的，像孩子喝醉一樣，艾薇臉埋在被單中，我只看得到她的頭頂。

「祝好夢。」我說著默默出了房間，回到客廳。

我將紙筆和骰子放到單人椅前的地上，然後突然朝臥房走了四步停下。我嘆了口氣，回頭跪在地毯上的求生工具旁。為了放鬆心情和為命運日準備，我先做了一連串我在發展的隨機骰子運動：隨機體操、聖人罪人一分鐘衝刺遊戲、三分鐘情緒輪盤——骰子選了肉欲，這情緒我覺得自己能全心投入。接著我將兩顆綠骰子放到面前單人椅上，跪在地毯上吟誦一段禱告：

101 出自安德魯・馬維爾（Andrew Marvell, 1621-1678）的情詩〈致羞怯的情人〉（To His Coy Mistress）。馬維爾是形上詩派英國詩人。

「偉大神之骰子，我敬拜祢：
今晨以祢綠色的目光，
喚醒了我
以祢塑膠的呼息，
加速我死寂的生命
以祢綠色的醋，
澆溉我靈魂荒蕪之處。
百隻餓鳥亂撒我的種子——
祢將種子滾成方塊，種植於我身。
我是祢感恩的骨灰瓶，喔，骰子，
充滿我。」

我將自己交給骰子，感到一股平靜的喜悅，心如止水到常人難以理解。我在空白的紙上寫下我下一年生命的選項：

如果骰子點數和為二、三或十二：我會永遠離開妻子和小孩。我寫下這選項時，心中依稀有股淡淡的恐懼。這選項機率是九分之一。

有大約五分之一的機率（骰子點數和為四或五），我會完全放棄用骰子至少三個月。

骰子點數和為六的話（約七分之一機率），我會開始革命行動，對抗社會現存秩序中不公正的事。

我不知道自己腦中怎麼有這選項，但我開始幻想和愛瑞克．坎農加入革命軍，直到公寓外頭街道響起警鈴（光寫下這選項可能就是犯罪）我才回過神來，趕快寫下剩下的選項。

骰子點數和為七的話（六分之一機率），我會傾全力發展骰子理論和治療法，並成立骰子中心。我光寫下來心裡就充滿興奮之情，我情不自禁想把點數和為八及九的機率也加上去，但後來戰勝了人性弱點，繼續寫下去。

骰子點數和為八或十一的話（約為五分之一機率），我會放棄精神科醫師之職整整一年，包括放棄骰子療法，讓骰子決定新職業。我驕傲地寫下這選項；我不會過度執著於骰子療法。

骰子點數和為九或十的話（約五分之一機率），我會開始寫自傳。

我重新審視選項，感到心滿意足：每個選項都可能是災難，亦可能開創新局。

我將紙放在一旁，將兩顆骰子放在面前的地上。

「替我蓋被子，爸爸。」客廳另一端傳來一個聲音。萊瑞睡眼惺忪站在那裡，對光眨著眼。

我氣呼呼地起身，大步走向萊瑞，將他抱入懷中，抱回床上去。我將被子再次拉到他脖子上時，他已深深入睡。我衝回客廳，回到跪地的姿勢。

骰子放在我面前，我默默跪了兩分鐘禱告。接著我拿起兩顆骰子，快樂地在雙手中搖晃。

「在我手中顫抖，喔，骰子，

如我在你手中顫抖。」

我將骰子舉到頭上，大聲吟誦：

「偉大冷酷的神之方塊，落下、顫抖、創造吧。

我將我的靈魂全交到祢手中。」

骰子落下，分別是一點和兩點：總和為三點。我要永遠離開我的妻子和孩子。

40

現在怎麼樣？

41

我怔住了。難以置信。全身麻木。滿是恐懼。我像一名醫生，剛才發現自己給錯藥，害病人死了。我不斷分析我錯在哪，不願面對後果。

三點：永遠離開麗麗安和孩子。「永遠？」我哪來這種愚蠢的衝動，居然加上了「永遠」兩字。我以前從來不曾讓骰子決定超過半年的人生。「永遠」根本就犯規。我要求重擲。

害怕。孤單。我感到我被留在冰山一角，人性如整片翻騰的海洋，離我愈來愈遠。我到底是哪犯了錯？我三點不是要寫別的嗎？我骰子搖得夠久嗎？永遠離開麗麗安這選項合乎律法嗎？踱步時，我滿腦子都在想怎麼推翻骰子的決定。最後，我回到事發現場，一屁股頹坐在單人椅上。我做不到。

我傷心欲絕。肚子感到一股沉重的壓力。若我無法遵守骰子的命令離開麗麗安，就代表擲骰子無足輕重，路克仍在操控一切，骰子神根本不存在。我是自由的。再也不用打保齡球、蘭高小姐、《慾經》三十六式、腳踏車意外……我是自由的……

我傷心欲絕，肚子沉重，冷笑一聲。我生而自由，而唯一的身分是路克·萊因哈特，一個正常的人類傻瓜。永遠是費隆妮・路易絲・蓮恩醫生的克拉克・肯特。

但如果你想的話，你做事還是可以一反常態，你……

正常的人類傻瓜就是隨心所欲。想到骰子人可能到此為止，我身子彷彿披上一塊陰暗的裹屍布。過了一會，像是鐘擺失去動力一般，我停在離開的恐懼和不離開的傷心之間，就這麼癱在椅子上，眼神空洞，感覺麻木。我醒著卻毫無情緒，肯定待了快三十分鐘。我想到萊瑞熟睡時恍若喝醉的臉，想到麗麗安在我懷中溫暖的肉體，想起今晚電動洗碗機發出的噪音。這些都是現實。但我用骰子創造出的非凡世界呢？我傾身垂頭望著兩個俐落、強烈的宣言：兩點和一點。

「唉，一定要離開麗兒。」我不由自主吐了這麼一句。毫無感覺。「接下來我要怎麼做？」這問題又在腦中浮現一次，這次更慢，而且字句斗大。在這段混亂的經驗裡，好奇心像條蛇一直捲著身子坐在心底，此時牠緩緩伸長身子，抬起頭，如豆子般的雙眼透露著警戒。「接下來我要怎麼做？」

唯有骰子知曉。

喜悅如小鳥突然自地面騰空飛起，撲翅飛過我。我從椅子上起身，搖搖晃晃站在原地一會，等淹沒全身的喜悅退去，或被恐懼取代，但什麼都沒發生。賞賜的是骰子，收回的也是骰子；骰子的名當受稱頌[102]。我應該在這一刻離開嗎？要留下最後一句話，或給麗麗安、萊瑞或艾薇最後一吻嗎？

絕對不行。骰子說離開，不要扮演感情用事的丈夫了。可是……走！現在！永遠！喔，骰子，我將我的靈魂全交到祢手中。

我將骰子選項紀錄、支票和好幾顆綠骰子放入公事包，將最神聖的骰子放入西裝外套口袋，穿上雨衣之後，我離開了公寓。兩分鐘後，我回到公寓，留下唯一適合這情況的訊息——單人椅前的地上，我放了兩顆骰子，朝上的那面分別是兩點和一點。

102 根據〈約伯記〉第一章第二十一節所改寫。

42

諸天述說機率的榮耀；
穹蒼傳揚祂的作為。
這日到那日訴說意外，
這夜到那夜宣揚衝動。
無言無語，無聲無息。
它們的聲音傳遍天下，
它們的話語傳到地極。
機率在天地為太陽設立居所。
它滑過長空，
從天這邊繞到天那邊，
熱量廣及萬物。
機率律法完美，能轉變生命：
機率的見證可靠，讓愚人有智慧。
機率的法度正確，使人充滿喜樂：
機率的命令純全，讓人眼目明亮。
要以純潔的心敬畏機率，直到永遠：

機率的法令可靠，全然公義。[103]

——出自《骰子經》

43

我離開所有家人和朋友，擺脫過去心理束縛的第一天，起初大獲成功，但後來不得不說，是場大災難。骰子那週要我每小時、每天或每週都變換過去的角色。我必須擴展角色扮演，以測試人類靈魂延展性的極限。

第二天我扮作佛洛伊德，打電話向賈克博解釋，我那週無法接受他的精神分析，並請蘭高小姐取消我這幾天的約——因為戀母發展未完全，客體投入倒退。他說麗麗安很難過和生氣，並問我在哪裡，我告訴他我目前介於口欲期和肛門期。他問我能不能留個電話號碼，但我回答不行。我告訴他我可能星期一會回辦公室。

除了這次和以前的世界短暫接觸，骰子要我從角色換到另一個角色，像思覺失調的萬花筒一樣戲劇化。這時人生仿若一場爛電影，分割成一連串場景，沒有腳本和導演，男女演員全演著平淡老套的角色，除了片中的大明星，他即興演出。我離開麗麗安四天後，曼恩醫生替朋友和紐約精神科界特定

103 根據〈詩篇〉第十九章改寫。

傑出人士辦了個派對，向亞伯拉罕．克朗姆醫生致敬，而我這場「角色完全隨機實驗」處女秀在派對上進入高潮。我每次至少都會給個微乎其微的機率讓自己顛覆自己，而骰子顯然每次都無法拒絕。

克朗姆醫生是個德裔美籍的研究者，他五年間進行三次複雜的實驗，震驚精神醫學界，每次實驗結果都極具特殊性。起初，他是史上第一個能靠實驗誘發雞隻精神病的人，過去所有人都認為雞智能太低，不可能有精神疾病。接著，他設法分離出造成精神病，或與之相關的化學物質（道德基酸鹽），因此他也是第一個證明雞的精神病其中一項關鍵因素在於化學變化。第三，他發現解藥（去道德基酸鹽），經過三天治療，百分之九十三的雞的精神病能藉此完全治癒，因此他是史上第一個能僅以化學方法便治療精神疾病的人。

不少人傳言他有機會角逐諾貝爾獎。他目前在研究鴿子的思覺失調症，精神醫學界許多人像在讀股市報導一樣天天關注。已有不少德國精神病院將去道德基酸鹽藥物在病人身上進行實驗，美國對結果引頸期盼（副作用包括血栓和結腸炎，雖然這件事尚未成定論，但疑慮也尚未排除）。

克朗姆醫生的派對是個重大場合，紐約精神科醫師協會理事長（約瑟夫．偉恩博格醫生）、紐約州心理衛生局局長和兩、三個超級大咖也都蒞臨現場，不過我永遠記不得他們。骰子要我晚上參加派對時，大約每十分鐘改變人格一次，六個角色分別是：柔情耶穌、全盤托出的骰子人、放蕩不羈的性愛狂、啞巴傻瓜、愛鬼扯的藝術家和左派煽動份子。

我是抽大麻抽了一小時半才寫下這些選項，而我會抽大麻是因為喝了酒才抽的，而我喝酒是因為骰子——無限循環。我的骰子生活漸漸失去控制，克朗姆醫生的派對正是高潮。

曼恩醫生的公寓同時像殯儀館，又像博物館。那天晚上，他的僕人索恩頓先生如一具死屍，用盡骷髏身上僵硬的熱情打開門，替我脫下外套並說：「晚上好，萊因哈特醫生。」說得彷彿曼恩醫生才剛過世似的，接著他領著我沿走廊向前（牆上掛滿著名精神科醫師的肖像畫），最後進到客廳。

每次進到他家，我看到有活人在場都會大吃一驚。賈克博在角落，靠著一面書櫃和蘭高小姐聊天

（在那兒替賈克博記筆記），旁邊還有鮑格斯教授（他在那因為骰子要我邀請他，而他的骰子要他接受邀請）和兩個男士，他們大概都是舉世聞名的精神科醫師。維多利亞式的壁爐前有張巨大的東方風格沙發，亞琳、費隆妮醫生（她看到我出現頭點得飛快）和一個老婦人坐在那兒，她大概是誰的母親。亞琳穿著一件露背小禮服，令人驚豔。她圓潤的乳房彷彿兩顆可愛的白色氣球，從上頭塞入禮服，但隨時欲從衣服中飄出。沙發對面的單人椅坐著個老頭，我依稀記得他是退休的醫界大佬，一旁還有個胖女人，大概是誰的老婆，還有一個矮小的男人，他留著細細尖尖的鬍子，肩膀下垂，但精神緊繃。這人我看過照片，他就是克朗姆醫生。麗麗安不在。

曼恩醫生緊張地向我問好，他一手拿著酒杯，春風得意，滿面紅光，卻隱約有些焦慮。他帶著我走到那群女人和克朗姆醫生跟前。我手伸入口袋，口袋中放著特別打造的錶殼，裡頭有顆迷你骰子，我搖了搖，拿出來望一下點數，看這十分鐘我要扮演什麼角色，答案是愛鬼扯的藝術家。

「克朗姆醫生，我跟你介紹我之前的學生和同事，路克．萊因哈特醫生。」曼恩醫生說：「路克，這位是克朗姆醫生。」

「萊因哈特醫生，幸會，幸會。你的大作我還沒拜讀過，但曼恩醫生對你讚譽有加。」克朗姆醫生說話帶德國腔，充滿自信地望著聳立在他面前高了三十公分的我，他擠眉弄眼，露齒而笑，握手時，手有力地向前戳動幾下。

「克朗姆醫生，我簡直說不出話來了。我從沒想到能遇到寫出當代曠世巨作的大人物。我真心感到無比榮幸。」

「沒什麼，沒什麼。再過幾年吧，到那時曠世巨作才能問世哪——天啊，太開心了，太開心了。」亞琳來到我們身旁，克朗姆微微向亞琳鞠躬，併攏腳跟和她握手，手快速搖了兩下。他抬頭望著她，然後望著我，面色潮紅，喜形於色。

「今天晚上出席的女士都太動人了，太動人了。我真後悔跟雞混了那麼久。」他大笑。

「克朗姆醫生，你一損失，全世界都賺到了。」我說這句時，亞琳瞄了我一眼，緊張地笑了一聲說：「麗兒今晚也許會來——」

「妳太美了，亞琳，真的。每次見面妳都變得更性感。」她羞紅了臉，煞是可愛。

「你今晚是誰？」她悄聲問，並站直了身子，兩顆氣球膨脹起來。

「真是太美了，亞琳，真的。我實在不懂女人，克朗姆醫生，我們一想討論你的研究，她們就來害我們分心。」

克朗姆醫生、一個叫萊特里不重要的老頭和我，全目不轉睛望著亞琳，露出笑容，接著我轉向克朗姆說：

「你隔離變項的能力真令我佩服。」

「那是我的工作，我的工作。」他轉向我聳聳肩，摸了小鬍子一下。「我現在在研究鴿子。」

「全世界都知道。」我說。

「知道什麼？」賈克博說，他替我拿了杯蘇格蘭威士忌，替克朗姆醫生拿了杯紫色的玩意兒，來到我們身旁。

「克朗姆醫生，我相信你已認識我的同事，艾克斯坦醫生。」

「當然，當然，那個削鉛筆案例意外的突破。我們之前見過面。」

「賈哥大概是美國當代最厲害的理論分析師。」

「是。」賈克博面無表情盯著我說：「你們剛才在聊什麼？」

「克朗姆醫生改研究鴿子了，而全世界都知道。」

「喔，對啊。研究得如何了，克朗姆？」

「很順利，很順利。我們還沒成功誘發思覺失調病，但鴿子都很緊張。」他又大笑，呵呵呵如連珠炮響起。

「你有試著替牠們注射雞的那個——精神病的東西——就是你發現的那個嗎？」賈克博問。

「喔，沒有。沒有。那對鴿子沒有作用。」

「方塊迷宮失敗後，你用什麼方法誘發思覺失調？」我問。

「目前我們會先讓信鴿找到家。然後我們將信鴿帶去遠方，並把家搬走。鴿子會變得非常焦慮。」

「你們遇到哪些問題？」我問。

「我們鴿子會不見。」

賈克博大笑，但我望向他時，他馬上止住笑，緊張地瞇眼瞧我。克朗姆醫生摸摸鬍子，雙眼專注望著我的膝蓋，繼續說。

「我們鴿子會不見。不過沒關係。我們鴿子很多，但雞不會飛。鴿子很聰明，但我們恐怕必須去掉牠們的翅膀。」他皺眉頭。

曼恩醫生手拿酒杯加入我們，賈克博問了一個問題，我拿出錶殼，望向裡頭那顆骰子，確認第二次擲骰結果。

高大枯瘦的索恩頓先生來到我們身旁，他端著小點心四處分送，上頭的小餅乾上有小珍珠般的結晶，像等待受精的魚卵。我三個同儕不由自主各拿了一個，賈克博一口就吃下肚，曼恩醫生拿在鼻子前一會，然後吃了十分鐘，而克朗姆極具實驗精神，像雞啄種子一樣，專注地嚐了一口。

「萊因哈特醫生？」索恩頓先生問，他端著銀托盤，那猥瑣的一顆顆結晶就停在我胸口前，我躲都躲不掉。

「嗯呢嗯呢嗯嗯。」我大聲嘟噥，下唇鬆軟下垂，雙眼如動物般空洞。我巨大的右爪掌一掃，一把抓起六、七個餅乾，差點打翻托盤，然後一口氣塞進嘴裡，餅乾屑如壯觀的瀑布從我襟前落到地上。

索恩頓先生空白的臉上一毫秒間恢復生命，閃過一絲驚訝，他凝視我茫然的目光，看我笨拙嚼著餅乾，嚼到一半，有一塊濕軟的餅乾垂在我嘴邊一會，最後終於落到下方深棕色地毯上。

「嗯呢嗯呢嗯呢。」我又嘟囔。

「謝謝你，先生。」索恩頓先生說，並轉向女士們。

克朗姆有力地戳著曼恩醫生肚子前方的空氣，彷彿下刀前要先來個魔法儀式，好好比劃一番。

「證據！證據！他們不了解這個字的意義。他們錢都是藉賄賂籌來的；他們是銀行家、野蠻人、商人、野獸，他們——」

「媽的，誰在乎。」賈克博打斷他。「如果他們想有錢有名，隨他們去吧。我們才是做認真工作的人。」他瞇眼望著我；還是在眨眼？

「確實如此。確實如此。科學家如我們，商人如他們，一點都不一樣。」

「嗯嗯呢。」我望著克朗姆說，嘴巴半開半閉，像船甲板上睜大眼睛抽氣的魚。克朗姆嚴肅、有禮地抬頭望向我，然後撫鬚三、四次。

「人分成兩種：創造者和——你們怎麼說的——苦力。這人，創造者。這人，苦力。馬上就能分辨出來。」

「嗯呢嗯呢嗯呢嗯。」

「我沒讀過你的作品，萊因哈特醫生，但你一跟我說話，我便知道，我知道。」

「嗯嗯。」

「萊因哈特醫生腦袋是滿好的。」曼恩醫生說：「但他正陷入創作瓶頸。恐怕他工作起來並不穩定。其實他做所有事都反反覆覆的。他期許自己每篇論文都超越佛洛伊德。」

「應該的，應該的。超越佛洛伊德是好事。」

「路克有本著作是關於虐待狂。」賈克博說：「那本著作一出，賴希和史德克[104]讀起來就像摩西

104 賴希（Wilhelm Reich, 1897-1957），奧地利心理學家，也是史上極具爭議的心理學家，他認為精神病症源自於性和社經

奶奶[105]的作品。」

他們三人全都抬頭期待我說些什麼。我繼續茫然望著克朗姆醫生，張開嘴。一片沉默。

「是的，是的，很有趣，虐待狂。」克朗姆醫生說，他臉部肌肉抽動。

「嗯嗯嗯嗯嗯。」我又呢喃，但這次更穩定些。

克朗姆醫生期待地望著我，曼恩醫生緊張地喝了口酒，亞琳拉著賈克博的手臂，他試著掙開。

「你研究虐待狂很久了嗎？」

我回望著他。

又有三人來到派對，曼恩醫生告退去迎接他們，亞琳抓著賈克博手臂，低聲耳語。他不情願地轉聲和她說話。克朗姆醫生仍仰望著我。我迷迷糊糊的，話都有聽沒有懂；我注意力都在他鬍子上的餅乾屑。

「嗯呢嗯呢嗯。」我說。聽起來有點像故障的變壓器。

「太出色了——我原本自己也想在雞身上做虐待狂實驗，但虐待狂的雞相當罕見。相當罕見。」

曼恩醫生帶著一男一女回來，並向我們介紹他們。一人是佛瑞．博伊，他是哈佛的年輕心理學家，我不但認識，也喜歡他，女生是他今晚的伴，身材豐腴，一頭亮麗的金髮，皮膚光滑白皙——她是威莉施小姐。別人介紹她時，她向我伸出手，但我卻沒有伸手，她不禁臉一紅。我望著她說：

「嗯呢嗯呢嗯呢嗯。」她臉又更紅了。

「嗨，路克，最近好嗎？」佛瑞．博伊問。我茫然地轉向他。

105 地位，試圖將精神分析和馬克思主義結合。史德克（Wilhelm Stekel, 1868-1940），奧地利心理學家，佛洛伊德最早的追隨者，後來和佛洛伊德分道揚鑣，各自發展。
摩西奶奶（Grandma Moses, 1860-1961），美國著名民俗畫家，出生農家的她年輕時沒沒無聞，晚年一夕成名，成為大器晚成的代名詞。

「赫達之前不是申請史東沃補助金嗎？那件事怎麼樣了？」曼恩醫生問佛瑞。

「不怎麼順利。」佛瑞回答：「他們回信寫說他們今年資金吃緊，而且——」

「那是**那位**克朗姆醫生嗎？」我手肘旁傳來一個聲音。

我低頭望向威莉施小姐，然後望向克朗姆醫生。餅乾屑仍在他鬍子上，但現在比較不明顯了。

「噗嗯。」我說。

「佛瑞也這麼想。」威莉施小姐說，她把我帶到一旁，讓我倆和其他人分開。「他說他欣賞你的其中一點是你無法忍受任何不合理的事。」

我直覺抬起一隻巨掌，輕輕沿著她肩膀晃去。她穿著高領銀色禮服，華麗但粗糙的亮片摩擦著我的手腕。

「不好意思。」她說著欠了欠身，這時我的手掌順勢從她一邊乳房滑下，接著像鐘擺一樣在身旁盪了一陣。

她臉又紅了，並瞄了一眼在附近說話的三人。

「佛瑞說克朗姆醫生在他的領域非常傑出，但他做的事不算真的那麼重要。你覺得呢？」

「嗯。」我大聲說，並跺了一下巨腳。

「喔，我也這麼覺得。我自己不喜歡動物實驗。我在史坦頓島上做社會福利工作兩年了，關於人的事，還有好多事沒做。」

她現在望向沙發，費隆妮醫生、老婦人和大人物瘦子老頭在聊天；威莉施小姐和我在一塊似乎很放鬆。

「就連在這房裡，有人的生活都仍未得到滿足，他們人需要幫忙。」

我默默不語，但一滴口水從我下唇滑出，開始長途跋涉流向我的衣襟。

「除非我們學會和彼此建立關係。」威莉施小姐繼續說：「彼此**意識到**彼此，不然再厲害的治雞特效藥也幫不上忙。」

我盯著亞琳的氣球在水晶燈光下起伏。她和賈克博起了爭執。我下脣再次流出興奮的唾液。

「我覺得你們精神科醫師最令人著迷的是，你們能抑制自我，維持距離。身為人必須承受的痛苦，你們難道都不曾**感覺到**嗎？」威莉施小姐又轉向我，看到我的領帶和衣襟時不由得皺起眉頭。

我笨手笨腳摸著口袋裡裝骰子的錶殼。

「你們難道不曾**感覺到**痛苦嗎？」威莉施小姐又問一次。

我掏出錶殼，頭往側邊扭了三次，哼了一聲：「嗯。」

「喔，天啊，你們真的好**堅強**。」

我緩緩閉上下顎；為了流口水，我張口都張到疼了。我舌頭舔了舔乾燥的上脣，用手帕擦掉胸前的口水，雙眼凝視著威莉施小姐。

「現在到底什麼時候了？」她問我時間。

「該是我們不要玩文字遊戲，好好幹正事的時候了。」我說。

「我也這麼想。我真受不了雞尾酒派對這種客套的對話。」她看來很高興我們終於可以聊深入點了。

「真想知道妳那件華麗禮服下有什麼美景？」

「你喜歡這件？佛瑞在奧爾巴克百貨幫我買的。你不覺得這件最令人喜歡的一點就是它——很閃亮嗎？」她上身輕輕左右擺動，禮服閃閃發光，胖乎乎的手臂隨動作晃動。

「妳身材真好，寶貝。嘿，妳叫什麼名字？」

「喬雅。很普通，可是我很喜歡。」

「喬雅。這名字真美。妳好美喔。皮膚又白又嫩。我好想舔。」我伸手撫摸她臉頰和後頸。她臉又紅了。

「我天生就這樣，我想。我媽膚質也很好，我爸也是。其實，我爸——」

「妳的大腿、肚子和乳房都一樣白皙嗎？」

「嗯……我想是吧。除了我做日光浴之後。」

「如果能用手摸過妳全身每一吋，感覺一定很舒服。」

「很舒服呀。我擦防晒乳時，感覺很光滑。」

我稍稍垂下眼皮，想散發性感。

「你不流口水了。」她說。

「嘿，喬雅，雞尾酒派對上的客套話搞得我頭痛了。不如我們找個地方透氣一下，就我們倆？」

我推著她往走廊走，心裡知道這條路通往曼恩醫生的辦公室。

「是啊，老是聊聊聊。過一會都快吐了。」

「我帶妳看看曼恩醫生的辦公室。他有幾本關於原始性行為的迷人圖畫書。」

「沒有雞的圖吧？」她說著自己開心地大笑起來，我也隨著她大笑。我們經過沙發時，費隆妮醫生朝我們點著頭；我們經過克朗姆一群人後面時，賈克博從一位大人物肩膀後方緊張地瞇眼望過來，亞琳輕輕搖了搖她胸部，用唇語說了幾個字，接著我們進到走廊，走入曼恩醫生的辦公室。進去時我聽到一聲尖叫，定睛一看，鮑格斯博士和蘭高小姐坐在地上，中間放著一對骰子，鮑格斯衣服已脫了三分之二，正得意地伸手脫下蘭高小姐的上衣（她也露出得意的笑容）。

我們退出來時，威莉施小姐說：「喔，那真是太噁心了。居然在曼恩醫生的辦公室！那太噁心了。」

「妳說的對，喬雅，我們去浴室。」

「浴室？」

「從這裡過去。」

「你在說什麼？」

「一個能私下聊聊的地方。」

「喔。」她在走廊中央停了下來，雙手緊抓著酒杯。

「不要。」她說：「我想要回派對上。」

「喬雅，我只想要借用一下妳美麗的身體。不會太久。」

「我們要聊些什麼？」

「什麼？我們會聊聊哈里．斯塔克．沙利文[106]的術後不適理論。來吧。」

她仍待在原地，動也不動，以骰子定義的放蕩不羈性愛狂而言，這段時間我覺得自己太過中產階級了，當威莉施小姐又說要回客廳，我大步向前，將她手中的酒打落地面，試圖強行吻她。

我的蛋蛋爆出劇烈疼痛，一時間我以為自己中彈了。我痛得不能視物，砰一聲倒在牆上。我以聖徒強大之力睜開雙眼，看到威莉施小姐銀色閃亮的背影，她走回了客廳（感謝老天！），讓我一人度過這場災難吧。

我身體蜷曲，覺得自己一個月都不能動了，腦中只朦朧地希望索斯頓先生定期來替我清清身上灰塵。我腦中也浮現一個疑問，「放蕩不羈的性愛狂」若蛋蛋被重踢，不知道該有何反應？答案似乎清楚明白，不管是瘋子、溫柔的耶穌、神經嬉皮、啞巴傻瓜、賈克博．艾克斯坦、休．海夫納、老子、諾曼．文生．皮爾或比利．葛理翰——反應全都會跟我，戴眼鏡愚笨的路克．萊因哈特一模一樣。雖然我雙手按在意外現場上，但其實沒一絲感覺；好像有摸到吧，不過未來不知道還有沒有機會摸到——下個月再看看。但我無法換姿勢，也抽不回雙手。克朗姆醫生和亞琳．艾克斯坦走到走廊。我試著站直身子，卻差點尖叫。他們低頭望著玻璃杯碎片，然後停在我面前。

106 哈里．斯塔克．沙利文（Harry Stack Sullivan, 1892-1949），美國心理學家，他透過觀察和治療進行研究幫助病人，提出人際關係論，屬於新佛洛伊德學派的心理學家。

「肚子劇痛。」我說：「嚴重腹絞痛。可能需要麻藥。」
「哎呀，哎呀。肚子痛，是嗎？」
「偏下側，腹部，救命。」我輕聲說。
「路克，你現在在玩什麼遊戲？」亞琳說，低頭憂慮地看著我（我身子對折，矮了整整四十五公分）。「麗麗安來了。」
「妳——妳太辣了，寶貝。」我大口吸氣。「脫——下——那——禮服。」我緩緩側身倒地，手肘的痛楚讓我暫時從劇痛分心，簡直是種幸福。
我聽到走廊遠端傳來佛瑞・博伊的聲音。「怎麼了？」然後我聽到他走來，彎身看了看我大笑。
「我想他中彈了。」克朗姆醫生說：「很嚴重。」
「喔，他不會有事的。」佛瑞說。我感到佛瑞雙手抓住我一邊手臂，亞琳抓住另一邊，他將我手臂扛上肩膀，將我拖進臥室。他們把我扔到床上。
其實痛楚正一點一滴緩和。三人離開後，我身體已稍微能動，雖然主要是眼球能轉，但這已是一大進展。後來，我想到該重新請示骰子了，一想到可能再扮一輪放蕩不羈的性愛狂，我不禁全身打顫。我痛苦地將錶殼從口袋掏出來看：三點。我成了全盤托出的骰子人。
我躺在床上一會，望著天花板。我聽到走廊有人經過，之後只聽到遠方客廳傳來的嗡嗡聲。門打開，有人走進來。
我掙扎轉向側邊，露出堅忍的笑容，發現站在我面前的是麗麗安，她穿著一襲俐落的黑色露背長禮服。我們默默望著彼此，我試著擺出自在冷淡的樣子，但我全身攤在床上，活像一塊被丟掉的破被子。這時我想起我應該要全盤托出，於是我表情變得認真嚴肅。
她不發一語，我也不發一語，所以房中一片沉默。最後她終於開口。
「克朗姆醫生說你生病了。怎麼了？」

我掙扎坐起身，將雙腿拖向床，放到地上。我感覺內心一陣空虛。這真是什麼時間和地點啊。

「說來話長，麗兒。」

「費隆妮醫生說妳在把那個金髮妹。」

「沒這麼簡單，事情複雜多了。」

「我去找律師了。」

「對，這理所當然。」我說。

她進門後，在離我三公尺處停下腳步，後來再也沒動過；她再次陷入沉默，眼中沒有淚水。

「你要解釋到底發生什麼事了嗎？」

「我是骰子人。」

「是那金髮妹的關係嗎？我以為佛瑞說他自己也才剛認識她。」

「我之前從來沒見過她。她出現在我面前，骰子要我把她。」

「**骰子**？你在說什麼？」

「我是骰子人。」我縮成一團，樣子亂糟糟的，氣勢恐怕是擺出不來了。我們在曼恩醫生走廊陵寢博物館旁的小房間內，相距只有三公尺，彼此相望。麗麗安搖搖頭，彷彿想釐清思緒。

「容我問清楚，什麼是骰子人？」

克朗姆醫生和亞琳再次出現，克朗姆醫生拿著一個黑提袋，類似十九世紀前葉一般醫生的裝備。

「你好點了嗎？」他問。

「對。謝謝你。我會再次站起來的。」

「好的，好的。我有麻藥。你要嗎？」

「不用。不需要了。謝謝。」

「什麼是骰子人，路克？」麗麗安重複。她進房之後動都沒動過。我看到亞琳嚇了一跳，她目光落到我身上，我轉向麗麗安。

「骰子人，」我緩緩說：「是改變人格、摧毀人格的實驗。」

「很有趣。」克朗姆醫生說。

「繼續說。」麗麗安說。

「為了摧毀單一主導人格，一定要去發展多樣人格；人必須具有多重面貌。」

「你在繞圈子。」麗麗安說：「什麼是骰子人？」

「骰子人。」我說，我目光轉向亞琳，她睜大雙眼望著我，眼中滿是警戒，彷彿我是一部迷人的電影。「是每天擲骰子來決定行為的人，人會創造出選項，讓骰子決定。」

沉默延續了五秒。

「很有趣。」克朗姆醫生說：「但無法在雞身上實驗。」

又一陣沉默，我目光轉回麗麗安，挺直身子的她高貴而美麗，此時她手伸到額頭，輕柔按著髮線前的地方。她仍然面無表情。

「所以你因為骰子擲出的結果離開我？」

「這場賭注風險很大。」

「永遠嗎？」

「對。」我說：「那並不……」但我住口了。現在她的手無力垂放到身側，臉向旁別開。

「我——我對你來說從來沒有意義。」她低聲說。

「有。我必須一次次抗拒我對妳的感情。」

「來吧，克朗姆醫生，我們離開這裡。」亞琳說。

麗麗安轉頭望向昏暗的窗外，彷彿亞琳和克朗姆醫生根本不在場。

「你對我、對萊瑞、對艾薇做出那些事。」她終於說。

這次我沒有回答。克朗姆醫生一臉困惑，來回望著我和麗麗安，搖搖頭。

「你利用我、騙我、背叛我、嘲弄我、把我當婊子，然後……仍能快樂。」

「我是為了比我們兩人更偉大的事物。」我說。

亞琳拉著克朗姆醫生走了，他們消失在門口。

「這一切……」她緩緩搖搖頭，神情恍惚。「這一年我們之間的一切，不。不對。全部，我們兩人的生活全部化為灰燼。」

「對。」我說。

「因為……就因為你想玩你的……遊戲。」

「對。」

「要是我現在告訴你。」她繼續說：「我跟——我知道聽起來很蠢——我跟樓下垃圾清潔員出軌一年了。」

「麗兒，那太好了。」

她臉上閃過一絲痛苦。

「要是我告訴你，今晚來這裡之前，我幫孩子蓋被子，道晚安時，我為了貫徹展現疏離理論，我……我勒死了萊瑞和艾薇呢？」

我們彼此相對，老夫老妻聊著一天中的生活瑣事。

「如果是為了一個有用的理論……那就是……」

人間最偉大的愛莫過於此[107]：人為了理論殺死自己的兒女。

「如果骰子要你下手，你當然會殺了他們。」麗麗安說。

107 根據〈約翰福音〉第十五章第十三節改寫。

「我覺得我永遠不會將這選項給骰子決定。」

「通奸、竊盜、詐欺和背叛就沒關係。」

「我也許會將萊瑞和艾薇交到骰子手中，但我自己也不例外。」

她穿著高跟鞋的身軀開始搖搖晃晃，雙手緊握在身前，依舊美麗動人。

「我想我應該要感謝你。」她說：「謎底終於揭曉。但是……但是令我難以接受的是，全世界我最愛的人的死訊，居然是透過……他屍體的口中說出。」

「有趣的說法。」我說。

麗麗安聽到我回答，頭甩回來，她雙眼緩緩睜大，突然撲向我，大口抽氣尖叫，扯著我的頭髮，接著用雙拳痛打我。我弓身保護自己，但我感覺身子無比空虛，麗麗安一下下打著我，彷彿是下在空桶上的一陣柔雨。我忽然想到，我好久沒再看骰子的指示了。但我不感興趣了。我感到萬念俱灰。麗麗安不再打我，她大聲哭喊，奔向門口。亞琳一臉驚恐站在那兒，將麗麗安一擁入懷。她們離開，我孤身一人待在房中。

44

我坐在這兒寫下那遙遠的夜晚，我身旁仍開滿悲喜的花朵，我仍繼續每天或每年扮演角色，無庸置疑，我遲早也會放棄骰子人的角色。角色啊角色。今天是大牌明星，明天是跑龍套的。歌舞雜耍中講笑話的，莎士比亞中的丑角。早上是阿爾切斯特，接下來白天當賈利．古柏[108]和嬉皮，晚上當耶穌。我也記不得究竟是從何時起，我已不是在演戲了。骰子落下，生活角色會直接轉換，心中絲毫沒有殘餘的自己來反抗角色，也不會以身為骰子人感到驕傲，單純就是個過著生活的人。我確實記得，麗麗安離開後，我孤身一人的那天晚上，感到一種悲喜交織、毫不受限的憂傷。我悲痛萬分，受盡折磨，真真切切地活著。

至於你，朋友，你躺在床上，亦或坐在椅子上，讀到我像卡利班[109]流口水時，你也許咯咯笑了；讀到我坦白悲痛欲絕時，你大概面露微笑；讀到我生硬地演個傻瓜，將瘋狂美化為哲理，滔滔不絕向你比喻人生是戲，你可能喟然而嘆。儘管痛苦毫無道理可言，但對那些有血有肉的人而言——我**確實**是一個誠實坦白的人。我**確實**是個丑角。我是爬樓梯的拉斯科利尼科夫；也是聽到十點時鐘敲響的朱利安．索海爾；也是在布雷茲．博連規律的抽插下扭動的莫莉．布魯姆[110]。苦痛是我的衣裝，幸好不像各種丑角那麼常穿到身上。

而你，讀者，我的好朋友和傻瓜伙伴，我親愛的局外人，你，對，就是你，你就是骰子人。讀了那麼久，我在此描述的自我，已注定要刻蝕在你靈魂之上——骰子人。你此時擁有多重面貌，其中之一就是我。我在你內心創造了一隻跳蚤，一輩子都會讓你心癢。啊，讀者啊，你永遠不該讓我在你心中誕生。當然，其他自我不時會抗拒。但骰子人跳蚤每一分、每一秒都會發威，讓你抓個不停——他永不滿足。從今以後，你時時刻刻都會感到心癢——當然，除非你自己成為那隻跳蚤。

---

108 阿爾切斯特（Alceste）為法國喜劇作家莫里哀（Molière, 1622-1673）《憤世者》中的角色。賈利．古柏（Gary Cooper, 1901-1961），美國知名演員，以自然真誠的演技著稱，相當於定義了理想中美國英雄的樣貌。

109 卡利班（Caliban）是莎士比亞《暴風雨》中的角色，半人半獸，樣貌醜陋。

110 三段敘述的人物和劇情分別出自俄國作家杜斯妥也夫斯基的《罪與罰》、法國現實主義小說家司湯達爾的《紅與黑》及詹姆斯．喬伊斯的《尤利西斯》。

45

萊因哈特醫生一人坐在床邊，駝著背發愣，外頭的派對傳來嗡嗡聲，如稍早一板一眼。現在沒有退路了。他是骰子人，不然他誰也不是。路克．萊因哈特現在不可能存在了。他無處可歸，無人能扮演，他拿出錶殼查看。

他緩緩站直身子，站在原地，垂頭簡短禱告。然後他順了順衣服和頭髮，朝派對走去。他想先見妻子，在她面前低聲下氣。他沿著走廊到了客廳，在客廳口瞇眼掃著一張張臉，尋找她的身影。喝酒聊天的人都沒注意到他，但艾克斯坦太太來到他身後，告訴他他的妻子在曼恩醫生的辦公室。他隨著她走過走廊，跨過玻璃杯碎片，進到辦公室。他看到曼恩醫生和艾克斯坦醫生尷尬地站在妻子兩旁，妻子像個孩子坐在曼恩醫生的診療椅上。

她弓身向前，縮成一團，蒼白的臉上仍留有一條條哭花的眼影，頭髮雜亂，一件醜醜的男性毛衣隨便披在肩頭，萊因哈特醫生見她如此，雙膝一軟，不由自主跪倒在地，最後頭和胸都向前一彎，拜倒在妻子腳邊。

全場一片死寂，他們清楚聽到客廳傳來克朗姆醫生連珠炮的笑聲。

「原諒我，麗兒，我瘋了。」萊因哈特醫生說。

沒人說話。

萊因哈特醫生從地上抬起頭和胸，望著妻子說：

「我做出的事情天地不容，罪不可赦；但我已了解自己的過錯。我……走過自作孽的地獄……我已獲得洗滌。我……」他雙眼突然亮起，充滿激情。「我對妳和這裡所有人只感受到愛。如果我們愛著彼此，世界將是幸福的天地。」

「路克，寶貝，你在說什麼……？」艾克斯坦醫生說，他向前一步，好像打算扶起他，但停了下來。

「親愛的賈哥，我說的是愛啊。」萊因哈特醫生緩緩搖搖頭，彷彿有點疑惑，他臉上露出孩子般的笑容。「我過去腦袋都糊塗了，全錯了；愛、親愛、博愛才是一切。」他轉身，朝妻子伸出雙手。「麗兒，我親愛的，妳必須了解，不論有沒有我，此時此刻都是天堂。」

他妻子回望他一會，然後緩緩抬起目光，望著身旁的曼恩醫生。她臉上舒展開來，彷彿鬆了一大口氣。

「他**真的**瘋了，對不對？」她問。

「嚴格來說沒錯。」曼恩醫生說：「但他一直反反覆覆。也許只是暫時性的。」

「你們這群傻瓜，我們全都瘋了。」萊因哈特醫生說：「我看著你們，全心都是愛。你們每個人都充滿神的光芒，像一盞盞日光燈。睜開雙眼，仔細看哪。」

他從地上站起，雙拳緊握，臉上莫名喜悅而興奮。

「最好替他打一劑鎮定劑，提摩西。」艾克斯坦醫生悄聲對曼恩醫生說。

「我家只有口服藥劑。」曼恩醫生悄聲回答。

「太不小心了。」艾克斯坦醫生說。

「但為什麼、為什麼、為什麼？」萊因哈特醫生語氣高尚激昂。「你們想讓神安靜下來嗎？我在你們之中散布愛，你們卻不聆聽，也不明白，不讓愛洗淨內心。」他起身。「我一定要請求這位善良可憐的女孩原諒，向她展現我全新的愛。」他突然大步走出了房間。

他再次走過走廊，跨過玻璃杯碎片，進到客廳。威莉施小姐和博伊醫生在角落書櫃旁。他走向他們，博伊醫生擋在萊因哈特醫生和她之間。

「要幹嘛，路克？」他說。

「剛才我失去理智攻擊妳，我真的非常非常抱歉，威莉施小姐。我由衷後悔。我至今才明白愛真正的意義。」

威莉施小姐從博伊的肩膀旁探頭出來，眼睛睜得又圓又大。

「喔，夠了，路克。」博伊醫生說。

「你們很美；你們兩人都太美了，我破壞了這美好的夜晚，我深感遺憾。」

「希望我沒傷到你。」威莉施小姐說。

「痛苦是我見證聖光最初的原因。我由衷感激。」

「不客氣。」博伊醫生說：「來吧，喬雅，我們走吧。」

「但我要……」威莉施的聲音隨博伊醫生的背影淡去了。

「好多了，是嗎？」兩人離開之後，萊因哈特醫生側下方突然傳來克朗姆醫生的聲音。之前的大人物瘦子老頭也在他身旁，還有個五十多歲抽菸斗的重要人士，他是紐約精神科醫師協會理事長偉恩博格醫生。他們開始聊天時，矮胖的中年女人加入他們。

「我終於完好如初了。」萊因哈特醫生回答。

「骰子人是怎麼一回事，嗯？非常有趣。」

「照克朗姆醫生敘述，似乎有點思覺失調的感覺。」偉恩博格醫生說。

「但摧毀人格的想法。很有趣。」克朗姆醫生繼續說。

「只要能粉碎外殼，展現我們藏在內心的愛就行了。」萊因哈特醫生回答。

「愛？」偉恩博格醫生問。

「我們的愛。」

「這跟愛有什麼關係呢？」克朗姆醫生說。

「愛和一切都有關係。如果沒有愛，我形同死屍。」

「真的。」那女人附和。

「我最近人生全是虛擲，浪費在冰冷、僵化的骰子生活。我現在全看清了，清楚得像現在在我面前一張張美麗、英俊的臉龐。」

「路克，我希望你現在跟我到外頭一下。」艾克斯坦醫生從旁對萊因哈特醫生說。

「好的，賈哥，但我一定要先跟克朗姆醫生解釋一件事。」他轉向身旁矮小的克朗姆醫生，神情親切誠懇。

「你一定要停止鴿子實驗，唯一能實驗的就是人。要探索人的本質，尋求健康和快樂，靠折磨雞和鴿子絕對辦不到。思覺失調症即是無法愛人，也看不清愛。永遠無法靠藥物治癒。」

「喔，萊因哈特醫生，你像詩人一樣多愁善感。」克朗姆醫生說。

「要更了解人類，再多雞和鴿子的大便，也比不上雪萊一句詩。」

「人滔滔不絕討論愛兩千年。一事無成。我們靠化學物質改變了世界。」

「不可謀殺。」萊因哈特醫生說。

「我們沒有殺牠們，我們只讓牠們變神經病。」

「你不愛你的雞。」

「可能吧。不管誰跟雞一起工作都不可能愛上牠們。」

「神性的人具神性的愛，他能愛萬物，絕不自私、絕不具占有欲和肉欲。」

「喔，老天在上喔，路克——」

「正是如此。」萊因哈特醫生說：「不好意思。」在聲名顯赫的醫生眾目睽睽之下，萊因哈特醫生請示錶殼。他呻吟一聲。

「很晚了嗎？」克朗姆醫生問。

萊因哈特雙眼掃過全場，如軍事雷達搜尋目標。

「我不知道萊因哈特醫生是信奉存在主義的人道主義者。」那女人說。

「他是個瘋子。」艾克斯坦醫生說：「雖然他是我的病人。」

「五分鐘之後，我們外頭見，賈哥。再見了，各位。」萊因哈特醫生說完，大步走向門廳，但經過沙發後方一群人後，他轉向右邊，再次走過同一條走廊。

他喀啦喀啦踩過玻璃碎片，看到威莉施小姐和艾克斯坦太太從一間房間走出來，那間房就在他剛才躺的那間對面。她們在走廊底停下腳步，眼神提防。

「麗麗安剛才吃了藥，現在在休息。」艾克斯坦太太說：「我想你不要去打擾她。」

「我的天啊，亞琳，妳的胸部害我口水直流。我們去廁所一趟。」

艾克斯坦太太盯著他一會。她瞄了威莉施小姐一眼，目光又回到他身上。然後，她仍盯著她的導師，上下搖了手中的小皮包三次，打開一條縫朝裡面看。她闔上皮包說：

「我愛你的大屌，路克。走吧。」

威莉施小姐難以置信地來回望著兩人。

「妳也來吧，寶貝。」萊因哈特醫生對她說。

「一起來吧，喬雅。」艾克斯坦太太說：「一定很好玩。」她手輕拂一下威莉施小姐的胸部，進到左邊的浴室。威莉施小姐望著艾克斯坦太太進門，發現自己再次和萊因哈特醫生面對面。

「全世界最美的身體，寶貝，除了妳的膝蓋。來嘛。」

她盯著他。

「這裡嗎？」她說。

「此時此刻，寶貝，就是這樣。」

他繞過她走到浴室門口，替她拉著門等她。她迅速朝後方空蕩蕩的走廊望一眼，走向浴室。

「你們這些人真的很不可思議。」她說：「所有精神科醫師的派對都像這樣嗎？」

「只有曼恩醫生家的派對是這樣。」萊因哈特醫生說完，隨她進門。

46

（內容截取自艾克斯坦醫生題為〈六面人案例〉的病例史研究）

R（萊因哈特）說完話離開眾人之後，M（曼恩）醫生來到現場三名精神科醫師中，討論當前情況，他們當下決定，必須馬上帶R到私人診所。M打電話給○○診所，然後我們便著手將R安置。

他不在外頭，也沒在M的辦公室，後來經過確認，他將自己鎖在浴室內。起初，醫生擔心R的生命安危，但後來從中聽到其他人的聲音。我們叫喚裡頭其他人，但沒聽到回答。M試圖跟病人講理兩分鐘，但我們只聽到陣陣哼聲。B（博伊）想破門而入，但M和E（艾克斯坦）建議，有鑑於R的塊頭和力量，他們必須謹慎一點。救護車和醫護人員很快就會抵達。這時，浴室中傳來女性尖叫聲，經過確認，裡頭的女性可能是A（亞琳）和JW（喬雅．威莉施），E和B所認識的兩個女子。

他們將門打破，發現R正在強暴兩名女子。兩女衣衫凌亂，R的性器官裸露腫脹。他站在浴室中間，淫蕩猥褻地流著口水，發出哼哼聲。他似乎退化成了野蠻人。他無法回答我們任何問題，我們將他和兩名女子分開時，他並未積極反抗，只顯得笨拙。他變得十分溫馴。

兩名女子似乎處於驚恐狀態，無法解釋為何不儘早呼救。B和M認為，病人進入緊張型思覺失調症。不過，即使在初期，E仍主張R的崩潰毫無預兆，而且不定時發生，症狀自然會逐漸消失。

確實如此。十分鐘之後，所有人默默坐著，疲憊地等待救護車道來時，R又開始說話了。他由衷為自己的行為誠懇道歉，稱讚眾醫生面對棘手的情況，仍能自持且聰明以對，並再三向他們保證自己終於恢復正常，過了二十分鐘左右，現場大多數人都大笑出聲，對剛才的事鬆一口氣，救護車抵達現場時，突然之間，他又撲向現場唯一的女性F（費隆妮）醫生，意圖和她性交。醫護人員和醫生急忙聯手拉開他，注射鎮定劑，並將他送往〇〇診所。

隔天，E前去探望他，不久便發現R顯然妄想自己是個年輕的嬉皮，憤世嫉俗，語帶諷刺。他雖然理解E，但態度不佳，語帶挑釁。雖然病人未脫離現實，思維觀點也相當敏銳，但**他不是自己**，所以仍然算發瘋了。

七月十七日，診所通知說，病人完全陷入沉默，茫茫望著眼前，偶爾咕噥一兩聲。他們不得不用湯匙餵他，而且他無法控制身體排洩功能。看來陷入了永久的緊張症狀態。

但R的復原能力持續令人大開眼界。隔天診所通知，他再次開始說話，完全理解醫護人員和醫生指示，並向他們索求書籍閱讀，大多和宗教相關。E聽到這點，心裡不禁十分擔心，於是七月二十日，他再次到診所探望R。

47

我在庫伯診所一個個換著角色，遺憾的是，外界世界仍照常運行。亞琳寫信給我說，骰子跟她說我是腹中孩子的爹，她已告訴麗麗安、賈克博和其他人真相，或至少大部分的真相，因此賈克博得知我們出軌和骰子生活的事。她說自己有一陣子無法來接受我的治療了。

麗麗安只探訪我一次，恭喜我要當爸爸了，並拿出各式必要的協議文件，說她已著手辦起離婚手續，律師不久會來找我（律師確實來了，但我當時全身處於緊張症狀態）。她說分居和離婚對我倆顯然最適合，尤其瞧我現在的狀況，無疑將在精神病院度過餘生。

皇后區州立醫院的維諾醫生告訴我，我之前的病人愛瑞克．坎農在布魯克林和東村率領了一群嬉皮，兩個月來勢力日漸壯大，後來他父親重新將他抓回醫院。他也提到，亞特羅．托斯卡尼尼．瓊斯再次被抓（積極的警方安了條不存在的罪名給他），他沒要求要見我。

其實，外界世界的好消息都來自我骰子療法的病患。他們得知我被關之後，都不受影響，持續獨自發展個人的骰子生活，滿懷信心和耐心等待我回到他們身邊。泰芮．崔西到診所探望我兩次，她花了兩個半小時試圖要我轉信「骰子教終極真相團」。我內心感動不已。

鮑格斯教授寫給我一封長信，述說他跟隨骰子之後在中央公園的神祕經驗，他還寫了一篇關於「西奧多．德萊塞[111]和抒情衝動」不知所云的論文。我在診所第二週，有兩名新病人定期探望我，要我在診所繼續為他們看診。

亞琳寫了封信，說明家裡發生的事，我讀完後為她感到十分驕傲，也在與賈克博會面之前，做好心理準備。她告訴我她坦白之後，賈克博無比冷靜，不過有痛罵她一陣，因為她居然暗中隱瞞如此珍貴的科學題材。在他有機會深入探討之前，他命令她接下來的骰子生活必須符合社會規範。這時她建議，如果他要了解我的問題，不如身體力行，和她一起實驗骰子遊戲好了。他同意了，兩人享受了自高中生活後最美好的一夜。賈克博說他覺得這很有趣。

他在七月二十日傍晚來探望我，對於我過去諸多可能傷害到他的行為，我馬上向他道歉。那天剛好是「轉捩日之前的路克．萊因哈特週」第一天——這角色扮演起來特別棘手。我告訴他從傳統社會標準來看，我和她妻子有染都是不可饒恕的行為，但我希望他了解我追隨骰子的哲學目標。

「好，路克。」他說著坐到我床對面的椅子上，正面就是一扇美麗的鐵窗，外頭景色是一面牆。「但不得不說，你是個古怪的案例。換句話說，令人難以理解。」他拿出小筆記本和筆。「關於你所謂骰

111 西奧多．德萊塞（Theodore Dreiser, 1871-1945），美國自然主義作家，與海明威、福克納齊名，著有《嘉莉妹妹》。

子生活，我想再知道多一點。」

「賈哥。」我說：「你確定我背叛你、騙你、侮辱你之後，心裡沒有怨對嗎？」

「我不可能受侮辱，路克；人的心靈應該超越感情。」他低頭望著筆記本振筆寫著。「告訴我骰子人的一切。」

我在床上原本正襟危坐，聽他一說，便舒適地靠到後頭疊好的四個枕頭上，向賈克博娓娓道來。

「真的非常不可思議，賈哥。它挖掘出我內心潛藏且未知的情感。」我頓了頓。「我想我不知不覺發現了幾百年來心理治療一直在尋找的關鍵。亞琳已告訴你，我有一群學生在進行骰子療法。也有其他醫生在嘗試。這……嗯，也許我最好跟你解釋完整理論背景和歷史……」

我鄭重其事地花半小時，大致解說了關於骰子人的理論和實踐法。我覺得有不少處都十分好笑，但除了以專業的笑容引導我繼續述說，賈克博從頭到尾都一本正經。

最後我總結：「因此我去年的古怪、不穩定、荒唐、崩潰全是合乎邏輯的結果，這是度過人生、奔向自由和追尋快樂的方法，極為原始，卻又非常理性。」

一片沉默。

「我明白發展骰子理論，我做出的事傷害了其他人，也傷害了自己，但為了讓我達到此時的心靈狀態，也許都情有可原。」

再度陷入沉默，終於，賈克博抬起了頭。

「怎麼樣？」我問。我雙臂交叉在胸前，非常緊張，等待賈克博評價我的理論和人生。

「所以呢？」他說。

「所以？」我回問。

「你希望我歡呼嗎？」

「為什麼不歡呼？我……我不是突破了長年壓抑的人格禁錮，挖掘出人類另一面嗎？」

「你只不過跟我鉅細靡遺描述了思覺失調症的典型症狀，像多重人格、疏離、忽喜忽憂等；你希望我歡呼？」

「但思覺失調症人格多重分裂是不由自主的；患者內心渴望將人格統合。我則是有意識創造自己的思覺失調。」

「從你行為看出，你完全無法和任何人維持關係。」

「但如果骰子要我去做，我就辦得到。」

「如果能開關轉換的話，那就不是正常人類關係。」他冷靜地望著我，面無表情。但我愈來愈興奮了。

「但相較於以開關轉換，你怎麼知道無法控制的正常人類關係比較好？」

他不答腔。過了一會，他說：

「骰子叫你告訴我的嗎？」

「骰子叫亞琳告訴你的。」

「骰子有叫你們兩人在事實中夾雜謊言嗎？」

「沒有，謊言出自個人的意願。」

「骰子毀了你的職業生涯。」

「我想是的。」

「也毀了你的婚姻。」

「當然了。」

「骰子害我和其他人從現在起，都不能聽信你說的話。」

「沒錯。」

「這代表不論你參與任何事，只要骰子隨機一變，你會不計成敗，馬上放棄。」

「對。」

「包括探索骰子人。」

「啊，賈哥，你了解得太透徹了。」

「我想也是。」

「你何不也來試試。」我親切地說。

「有機會。」

「我們可以成為『巧骰雙星』組合，專門處理人的夢想，打破現代人充滿規律的世界。」

「沒錯，那樣很有趣。」

「我認識的人中，只有你夠聰明，並徹底了解何謂骰子人。」

「我想是吧。」

「怎麼樣？」

「我必須考慮一下。路克。這可是人生的一大步。」

「當然好，我明白。」

「一定是戀母情結；一定是你他媽的父親害的。」

「什——什麼？」

「你三歲那時候，你母親——」

「賈哥！你在說什麼鬼？」我氣急敗壞大聲問他：「我剛才向你透露人類史上最具想像力的新生活體系，你現在嘴裡淨說些佛洛伊德的古老神話。」

「嗯？喔，對不起。」他說著露出專業的笑容。「請說。」

但我大笑，笑聲中帶有滿滿的苦澀。

「不，算了。我今天不想說話了。」我說。

賈克博傾身向前，專注盯著我。

「我會治好你。」他說：「我以賈克博・艾克斯坦之名發誓，我一定會讓你回到原本的路克。別擔心。」

我嘆了口氣。

「好。」我淡淡回答：「我不擔心。」

48

讀者啊，自由很可怕。尚－保羅・沙特、埃里希・佛洛姆[112]、阿爾貝・卡繆和世上所有獨裁者都不斷提醒我們。那個夏天，我花不少天思考我人生接下來的打算，心情每小時轉換，一會開心，一會憂鬱，一會瘋狂，一會無趣。我原本可能會在庫伯診所關一輩子，幸好賈克博・艾克斯坦是我的主治醫生，他跟其他野心勃勃、功成名就的醫生不一樣，他只聽他自己的。因此，我八月前兩週完全正常時（那是「回到正常」時期），他下令讓我離開。就連我來看，這都是一件不合理的事。

我住在東村一間簡陋的旅館，皇后區州立醫院老年病房和這地方相比，簡直像豪華退休別墅。我

112 尚－保羅・沙特（Jean-Paul Sartre, 1905-1980）法國哲學家和文學家，存在主義和現象學的重要人物，代表作為《存在與虛無》和《嘔吐》。埃里希・佛洛姆（Erich Fromm, 1900-1980），德國出生的美國心理學家和人文主義哲學家，企圖調和精神分析和人本主義學說，在個人和社會間找出平衡。

渾身是汗，心情鬱悶，散漫地擲骰子扮了些角色，玩了些遊戲，有時自得其樂，但孤獨在旅館中的那幾個夜裡，絕不是我人生最得意的時光。

我很孤單。這裡沒人說話，我不能直接說：「看我多厲害，我離開妻子，拋下工作，就為了去擲骰子，成為隨機人。如果你運氣好，骰子也許會讓我說完這段遭遇。」

我起初心想，骰子人每一刻都充滿**可能**：我能成為難以捉摸的完全隨機人。這是高尚的目標。我可能不會比火車更有力量，不會比子彈還快，也不能一次跳到高樓上，但我只照骰子或當下「自我」的吩咐行事，隨時自由自在，和過去所有人類相比，我就是超人。

但我好孤單。超人至少有固定的工作，還有路易絲．蓮恩。相較於刻板、重複耍特技的超人和蝙蝠俠，當個創造驚奇、成就奇蹟的超人，感覺好孤單。對不起，各位粉絲，但這就是我的感覺。

我現在接近了完全自由的狀態，骰子成功消除的無聊感似乎再次浮現。我的家人、朋友已經夠無趣了，但我開始覺得我在紐約街上、酒吧、旅館遇到的普通人更無聊。骰子帶給我無數樂子，我像所羅門[113]一樣開始覺得太陽下找不到什麼新鮮事了。

我扮作有錢的南方貴族時，誘惑了一個尚算漂亮年輕打字員，留了她兩晚（「妳身材真辣。」我用南方腔說），後來骰子將我變成包厘街流浪漢。我將所有現金和添購的新衣收入置物櫃，鬍子也不刮，兩日兩夜在街上乞討，並醉倒在下東城。我睡得不多，感到前所未有的寂寞，我唯一的朋友是個偶爾流浪街頭的遊民，確定我真的沒錢才願意跟我鬼混。我餓到受不了，終於盡量整理好衣服，到小超市偷了一盒蘇打餅和兩個鮪魚罐頭。有個年輕的結帳人員一臉狐疑，但我「逛」完之後，裝模作樣問他有沒有賣「去道德基酸鹽」，讓他閉上了嘴。

---

113 根據《希伯來聖經》、《可蘭經》記載，所羅門是睿智的以色列國王。語出《傳道書》第一章第九節：「日光之下，並無新事。」

我扮作人壽保險業務，尋找新對象，結果無功而返，又度過一個寂寞的夜晚。我拿了一千元到華爾街証券公司，讓骰子斟酌買賣，我只損失兩百元，但仍舊無聊至極。

骰子仍不讓我見進行骰子療法的病人，並要我散漫看待賈克博的看診，時間減少到一週一次。曼恩醫生試圖將我趕出皇后區州立醫院，停止我所有研究，不再邀請我到他任何派對。不論何時，要是我早上剛好來到辦公室，蘭高小姐都強裝鎮定，一副引狼入室的樣子，彷彿我是開膛手傑克。唯一多少如常待我的人是賈克博，但如果我在他面前變成摩西奶奶，他眼睛可能也不會眨一下。

某個八月悶熱的晚上，大約九點鐘，我孤獨坐在擁擠的格林威治村酒吧一角，前兩天我用盡至少四張不同的選項，卻完全崩潰，我不得不面對一項事實，我現在自由自在，能隨心所欲成為任何人，但我馬上變得對一切毫無興趣：這發展令人沮喪。不過，這經驗前無古人，後無來者，我開始自顧自開心大笑起來，我巨大的肚子不住搖晃，像老舊的引擎慢慢暖機。餡餅塔和噁心的啤酒下肚，酒喝到一半，我便起意打電話給賈克博，假裝自己是從墨西哥市打來的埃里希．佛洛姆。我打消了這主意，覺得我只是寂寞。我想大叫「酒錢都算我的」！但節儉的本性阻止了我。我幻想著買艘遊艇環遊世界。

「唉唷，這可不是體外射精兒本人。」

這人從聲音聽來尖銳又女性化，事實上溫柔又女性化，但認出那臉，便覺得是個冷酷的男人婆，還會有誰？站在我面前正是皮笑肉不笑的琳達．瑞可曼。

「呃，妳好，琳達。」我不大客氣地說。我發現自己直覺回想該扮演什麼角色。

「什麼風把你吹來？」她問。

「喔。我……我不知道。不知不覺就在這兒。」

她擠到我和另一個客人之間，將酒放到吧檯上。她眼妝很濃，頭髮如我記得大半漂成了金色，她的身體——不需要猜她的三圍了；她沒穿胸罩，僅穿一件貼身彩色T恤，乳房在前面晃啊晃。她看起來性感墮落，好奇地打量著我。

「不知不覺？偉大的心理醫生不知不覺？我以為你連摳個鼻子都要寫長篇大論確認是否有意義。」

「那是過去的事了。我變了，琳達。」

「有辦法達到高潮嗎？」

我大笑，她露出微笑。

「那妳呢？」我問：「妳在這裡幹嘛？」

「解構。」她說完優雅喝下最後一口酒。「你應該試試看，很好玩。」

「聽起來不錯。」

一個男人出現在她身旁，他身材矮小細瘦，戴個眼鏡，像個有機化學所研究生。他瞄了我一眼，對琳達說：

「來吧，我們走。」

琳達慢慢將雙眼轉向那男的，冷冷瞥著他，和此時的眼神相比，她剛才望著我就像看到偶像。她說：

「我要待一會。」

有機化學男朝她眨眼，緊張地看著我魁梧的身材，抓住她手肘。

「來吧。」他說。

她從我臉前小心翼翼從吧檯拿起她點的酒，慢慢倒入有機化學男的背後，包括冰塊。

「先去換件襯衫。」她說。

他眼睛眨也沒眨。他若有似無聳聳肩，消失在周圍的人群中。

「你覺得你想解構嗎，嗯？」她對我說，然後朝酒保揮手叫了另一杯酒。

「想，但那是非常難做到的事。我已經嘗試了一年多，耗盡我大半心力。」

「一年！看起來不像。你看起來像中產階級保險業務，每四個月會來格林威治村一趟找炮打。」

「妳錯了。我一直在嘗試解構自己。但告訴我，妳怎麼做的？」

「我？一樣啊。從你上次看到我到現在都一樣。同樣享受著人生。我去了委內瑞拉三個月——甚至和個男的同居快一個月，精確來說是二十四天——但沒什麼新鮮事。」

「那妳失敗了。」我說。

「什麼意思？」

「我是說，如果妳真的在試圖解構，妳沒有成功。妳絲毫未變。妳和過去**一模一樣**。」

她依舊年輕顯眼的眉毛糾結，喝了一大口酒。

「那只是個詞。解構完全沒有意義。我只是在過日子。」

「妳想不想試個新東西，妳以前從未做過的事，而且真的能解構自己？」

她突然大笑。「我受夠你的新東西了。」

「我有新把戲。」

「性愛很無聊。我已跟各種奇形怪狀的人做愛過，包括男女、小孩，也用過各種陰莖和各種形狀合適的東西，捅過各個洞，各種組合也都試過，性愛很無聊。」

「我不一定在說性愛。」

「那我也許有興趣。」

「這代表要和我合伙一陣子。」

「什麼樣的合伙關係？」

「這代表妳要將自身自由完全交給我——嗯——例如一個月。」

她專注看著我思考。

「我當你奴隸一個月？」她問。

「對。」

一個染黑髮的中年女人從我們身後混亂的人群中鑽出，她素顏，黑色雙眼銳利，湊到琳達身旁向她低語。琳達看著我聽她說話。

「不要，東妮。」她說：「不要。我計畫改變了。可能不行了。」

又一陣耳語。

「不行。當然不行。再見。」

烏鴉色頭髮的猛鯊鑽回海中。

「我要聽你任何吩咐一個月？」

「不盡然。妳會實行一個我發展出的特殊生活方式。那能賜與妳另一種自由，但如果妳真心想嘗試，妳必須無條件跟隨這套方法。」

她將喝一半的酒杯放到吧檯，不安地退開，但後來又回來了。她盯著酒杯在吧檯上留下的一圈水漬，然後冷冷看著我。

「體外射精老頭怎麼突然這麼悠閒？」她問：「著名的半躺治療法效果不好？」

「我退休了。」我說。

「你**退休**了！」

「我離開妻子，拋下工作和朋友，現在在度假過人生。」

她以另一種目光望著我，彷彿地獄子民看著另一個地獄子民。

「老天，你的蛋蛋裡終究還是有種。」她說。但後來那冰冷的輕蔑又回來了：「但要我成為你奴隸一個月？也許可以。不過我先來。接下來二十四小時，你當我的奴隸。」

「好啊。」我說。

「除了可能會受傷的事，你所有事都要聽我的。我聽你命令時也是一樣，怎麼樣？」

我們興味盎然望著彼此。

「我們要怎麼畫押？」她問。

「徹底為奴是一條新道路，我們兩人都在嘗試新事物——那就是解構的重點。妳願意參與我就很滿足了，我絕不會辜負這協議。」

「好。我們開始了嗎？」

我看了一下錶。「我們開始了。我會遵守妳的命令到明天晚上九點四十五分。為了匿名，我會叫赫比・弗朗。」

「你的名字我來決定。跟我走。」

我們離開了酒吧，招了輛計程車，她帶我去一間公寓（我想是她的），位於西區二十幾街一帶。到了那裡，她要我替她倒好酒，然後抱膝坐在沙發上，抬頭冷冷打量著我。

「頭下腳上站好。」

我笨拙地盡全力倒立，並平衡住身體。雖然我近期努力學習瑜伽和冥想，但我仍倒了下來，然後我又嘗試，再次失敗。大約第五次，她說：

「好吧，站起來。」

她抖著手點了根菸——也許是因為她喝太多了。

「脫掉衣服。」她說。

我脫了衣服。

「自慰。」她低聲說。

「感覺有點浪費。」我說。

「我要你說話，我會告訴你。」

這件事說得倒容易。我像其他精力充沛健康的美國年輕人，一路自慰度過高中和一部分大學，但畢業之後便經常和女人社交和性交，多少沒自慰的習慣了。我從心理學學到，我的腦袋雖然沒有倒退，但仍有罪惡感殘留。畢竟，我們能想像耶穌打手槍嗎？或艾伯特・史懷哲[114]？當然，琳達相信自慰本質上有傷尊嚴，不然她不會要我做。不知何故，我腦中一片空白，想不出任何幻想畫面讓我的老炮舉至開炮位置。我站在原地動也不動，努力想著性感的畫面。

「我叫你打手槍。」

琳達一定以為自慰重點就是撫摸自己而已。套句麥克阿瑟將軍不朽的名言：「那完全不符合事實。」無論如何，我開始摸自己。這麼做很難維持尊嚴，於是我緊盯著琳達腳邊的地板。

「你自慰的時候看著我。」她說。

我望向她。她冰冷、緊繃、怨恨的表情馬上激起我的性欲：我想像自己幾個月前對她進行的性報復。我那管大炮向上彈起，專注沉浸在幻想中好幾分鐘，小心地用手操控開炮程序，最後發射到地板上。我努力維持不卑不亢的態度，表情全程充滿尊嚴。

「舔起來。」她說。

倦怠感淹沒我全身。我相信我一臉失望。但我緩緩跪下，開始舔那一小窪的精液。

「看著我。」她說。

我姿勢笨拙，設法邊舔邊看著她，成全她的命令。我注意到地毯之間的地板散發光澤，單人沙發下有一隻男用拖鞋。我覺得自己不太像超人。

「好了，站起來。」

我站起來，仍不卑不亢看著她，至少我是這麼希望。

「你應該為自己感到羞愧，醫生。」她笑著說。

114 艾伯特・史懷哲（Albert Schweitzer, 1875-1965），生於法國阿爾薩斯，擁有神學、醫學、音樂、哲學博士學位，在中非國家加彭創立醫院行醫奉獻，曾獲諾貝爾和平獎。

我變得對自己感到羞愧，頭和肩膀都垂了下來。

「你打算要跟我做這種事嗎？」她問。

「不是。」我猶豫了一下。「我想有的男人以前曾虐待過妳。」

「所以這遊戲我玩得不怎麼好啊，嗯？」

「喔，不會。妳給了我新體驗，而且這事一輩子難忘。」

她盯著我，偶爾抽幾口菸。她喝光了酒。

「要是我打電話叫我酷兒朋友來，命令你跟他性交。你做得到嗎？」

「悉聽尊便。」我說。

「你覺得有興趣，還是會怕？」

我乖乖思考一陣。

「我感到無聊和哀傷。」

「好。」

她要我再替她倒酒，走到電話旁，撥了兩個號碼，都找傑德，但兩次都落空。

「面朝下趴在地上，我想想。」

我俯臥在地，開始開心地回想自己現在就像以前的路克。過了一會，她說：

「好吧，我們到床上。」

我跟著她進到臥室，在她吩咐下，不卑不亢地替她脫下一件件衣服，並隨她走上狹窄的雙人床。我們兩人默默躺在床上，有好幾分鐘都沒觸碰彼此。我感覺她的手摸下我的胸口，越過肚腩，停在陰毛上方幾公分處。她轉向我，咬著我的耳朵，舔我脖子，以濡濕的雙唇慵懶地親吻我的嘴和喉嚨。然後脖子，然後胸部，然後肚子，然後然後。雖然我才剛羞恥地自慰過，她的挑逗出現可預期的效果。她發現之後，便翻身到床另一邊，不發一語。她輾轉反側良久，後來我想我一定睡著了。

過了一會，我夢到我去洗澡，身體沉到浴缸中，我感到蛋蛋和陰莖一陣溫暖，無比舒爽，然後我醒來，發現原來是琳達用嘴溫暖我的下體，讓我老二無比堅硬。我摸她頭髮和身體時，她舔咬了最後一下，爬到我身上，張開腿，將我放進她體內，雙唇吻我，開始扭動。

半睡半醒有時感覺就像呼麻呼到微茫，我讓琳達自己幹活，讓她淫蕩地搖動臀部和陰穴，淫蕩地舔咬我的胸部、肩膀和脖子。當她說「抽插」，我雙手就緊抓她完美的屁股，像抓著兩個火燙結實的葡萄柚，奮力抽插，她不絕呻吟，全身緊繃，上下摩擦，全身緊繃，上下摩擦摩擦摩擦最後放鬆下來。

她趴在我身上，我又睡著了，後來我醒來，感到她又動了，我在她裡面堅硬起來。她舌頭深入我喉嚨，陰穴按摩著我，彷彿一條條熱呼呼的鰻魚包裹著我。她不斷蠕動，但我又睡著了，醒來時她嘴含著我的老二，雙手又摸又捏，基本上不斷進攻下半部性感帶。我摸她頭髮時她呻吟，翻身成男上女下，開始摩擦，要我動但不要射精，於是我抽插攪動，腦中想著威利・梅斯一九五〇年代的平均打擊率，過了一會，她身體癱軟，頂我一下要我下去，我照做了。然後我又睡著了，醒來時已在她裡面，她再次在我上面，輕緩溫柔地移動著，應該差不多要日出了，因為我現在更清醒，也開始動，但她說不要動，並舔咬我的耳朵，接著脖子，底下同時在上下左右攪動，她說好的時候，我用手指抓住她股溝，瘋狂幹她，她發出各種美好的聲音，我在她的湖中傾注一池湖水，我們兩人繼續動，接著雙雙進入夢鄉。

我趴著醒來，一腳膝蓋碰著她身體某處。早晨已過了大半，我覺得餓了。琳達完全清醒，盯著天花板。

「我命令你。」她緩緩說：「隨便給我命令。我會照你的話做，直到我覺得不想玩了，命令你做別的事。」

「我暫時當妳的主人？」

「沒錯。而且我希望你命令我去做你真的渴望我做的事。」

「看著我。」我說。

她望向我。

「我們要做的事非常重要。命令……」

「我不想聽人說教。」

「我命令妳聽我說話。」

「你可以命令我做其他事，但不要說教。這二十四小時內。」

「好。」我說，並頓了頓。「溫柔的回親我，要充滿感情，但不淫蕩。」

她在我身邊坐起來，冷冷望著我一會，然後溫柔地將雙脣湊上來。

我躺倒在枕頭上說：

「溫柔親吻我的臉，就像你感到……我的臉像朵白玫瑰。」

她臉上閃現鄙視，然後閉上眼，雙手捧著我的臉，雙脣輕柔吻上。

「謝謝妳，琳達，太美了。妳太美了。」

她沒睜開眼，也沒中斷她輕柔地親吻，但過了一會，我說：

「現在躺到床上，閉上雙眼。」

她照做了。我從未看過她表情如此放鬆。

「假裝我是個愛妳的王子，全心奉獻，比多數誇張的童話故事描寫得還愛。他崇拜妳。妳比神創造的任何生命都還美。妳是個完美無瑕的人，心靈和外表都毫無瑕疵。王子，也就是你的丈夫，現在在新婚之夜來到床前，最後一次表達純潔、虔誠、莊嚴、神聖的感情。請欣然接受他的愛。」

我語氣緩慢，彷彿在催眠，並開始撫摸她身體，我希望能給她謹慎虔誠的感受，並獻上最高尚的吻。容我為文學造詣普通的讀者解釋，和一般的吻相比，「高尚的吻」更為枯燥，動作更輕，而且準確度極低。換言之，每一吻雖然都瞄準主要目標，但永遠剛好錯過。我愈來愈投入，滿心喜悅，但她身體卻突然不見了。她跳下了床。

「不要碰我。」她大叫。

如前一晚，我感到尷尬而羞恥。

「妳要奪走我的權力嗎？」我說。

「對啦，對啦！」她全身顫抖。

我仍以四肢撐著身子，抬頭看她。

「穿上衣服。」她說：「滾。」

「可是琳達——」

「我們的協議結束了。走開。滾出去。」

「我們的協議——」

「滾！」她大叫。

「好。」我說著下了床。「我這就走，但今晚九點四十五分我會回來。說好的協議那時開始。」

「不對。不不不。沒了。你瘋了。我不知道你想幹什麼，但不要，不准，協議到此結束。」

我緩緩穿上衣服，琳達坐著，臉別向一邊，沒下達新命令，於是我便離開了。

我留在公寓外頭，一小時後她出門去市中心，我尾隨在後。她後來又去一間格林威治村公寓，我便在外頭等，下午五點半再跟蹤她去了一間餐廳，看她在那裡用餐。她似乎沒發覺我跟著她，壓根沒把我放在心上。吃完晚餐後，有機化學男來接他，接下來，她便隨他漫遊一間間酒吧，朋友來來去去，不斷認識新朋友，酒也喝個不停，其實沒做什麼有趣的事。九點四十五分整，我走過去。琳達和三個我沒見過的男生坐在一張桌前；她看起來酩酊大醉，昏昏欲睡。有個男人手已深深鑽進她的裙子。我來到桌旁，如催眠般注視她的眼睛說：

「現在九點四十五分了，琳達。跟我走。」

她朦朧的雙眼忽然清醒，她咳了咳，搖搖擺擺站起。

「嘿，妳要去哪，寶貝？」一人問。另一人抓住她的手臂。

「琳達要跟我走了。」我說著走向抓住她手臂的人，聳立在他面前，向下瞪著他，努力裝出壓抑著怒火的模樣。他放開了她。

我瞥了其他兩個男人一眼，轉身離開。和彼得或馬太跟隨耶穌相比，琳達跟著我這一幕恐怕不怎麼莊嚴高尚。

49

琳達和我開始一起過著骰子生活，這是史上第一對完整的骰子情侶。她早就明白「真實」的自我已窮途末路，因此她十分享受扮演各種身分。有了社交和性交氾濫的經歷，她其實已準備好面對骰子生活；她輕易就擺脫束縛，融入骰子生活系統。另一方面，她過去徹底壓抑著整個心靈層面。要求她在我面前禱告，簡直像要求大多數人在聖壇欄杆上搞**六九式**一樣羞恥。但她辦得到（其他人搞不好也辦得到）。她禱告了。

我待她溫柔親切——但骰子命令的話，我也會待她像廉價的婊子，用她的肉體來滿足心血來潮的變態欲望。如同投入新宗教的信徒，她熱情驚喜地追隨骰子的命令。我們一同禱告、寫詩和禱告文，討論骰子理論，實踐我們隨機的生活。雖然她想放棄性放蕩那一面，但我堅持那也是她的一部分，一定要賦予機會來表達。

秋天，骰子交付我們一個任務，我們要滲透紐約市的心理互助會，試著向互助會成員介紹骰子生活。每次參與不同互助會和團體，我們都會變更身分，我們有時是情侶，有時裝作素昧平生。

我特別記得一次經驗。一九六九年十月下旬，我們去了互助資源會協會火燒島心靈訓練中心，參加一場週末互助馬拉松。

與多數心理治療一樣，火燒島心靈訓練中心由未來的有錢人（心理治療師）替現在的有錢人（病人）提供第一手醫療，而參加這場馬拉松的十二人都是美國有頭有臉的人物：一個雜誌編輯、一個時尚設計師、兩個公司領導階層、一個稅務律師、三個生活富裕的家庭主婦、一個證券經紀人、一個自由作家、一個電視小咖名人和一個時髦的精神科醫師——七男五女，而且還有兩個年輕的嬉皮，他們不用付費，這對週末付了兩百元的客戶來說是個吸引的亮點。我是其中一個公司領導階層，琳達則是生活富裕的家庭主婦（已離婚）。小隊長是史考特（矮小、結實、像運動員）和瑪雅（高䠷、苗條、像仙女），兩人都是合格的心理治療師。火燒島克坎附近海上有一棟維多利亞房子，我們主聚會便辦在那棟房裡寬敞的客廳。

星期五晚上和星期六一整天，我們做了不少熱身活動來熟悉彼此。我們跟嬉皮女孩玩了一會丟接；大伙還一起玩拔河；我們像中古車業務對望著彼此的眼睛；第一個失聲哭出來的女生，我們象徵性地群姦她；半個小時裡，我們振奮地罵彼此王八蛋和混蛋；我們一半的人當椅子，一半的人玩大風吹。我們也跟電視小咖名人玩「整客人」，輪流看誰對她最壞；我們玩瞎子抓人，但所有人都蒙上眼睛——瑪雅除外，她在一旁輕聲沙啞說：「真的感受他，瓊恩，雙手放到他身上。」

到了星期六晚上，我們精疲力盡，但感覺和彼此都很親近，也能大庭廣眾之下，和陌生人自在做些朋友間的親密動作——其實就是摸遍別人全身，罵彼此王八蛋和混蛋。這些古怪的遊戲讓我回憶起骰子中心平凡無奇的一天，但每當我開始放鬆，享受打破規律的活動，我們的小隊長便會要我們真誠聊聊內心的感覺，活動馬上落入陳腔濫調之中。

接近午夜時分，空蕩蕩的客廳燒起了木頭，我們一個個姿勢歪七扭八地靠在牆上，看著火光在彼此臉上閃曳。禿頭矮小的人是另一個公司領導階層，他叫亨利．哈波，瑪雅現在正試著要他吐出內心**真正的**感受。我直接叫他「自由主義工賊」，琳達酸溜溜叫他威猛的男子漢，嬉皮女孩叫他「資本主義豬」。哈波不知何故一直表示自己感覺五味雜陳，難以言喻。其中兩、三個人努力為瑪雅幫腔，大概以為這是新一輪的「整客人」，但大多數人都面露疲態，感到無趣。然而，身材苗條、明眸善睞的瑪雅對誠實格外執著，繼續追問——那輕柔沙啞的語氣不禁讓我想到三流演員的床戲。

「直接告訴我們，亨利。」她說：「全說出來。」

「坦白說，我現在不想說什麼。」他緊張地剝開花生殼，吃著花生。

「你真是孬種，亨利。」強壯結實的稅務律師說。

「我不是孬種。」哈波先生平心靜氣地說：「我只是嚇得屁滾尿流。」琳達、我和哈波先生是在場唯一大笑的人。

「幽默是防禦機制，亨利。」小隊長瑪雅說：「你為何害怕？」她問道，她藍色的雙眼閃爍著真誠的光芒。

「我怕如果我說我們在浪費時間，小隊會變得比較不喜歡我。」

「很好。」瑪雅說，她露出鼓勵的笑容。

哈波先生只盯著地板，用手撥著地毯上的花生殼。

「你都不跟我們分享，亨利。」過了一會瑪雅說。她微笑。「你不相信我們。」

哈波先生只盯著地板，火光照到他的禿頭，反射明亮的光芒。

逼問幾分鐘失敗之後，另一個小隊長史考特建議我們和亨利嘗試信任活動：也就是玩丟接，幫助他相信我們。於是我們圍成圈，將他在我們之間推來推去，直到他臉上出現幸福的笑容，然後瑪雅請他坐回地上，她跪到他身旁，瞇眼微笑，溫柔地請他告訴我們他內心的真實想法。不過他開口前，琳達插嘴了。

「說謊。」她說。

「什麼？」剛才一房子人一波波撫摸他，他臉上仍掛著如痴如醉的微笑。

「說謊吧。」琳達說：「比較簡單。」她在火堆對面，跪坐著靠在牆上。

「唉呀，琳達，妳在說什麼？」瑪雅問。

「我在建議亨利乾脆真的不管了，直接對我們說謊。與其一心想捕捉我們稱為真實的假象，不如擺脫束縛，想說什麼就說什麼。」

「妳為何害怕真實呢，琳達？」瑪雅微笑問。她的微笑開始讓我想到費隆妮醫生的點頭。

「我不怕真實。」琳達慢條斯理地回答，稍微模仿著瑪雅的語氣。「我只是覺得比起說謊，真實一點都不好玩，也不自由。」

「妳有病。」一壯碩的稅務律師說。

「喔，我不知道耶。」我從客廳角落說：「在美國文學裡，哈克．芬恩是個說謊大師，他似乎玩得不亦樂乎，也挺自由的。」

兩人突然冒出來，質疑誠實的神聖性，這種事前所未聞。

「我們回到哈波先生。」另一個小隊長史考特語氣愉快地說：「來，告訴我們，亨利，你為何之前那麼害怕？」

哈波先生馬上回答：

「我會害怕是因為你們想聽真相，我心中原本有想到兩個答案，但就我看來都算半個謊言。所以我很困惑。」

「困惑只是心理壓抑的症狀。」瑪雅微笑說：「你心底知道，你真正的感受會令人不愉快，因此你感到羞愧。但如果你直接和我們分享，那些事就再也不會令你煩惱了。」

「說謊吧。」琳達說，她朝客廳中央伸展她的美腿。「誇大其詞。幻想編造。編一些能娛樂我們的垃圾話。」

「妳為何這麼喜歡成為焦點？」瑪雅問琳達，她露出微笑，全身緊繃。

「我喜歡說謊。」琳達回答：「如果我無法說話，我就不能說謊。」

「啊，拜託。」雜誌編輯說：「說謊有什麼好玩的？」

「假裝誠實有什麼好玩的？」她回答。

「我們不覺得我們在假裝，琳達。」史考特說。

「也許這就是你們兩個這麼緊繃的原因。」琳達回嘴。

由於琳達此時比瑪雅和史考特都顯得輕鬆，她這回合大獲全勝，好幾個人嘴角都勾了起來。

「說謊是為了遮掩事實。」瑪雅說。

「我們在這裡誠實和坦白就像廉價的脫衣舞，扭腰擺臀，大費周章，只不過是為了證明世界上有乳房、老二和屁股，這些我們一開始早就知道了。」

「乳房和老二不美嗎，琳達？」瑪雅用她溫柔、最真誠的語氣問。

「有時很美，有時不美。端看我喜歡哪個假象。」

「我們的生殖器一直都很美。」瑪雅說。

「可見妳最近沒仔細看過。」琳達回答完，打個呵欠。

「我懷疑妳是否曾好好面對妳性方面的羞恥和罪惡感。」瑪雅說。

「我曾面對過，但我感到無趣。」琳達回答，又伸手掩住個呵欠。

「無趣——」

「妳的乳房和陰戶美嗎？」琳達突然問瑪雅。

「美，妳的也是。」

「那讓我們看看妳美麗的生殖器。」

現在人人興致盎然。瑪雅背對著火堆，臉上掛著微笑，若有似無凝視琳達。史考特大聲清了清喉嚨，傾身來挽救局面。

「這不是選美比賽，琳達。」他說：「妳看來試圖——」

「瑪雅有個很美的陰戶。她一點也不感到羞恥。我們不該為之感到羞恥。那我們看看。」

「我覺得這不是個合適的場合。」瑪雅說。她不笑了。

「美是永恆的喜悅[115]。」琳達回答：「不要拒絕我們。」

「有一部分的我覺得，身為小隊長——」

「**一部分！**」琳達人都醒了。「**一部分**？妳是說其實感覺和真相可以分成幾部分的嗎？」琳達開始脫上衣。

「我不想令在場的人感到尷尬。」瑪雅說：「我們的目的是找到真正的態度，真正的感覺，以……啊……啊，以探索……啊……」

但沒有人注意她說的話了，因為琳達無比平靜地脫下胸罩、裙子和內褲，背靠著牆，雙腿張開，赤裸裸地坐著。她脫完之後，不禁又掩口打了個呵欠。火光照亮她白皙的皮膚，畫面美不勝收。一時間，現場一片靜寂。

「妳會難為情嗎，琳達？」瑪雅靜靜問，她臉上再次擠出笑容。

琳達坐靠著牆，不吭聲看著腿間的地毯。淚水在眼中打轉。她突然收起腳，臉埋到雙手中，失聲

115 語出約翰·濟慈（John Keats, 1795-1821）的詩〈恩迪彌翁〉（Endymion），他是英國浪漫派詩人代表人物，才華洋溢，卻因身體孱弱，英年早逝，代表作為〈夜鶯頌〉（Ode to a Nightingale）。

大哭。

「喔，會，會。」她說：「我好羞恥！我好羞恥！」她哭嚎。

沒有人說話，也沒人移動。

「妳不需要這麼覺得。」瑪雅說，她雙膝跪地，開始爬向琳達。

「我的身體就是醜、醜、醜。」琳達哭喊：「我無法忍受。」

「我不覺得很醜。」哈波先生說，他把花生推到一旁。

「不醜，琳達。」瑪雅一手放到她肩膀說。

「很醜。很醜。我是個騷貨。」

「別傻了。妳不可能真的這麼想。」

「不可能？」琳達問，她驚訝地抬起頭。

「妳的身體很美。」瑪雅又說。

「對，我同意。」琳達說，她突然坐好，雙腿再次打直。「渾圓的奶，結實的屁股，多汁的鮑魚。沒什麼好抱怨。有人想摸嗎？」

每個人都善解人意地傾身，眼睛凸出，嘴巴張開，口中說不出話來。

「如果很美，摸摸看，瑪雅。」琳達說。

「我自願。」哈波先生說。

「別急，亨利。」琳達說著熱情地朝他笑。「瑪雅對美麗的生殖器特別有感覺。」

我們全都望向瑪雅，她遲疑一下，然後嘴唇緊抿，下定決心，輕輕將雙手放上琳達肩膀，然後放到胸部。她表情放鬆了一點，她雙手滑到肚子，越過陰毛，最後放到大腿上。

「妳很美，琳達。」她說著跪坐到腿上，輕鬆一笑，甚至有點得意。

「妳願意替我口交嗎？」琳達問。

「不……不要，謝謝。」瑪雅滿臉通紅回答。

「畢竟妳熱愛美。」

「換我了嗎？」哈波先生問。

「妳想證明什麼？」史考特罵琳達。

琳達望著他，拍拍瑪雅赤裸的膝蓋。

「沒有。」她對史考特說：「我只是隨心所欲裝模作樣而已。」

「妳承認妳只是在裝模作樣？」他問。

「當然。」她回答。然後她坐起來，藍色真誠的雙眼望向哈波先生。「有一部分的你恐怕為這一切感到尷尬，是嗎，亨利？」

「對。」他說完，緊張地微笑。

「但一部分的你很樂在其中。」

他大笑。

「一部分的你覺得我是情緒不穩定的賤貨。」

他猶豫一下，然後點點頭。

「一部分的你覺得我是這裡最誠實的人。」

「妳他媽的說得對極了。」他突然回答。

「哪個是真的你？」

他皺眉頭，彷彿認真剖析著自己。

「我覺得**真實的**我是——」

「喔，搞什麼，亨利。你一點也不誠實。」

「有嗎？我甚至還沒跟妳說哪一個——」

「但這一個有比另一個真實嗎？」

「妳這詭辯的婊子！」我破口大罵。

「你怎麼了，這位大哥？」琳達問。

「妳根本在詭辯，噁心、偽善、虛無主義者、共產黨、賤貨。」

「你是個英俊的大隻豬頭三。」

「妳仗著漂亮色誘可憐的哈波，讓他喜歡妳。但**真實的**哈波知道妳是什麼玩意兒。隨便、神經質、詭辯、微不足道、反美國的破鞋。」

「等一下——」史考特傾身過來打斷我。

「但我知道她這種人，史考特。」我繼續說：「她一長陰毛便想當演員，用放蕩、廉價、詭辯的性技巧，一點一滴鑽進好男人褲襠裡，破壞純正美國男人的生活。我們全都懂這種女人。她只是個心理變態、精神焦慮、反政府又詭辯的嬉皮婊子。」

琳達嘴唇醜陋地扭曲，淚水在她眼中打轉，她終於淚如雨下，趴倒在地，屁股肌肉賞心悅目地彎曲，無比難過。她哭個不停。

「喔，我知道，我知道。」她邊抽氣邊說：「我是個賤貨，沒錯。你看透了**真正的**我。把我抓走，任你們處置。」

「老天，這女的瘋了。」壯碩的稅務律師說。

「我們要安慰她嗎？」哈波先生說。

「不要再演了！」史考特大罵：「我們知道妳一點也沒有罪惡感。」

但琳達仍哭哭啼啼，抓回衣服。她再次穿好衣服，像胎兒一樣蜷縮在角落。客廳一點聲音也沒有。

「這種人我太瞭了。」我信心滿滿地說：「她們苗條火辣，特愛數落男人，從以前開始就是愛詭辯女性主義者，但又跟按摩器一樣不穩定。」

「但哪個才是真的琳達？」哈波先生恍惚自言自語說。

「誰在乎？」我輕蔑說道。

「誰在乎？」琳達重述，並坐起來打個呵欠。然後她彎向哈波先生。

「你現在真實的感覺是什麼，亨利？」

他一時間語塞，然後笑了。

「疑惑，但很開心。」他大聲說。

「那妳現在感覺怎麼樣，琳達？」瑪雅問，但這問題一出，客廳周圍坐著的六、七人發出呻吟。

琳達將兩顆骰子扔到中央的地毯上，淘氣地一一望向每個人，靜靜說：

「有人想玩遊戲嗎？」

琳達太厲害了。我們將大多數互助團體成員和原本的小隊長分開，讓他們只和我們接觸（正如火燒島週末後來的情況），後來他們漸漸發現，跟我們在一起，真相和誠實與否根本無足輕重。不管是好演技或壞演技，扮演角色或脫稿演出，好角色或壞角色，實話或謊言，我們一概接受。

當有人試圖扮演「真實」的自我，叫其他人回到「現實」，我們會鼓勵骰子玩家忽略他，繼續扮演骰子任命的角色。當有人突破壓抑，解放體內某個角色崩潰大哭，起初成員會圍到失聲慟哭的人身旁，試圖安慰他，因為傳統互助會都會如此。我們試圖和他們溝通，這是最糟的反應；面對哭泣的人，我們不該理會，就算有所反應，也必須忠於當下的角色。

我們希望他們了解，除非骰子下令，不然「不道德」或「情緒崩潰」都不會招致譴責或憐憫。我們希望他們了解，骰子團體中，他們不需受限於遊戲、規則和行為規範。萬物皆虛假，無一物為真。沒有人可靠——尤其是我們和小隊長。當人說服自己，活在毫無價值、不真實、不穩定、千變萬化的世界裡，他便能自由自在，成就自我——並全心遵循骰子的指示。因此，團體成員面對有人崩潰，如果如常反應，那我們便前功盡棄。崩潰的人會感到害怕和羞恥。他會相信「真實世界」，並相信即使在骰子團體，傳統價值仍存在。

他內心壓抑是因為他腦中有個錯覺，以為真實世界奠定在某些基礎上。他的「現實」、「理性」和「社會」，這些才必須破壞掉。

那年秋天，我和琳達全心全意投入其中。

除了滲入各式各樣團體，琳達也開始對付H．J．惠波，他是個慈善家，之前我已說動他替我們在南加州蓋一棟骰子中心，她去了之後工程進度馬上變得飛快。甚至卡茲奇山上的營地也開始翻修，準備蓋第二座中心。世界已準備好迎接骰子人了。

50

我想，史上第一個出生的骰子寶寶應該是歷史大事吧。聖誕節剛過，我便接到亞琳的電話，她說她和賈克博正衝到醫院，準備生下我們的骰子寶寶。我兩天前去他們家一趟，送他們聖誕節禮物，因此他們知道去哪找我。我送亞琳一組大英百科全書，送賈克博一件時髦的泳褲（骰子啊，我意願為次，願祢的旨意得成）。

亞琳個人病房亂成一團，兩個行李箱打開放地上，我一眼望去滿滿都是嬰兒的衣服。我看到至少有三十個印有兩個綠骰子的尿布，許多睡衣、上衣、褲子和嬰兒的襪子似乎都有相同的印記。亞琳靠著枕頭坐起，嬰兒看來才剛交到她懷中。嬰兒動了動，打個嗝，似乎沒多表示什麼。

「是個女孩。」賈克博在床邊傻笑著說。

「恭喜，賈哥。」我說。

「愛德琳娜。」他繼續說：「愛德琳娜．艾克斯坦。」他抬頭看我。「誰命名的？」

「不要問傻問題。寶寶身體健康，亞琳身體健康，那才重要。順利嗎，亞琳？」我說。

「骰子與我同在。」她將孩子抱在腫脹的乳房前，開心地笑著。她望著小寶寶，合不攏嘴。

「不覺得她看起來就像嬰兒版的愛蓮娜．羅斯福[116]嗎？」她說。

賈克博和我都望過去；我想我們兩人都同意真的很像。

「愛德琳娜散發優雅的氣質。」我說。

「她生來偉大。」亞琳說。她親了寶寶的頭頂。「骰子的旨意。」

「或生來毫無價值。」我說：「可不要在她身上放上任何規範。」

「除了讓她任何事都請示擲骰子，我打算讓她完全自由。」

「喔，老天，老天。」賈克博說。

「這種事必須趁早訓練。」亞琳繼續說：「我不希望我們的寶寶像我一樣，被社會荼毒三十五年。」

「不過，亞琳。」我說：「前兩三年，我想孩子不用骰子，讓她隨機發展就好。」

「但那樣不公平。」她回答：「那就像不讓她吃糖果一樣。」

「但小孩通常各種小的衝動都是……」

「她會看到我決定她喝哪一邊奶，或我們要不要散步，要不要午睡時都擲骰子，她會覺得自己沒玩到啊。」

「老天，老天。」賈克博說。

116 安娜．愛蓮娜．羅斯福（Anna Eleanor Roosevelt, 1884-1962），第三十二任美國總統羅斯福的妻子。

我們後來離開時，賈克博和我緩緩走出走廊。

「我不知道欸。」過了一會，他眼中滿懷期許，瞇眼對我說。「我覺得骰子這事也許有點失控了。」

「我也這麼想。」我說。

「骰子也許對成人是好事──甚至對我──但我不確定對兩歲小孩是好事。」

「我也這麼想。」

「孩子根本沒有規範能打破，她只會讓可憐的孩子不知所措。」

「沒錯。」

「那孩子長大可能會變成怪胎。」

「對。更糟的是，她可能最後會陷入叛逆，拒絕骰子生活，選擇主流社會永久從眾的規範。」

「嘿，那的確是個可能。你覺得有可能嗎？」

「當然了。」我說：「每個孩子都不聽母親的話。」

賈克博停下腳步，我停在他身旁低下頭。他盯著地板。

「我想擲一點骰子不會有害處。」他緩緩說。

「不論愛德琳娜在亞琳引導下變得怎麼樣，在科學上都十分重要。不管是天才，或精神病患，展現出的肯定是全新的一面。」

賈克博振作了一點。

「我想你說的對。」他說。

「這可能是自〈六面人案例〉以來你最偉大的個案研究。」

賈克博瞇眼望著我。

「當然，你這研究要取個好標題。」我繼續說：「〈隨機撫養案例〉。」我建議。「〈新骰兒訓練〉也不錯。」

賈克博緩緩搖頭，皺起眉頭。

「你難道不擔心你的寶寶？」他問。

「別忘了，賈哥，是**我們的**寶寶，不是我的。亞琳告訴你我是父親毫無意義。其實也可能是你，但骰子要她說謊。」

「嘿，這點我倒沒想到，路克。」

「也許她那個月睡了十二個男的，根本不知道誰才是真正的父親。」

「謝謝你的安慰。」他說。

「所以直接說是我們的寶寶吧。」

「直接說是她的寶寶好了。」

51

「你內心真正**想要**的是什麼，路克？」琳達突然問。

「想要？」我說完仔細思考。三十公尺外規律的加勒比海浪花讓我想游泳，但我們才剛上岸十五分鐘，身體剛乾。

「什麼都想，我猜。」我終於說，並扭了扭身子，陷進沙子更深處。「當所有人、做所有事。」

「那敢情好。」她回答。她躺在我身旁，身穿比基尼，美麗動人，她可愛的胸部隨呼吸向上起伏，撐著理論上是比基尼胸罩的那條布，彷彿記錄兩顆水果生長的縮時影片，一下長大，一下縮小。「但你最**自然原始**的欲望呢？你真正想要的是什麼？」

海鷗飛進我狹窄的視野中，然後又飛了出去。

「我想跟妳在一起。陽光。愛、撫摸、親吻（停頓）。水。骰子中心。好書。有機會跟人度過骰子生活。」

「但誰的親吻，誰的撫摸呢？」

「妳的。」我回答，並在陽光下眨著眼。「泰芮的，亞琳的，麗兒的，葛雷格的。還有幾個人。我在街上遇到的人。」

她沒答腔。

「好音樂，寫作機會。」我繼續說：「偶爾看場好電影，海。」

「老天！你比我以前還不浪漫，是不是？」

「這個我不特別浪漫。」

「你最近有點安靜。又是另一個骰子的決定？」

「我一直覺得很想睡覺。」

「屁。是骰子的決定嗎？」

「有什麼差別？」

她現在坐了起來，雙腿打開，雙手伸直向後撐著身子。

「我一直在納悶**你**想要什麼，不是骰子……」

「誰是我？」

「那就是我想知道的事。」

「但妳不懂嗎？」我說：「知道『我』就會限制住我，把我固定住像石頭一樣，人這樣就變得能預測了。」

「骰子個屁！我就是要知道一個溫柔、可預測的你。如果我覺得你每分鐘都會『砰』一聲，隨骰子落下隨機改變，我怎麼會享受跟你在一起的感覺？」

我嘟噥著用手肘撐起身子。

「若我是個健康、正常的神經病愛人，我有可能會愛妳一輩子愛到令人窒息；但我的愛還是有可能隨時隨地偶然憑空消失。」

「但這樣我就能控制……」

「不對！」我突然坐起說：「一切隨時都可能消失。一切！不論妳、我或自卡爾文．柯立芝[117]之後，如頑石般最堅硬的人格都一樣。他遲早會遭遇死亡、毀滅和絕望。除此之外，這輩子沒有別的可能。」

「但路克，」她說著把溫暖的手放上我的肩膀。「無論如何，生活都會繼續下去，我們也是。如果……」

「絕不可能！」

她不說話。她的手溫柔地從我肩膀滑到我後頸，撥弄著我的頭髮。柔陽暖暖從遠方灑下，拂過我如山脈的肌膚。我慢慢躺到沙上，嘆了口氣。

「或者說，幾乎不可能。」我又說。

52

117 卡爾文．柯立芝（Calvin Coolidge, 1872-1933），美國第三十任總統，他最著名的形象便是堅定如頑石。

語調，讀者啊，語調。你會發覺這本書的語調來回擺盪，像得了躁鬱症一樣。沒辦法。骰子人本來就反覆無常，一會憂鬱，一會狂笑，這會專注投入，那會一笑置之。小說和自傳通常寫的是人，什麼樣的人呢？如果第三頁便是個哭哭啼啼的傢伙，淚水會一路流到三百四十七頁。如果是個徹頭徹尾的尖叫狂，他們會邊大吼邊爬過一頁又一頁。骰子人出現是為了破壞自我，破壞人格；不幸的是，過程中也摧毀了一本成功自傳的先決條件。

再者，骰子人書寫骰子生活會列出無數選項，隨機決定哪個事件重要。內容應該要包括什麼呢？骰子要我寫下一九七〇年的一切，一直到骰子中心的發展。對骰子中心創立者而言，最重要的事莫過於漫長、辛苦和複雜的過程，最後在卡茲奇山、緬因州霍爾比及加州聖骰市[118]成立了「完全隨機環境實驗中心」，最近也在積極拓點。有時，我個人骰子生活的冒險似乎更值得一寫。但無論如何，一切由骰子決定。

骰子要我花三十頁篇幅，描寫我如何盡力遵循它的決定謀殺別人，不要寫我創立骰子中心的過程。我問骰子我能不能放入一些粉絲信，它說好。賈克博在骰子中心的經歷？好。我為《花花公子》寫的那篇〈男人濫交潛能〉？不行。我和琳達・瑞可曼混亂、難以預測，大多充滿樂趣的關係？不行，不能寫在這本裡。關於我早期想成為革命份子，然後犯法、審判和入獄的經驗，我能誇大其實嗎？骰子說，可以，只要頁數夠的話。諸如此類。服從骰子意即每次擲骰萬事皆無所謂。若萬事皆無所謂，那沒邏輯、反覆無常、岔題和失敗也都不重要了。

所以忍耐一下，朋友。記得美國國防部長從中南半島回來的名言：「我自相矛盾嗎？很好，我自

118 德州有座聖體市（Corpus Christi），作者改為聖骰市（Corpus Die）。

相矛盾[119]。」如果本書語調似乎一下像《卡拉馬助夫兄弟們》[120]，一下像馬克思兄弟[121]，請別傷心。這件事純屬意外，意外是有趣的本質。意外和變化，你讀的這本書絕對不會少。

53

「我希望你能幫我逃跑。」愛瑞克低聲說。他手上輕輕拿著鮪魚沙拉三明治，彷彿拿著易碎品。我們在W病房自助餐廳，四周擠滿病患和訪客。我衣著悠閒，穿著老舊黑西裝配黑色套頭衣。他穿著精神病院灰色硬挺的工作服。

「為什麼？」我問完湊向他，周圍喧嘩吵鬧，這樣才聽得清楚。

「我一定要逃出去。我再待在這裡成不了任何事。」他望向我肩膀後方，看著我身後混亂的隊伍。

「但為何是我？你知道你不能相信我。」我說。

「我不能相信你，**他們**不能相信你，沒有人能相信你。」

「謝了。」

119 此語出自華特．惠特曼（Walt Whitman, 1819-92），他是美國最具影響力的詩人，有自由詩之父的美譽，代表作為詩集《草葉集》。

120 《卡拉馬助夫兄弟們》是俄國文豪杜斯妥也夫斯基（Fyodor Dostoevsky, 1821-1881）的作品，他的代表作為《地下室手記》和《罪與罰》，風格和思想對二十世紀有深刻的影響。

121 馬克思兄弟（Brothers Marx）是美國五個親兄弟組成的喜劇演員團體。

「你雖然不可信，卻是**他們**那邊唯一知道夠多，能幫我們的人。」

「備感榮幸。」我微笑，向後靠著椅子，從鋁箔包上的吸管，自覺地吸了口巧克力牛奶。我沒聽到他下個句子的開頭。

「……離開。我知道。總之，遲早一定會發生。」

「什麼？」我又傾身向前。

「我要你幫我逃跑。」

「喔，那個啊。」我說：「什麼時候？」

「今晚。」

「啊。」我說，反應就像醫生看到格外有趣的症狀。

「今晚八點。」

「不是八點十五？」

「你會特許一輛巴士，載一群病人去曼哈頓看音樂劇《毛髮》[122]。巴士會於七點四十五分抵達。你會上車帶我們過去。」

「你為何想看《毛髮》？」

他黑色的雙眼瞪了我一會，然後回到我身後的騷動。

「我們沒有要看《毛髮》。我們要逃跑。」他靜靜地說：「你會在橋另一頭把我們全放走。」

「但曼恩醫生或其他醫院董事不在文件上簽名的話，沒有人能離開醫院。」

「你會假造文件。如果文件是由醫生交給護理長，沒有人會懷疑。」

122 音樂劇全名為《毛髮：美國部落式愛搖滾音樂劇》（Hair: The American Tribal Love-Rock Musical），是一九六〇年代因應嬉皮反文化和性革命所出現的作品，劇中多首歌曲都成為反越戰和平運動的代表歌曲。

「你自由之後，我會發生什麼事？」

他冷靜望著我，無比堅定地說：

「那不重要。你是載具。」

「我是載具。」我說。

我們四目相交。

「精確來說，是輛巴士。」

「你是交通工具。你會獲得拯救。」

「真讓我鬆了一口氣。」

我們四目相交。

「我為何要這麼做？」我終於問。周圍吵吵鬧鬧，我們不覺頭愈靠愈近，現在我們距離彼此只有十五公分。他雙唇首次依稀出現笑意。

「因為骰子會叫你做。」他輕輕回答。

「啊。」我說，反應像是醫生終於找到關鍵症狀，所有症候群化為一個原因。「骰子會叫我——」

「你會現在請示骰子。」愛瑞克說。

「但我覺得帶你們逃跑的選項不能太多。」

「沒有差別。」他說著又浮現笑意。

「我要帶多少人跟你一起去看《毛髮》？」

「三十七人。」他低聲說。

我下巴掉下來。

「我，路克·M·萊因哈特醫生今晚八點要帶領三十七個病人，進行美國史上最轟動的精神病院大逃亡？」

「三十八人。」他說。

「啊，三十八人。」我說。我們相隔十五公分用眼神試探彼此，他似乎對結果十分篤定。

「真抱歉啊。」我怒氣沖沖地說：「我能做的就只有這樣。」我想了七秒鐘，然後說：「我會擲一個骰子，如果是二或六，我會設法在今晚某個時候幫助你和三十七個人逃出這家醫院。」他不吭聲。「好嗎？」

「就擲個六吧。」他低聲說。

我盯著他一會，然後雙手合起，在掌間用力搖著骰子，擲到桌上，骰子落到空牛奶紙盒、兩塊鮪魚三明治和鹽之間。兩點。

「哈！」我直覺一笑。

「也帶些錢來。」他說著向後退開，但面無表情。「大概一百塊就夠了。」

他將椅子向後一推站起，低頭看著我，露出燦爛的笑容。

「神的安排是凡人參不透的。」他說。

我回望他，此刻首次感到**自己**的意願為次，我確實也想達成骰子的旨意。

「沒錯。」我說：「神的載具出現時，總教人出乎意料。」

「今晚見。」他說著擠出自助餐廳。

我心想，其實我不介意再看《毛髮》一次，然後我恍惚微笑，感覺這一天有得忙了，並著手計畫起精神病院大逃亡。

54

「你痊癒了。」賈克博說：「我真不簡單。」
「我不知道誒，賈哥。」我說。我們那天下午在辦公室，他告訴我這是最後一次分析診斷。
「你對骰子療法的興趣，讓你在使用骰子時有了理性基礎。以前，你用骰子逃避責任。現在它們成了你的責任。」
「不得不承認，一針見血啊。但我們怎麼知道骰子不會把我擲到另一個方向？」
「因為你現在有目的了。你有一個目標。你會控制選項，對吧？」
「對。」
「你覺得骰子療法很了不起，對吧？」
「有時是會這麼想。」
「你不會為了和傻女人打野炮，拖延到骰子療法的發展。絕對不會。你現在知道自己想要什麼了。」
「那聰明的女人呢？」
「發展骰子療法。發展骰子療法。自你拒絕了佛洛伊德、曼恩醫生的父親形象，開始這隨機的叛逆期之後，這正給了你人生缺乏的基礎。」
「但一個好的骰子治療師一定要過著隨機的生活。」
「但他必須定期和病人見面。他一定要出現。」
「嗯嗯嗯嗯。」
「而且，你讓朋友、也就是其他醫生嘗試骰子療法。你全新的自我已受人接納。你不用再裝瘋賣傻了。」

「對。」

「甚至我也接受了新路克。亞琳告訴我不少骰子療法有用的觀點。我和鮑格斯說過話。骰子療法有道理。」

「真的？」

「當然是真的。」

「但骰子療法會破壞穩定自我，那是人類安全感的來源。」

「只是表面上破壞。其實骰子學生——老天，我已經在用你的用詞了——病人會被迫持續和他人發生衝突，變得更強壯。」

「增強自我強度？」

「沒錯。你現在什麼都不怕了，對吧？」

「嗯，我不知道。」

「你當混蛋這麼多次了，對你來說一定不痛不癢。」

「啊，一針見血啊。」

「那就是自我強度。」

「但卻沒有自我。」

「語義上沒有，這正是我們要探究的。我分析一切，所以不會受傷。科學家會以中立的態度審視他的傷口、傷他的人和治療他的人。」

「而骰子學生不論好壞都以同樣的熱情，遵循骰子的決定。」

「對。」他說。

「但如果大家開始請示骰子做決定，那會是個什麼樣的社會？」

「沒問題。大家再怎麼奇怪，也脫離不了自己列出的選項，大多數人會像你一樣經歷骰子療法的成長過程；因此你的案例非常重要。他們全都會走過一段混亂的叛逆期，然後漸漸有了一致的大方向，進入適度、理性使用骰子的人生。」

「真的非常不簡單，賈哥。」我說，剛才我緊張地正坐著，現在身體向後一靠。

「我好難過。」我又說。

「適度、理性使用骰子既合理又適度，每個人都該試試看。」

「但骰子生活應該要無法預測、不理性、不適度。如果不是，那就不是骰子生活。」

「亂講。你這陣子都有照骰子吩咐，對吧？」

「對。」

「你都在替病人看診，和妻子生活，定期和我見面，付帳單，和朋友聊天，遵守法律：你過著健康、正常的生活。你痊癒了。」

「健康、正常的人生——」

「而且你不再感到無聊了。」

「健康、正常人生，不無聊——」

「對。你痊癒了。」

「難以置信。」

「你這病確實難捉摸。」

「我不覺得自己和三個月前有何不同。」

「你有骰子療法、有目的、規律、節制、有所侷限：你痊癒了。」

「所以這是最後一次診療分析？」

「一切大功告成。」

「我欠你多少錢？」

「蘭高小姐會在你離開時把帳單給你。」

「喔，感謝你，賈哥。」

「路克寶貝，我今天下午和今晚牌局之後會寫完〈六面人案例〉。我才要感謝你。」

「是一篇好論文嗎？」

「案例愈難，論文愈好。對了，我請亞尼．威斯曼邀請你今年秋天到美國在職精神科醫師協會年度大會上演講——講骰子療法。還不賴，嗯？」

「真貼心，賈哥。」

「我想我會在同一天發表〈六面人案例〉。」

「巧骰雙星。」我說。

「我原本論文標題想叫〈瘋狂科學家案例〉，但後來決定用〈六面人案例〉。你覺得呢？」

「〈六面人案例〉。名字下得真好。」

賈克博從他乾淨的辦公桌繞過來，手臂摟著我的肩膀，朝我咧嘴一笑。

「你真是天才，路克，我也是，但比較有節制一點。」

「再見了。」我和他握手說。

我輕輕關上身後的門時，他最後又和我四目相交，咧嘴笑著。

「你痊癒了。」他說。

「我覺得不一定，賈哥，但誰也說不準。願骰子與你同在。」

「你也是，寶貝。」

55

《紐約時報》一九七〇年三月十一日星期三晚報

昨晚紐約州立精神病院發生史上最大脫逃事件，三十三名皇后區州立醫院病人前往曼哈頓市中心布洛維劇院觀賞《毛髮》，並於表演中途逃脫。

今凌晨兩點，市警局和醫院人員重新逮到了十名病人，但依然有二十三名病人在逃。

布洛維劇院中，病人上半場都靜靜坐著欣賞熱門音樂劇《毛髮》，但下半場開始，他們馬上動身逃跑。第二幕第一首曲目〈我要去哪裡？〉一響起，病人紛紛起身扭身舞動爬上舞臺，和表演者混在一起，並順勢從後臺溜到街上。布洛維劇院的觀眾不疑有他，以為病人上臺屬於表演的一環。

院方表示，有人冒簽醫院主任提摩西．曼恩醫學博士的名字，偽造文書請醫院人員安排專車，自住院病房送三十八名病人去觀賞音樂劇。

路克．M．萊因哈特醫生收到假造文件後，奉命組織和領導這次外出活動。他說他和現場看護只能先抓住具潛在危險性的三、四名病患，無法追回從後臺脫逃的大多數病患。最後，一共有五名病人控制在劇院內。

「這次外出活動不僅時間有問題，計畫也有問題——事實上相當荒謬，我早就知道了。」他說：「但我設法和曼恩醫生聯繫時，試了四次未果，最後只好依吩咐將人帶出院。」

根據脫逃規模、參與病患身分，再加上必須騙過任職人員的一系列假造文件，警方不排除背後有重大陰謀。

逃跑病患包括亞特羅．托斯卡尼尼．瓊斯，他是黑黨成員，近期曾趁林賽市長於哈林區步行時朝他唾沫而登上新聞版面。此外還有嬉皮代表人物愛瑞克．坎農，去年他的追隨者在復活節彌撒時，於聖約翰神明座堂造成騷動。

完整脫逃名單目前尚未公布，尚等待院方和家屬聯繫。

脫逃病患大多穿卡其褲、T恤和非正式的鞋款，如球鞋、涼鞋和拖鞋。根據可靠消息，部分病人在醫院制式的灰色大衣下穿著睡衣和浴袍。

警方警告，有些病人若受困恐怕會出現攻擊行為，並請市民接近脫逃病患時提高警覺。其中兩人是瓊斯先生黑黨的成員。

警方正全面調查此脫逃事件。

布洛維劇院和毛髮劇團否認利用病患脫逃炒作。

現在在《紐約時報》上讀起來感覺多簡單啊。偽造文書、專車、開到劇院、表演時逃跑。你知道要讓**一個病患**出精神病院**一小時**需要偽造多少文件嗎？從那天早上十一點半和愛瑞克分開，到與賈克博會診的下午三點。我不斷在打文件，偽造曼恩醫生的簽名和跑公文。我簽名簽到比曼恩醫生都更快更漂亮了。即使如此，要完成這次活動，我還差八十六份文件。

你有試著帶三十八個精神病患出病院過嗎？他們一半的人不知道自己要去哪，或根本不想去，衣服也亂穿，只想在電視上看紐約大都會隊晚上的棒球賽。我不知道病院四十三個病患中，此事的發起人究竟想要讓哪三十八人自由，於是我隨機選了三十八個名字——人選當然和坎農先生腦中所想有所出入。你覺得護理長或路克．M．萊因哈特醫生會允許他人更動這張名單上的名字嗎？

「萊因哈特，我跟你說，我兩個左右手不在名單上。」亞特羅當晚七點五十三分著急地向我耳語。

「他們恐怕改天才能看《毛髮》了。」

「但我需要這兩個人。」他氣急敗壞說。

「名單上就這三十八人。我帶去看《毛髮》的就是這三十八名病患。」

他把我拖到角落。

「可是坎農說骰子說——」

「骰子只說我要幫忙坎農先生和三十七個精神病患逃跑。骰子沒有提到名字。如果你想處理，我只能跟你保證，我不認得史密斯、彼德森和克拉格是誰，但我會帶自稱這三個名字的人出醫院。」

他馬上飛奔出去。

你可曾在百老匯大道見到詭異的三十八人隊伍？他們穿著各異，一眼望去有卡其褲、球鞋、涼鞋、百慕達短褲、醫院工作服、破爛的T恤、非洲披肩、浴袍、室內拖鞋、睡衣上身、大衣和運動衣，隊伍前方率領他們的是個一派沉靜的十九歲少年，他穿著白色病人袍，以口哨吹著〈共和國戰歌〉。那麼，你可曾走在那幸福洋溢的少年身旁，在百老匯劇院中帶領這隊伍？還要看起來很自然？很放鬆？而且他們一半的人座位還在最前排？

你曾帶三十八個怪人入座嗎？而且半數座位像霰彈一樣分散在五百個座位席上？其中三個病患是行屍走肉，四個有躁鬱症，六個是緊張兮兮的同性戀？你可曾努力維持尊嚴、堅定和權威，但這些可憐鬼一直歇斯底里地來找你，低聲問何時要逃跑？

「萊因哈特！」亞特羅痛苦地用氣音說：「我來《毛髮》這到底要幹嘛？」

「我收到的命令就是要帶你們來看《毛髮》。因此我照做了。骰子特別指示不要在萊辛頓大道上釋放你們。我希望你們可以盡情享受演出。」

「四個條子站在後頭。進門時我看到了。這是什麼陷阱嗎？」

「警察的事我一無所知。有其他地方可以出劇院。我希望你們盡情享受演出。開心點。」

「他媽燈都暗成這樣。我們是要怎麼搞？」

「聽聽音樂。我帶你們來看《毛髮》。盡情享受。跳跳舞。開心點。」愛瑞克・坎農一路都十分平靜，像待會要打離洞六十公分推桿的高爾夫球手，而且不曾接近過我——除了第一幕結束後那兩秒鐘（「表演很精采，萊因哈特醫生，我們不虛此行」）。但亞特羅・X不是越過走道和跟隨者或我說話，就是在椅子上扭動。

「聽者，萊因哈特。」他中場休息時間快結束時用氣音說：「如果我們全起身跳舞，跑上舞臺，你會怎麼做？」

「我帶你們來看《毛髮》。我希望你們盡情享受。開心點。跳跳舞。唱唱歌。」

他凝視我的雙眼，像眼科醫生在尋找視網膜分解的跡象，然後咳出一聲短暫的笑。

「老天……」他說。

「好好享受，孩子。」他離開時我說。

「萊因哈特醫生，我覺得病患彼此開始竊竊私語。」大約三分鐘後，我的一個壯碩看護人員說。

「大概是在說下流的笑話。」我說。

「亞特羅・瓊斯那傢伙一直走來走去跟大家耳語。」

「我請他提醒所有人待會上車回醫院。」

「萬一有人試圖逃跑呢？」

「萬一他們全都逃跑呢？」

「抓緊那人，但不要太粗暴。」

「抓住那些病得最重的患者——抓住行屍走肉的傢伙和殺人犯——剩下的人交給警方處理。」我平靜地對他微笑。「但不要動用暴力。我們一定不能害醫院看護人員染上惡名。絕不能驚動觀眾。」

「是，醫生。」

我坐在兩個殺人成性的病患之間，當我們座位上的病患起身加入臺上，我巨大的手臂勒住他們脖子，一手一個，勒到他們軟倒昏睡。接著，我便靜靜欣賞有趣的第二幕開場，三十個奇裝異服的劇團表演者看來混在我周圍的觀眾席中，他們突然起身跳舞，沿走廊跑到舞臺上，彼此打打鬧鬧。舞臺上的表演者假作困惑，但繼續歌唱，新的怪胎混到第一幕的怪胎之中，唱唱跳跳、嬉戲笑鬧，齊聲唱著開場曲目〈我要去哪裡？〉，最後新上臺的怪胎大部分都不見了。

警方在劇院詢問我三十分鐘，然後我打給醫院，向院方表示我們遇到了一點小麻煩，然後我打給曼恩醫生，向他稟告三十三名病患從《毛髮》表演中脫逃。我從來沒聽過他這麼心煩意亂。

「我的天啊，我的天啊，路克，三十三名病患。你做了什麼？你到底做了什麼？」

「但你在文件上說——」

「什麼文件？不。不。不。路克，你明知道我不可能讓三十三名——喔！——你**心知肚明**！你怎麼能這樣？」

「我試著找你，打電話給你了。」

「但你聽起來一點也不憂心。我完全不曉得這件事。三十三名病患！」

「我們抓到五個。」

「喔，路克，我的老天，文件，艾士德布魯克醫生，精神健康參議院議會，我的天啊，我的天啊！」

「他們只是人而已。」

「為何白天沒人打給我、捎個信、派個人，什麼都好？為何大家都這麼笨？帶三十三名病患出病院——」

「三十八名。」

「看百老匯音樂劇——」

「我們還能帶人去哪？你文件上說——」

「閉嘴！不要提到我簽什麼文件！」

「但我只是——」

「看《毛髮》！」他噎到了。「新聞，艾士德布魯克，路克啊路克，你做了什麼？」

「不會有事的，提摩西。精神病院的病患通常都會被抓回來的。」

「但沒有人會**讀到**這件事。他們跑走了——那才是新聞。」

「大家會稱許我們寬容、進步的醫院方針。如你在文件所說——」

「別說了！我們絕不會再讓病人出醫院了。永遠不會。」

「放輕鬆，提摩西，放輕鬆。我要再去跟警方和記者說幾句話——」

「一個字都別說！我要過去了。說你喉嚨發炎。不要說話。」

「我要走了，提摩西。你快來。」

「不要說……」

我掛上電話。我開心地告訴記者和警方，一切全始於曼恩醫生的文件。

56

親愛的萊因哈特醫生，

我好欣賞你的作品。我丈夫和我每天早上吃完早餐便會進行骰子練習，睡前也會練習一次，我們覺得年輕了好幾歲。你何時會有自己的電視節目？我們開始玩情緒輪盤和K練習之前，我們幾乎不和彼此說話了，但現在就算我們沒玩骰子遊戲，我們也一直在大吼或大笑。你能給我們一些建議嗎？我想知道該如何教育女兒金妮，讓她好好服事骰子？

她是個任性的女孩，不願定時向它禱告，也始終是個害羞可愛的女孩，老實說，我們很擔心。我們早上會試著讓她和我們進行骰子練習，或自己做，但似乎都沒有用。我丈夫不時會依骰子指示打她，但也沒什麼幫助。這一帶唯一的骰子醫生三個月前去了南極州，所以我們只能來找你了。

敬頌　隨機

A．J．坎普頓太太，寫於密蘇里州

親愛的萊因哈特醫生，

今天下午，我發現我十六歲的女兒在客廳沙發和郵差搞在一塊，她向我提到你。這到底是怎麼回事？

約翰．羅什敬上

親愛的萊因哈特醫生，

我讀過《花花公子》訪談之後一直是你的粉絲。我已經試著實行骰子生活快一年了，但我必須告訴你，我的女朋友也開始用骰子之後，我們試了一些骰子性練習，後來問題漸漸浮現。問題不在性練習上，可是我女朋友一直跟我說，骰子要她那陣子別見我。有時她和我約會失約也怪到骰子身上。我有什麼規則能約束她嗎？你有什麼女生骰子倫理能給她看嗎？

我介紹骰子生活給另一個女生，她開始堅持要我將結婚列為選項。我只給骰子三十六分之一的機率，但她堅持我每次跟她出去時，都要請示骰子這個問題。如果我跟她再約會十次，我輸的可能性多高？二十？可以的話，請幫我畫個表格或曲線圖。

說到這裡你應該懂了。關於替女骰子人列出特殊規則這點，我希望你多加考慮。我愈來愈擔心了。

喬治．杜格敬上

57

萊因哈特醫生無聲無息拋家棄子，家人也不知道他是否會隨機歸來，他心中自然有點罪惡感。他離家已八個月，再過幾小時，便要就精神病院大逃亡一案接受偵訊。一時起念之下，再加上機率大神垂青，他打道回府，試圖色誘他妻子。

下午兩點，萊因哈特太太開門向他打招呼，她穿著他沒見過的成套有型上衣和長褲，手中拿著雞尾酒。

「我現在有訪客在家，路克。」她平靜地說：「如果你想見我，四點再回來。」

神祕消失四個月後久別重逢，她的反應出乎萊因哈特醫生所預料，正當他絞盡腦汁想回嘴，門竟已輕輕在他面前關上。

兩小時之後，他再次上門。

「喔，是你。」萊因哈特太太打招呼，像見到剛剛回去拿工具的水電工。「請進。」

「謝謝。」萊因哈特醫生秉持著尊嚴說。

他妻子走在前頭，進了客廳，請他坐下，自己靠到了一張新書桌上，上頭放滿文件和書籍。萊因哈特醫生戲劇化地站在客廳中央，故作深情望著妻子。

「你最近做了什麼？」她口吻根本毫無興趣。她問這問題時，語氣就像萊瑞出門二十分鐘，現在剛回到家。

「喔，我最近一直在替精神病患看診，我想。還有進行團體骰子療法，發展骰子中心。」

「真不錯。」萊因哈特太太說。她從桌子旁走到萊因哈特不曾看過的新畫前，看了看畫下桌上放的一些郵件。然後她再次轉向他。

「有一部分的我想念你，路克。」她溫暖地朝他微笑。「一部分的我不想。」

「對，我也是。」

「一部分的我好氣好氣。」她說著說著，皺起眉頭。「一部分的我，」她又笑了，「好開心好開心。」

「真的？」

「對，佛瑞．博伊幫助我發洩了好氣好氣的事，因此我心中只有……另一種感受。」

「佛瑞怎麼辦到的？」

「那天我花了一個多小時痛哭、抱怨、憤怒。克朗姆派對兩天後，他對我說：『妳應該考慮自殺，麗麗安。』」麗麗安頓了頓，回憶起這段往事，臉上浮現微笑。「這句話可說是吸引了我的注意，他接下來繼續說：『也順便擲骰子看妳該不該殺了路克。』」

「真是個好朋友啊，佛瑞。」萊因哈特醫生插嘴。

「他還建議另一個選項，要我和你離婚，嫁給他。」

「**換帖的**好兄弟。」

「或者，我不跟你離婚，但跟他睡在一起。」

「人間最偉大的愛莫過於此[123]：睡你最好朋友的老婆——」

「他接著真誠又慷慨激昂地訓了我一頓，說我面對內在衝動，對象都只限於你，從各方面來看都限制了自己，放任充滿創意和想像力的自己自生自滅。」

「我自己的理論背叛了我。」

「所以我擲了骰子，佛瑞和我從那時起便享受著彼此。」

萊因哈特停止踱步，雙眼盯著她。

「這句話究竟是什麼意思？」他問。

「我不想說得那麼露骨，以免你難過。」

萊因哈特醫生盯著地板一會（隱隱約約意識到這是新地毯），然後抬頭望向妻子。

「現在怎麼樣？」他說。

「事實上，非常棒。」麗麗安回答：「還記得有天晚上——」

「呃，不是，麗麗安，細節不重要。我……嗯嗯嗯。我……唉，還有什麼是我不知道的？」

「我秋天開始便在哥倫比亞法律學院讀書了。」

「妳什麼？」

「我將我這輩子的白日夢寫成選項，交給骰子決定，骰子決定要我成為律師。你不希望我豐富自我嗎？」

「但是**法律**學院誒！」萊因哈特醫生說。

「喔，路克，你自詡自由解放，但你心目中仍覺得我是無助、美麗的女性。」

「但妳知道我受不了律師。」

---

123 根據〈約翰福音〉第十五章第十三節改編。

「對，但你曾睡過律師嗎？」

萊因哈特醫生搖搖頭，覺得頭昏眼花。

「妳應該是心碎、悲痛、焦慮、無助、絕望、無能——」

「喔，別說屁話了。」萊因哈特太太說。

「佛瑞教妳這樣講話的？」

「別幼稚了。」

「對。」萊因哈特醫生說，他突然一屁股跌坐在沙發上——幸好，沙發仍是過去那組沙發。「我為妳驕傲，麗麗安。」

「這種屁話也免了。」

「妳展現了真正的獨立。」

「夠了，路克。」萊因哈特太太說：「如果我需要你的稱讚，我就不獨立了。」

「妳有穿胸罩嗎？」

「你需要問，其實就不值得問了。」

「骰子要我重新誘惑妳，但我甚至不知道要從何開始。」他抬頭望著他，她又靠回了新書桌。她抽著菸，手肘頂向前方，看起來不怎麼緊張。「我也不想被踢胯下。」

萊因哈特太太在她身旁擲下一顆骰子，看完之後，她平靜地對丈夫說：

「你走吧，路克。」

「我要去哪裡？」

「出去就好。」

「但我還沒誘惑妳。」

「你試過，但失敗了。現在你該走了。」

「我還沒見過孩子。我的骰子男孩萊瑞過得好嗎？」

「你的骰子男孩萊瑞很好。他今天下午從學校回家，我告訴他你可能會來一趟，但他有場重要的棒球賽，必須馬上趕去。」

「他有當個乖孩子，好好過骰子生活嗎？」

「不常用。他說骰子就算決定不做功課，對老師來說也不是合理的藉口。好了，走吧，路克，你必須走了。」

萊因哈特醫生別開頭，望向窗外，嘆了口氣。然後他在身旁沙發上擲下一顆骰子，看了結果。

「我拒絕離開。」他說。

萊因哈特太太走出客廳，拿了把槍回來。

「骰子要我逼你離開。既然你拋棄了我，以法律而言，你未經允許不得進入我的客廳。」

「啊，可是我的骰子叫我試著留下來。」

萊因哈特太太在一旁書桌請示骰子。

「我數到五，如果你沒離開，我會開槍。」

「別傻了，麗麗安。」萊因哈特醫生笑著回答：「我才不會——」

「二、三……」

「……屈服在這種極端的做法下。就我看來——」

砰！！槍聲撼動整間客廳。

萊因哈特醫生立刻從沙發跳起，開始朝門口走。

「沙發開了洞——」他試著微笑開口，但萊因哈特太太又請示骰子一次，重新數五，萊因哈特醫生全身上下都不想聽她數完，全力衝出門離開了。

58

（紐約市警局納塔尼爾．帕特警督對路克．萊因哈特醫生進行偵訊，調查三十三名精神病患不幸於《毛髮》表演中途逃跑的事件。六名病患目前仍在逃。）

「萊因哈特先生，我——」

「萊因哈特**醫生**。」曼恩醫生暴躁地打斷。

「啊，不好意思。」帕特警督說，他暫時不再踱步，回望坐在萊因哈特醫生身旁的曼恩醫生，兩人坐在警督室一張老舊的沙發上。「萊因哈特醫生，首先，我必須聲明，你有權請律師——」

「律師會讓我緊張。」

「——陪同。好。沒問題。我們繼續吧。三月十日十點三十分到十一點十五分，你是否和愛瑞克．坎農在自助餐廳見過面？」

「對。」

「為什麼？」

「他邀我和他見面。」

「你們聊了什麼？」

「我們聊了他想去看《毛髮》音樂劇的事。他告訴我，許多病人都想去看《毛髮》。」

「還有呢？」

「我擲了骰子，決定我會盡我所能帶愛瑞克和另外三十七人去看《毛髮》。」

「可是，路克。」曼恩醫生打岔。「你一定明白此事——」

「等一下，曼恩醫生。」帕特警督說：「我來處理。」他走過來，站到萊因哈特醫生正前面，他高大骨瘦的身體彎向前，銳利的灰色目光冷冷落在嫌疑犯身上。「你決定要幫助坎農和其他人離開醫院後，你做了什麼事？」

「我偽造曼恩醫生寄給我和其他人的文件，並實踐暫時讓病患出院的事。」

「你承認了？」

「我當然承認了。病患想去看《毛髮》。」

「可是、可是——」

「等一下，醫生。」警督打斷。「如果我沒聽錯，萊因哈特醫生，你現在正在自白，承認你一手策劃，偽造曼恩醫生的簽名，並將三十七個精神病患帶到曼哈頓。」

「三十八名。當然了。去看《毛髮》。」

「你為何之前對我們說謊？」

「骰子要我做的。」

「什……」警督頓了頓，瞪著萊因哈特醫生。「骰子……好。請描述你帶病患去看《毛髮》的動機。」

「骰子要我做的。」

「你為何要偽造曼恩醫生的簽名，掩飾自己的犯罪行為，假裝有試圖和曼恩醫生聯絡？」

「骰子要我做的。」

「你後來說謊是——」

「骰子要我做的。」

「而現在你說——」

「骰子要我做的。」

一陣漫長的沉默，警督面無表情望著萊因哈特醫生上方的牆面。

「曼恩醫生，勞煩你，也許你能解釋萊因哈特醫生確切的意思。」

「他的意思是，」曼恩醫生疲倦地輕聲說：「骰子叫他做的。」

「擲骰子？」

「骰子。」

「叫他做的？」

「叫他做的。」

「因此，」萊因哈特醫生說：「我完全不想讓任何病患逃跑。我承認我在微不足道的文件上偽造了曼恩醫生的簽名，就我理解，那只算行為不端；我也承認我在處理精神病患事宜時判斷失誤，由於世上所有和精神病院有關的人員都犯過錯，這無法定義為犯罪行為。」

帕特警督低頭望著萊因哈特醫生，露出冷冷微笑。

「我們怎麼知道你沒有答應坎農、瓊斯和他們的追隨者逃跑？」

「你已得到我的證詞，等你找到他，你就能得到坎農的證詞，但是他說的話無法成為呈堂證供。」

「感謝你的分析。」警督諷刺地說。

「警督，你有沒有想到，因為我只依骰子命令行事，所以我告訴你我偽造曼恩醫生的簽名時，也許是在說謊？」

「什麼——」

「我原本說自己無罪，搞不好才是事實？」

「什麼？你在說什麼？」

「簡而言之，昨天我聽說你想再次偵訊我，我寫了三個選項讓骰子選擇：一、我告訴你去看《毛髮》的授權文件和我毫無關係；二、出院是我一手策劃，我偽造了文件；三、我告訴你我和愛瑞克·

坎農串通好，並幫助他逃跑。骰子選了第二個選項。但就我看來，真相依然未明。」

警督茫然地繞回書桌後方坐下。

「路克，從今天起，我解除你在皇后區州立醫院所有職務。」曼恩醫生說。

「謝謝你，提摩西。」

「我想這代表你目前仍在董事會名單中，不過這單純是因為我無權私自決定，但我們四月的會議——」

「你可以偽造卡勃史東醫生的簽名，提摩西。」

一片沉默。

「還有其他問題嗎，警督？」萊因哈特醫生問。

「你想控告萊因哈特醫生偽造文書嗎，醫生？」警督問曼恩醫生。

曼恩醫生轉身，凝視著萊因哈特醫生真誠黑色的雙眼良久，對方也堅定回應他的目光。

「不，警督，恐怕不行。為了醫院，為了所有人，我希望你能將這段對話完全保密。大眾認為這場逃亡是嬉皮和黑人的陰謀。就我們所知，萊因哈特醫生只是好心指出，這可能**真的**是嬉皮和黑人的陰謀。骰子的事只會令大眾感到困惑。」

「我都糊塗了，曼恩醫生。」

「正是如此。有些事必須盡我們所能隱瞞正常大眾。」

「我想你說的對。」

「我現在可以走了嗎，兩位？」萊因哈特醫生問。

59

骰子是我們的避難所，
是我們的力量，
是我們患難中隨時的幫助，
因此，任大地震動，
群山沉入深海；
任海濤洶湧澎湃，
群山搖撼顫抖，
我們也不懼怕。
我寧願在我骰子的殿中看門，
也不願住在一致的帳篷裡。
因為機率王是太陽，是盾牌；
機率賜下恩惠和尊榮：
好處全賜給行為隨機的人，毫不保留。
喔，機率王啊，我的骰子，信靠你的人有福了！[124]

——出自《骰子經》

124 根據〈詩篇〉第四十六章改編。

60

賈克博．艾克斯坦醫生說，他聽到聖骰市骰子中心活動室時，最初的反應是噁心。他覺得要人誇張表現出憤怒、愛和自卑，無論基於什麼理由，都毫無道理。憤怒的話，他只會稍微惱怒，愛的話；他會表現出真誠敦厚；自卑的話，他面無表情。他表示自己不懂何謂自卑。為了幫助艾克斯坦醫生，一個老師（真正的骰子老師，不是演的）朝他臉上吐口水，尿在他新擦亮的鞋子上：

「你有什麼問題，老弟？」他平靜地說。

老師後來走了，來了個瑪莉．Z小姐，她是知名影視演員，這是她隨機生活第三週，她來幫助艾克斯坦醫生表現愛。她穿著漂亮、柔軟的白色禮服，看起來比實際年齡二十三歲還年輕，Z小姐雙眼閃爍，雙手端莊地放在身前，以溫柔的聲音向艾克斯坦醫生說：

「請愛我。我需要有人給我愛。請你愛我好嗎？」

艾克斯坦斜瞥了她一眼回答：

「妳有這種感覺多久了？」

「拜託。」瑪莉哀求他：「我需要你的愛，我希望你愛我、需要我，拜託。」她眼角閃爍淚光。

「我讓妳想起誰？」艾克斯坦醫生問。

「我腦中只有你。我一輩子都需要你的愛。」

「但我是個精神科醫生。」

「請不要再當精神科醫生了。就這一分鐘，不，十秒鐘，哪怕十秒也好，我求求你，給我你的愛。我好想感覺你強壯的手臂擁抱住我，感覺你的愛……」瑪莉靠近艾克斯坦醫生，她美麗的胸部起伏，熱情地要人愛，淚水此時已流下雙頰。

「十秒鐘？」

「七秒鐘。不然五秒。三秒鐘，三秒鐘就好，拜託，拜託，給我你的愛。」

艾克斯坦醫生半蹲半站著，全身緊繃，他面部肌肉扭曲抽動。他臉開始漲紅。最後，扭曲慢慢消失，他面色蒼白說：

「辦不到。我沒在裝，真的。我不知道愛是什麼。」

「愛我，請愛我，拜託我——」

老師拉走了瑪莉，告訴她愛之室有人需要她，她蹦蹦跳跳走了，留下心中仍缺少愛的艾克斯坦。

自卑是沒感情的人最難感到的情緒，老師決定不需在基礎感情上費功夫，直接帶艾克斯坦醫生到婚姻室。

「你過去對你妻子不忠——」老師說。

「為什麼？」他問。

「我只是在建議選項。不如這樣，你過去一直對她十分忠誠，但——」

老師被一個微胖矮小的中年婦人打斷，她進門來，大步走向艾克斯坦醫生，朝她尖叫：

「你卑鄙！你這豬！你畜生！你背叛我！」

「等——等一下。」艾克斯坦醫生支吾。

「你跟那妓女！你怎麼能這樣？」她狠狠甩了艾克斯坦醫生一巴掌，差點打破他的眼鏡。

「妳確定嗎？」他退開來說：「妳為何這麼不爽？」

「不爽!?全鎮的人都在我背後談論你跟那妓女的事。」

「但怎麼可能有人知道從沒發生——」

「如果我知道，全世界都知道了。」她又打了艾克斯坦醫生一次，這次力道軟弱，她流淚頹倒在沙發上。

「沒什麼好哭的。」艾克斯坦醫生說，他走過來安慰她。「不忠不是多重要的大事，真的不需——」

「啊啊啊啊！！！！」她從沙發衝起，頭頂著艾克斯坦醫生肚子，他先撞倒一張單人椅，接著撞上電話桌和垃圾筒。

「**對不起！**」艾克斯坦醫生大叫。女人在他上方，抓著他的臉。他拚命掙扎滾開。

「你這王八蛋！」女人大叫：「冷血殺手。你從未愛過我。」

「當然沒有。」艾克斯坦醫生手忙腳亂站起。「幹嘛大呼小叫的呢？」

「啊啊啊啊！！！」她尖叫衝向——

後來，老師試著向艾克斯坦醫生建議其他選項。

「你妻子對你不忠，你最好的朋友背叛你，你——」

「對我來說，這不都是老調重彈？」艾克斯坦醫生問。

「嗯，那這樣吧，你的錢因為愚蠢的投資全賠光了。」

「從來沒有。」

「沒有什麼？」

「我從來不曾失去我的錢。」

「試著運用想像力，吉姆。那——」

「我叫賈哥．艾克斯坦。為什麼要用想像力？如果我生在現實，為何要離開？」

「你怎麼知道這是現實？」

「你怎麼知道不是？」艾克斯坦醫生問。

「但如果還有疑惑，那你應該試試其他現實。」

「我覺得沒有疑惑。」

「好。」

「聽著，老弟，我到這裡是來觀察的。我喜歡路克．萊因哈特，希望參觀他的中心。」

「沒活在其中，你無法了解『完全隨機環境實驗中心』。」

「好，我很努力了，但不要期待我用想像力。」

後來艾克斯坦被帶到愛之室。

「你想要什麼樣的愛體驗？」

「嗯？」

「你想要什麼樣的性體驗？」

「喔。」艾克斯坦醫生說：「好。」

「好什麼？」

「好，我要一個性體驗。」

「對哪一種有興趣？」

「都好。沒有差別。」

老師給艾克斯坦醫生基礎的清單，上面列出三十六個性愛角色。

「上頭有哪個特別吸引你，或有你不希望列給骰子當選項的嗎？」他問。

艾克斯坦醫生瀏覽過清單：「你想被○○像奴隸般幹」、「你想像幹奴隸般幹○○」、「你想被○○深情地幹」、「你想深情地幹○○」、「你想被○○強暴」、「你想強暴○○」、「你想看色情片」、「你想看其他人性交」、「你想表演脫衣舞」、「你想看脫衣舞」、「你想當某人的情婦、妓女、種馬、應召女郎、男妓，美滿婚姻伴——」。

大多選項還有細項，供你選擇性角色的對象，包括年輕女人、年長女人、年輕男人、年長男人、一男一女、兩男兩女。

「這是什麼？」艾克斯坦醫生問。

「直接選擇你想玩哪幾項，列下清單，讓骰子替你決定其中一個。」

「最好劃掉『強暴』和『被強暴』。我在婚姻室受夠了。」

「好。還有其他的嗎，菲爾？」

「不要再用名字叫我了。」

「對不起，羅傑。」

「最好去掉同性戀相關的。可能會影響我外頭的名聲。」

「但這裡沒有人知道你的身分，永遠也不會知道。」

「我是賈哥．艾克斯坦，媽的！我說過六遍了。」

「我知道，艾里加，但這週有另外五個賈哥．艾克斯坦來過，所以我覺得沒什麼差別。」

「五個！」

「沒錯。你第一次嘗試隨機性體驗前想見他們嗎？」

「他媽的好啊。」

老師帶艾克斯坦醫生進到一間到雞尾酒派對的房間，許多人在裡頭走來走去，人人手中拿著酒。老師抓住一個肥胖先生的手肘，對他說：

「賈哥，我跟你介紹羅傑。羅傑，這位是賈哥．艾克斯坦。」

「媽的要我說幾次。」艾克斯坦醫生說：「我叫賈哥．艾克斯坦！」

「喔，真的假的？」胖胖的先生說：「我也是。真巧。很高興見到你，賈哥。」

艾克斯坦勉強和他握手。

「你見過瘦高的賈哥・艾克斯坦沒有？」胖胖的先生問：「那人非常好。」
「沒有，還沒見過。我不想見他。」
「好吧，他是有點無聊，但年輕壯碩的賈哥不會。你一定要見見他，賈哥。」
「好，也許吧。但我是**真正的**賈哥・艾克斯坦。」
「不可思議誒。我也是。」
「我指的是外頭的世界裡。」
「但我也是這意思。那個高瘦賈哥、年輕壯碩賈哥也都是，別忘了可愛的年輕女孩賈姬・艾克斯坦。他們全都叫同個名字。」
「但我才是貨真價實的賈哥・艾克斯坦。」
「不可思議！我其實也……」

賈克博跳過性愛體驗，甩開老師，決定自己好好吃頓晚餐。他讀完中心的**遊戲規則**，在自助餐用餐時，他知道服務生可能不是真的服務生，在櫜子後方替你夾菜的傢伙可能是銀行總裁，結帳人員可能是有名演員，坐他對面的女人可能是童書作家，雖然她快九十公斤重，但她顯然在假裝自己是瑪琳・黛德麗[125]。
「你好**無趣**，親愛的。」她說著，肥嘟嘟的嘴叼著根菸。
「妳也沒多特別，寶貝。」他回道，一邊吃得很快。
「這地方男人都跑哪去了？」她慢吞吞地說：「我好像都只遇到酷兒。」
「我只遇到喜憨兒。所以呢？」賈克博回答。

125 瑪琳・黛德麗（Marlene, Dietrich, 1901-1992），德國演員和歌手，擁有德國和美國雙國籍，演藝生涯幾乎長達六十年。

「真失禮。你是哪位？」

「我是卡修斯．克萊[126]，如果妳不讓我靜靜吃飯，我打斷妳牙齒。」

瑪琳．黛德麗陷入沉默，賈克博繼續吃，自從來到這裡，他第一次感到自在。突然之間，他看到妻子走進自助餐廳，後頭跟著個十多歲的男孩。

「亞琳！」他稍微站起身大叫。

「喬治！」她回叫。

瑪琳．黛德麗離開了，艾克斯坦醫生等亞琳過來，可是她和男孩卻坐到了角落。他心裡不大高興，吃完之後便起身走到他們桌前。

「嗯，妳覺得目前為止怎麼樣？」他問她。

「喬治，我跟你介紹我兒子，約翰。約翰，這是喬治．富雷斯，他是非常成功的中古車業務。」

「你好。」男孩伸出細瘦的手說：「很高興見到你。」

「對，好，聽著，我其實是卡修斯．克萊。」他說。

「喔，真抱歉。」亞琳回答。

「你身材走樣了。」男孩冷漠地說。

艾克斯坦坐下加入他們，心情鬱悶。他真的好想成為精神科醫生賈克博．艾克斯坦。他換個新策略。

「妳叫什麼名字？」他問妻子。

「瑪麗亞。」她微笑回答：「這是我的兒子，約翰。」

「愛德琳娜在哪？」

126 拳王穆罕默德．阿里的本名。

「我女兒在家。」

「你丈夫呢?」

亞琳皺起眉頭。

「他不幸過世了。」她說。

「喔,這下好了。」艾克斯坦醫生說。

「你說什麼!」她氣得站起。

「喔,啊,對不起。我心情很亂。」艾克斯坦醫生說著請妻子坐下。「聽著。」他繼續說:「我喜歡妳。我非常喜歡妳。也許我們可以在一起一陣子。」

「對不起。」亞琳溫柔地說:「我怕大家會說閒話。」

「大家會說閒話?怎麼會?」

「你是有色人種,可我是白人。」她說。

艾克斯坦醫生張開嘴巴,這十九年來,他第一次感覺到某種心情,後來他發覺那可能是自憐。

61

我們在某人的攝影棚裡;病人躺在桌上,兩個朋友壓著他,燈是拍肖像照所用,因此特別明亮。我能清楚看到傷口,傷口不小且十分骯髒,但不深。我不曾從人的體內取出異物,弄得亂七八糟,但最後仍以無菌方式取出了那玩意兒(那是將近一吋長,半吋寬的金屬碎片),並將傷口好好縫合。我終於能向愛瑞克．坎農和他伙伴說他們最在意的事。碎片沒有傷到重要器官，如果沒感染，他們的朋友將順利康復，不需進一步治療。

手術結束時，我流了差不多三公升的汗，經歷剛才這一遭，我覺得自己應該要獲頒醫學學位。大家怎麼會以為醫生所有醫學領域都擅長？太扯了。

愛瑞克手術時站在一旁。我手術結束，茫然從桌前退開時，他來到我身旁，帶我到房間後方的沙發上。

「謝了。」他說著拿起一個凳子之類的，坐到我對面。他長髮已剪短，雖然穿著休閒牛仔吊帶褲，他看起來意外散發威嚴。

「我是精神科醫生。」我說：「我通常在病人被轟炸前替他們治療。」

「對，但你懂得腎臟和心臟的差別。」

「一般來說可以。」

「你考慮舉報這件事嗎？」他沉靜地望著我，沒自信，也不帶恐懼。

我掏出一個骰子。

「只有六分之一的我相信醫療倫理。」我擲下骰子。「不舉報。」

他持續盯著我。

「你完全不值得相信。」

我不吭聲。精神病院大逃亡之後已過了四個月，愛瑞克突然打電話尋求我協助時，我給骰子一半的機會答應。雖然我郵箱收到了革命刊物，上頭說他的勢力有所斬獲，但我壓根沒想到事情會跟手榴彈或炸彈有關。

「發生什麼事？」我說。

「他清槍時意外射中自己。」

「啊。」

「我們用任何老東西當子彈。」

「我了解了。」

一個年輕女孩替我們拿咖啡過來，一個男的拿來一盤三明治和餅乾，我承認我吃了大半。愛瑞克只喝咖啡，並問「雷」在我離開之後要怎麼照顧，接著突然站起身。然後又坐下。他傾身彎向我。

「聽著。你幫亞特羅和我逃脫，也幫我們救了雷。」他問題還沒問出口，似乎就在我眼中找答案。

「你相信改變。我想你也在用自己的方式尋求改變。我們也是，只是是用我們的方式。」他又猶豫一會。

「我希望你考慮和我們長期穩定合作。」

「啊。」

「我說長期穩定，意思是承諾永遠不會背叛我們。你可以維持自由，有時幫助我們，有時不幫我們。」

「有機會。」

我們的頭再次只距離三十公分，正如幾個月前在皇后區州立醫院自助餐廳一樣。

「擲骰子吧。」

「奇數，我保證永遠不會背叛你；偶數，我目前不會背叛你。」

骰子是四點。

他一直盯著我身旁沙發上的骰子。

「我不值得信任。」我說。

「不過，我們偶爾還是可以拜託你？」

「喔，可以啊。每一次我們就再看看吧。」

「我們下個月有件事，需要人手辦事。你也許能幫上忙。」

「有機會。」

骰子是六點。

「不行。」

他盯著骰子。

「我不值得信任。」我說：「這點你儘管放心。」

62

我們的骰子中心。啊，回憶啊回憶。那真是難忘的日子：眾神再次回到世上和人們玩耍。如此自由自在！如此充滿創意！如此瑣平凡碎！如此全盤混亂！一切不經由人手，全由博愛偉大的盲骰掌控。身邊不論敵友都共享著一個崇高的理念，我有生以來第一次感到自己活在群體之中。我只有在「完全隨機環境實驗中心」能感到徹底解放——令人脫胎換骨、粉身碎骨、難以忘懷、全面啟發。過去一年中，不管之前有沒有見過面，我一眼就能認出誰曾在骰子中心度過一個月。我們只消望彼此一眼，臉上便會洋溢喜悅光芒，笑著擁抱。關閉骰子中心的話，世界將再次逐步墮落。

我想你們時有耳聞，畢竟所有大眾媒體都鋪天蓋地報導，包括愛之室、雜交、暴力、藥物、崩潰陷入精神病、各種犯罪和瘋狂。《時代雜誌》寫了一篇關於我們的好文章，標題下得十分客觀——〈完全隨機環境實驗中心如臭水溝〉，文章如下：

人渣找到了新把戲：無所不為的瘋人院汽車旅館。一九六九年，天真的慈善家霍里斯．J．惠波創立了完全隨機環境實驗中心，俗稱骰子中心，表面上是治療中心，實際上從一開始就是罪惡淵藪，提供眾人雜交、搶劫，做盡各種瘋狂事。骰子中心的根本思想為骰子理論，由瘋狂精神科醫生路克．M．萊因哈特（詳見《時代雜誌》一九七〇年十月二十六刊）提出，目的是要讓客戶從個人身分中解放。待在中心的三十天中，人們將放棄過去的名字、衣著、舉止、人格特質、性傾向、宗教信仰——簡而言之，放棄自己。

參與者（稱為「學生」）大多時刻都戴著面具，跟隨骰子的「命令」決定他們的行動和角色。表面上是治療師的人，往往是學生在練習新角色；表面上維持秩序的警察，往往是學生在玩警察遊戲。大麻、大麻萃取物和迷幻藥氾濫。每一小時美其名為「愛之室」和「黑坑室」的空間中，大家都在雜交——黑坑室是間全黑的房間，地面鋪滿軟墊，學生赤裸隨骰子指示爬行，順勢而為，百無禁忌。

結果不出預期。有病的人覺得太爽了；健康的人反而瘋了；剩下幸運倖存的人，通常會設法說服自己，他們體驗了一段「非凡的經驗」。

上週在加州洛沙托斯山，艾佛琳．理查茲和麥克．歐萊利因這「非凡的經驗」遭到逮捕。骰子指示下，兩人在史丹佛大學惠特莫禮拜堂草坪上恩愛，鎮民和警察可不開心。

史丹佛學生是該地骰子中心的常客，對於該地意見相當分歧。理查茲和歐萊利表示，在當地中心住三週之後，兩人心理問題都不藥而癒。但學生會會長巴布．奧利恐怕替多數學生道出了心聲：「當有人提倡放棄自己、自我和身分，跟隨者的人性馬上會瓦解。骰子中心所吸引的，就是那群沉淪在藥物中的人。骰子生活只是另一種慢性自殺，專門吸引不敢面對現實、生性軟弱的人。」

週末，帕洛阿托斯警方前往洛沙托斯山骰子中心，進行今年第二次突襲臨檢，但除了一箱可能在中心錄製的色情片，並未查獲不法行為。對於警方臨檢，骰子中心經理勞倫斯．泰勒表示，他不滿的只有一點，那就是骰子中心因此在年輕人之間打響了知名度。「我們每週都必須拒絕上百封申請。我們想接納各式各樣的人，但我們人手實在不足。」

《時代雜誌》記者發現倖存者出了骰子中心後個性大扭轉，他們的親友一致感到痛心疾首。「不負責任、反覆無常、無藥可救。」居住於新哈芬十九歲的傑克伯·布雷斯如此形容父親，布雷斯先生日前才從（紐約）卡茲奇山骰子中心返家。「他無法工作，大半時間都不在家，他還對母親施暴，雖然沒嗑藥，但精神一直恍恍惚惚，像傻子一樣傻笑。」

不理性大笑是典型的歇斯底里症狀，精神科醫生漸漸將此誇張表現定義為「骰子中心病」。芝加哥大學霍普醫學中心的傑若米．羅奇曼上週在皮歐利亞指出：

「如果有人要我開一間機構，徹底破壞人類人格，以及人類完整高尚的一面——像奮鬥努力、道德自省、同情心和特定個人身分——我可能也會創造骰子中心。結果不難想見。參與者會變得個性冷漠、飄忽不定、無決斷力、躁鬱傾向、無法和人建立關係、破壞社會結構、歇斯底里。」

聖克拉拉地方法院法官霍巴爾特·巴頓向理查茲和歐萊利倆學生說的話，也許能總結許多人的感受：「拋棄生活，這假象很吸引人。但人湧向藥物或骰子中心，就像旅鼠湧向大海一般[127]。」或好比老鼠湧進臭水溝。

《時代雜誌》雖有虛構之處，但基本上十分精確。過去兩年，他們有五名記者在骰子中心待了一個月。文章之所以充滿憤怒，恐怕是因為其中三名記者並未返回《時代雜誌》完成報導。

惠波、我和其他人將資金投入骰子生活基金會之後，我們便興建了第一個骰子中心，就此改變了人類。從今以後，人在這瘋狂社會中，不再追求正常了。一切是從我和琳達在一起的那年秋天開始，

127 傳說生存在北歐的旅鼠數量過多時，會自發集體奔赴大海自殺。

當時，我發覺多數學生進步緩慢是因為他們心底知道其他人仍期待他們穩定而「正常」；光靠骰子團體營造出部分、暫時的自由環境，難以打破一輩子符合他人期望的習慣。唯有打造一個完全隨機、毫無期待的環境，學生才能感到自由，解放微小的自己，並展現於他人面前。最後，也唯有透過「中途之家」，讓學生逐步脫離骰子中心完全隨機的環境，才能確保學生帶著這份自由，回到規律秩序的世界。

骰子中心各式各樣的發展和背後理論詳盡收錄在喬瑟夫．法恩曼即將出版的《骰子中心的歷史和理論》（隨機出版社，出版於一九七二年）。骰子中心曾成功改變了一個堅決抗拒的人，故事收錄在〈方方正正男的案例〉這篇文章中，那是賈克博．艾克斯坦醫生的自白。賈克博個人故事最初出版於《骰座》[128]（寫於一九七一年四月，第二冊，第四章，十七至三十三頁），後來重新收錄在他即將上市的書《將他擲倒》（隨機出版社，出版於一九七二年）。但骰子要我引用法恩曼的新書來介紹背景：

學生進入中心前，必須先通過口試，證明自己事先了解骰子生活的基本規則及中心架構和運作流程。學生進入中心生活，最少不得低於三十天，身上絕不能攜帶任何代表個人身分的物品；在骰子中心能任意用任何名字，但所有名字都是假的……

每個骰子中心細節上都不盡相同。在創意室中，骰子會要學生改良隨機環境，提出更好的新設計。中心有不少流程和設施都因此得到改善，有的成為地方特色，有的推廣至所有骰子中心。不過，所有骰子中心都忠於南加州聖骰市的原始設計。

雖然學生有為每個活動室取名（例如黑坑室、神之室、派對室、空間室等等），但每個骰子中心的活動室名稱都不同。裡面有工作室（洗衣間、辦公室、看診間、診所、監獄、廚房）、遊戲室

128 此書原文書名為 The See of Whim，借用自聖座（The See of Rome），聖座指的是羅馬主教的教務職權，故此處譯為骰座。

（情緒室、婚姻室、愛之室、神之室、創意室）和生活室（餐廳、酒吧、客廳、臥室、電影院等等）。學生一天一定要花二到五小時照骰子吩咐進行各種工作。例如，他要去當服務生、打掃活動室、鋪床、調雞尾酒、當警察、治療師、服飾櫃員、面具工匠、妓女、招生人員、獄警等等。這段時間，學生隨時都過著骰子生活，扮演角色。

起初，我們會指派訓練有素的正式人員，擔任重要的職位。但是，短短三年期間，工作人員數量持續萎縮。在精心架構和指示下，我們發現第三到第四週，學生表現已媲美正式人員，能勝任大多數關鍵角色。工作人員和學生一樣，每週會更換角色，所以學生隨時都無法確定誰是工作人員（佛蒙特中心裡，我們曾實驗將正式骰子人一個個抽走，最後中心裡沒有任何訓練過的工作人員——全都是短期的學生。兩個月後，我們又讓正式人員滲入其中，他們回報所有事情都如常混亂；但兩個月間，浮現出少數的僵化結構，「隨機狀態」已完全消失）。

在此無政府主義架構下（**法恩曼寫道**），權力掌握在治療師（大多數中心稱之為裁判）和警察手中，但這角色誰都能當。骰子中心有訂立規定（不得攜帶武器、不得使用暴力、特定遊戲室不准出現不適合的角色和動作等等），如果有人違反了規定，「警察」會帶你去找「裁判」，決定你該不該關入「監獄」。中心裡一半的「罪犯」是堅持自己是**真人**，並且想回家的人。這樣的角色在工作室和遊戲室都不合適，一定要宣判入獄，強迫進行骰子療法——直到他們展現多重面貌。另一半的罪犯則是扮演犯罪者的學生，

（學生進入精心架構的無政府主義狀態後，會不斷接觸不同活動室、轉換不同角色和工作。例如，原本在雞尾酒派對，馬上換到創意室；先去黑坑室雜交，再到貞潔的神之室；從瘋人院、愛之室、法國小餐館到洗衣間工作；從獄警、男妓當到美國總統等等，全看個人想像和骰子的決定。）

……黑坑室雖然惡名昭彰，但使用率最高的，多半是初到骰子中心前十天的學生。對於深層壓抑性欲和性行為的人而言，那地方十分受用；房內一片漆黑，分辨不出身分，壓抑的學生在其中能

跟隨骰子的指示，達成他在外做不到的事。

黑坑室也能幫忙突破正常壓抑的同性性行為。在全黑的房間中，誰對誰做什麼通常難以分辨，當你陶醉在他人撫摸，對象搞不好和你同性別。由於黑坑室中「百無禁忌」，也許有人會被迫進行性行為，參與者起初都會感到可怕、噁心，但其實不可怕也不噁心，因為他們最後會發現，這件事根本不會有人知道。

（套句彌爾頓對他盲眼妻子所寫的偉大十四行詩，在黑坑室中，我們的學生通常會學到：「那些躺著等待的人也是在服事。」[129]）

一開始，骰子中心內沒有貨幣，但我們不久重新發覺，在社會中，比起性愛，錢也許壓抑了更多自我。如今每個學生進門時會拿到一筆骰子中心提供的真錢。學生會列出金額，並交由骰子決定。最低零元，最高三千元，中位數大概是五百美元。學生離開時會以同樣的六個選項再擲一次，決定他這一個月費用是多少錢。他離開時能留下這段期間存到、賺到或偷到的錢，當然，會先扣掉我們隨機決定的帳單……

學生工作會有薪水。在骰子中心，薪水會持續波動，以鼓勵學生從事必須有人做的特定工作。學生破產的話，就必須乞討、借錢，不然就要賣身，為別人扮演角色以獲取報酬。賣淫（也就是賣身取悅他人）在所有骰子中心都很常見。不是因為這是最簡單的做愛方式（畢竟性愛有各式各樣更簡單的方式），而是因為學生享受販賣自己，並購買他人（也許是資本主義靈魂的本質）。

三十天的最後十天，學生能自由到外頭的中途之家吃飯生活。中途之家是靠近骰子中心的汽車旅館，旅館有一部分員工不是骰子中心的人，但老闆大多是正常人，他雖然支持，卻不見得是骰子人。在依學生建議設立中途之家之前，他們返回外頭世界總是難以適應，畢竟骰子中心對人毫無期

129 彌爾頓十四行詩第十九首。

待，社會卻處處是期待。

骰子中心中，學生知道人人都扮演著角色，到了外頭，只有少數人意識到這件事。若學生知道世界（可能）潛藏無數學生，而不是直接面對正常社會呆板的期望，他也許能更自在地實驗和發展骰子生活。

我們希望學生待在汽車旅館時能有兩個深刻的頓悟。第一，他突然之間驚覺，自己搞不好真的進到一間「正常」的汽車旅館了，那裡根本沒有其他骰子人。他見了會哈哈大笑。第二，他發現其他人雖然都過著機率主導的多樣生活，但他們不但渾然不覺，還一直在努力掙扎。他見了會哈哈大笑，並欣喜漫步走到公路旁，搓揉骰子一陣，完全隨機環境只是個假象，他不覺得外頭世界有什麼差別。

63

身為正常的神經病，我骨子裡就想殺人。成年之後，我像顆瞬間充氣的氣球，隨時帶著敵意，每當人生不順遂（例如計程車司機想詐我錢、麗麗安批評我、賈克博發表另一篇傑出論文），我腦中便浮現謀殺、戰爭和瘟疫的畫面。在我開始骰子人生一年前，麗麗安曾死於蒸汽壓路機輪下、飛機失事、罕見病毒、喉癌、睡夢中失火、跌下紐約地鐵四號線和誤食老鼠藥中毒；賈克博死於計程車衝入東河、腦腫瘤、股票市場崩盤自殺、之前治癒的病人拿武士刀瘋狂殺死他；曼恩醫生死於心臟病、闌尾炎、急性消化不良和黑人強暴犯。整個世界至少發生了十多起全面核爆、三場來源不明但擴及全球的瘟疫，還有一次是外星高等生物從外太空侵略地球，除了少數幾個天才，他們讓所有人都隱形了。當然，我也曾把尼克森總統、六個計程車司機、四個行人、六個精神科醫生對手和數個各形各狀的女人打成肉醬。我母親曾被埋在雪崩中，就我所知，可能仍活在裡頭。

因此，日復一日，自尊自重的骰子人認分寫下選項時，絕不可能避開謀殺或真正的強暴。不瞞你說，雖然機率不高，但我開始寫出隨機強暴女人的選項，不過骰子都沒選擇。縱使我百般不願意，又怕得要死，但我熟悉的無聊感再次纏身，腦中也一團混亂，於是我開始寫下「殺人」的選項了。我給了它三十六分之一的機率（蛇眼[130]），一年間共列了三、四次，骰子都沒選。我後來在卡茲奇山新租了棟田園小木屋。有一天，秋高氣爽，樹間鳥囀啁啾，秋葉隨風紛飛，在陽光下閃閃發光，我剛養的小獵犬在我腳跟搖著尾巴。而面對十種不同選項，骰子突然滾出兩點：「我要殺人。」

我情緒劇烈波動，既焦慮又興奮，但毫不懷疑自己會動手。離開麗麗安很難（不過我現在會笑自己當時那麼焦慮），但殺「人」似乎沒多難，差不多跟搶藥局或搶銀行一樣。我心裡有點焦慮，因為我生命會有危險；還有一股興奮感，因為會有追逐；還有好奇——我該殺誰？

從小到大接觸的文化充滿暴力有個最大的好處，那就是殺誰其實不重要。管他是黑人，還是越南人，還是你媽——只要有理由，殺人感覺都很好。不過身為骰子人，我覺得我必須讓骰子決定受害者。「奇數」就殺我認識的人，「偶數」就殺陌生人。我原本直覺以為，骰子會想殺陌生人，但骰子擲出了「一點」；奇數——我認識的人。

為求公平，我決定其中一個名字必須是自己，我要和其他人承擔一樣的風險。雖然我「認識」上百個人，但我覺得骰子不會怕誰錯過被殺機會，要我花好幾天回憶所有朋友。我列了六張清單，每張列出六個我認識的人的名字。六張清單開頭，我寫上麗麗安、萊瑞、艾薇、賈克博、我媽和我自己的

130 兩個骰子都擲出一點在英文稱為「蛇眼」（snake eye）。

名字。每張第二個名字，我寫上亞琳、佛瑞．博伊、泰芮．崔西、喬瑟夫．法恩曼、伊蓮．萊特（那時一個新朋友）和曼恩醫生。第三個名字則包括：琳達．瑞可曼、鮑格斯教授、克朗姆醫生、蘭高小姐、吉姆．福利斯比（卡茲奇山小木屋的房東）和法蘭克．歐士德弗拉。以此類推。我不會跟你們說全部是哪三十六人，但我盡力列出所有人，尤其在每張單子第六個名字，我特別寫下六個種類：商業往來人士、我在派對上初次見面的人、我只通過信或讀到的人（例如名人）、至少五年沒見面的人、之前沒列過的骰子中心學生或工作人員及有錢到能搶能殺的傢伙。

然後我隨意擲骰，看要從哪張清單選出受害者。骰子選了第二張清單：萊瑞、佛瑞．博伊、法蘭克．歐士德弗拉、威莉施小姐、H．J．惠波（資助骰子中心的慈善家）或我在派對上初次見面的人。

一想到有可能要殺兒子，焦慮如毒藥在我全身流竄。我十五個月前突然離去，至今只見過他一面，他當時一開始真情流露投入我懷中，後來變得疏遠又難為情。他也是史上第一個骰子男孩，好可惜……不，不，不能殺萊瑞。至少但願不會。然後是佛瑞．博伊，他是我的左右手，也是實踐和提倡骰子療法的先鋒，我非常喜歡他。他和麗麗安有些關係，所以殺他或萊瑞我都不樂見；謀殺佛瑞看似動機明確，更教人不安。

焦慮情緒難以言喻。窗外繽紛的樹葉不再充滿生氣；四周彷彿蒙上一層濃霧，像特藝彩色過曝的底片[131]。鳥兒的啁啾像電臺廣告。我剛養的小獵犬在角落打呼，像隻放蕩的老母狗。就連陽光灑在餐廳白色桌巾上，亮到我睜不開眼，我仍覺得今天天氣陰沉。

然而，骰子的吩咐依舊要遵循。我禱告：

「喔，聖骰，

祢的手舉起落下，我即是祢的劍。揮舞我吧，祢的行為超出我所理解。若我必須以祢之名犧牲兒

131 特藝彩色，又稱特藝七彩，是早期應用在好萊塢彩色電影的技術，畫面色彩格外飽和，當時多半運用在歌舞片上。

子，我兒子就會死。更不值的神都曾如此要求信徒[132]，何況是祢。若我非得斬斷右手展現祢意外之力的偉大，我手不足惜。祢的吩咐讓我偉大，祢賜我喜悅和自由。祢要我殺人，我便會殺人。偉大的造物方塊，助我殺人。選出祢的受害者，我便會揮刀。替我指明道路，我即是祢的劍，將馬上出發。祢選出的人將滿足祢的臨時之意，並微笑領死，阿們。」

我馬上將骰子擲到地上，彷彿那是一隻蛇：三點：我必須試圖殺死法蘭克．歐士德弗拉。

64

出自〈薄伽梵歌〉[133]。

見阿周那滿心憐憫，淚水盈眶，心中糾結沮喪，黑天神向他說道：

你怎麼在這危急關頭精神不振？以偉人來說，前所未聞；猶豫進不了天國；在地上也令人蒙羞，阿周那啊！

不要怯懦，那樣與你不相稱，別再拘泥小節，優柔寡斷，站起來，喔，抗敵之士！

阿周那說：

132 暗指《聖經》中，神曾要亞伯拉罕拿兒子獻祭。

133 印度教聖典之一，為史詩《摩訶婆羅多》的一部分，內容出自第二章。

我怎能下手，黑天神啊？即使在世間乞食謀生，也好過殺人……我心中充滿憐憫。對我的責任有所疑惑，請開導我，明確告訴我該如何是好？

阿周那對黑天神說完上述的話，偉大的阿周那最後說：「我不殺人。」然後便保持沉默。

阿周那憂鬱地站在兩條道路中間，黑天神開了口。無上的神說道：

你為不必憂傷之人憂傷，卻信誓旦旦談著智慧。智者不為死者或活人憂傷。

我、你和諸王過去無時不在。

靈魂在這個身體裡，經歷童年、青年和老年，進入另一個身體也一樣。智者不會為此憂煩。

沒有不存在的存在，也沒有存在的不存在。你要知道，萬物皆循此道，不可毀滅。恆常不變的事物，任何人都不能毀滅。因此，阿周那啊，你必須盡一己義務。

倘若有人認為自己殺人，或被殺；他們皆未看清真相；人不能殺人，也不能被殺。因此，阿周那啊，你必須盡一己義務。

他從未誕生，也從未死去，過去存在，今後也會存在。他並未出生，而且永恆、持久、原始。身體死時，他也不死。因此，知其如此，你也不應該為他憂傷，你必須盡一己義務。

拿起你的骰子，阿周那啊，下定決心殺人。

（改編收錄於《骰子經》）

65

我快一年沒有法蘭克・歐士德弗拉的消息了，真心期盼再次見到他。他有一陣子對骰子療法反應不錯，他先和我練習，後來加入佛瑞・博伊帶領的一個團體。他想強暴人時（不論男孩或女孩）都會由骰子隨機決定，因此他不再感到罪惡感，也不再感到茲事體大。但去除罪惡感之後，他發現自己再也不想強暴人了，我當然堅持，即使他不想要強暴人，他仍必須**盡力**達成骰子的命令。他後來成功了，並覺得那是很噁心的經驗。對於他忠實完成骰子旨意，我讚譽有加，而他則大幅減少強暴的選項，最後根本不寫了。

他很享受隨機花錢，後來出乎我意料之外，他照骰子命令娶了個女人。婚姻最後化為一場大災難。那時候，我剛好隱遁於世界的角落，但我從佛瑞・博伊那裡聽到消息，法蘭克拋下妻子，也放棄骰子生活，再次一直換工作。他是否故態復萌，我們不得而知。

我不想剩下的骰子生活在獄中度過，所以必須事先計畫。我暫停了卡茲奇山骰子中心的工作一週，去紐約「出差」。我發現歐士德弗拉住在東區的舊公寓——離我以前住的地方只差四條街。啊，回憶啊。他似乎在華爾街某家證券商上班，每天工作九小時。第一天晚上，我跟蹤他去吃飯餐、看電影、再到迪斯可舞廳，他一人回家，大概看了會兒書或電視才睡。

花一整個晚上，跟蹤隔天打算謀殺的人，這經驗其實非常有趣，像看他打呵欠，找不到零錢買報紙，或腦中想到什麼，不覺露出微笑等等。我覺得整體來說，歐士德弗拉看起來非常緊張，彷彿有人想殺他。

我漸漸發覺，殺人沒有我所想的那麼簡單。我不能連續兩晚都在歐士德弗拉公寓徘徊。畢竟我身材高大，太過可疑。那我該在何時何地殺他呢？他體格壯碩魁梧，我原始名單的三十六人中，就他我不想意外失手，在暗巷中對峙。我帶了我的點三八手槍來，那是過骰子生活前，我考慮自殺時買來的槍，三公尺以內我還算準；我想，法蘭克這麼壯，恐怕要命中頭部才能幹掉他。我也帶了些老鼠藥，以備不時之需。

我最主要的問題是，如果我在他公寓殺他，我不可能不引起注意。東區一個月租金四百元的公寓傳出槍聲可不尋常。他的公寓有門房、電梯服務員、也許有請保全，也可能沒有樓梯。在街巷射殺歐士德弗拉也很危險，因為槍殺很常見，但人們通常會好奇觀望。我身材高大，躲不過目光。

我突然發現，法蘭克．歐士德弗拉（與紐約人）在紐約市年復一年生活，不曾距離別人超過六公尺。通常三公尺內就擠了十二個人。他根本沒有一個人孤獨的時刻，能讓自己好好靜一靜，默默冥想、和自己對話、評估人生價值並被人幹掉。這點我深感可惜。

我沒空等待機會；我想趕快回卡茲奇山發展骰子中心，幫助大家快樂喜悅，再次自由。

我必須設法將他引誘出擁擠的曼哈頓。但怎麼做？他這陣子對男孩子還有興趣嗎？要用什麼為餌，他才會離開城市這座大糞坑，走入蕭寂美麗的秋林之中？我要怎麼不讓他跟別人提起他不但見到了我，還要跟我去某處？我腦中只有個模糊的主意，我可以在他工作完搭訕他，邀他吃晚餐，然後現場發揮找個藉口，把他拐出城，到了偏遠的鄉村小路，和另一個愛自我對話的人距離好幾公里時，趁機下手射殺他。這計畫看起來雜亂又隨便，但我已下定決心，下手要乾淨俐落，不要感到噁心或驚慌失措，我要維持尊嚴、優雅和美感。我希望阿嘉莎．克莉絲蒂[134]見了我的殺人法，她能感到滿意且覺得受到尊重。我希望能完美犯罪，不受人起疑，不論是受害者、警方、甚至是我都看不出破綻。

當然，這種犯罪根本是天方夜譚，於是我回到之前的主意，我謀殺時不要感到驚慌失措，也不要有情緒和暴力，維持尊嚴、優雅和美感，這樣就好了。最起碼這是對受害者的尊重。

134 阿嘉莎．克莉絲蒂（Agatha Christie, 1890-1976），英國偵探小說作家，著作甚豐，有「謀殺天后」之稱。

但要怎麼做？骰子才曉得。我當然不知如何是好。總之，我必須保持信心。骰子要我直接去找歐士德弗拉，看看有什麼機會。阿嘉莎．克莉絲蒂書中，我不曾見過有殺人犯這樣搞，但話說回來，我怎能質疑骰子……

「法蘭克，寶貝。」隔天晚上，他從計程車下來時我說：「好久不見。是我啊，你的老兄弟路伊．史密斯。你一定記得我。很高興再見到你。」

計程車開走，我和他握手，心中希望門房不會偷聽到我的名字，我手摟住他肩膀，低聲說有人跟蹤我們，開始大步將他帶開。

「可是醫生──」

「我一定要來見你。他們打算把你殺了。」我們一邊沿街道向前，我一邊低聲說。

「但誰想──」

「晚餐時再跟你說。」

他停在離公寓約十公尺處。

「聽著，萊因哈特醫生，我……我今天晚上……有個很重要的約。對不起，可是──」

我又招了一輛計程車，車彎向路緣，渴望著東區的錢。

「先吃晚餐。一定要先聊聊。有人想殺你。」

「什麼？」

「上車，快。」

上了車，我才有機會好好打量法蘭克．歐士德弗拉；他下顎比以前胖，精神似乎更緊繃，但那也許是他怕死的緣故。他頭髮俐落，梳理整齊，昂貴的西裝光鮮亮麗，全身散發雄性鬍後水的香味。他看起來像個成功、薪水高、位高權重的暴徒。

「想殺我？」他說著雙眼直盯著我的臉，想找一絲開玩笑的笑容。我瞄了一下錶：六點三十七分。

「恐怕是。」我說：「我發現我一些骰子人打算殺你。」我真誠地望著他。「甚至可能是今晚。」

「我不懂。」他別開頭說：「我們現在要去哪？」

「皇后區的餐廳。開胃菜非常好吃。」

「但為什麼？誰？我做了什麼？」

我緩緩搖頭，歐士德弗拉緊張地盯著外頭開過的車，每次有車靠近，他似乎都縮一下身子。

「啊，法蘭克，你不需要對我隱瞞。你知道你做出一些……嗯，總之，可能讓有些人不開心。不知何故，有人發現是你。他們打算殺了你。我來幫忙的。」

他緊張地回望我。

「我不需要幫忙。我要去個地方——八點半的時候。我不需要幫忙。」他咬牙望著前方格外樸素的照片，上頭那人是計程車司機安東尼歐・羅斯可・費里尼。

「啊，可是你需要啊，法蘭克。你八點半的約搞不好會害你丟小命。你最好讓我跟著。」

「我不懂。」他說：「自從和你及博伊醫生進行骰子療法之後，我都沒有、都沒有……做任何沒付錢的事。」

「啊啊啊。」我含糊其詞，想著下一句話。

「除了我老婆的事。」

「你說那地方在哪？」安東尼歐・羅斯可・費里尼向後大喊。我回答他。

「我老婆離開了我，現在要告我，我死的話她一毛都拿不到。」

「但更早以前在哈林區的事，法蘭克。他們也許知道了。」

我們沉默了一段路，歐士德弗拉向後查看兩次，看有沒有人跟蹤。他說有。

「今晚的約是什麼，法蘭克？」

「不關你的事。」他馬上回答。

「法蘭克，我試著要幫你。今晚可能有人會試圖殺你。」

他猶豫地望向我。

「我……我要去約會。」他說。

「啊啊啊。」我說。

「但是個女人我……那個……她喜歡錢。」

「你要去哪見她？」

「在……呃……哈林區。」他瞥向後頭一輛公車，目光充滿期待，彷彿希望裡面坐著便衣警察、中央情報局或聯邦調查局幹員。上頭一定有幾個，但他無法向他們呼救。

「她一個人生活嗎？」我問。六點四十八分了。

「呃……嗯，對。」

「她是什麼樣的人？」

「她很噁心！」他吐了口口水痛罵：「淫蕩、淫蕩、淫蕩到不行——就是個女人。」

「啊。」我失望地說：「你覺得她有沒有任何機會參與這場陰謀？」

「我認識她三個月了。她覺得我是個職業摔角手。不。不。她是個爛人，但她不是——殺手絕不是她。」

「聽著。」我脫口而出：「今晚你最好遠離你公寓，不要去公共場所。我們會去我說的這間偏僻餐廳吃晚餐，然後我們可以跟你說的這女人待在一起。」

「你確定……？」

「如果今晚有誰想殺你，一切包在我身上。」

66

鮑格斯教授寫於完全隨機環境實驗中心。

親愛的路克，

我是個文人，腦袋理性，思路呈線性，一開口滔滔不絕，東拉西扯，而之前在你領導下，我心裡對荒謬已有所準備，但我在卡茲奇山待一個星期，心中無比震撼。我認分地表達了憤怒，扮演哈姆雷特，假裝自己是個傻瓜，模仿發狂的老虎；骰子命我為女人時，我甚至還娘氣的扭著我的大屁股，但這全都是一個人在玩，心裡沒有真正的感覺。

有個中年女人噁心地纏著我，要我引誘她，骰子吩咐我順著她的意，於是我在她脖子流口水，捏她的大胸部，心裡卻覺得事不關己。我的陰莖軟趴趴的。五分鐘之後，她氣呼呼地去找別人了。

第五天我覺醒了，在創意室中。骰子賜給我一項作業，要我用新語言寫四頁內容——從已知的字庫選出基本字詞，但套用新的文法、句法和措詞。我想試著表達真實的感受。我坐在那兒一小時，亂塗亂寫，無法突破。最後，我終於寫下一句話：

「鬼混我打混乒乓詩。」

我喜歡這聽起來的感覺，但句法太一般了。我寫了第二句：

「剝皮的。全剝皮的，烤透的。棍一個。」

我覺得這句好多了，但缺少動詞。

「滑積狗倒在沙髮上朝們口的莫生人狗叫。」

我泛起笑容：我覺得我愈來愈接近真理了。

「小姐我可以再抓喵喵狗倒拉屎。我相要堂果。你沒堂果，爹比說。你又淘皮，他開薰回答。棍他的，屁嘴。呿他的煮人。」

但我應該要表達真實的情感。我要怎麼做，才能維持荒謬，又不會太清楚和繁瑣？我想，我一定要更進一步：

「偶是座家。座家是寫座的仁。字詞、字痴、智痴……怎麻辦？滑積想法，蠢備好壯業遊戲，嬰兒不見。我淫得大獎機率灰常高。聖母媽梨鴨……啊。

倖存的救世主，祢去哪了？

東界之亡啊，你比我更聊解我

禮性吹毀我所有力亮。

我乞求你原釀。

庸你的腦袋，你的心零，你的搗糕！你的禮性！禮性點！（審判者會將我們全殺了）。忌得，爛仁享受生命，尋找許多魚樂。他是個不撕烤的小孩子。運用禮性和新禮學。但寫、血、寫、血！

神是宇宙之亡

（雞嘟為我們的醉而死）

神是東界之亡

（祂將寬廣和自由變得夾窄）

神將彈性變得殭硬

（東西多的人，就把東西堆好就好）

他提及的七宗死醉，

我們做出的事，我們一定要殲悔

（祂說，艾是油）

神艾束人，甚至將祂獨一的兒子賜給他們，叫一切信祂的人為他們的醉而死，永不得超生。

啊，路克，我寫啊寫，寫了兩個半小時，將有理和無理絕妙爬梳成文，我的研究生恐怕要花上數十年才能將一切解密。太美了。我感覺真爽，下一個胖女人將大胸部湊到我鮑格斯面前，我馬上勃起。親愛的路克，你完全瘋了，我是你忠成的門圖。

格鮑斯敬上[135]

67

我們在皇后區不起眼的餐廳平靜吃完晚餐，我和法蘭克．歐士德弗拉乘車前往哈林區，我這才想到我應該要「載他一程」，到某個昏暗角落，像黑幫幹掉另一名倒楣黑幫一樣，但我不知道什麼昏暗角落，再說，我漸漸擔心歐士德弗拉會出現被害妄想，朝我攻擊。

晚上八點三十四分左右，我們抵達了歐士德弗拉「約會」的公寓。我們似乎在靠近萊諾克斯大道和一百四十三或一百四十五街一帶——我一直沒搞清楚。我的受害者付了計程車錢，他一臉後悔，明明可以住希爾頓，或待在公園大道，如今卻在這鳥不生蛋的地方。我們從路緣走向優雅又破爛的公寓大門，那段距離大約十公尺，四周都沒人，但我感到在那傍晚時分，有數十張陰沉的臉瞪著我們。

我們一起如影隨形爬了三截樓梯，我手摸了摸槍，歐士德弗拉告訴我小心腳步。一樓公寓傳出馬

135 此段文章字詞原文大多顛三倒四、拼音錯置，包括最後的署名。

蹄聲和喊叫，二樓公寓傳來一個女人歇斯底里的尖笑聲，但三樓一片沉默。歐士德弗拉敲門時，我堅決強調我名字叫路伊・史密斯。我同樣是職業摔角手。兩個職業摔角手一起來找女人，一人穿著光鮮亮麗的布魯克兄弟牌西裝，一人穿著窮困潦倒的帽T，我當時沒注意到有多不協調。

女人打開門，她是個中年的胖婦人，頭髮雜亂，有雙下巴，笑容可鞠。她根本不像個女黑人。

「我是路伊・史密斯，職業摔角手。」我馬上伸手說。

「好樣的。」她說著走過我們身旁，慢慢下樓。

「吉娜在嗎？」歐士德弗拉從後頭朝她喊，但她一步步向下，一副沒聽到的樣子。

我穿過狹小的門口，隨他進去，裡頭是一個不小的客廳，有面牆上立著巨大的電視，另一邊放著丹麥摩登風格的長沙發。地上鋪著柔軟漂亮的褐色厚地毯，但電視和沙發前髒兮兮的。右邊房間傳出水聲，從白色的裝潢看來似乎是廚房。歐士德弗拉朝那方向喚：

「吉娜？」

「來了。」女人聲音拔了個尖。

我瞇眼望著牆上兩張照片時（天啊，照片中的人豈不是舒格・雷・羅賓遜和艾爾・卡彭[136]），女人進到客廳來和我們見面。她年輕貌美，體態豐滿，留著一頭烏黑頭髮，五官像個小孩子。棕色的大眼睛散發天真，黑色的肌膚光滑無瑕。

「這是？」她冷冷地尖聲說道。她尖銳的聲音挺像小孩子，但那份狐疑和那張臉實在搭不上，全身彷彿都在暗示「我有什麼好處？」

「啊，這位是路克・萊——」

---

136 舒格・雷・羅賓遜（Sugar Ray Robinson, 1921-1989），美國職業拳擊手，前世界中量級和次中量級拳王。艾爾・卡彭（Alphonse Capone, 1899-1947），別稱「疤面」，美國芝加哥禁酒時期的黑幫老大，勢力橫跨黑白兩道。

「史密斯！」我大喊：「路伊．史密斯，職業摔角手。」我向前伸出手。

「吉娜。」她冷冷地說。她伸出的手毫無生氣。

她經過我們走進客廳，回頭說：

「你們要喝什麼嗎？」

我們兩人都說要蘇格蘭威士忌，她走到電視左邊角落的酒櫃前，蹲下去拿酒，然後站起，而歐士德弗拉和我此時坐到了沙發上，他目光盯著螢幕灰濛濛的電視，我望著吉娜棕色的皮製迷你裙，和光滑黝黑的雙腿。

她走過來，給我們一人一杯嗆鼻的加冰蘇格蘭威士忌，天真、不協調的童顏轉過來，和我四目相交，冰冷地說：

「你要跟他一樣的嗎？」

我望向歐士德弗拉，他盯著地毯。心情似乎悶悶不樂。

「什麼意思？」我抬頭望著她問。她穿褐色V領毛衣，但前幾顆扣子沒扣上，胸部呼之欲出，令人難以專心。

「你來這裡幹嘛？」她盯著我問。

「我只是個老朋友。」我說：「只是來看的。」

「喔，這種喔。」她說：「五十元。」

「看就要五十元？」

「你沒聽錯。」

「好吧。一定很精采。」我回望著歐士德弗拉，他仍望著地毯，彷彿上頭有場微妙的表演。「我要考慮一下。」

「我想再喝一杯。」歐士德弗拉說，他低著頭，伸出筆挺俐落的長手臂，手裡拿著只剩兩顆冰塊的玻璃杯。

「錢。」她動也不動對他說。

他抽出皮夾，拿了四張鈔票，面額不明。她緩緩走向他，接下錢，小心地數了數，然後拿了他的玻璃杯，走入廚房。她動作像隻昏昏欲睡的母蜥蜴。

歐士德弗拉看也不看我說：

「你不能站在外面看守就好嗎？」

「不能冒險。殺手可能已經在公寓裡了。」

他抬頭看四周，神情緊張。

「我以為你說你的對象很噁心？」我說。

「她很噁心。」他說完打個寒顫。

淫蕩、淫蕩、淫蕩到不行的噁心女人回來，倒好了歐士德弗拉第二杯酒，也替自己倒了一杯。我只小口啜飲著酒，決定要保持腦袋清醒，見證乾淨俐落、充滿美感的那一刻。我手錶此時是八點四十八分。

「聽著，先生。」吉娜再次到我面前說：「五十元或滾。這裡可不是等待室。」她的聲音！真希望她閉嘴。

「好。」我轉向朋友。「最好給她五十元，法蘭克。」

他再次拿出皮夾，拿出一張鈔票。她接過來，塞入皮裙的小口袋。

「好啦。」她說：「來吧。」

她走過去打開電視，小心調著音量鈕，把聲音調滿大聲的。她離開螢幕前，三個年輕男人在抽動身子，演奏充滿節奏又震耳的音樂，這首歌世界知名，我依稀有點印象。

我為了這個付五十元？不。歐士德弗拉付的。我鬆了口氣。

「你今晚想抽些大麻嗎？」她問歐士德弗拉。他拿著喝了一半的酒沉思。

「好。」他說。

吉娜這次從廚房回來，手中拿著個小菸斗，裡面看來塞滿了大麻，她交給歐士德弗拉，他馬上點起。

他把菸斗遞給她，她吸了一大口，然後坐到我們之間的沙發上，向後倒，伸出手將菸斗遞給我。我在某處讀過美國海軍陸戰隊發現大麻有助於任務表現，於是我吸了健康的一口，將菸斗還給她。

我們每人才吸了三、四口，菸斗的大麻似乎都燒完了，但過了幾分鐘，當我看著電視上一個英俊真誠的美國人痛打一個骯髒的拉丁美洲人，菸斗又再次填好，出現在我鼻子前。我將煙留在肺裡，將菸斗還給吉娜時朝她微笑，她溫柔的童顏轉過來，棕色大眼望著我，憂傷又天真。她不說話多好。她到底是黑人還是義大利人？

第二輪的第四口，我沉浸在深沉規律的呼吸之中，真誠的美國人說著話、皺著眉，開著他噴射吉普車，然後鑲寶石的菸斗出現在我鼻子前，我大吸一口……我這次將菸斗遞回去時，又想對她微笑，希望她也享受電視節目，我興味盎然看她將菸斗放到嘴裡，歐士德弗拉的手突然出現在她下巴下方，像章魚爪一樣抓住吉娜毛衣V領，慢動作一扯，前方的鈕扣像機槍子彈一樣，噴飛到客廳地毯上。吉娜繼續吸菸斗，雙眼凝視著天花板，把菸斗遞還給我。我開心地看著菸斗，端詳斗缽外的花紋和假寶石，看著裡頭黑炭般的小草塊，接著舒暢地長吸一口。我看到美國廣播公司拍的全新冒險劇《CIA現場》正要上演，強森版嬰兒爽身粉廣告結束後，兩個真誠的美國人談論起了紅色陰謀，其中一人我記得剛才看過，背景中，農夫在耕作。

我懶洋洋地將菸斗遞給吉娜，她坐同一個地方，頭向後仰靠著沙發，雙眼朝天花板，但上半身已完全赤裸。她兩顆乳房從胸部挺出，像是兩座蜂蠟山，山頂都有個紅糖做的精緻圓型王冠。

她沒抽，只把菸斗遞向另一端的歐士德弗拉。菸斗飛出，落到客廳地板的鈕扣、毛衣和胸罩上。

原來他打了她的手。

「起來。」歐士德弗拉說。

她緩緩像隻吃飽的蜥蜴站起。我看得到歐士德弗拉了。他眼神恍惚盯著她，面無表情，他柔軟的灰色西裝格外整潔。

「妳這婊子。」他含糊罵道：「妳破麻婊子。」

我自顧自笑著，腦中一片空白，向後仰並以美學角度讚賞吉娜的右乳，她的右乳從手臂後優雅地探出頭來，像船首從懸崖後方浮現。在船首斜桅頂端，真誠的美國人在痛罵一個骯髒的拉丁美洲人。

「妳這騷貨。」歐士德弗拉又罵得更大聲了。「妳這多汁臭水溝。渾身是屎的騷貨。黏液橫流的妓女。」

吉娜手摸皮帶，然後摸索皮裙一邊，過了一會，裙子像斷頭臺落下，掉到她腳邊。她現在全身赤裸。大腿後側有一道漂亮的長疤。

「妳這婊子！」歐士德弗拉大叫，他搖搖晃晃、昏昏沉沉站起，腳步不穩、原地晃了好幾秒。電視機傳來一聲尖叫，我隨意望過去，看到美國人抓起一個農夫，將他丟到肥料堆，肥料裡頭，另一個農夫徒勞掙扎著。

我剛好轉身看到歐士德弗拉抓住吉娜的黑色捲髮，將她扔回沙發上。她全身依序彈動，然後靜靜坐好，她棕色巨大的雙眼空洞望著天花板。

「屎尿！」歐士德弗拉大喊：「屎尿女！」

我友善地朝她微笑。

「今夜時光無限美好。」我愉快地說。

68

在骰子生活、骰子團體治療和骰子中心，我成為女人上百次了。我通常都能完全享受自我。唯一無法投入的一次是因為別人以為我是男的。例如，我和克里夫蘭布朗隊前防守絆鋒那次（他以前是個卡車司機——屬於好幽默冰淇淋卡車公司），起初就沒什麼成就感，因為他希望我當男人，而我以為他是男人。角色混淆總是很棘手。

我發現，比起社會和心理，當女人的障礙是生理層面的，而性事更是令人大失所望之處。我沒有對的器官來享受性愛。換言之，與其和男人做愛，我不如在床上扮演被動的「女性」角色，配上一個扮演積極「男性」角色的女人。至於陰莖在肛門抽插，一言以蔽之，就是屁股超痛。熱呼呼的大屌在嘴中攪動確實是千載難逢的體驗，但對我來說，不會感到多爽。如果對口技別具信心，火熱的精液衝入口中是滿有成就感的，但那頂多是心裡高興，身體並不會舒服，打個比方，那感覺像被過鹹的濃湯嗆到，和幸福感有段距離，所以我不得不說，我有我的極限。

當女人有趣之處（至少對我來說）一方面是新鮮感，一方面是被動性，甚至可說是受虐被動性。渴望高等生物統治是人的本質——不論是男人或骰子。身為男人，恭敬順從從來不是我的本能，但骰子要我當女人時，我便會顯露出潛藏的奴性。

在社會中，要男人當個女人絕對是十分簡單的一件事。要女人當男人也一樣。人類天生擅於模仿，每個男人身上都包含一千種女人的姿態、口吻、態度和行為，埋藏在男子氣概之名下，難以得到伸張。也許骰子中心最大的貢獻便是創造出開放環境，鼓勵大家將所有角色表現出來；也鼓勵雙性戀。若誠實是我們的價值之一，甚至可以坦白說是**全**性戀。

我已經在數百個場合當過女人，我推薦所有健康熱血的美國男人也當個女人。

69

賈克博・艾克斯坦有天經過骰子中心，他偷聽到兩人對話。

「給我看你最好的角色。」第一人說。

「我所有角色都是最好的。」第二人回答：「我的行為你找不出一絲毛病。」

「這叫自大。」第一人說。

「這叫骰子生活。」第二人回答。

聽到這席話，賈克博・艾克斯坦瞬間頓悟。

——出自《骰子經》

70

吉娜跪在地上，她雙手以胸罩綁在背後，歐士德弗拉的褲子和內褲堆在腳邊，但身上仍穿著白襯衫和外套，打著領帶。他使勁將自己勃起的粉紅色武器塞入她嘴中，每捅一下便順勢咒罵她。我覺得自己在看一部慢動作電影，細膩刻劃著某個巨大活塞如何活動，但機械設計似乎有瑕疵，棒子經常錯過巨大的開口，而吉娜則如常睜大眼睛，面無表情。歐士德弗拉對抗女性的復仇之劍不斷削過她的臉頰、脖子或刺著她的眼睛。她只要吞個正著（她這時會閉上眼），歐士德弗拉便會氣呼呼地抽出來，零星亂插幾下，加倍咒罵。我們不清楚究竟是因為他被吸到，才讓他更討厭她，還是因為他老二重重頂到她額頭的關係。那兩次他都像電影導演大發雷霆，彷彿這女演員沒背好臺詞一樣。

「啊啊！我討厭妳。」他咆吼，身體向前倒，攤在我身旁的沙發上。我朝他微笑。

他扭身坐好。

「幫我脫衣服，妳這噁心、骯髒的賤人。」他大聲說。可愛害怕的年輕村姑來到第一個真誠的美國人身旁，激動傾訴玉米田的事。吉娜輕而易舉將胸罩解開，丟到裙子、毛衣、鈕扣和菸斗旁邊的地毯上，來到沙發替他脫衣。

「替我拿酒。」他自顧自大聲叫喊，吉娜試著將他褲子拉過鞋子脫下。她起身說：

「當然好，親愛的。你想要迷幻藥嗎？」

「我只要幹妳，人渣！」他從她背後大喊。

「這是為了你的國家著想。」電視傳來堅決的聲音。

歐士德弗拉的劍此時已彎下，但我的仍直挺挺的。我全身酥麻，不得不調整一下點三八手槍和我另一根棒子（半自動），讓全身繼續酥麻下去。我不知道歐士德弗拉雙手怎能不碰那對奶子和屁股，看到他只顧著說話，瞄也瞄不準，我心裡恨得牙癢癢。

他大口吞下拿來的酒，吉娜緩緩替他解開鞋帶，脫下鞋子；電視上的ＣＩＡ幹員開著農用牽引車；接著吉娜跪在他面前替她解下領帶，一顆顆解開襯衫扣子（我眼前一切都像是部慢動作電影，彷彿講述耶穌再臨的忠實新聞）。她才剛把襯衫袖子從他左臂拉下（我聽到農夫在歡呼，我瞄了一眼，看到農夫咧嘴笑著，露出一排排白色牙齒），歐士德弗拉這時粗壯的手臂伸出，環抱住她，臉湊到她臉上，嘴壓上她的嘴。

吉娜尖聲呻吟，從她扭動的樣子看來他一定弄痛她了。

「你這混蛋！」她嘴抽開之後尖聲罵他。她近距離設法甩了他一巴掌，他咧嘴一笑，牙齒咬住她肩膀。她雙手指甲掐著他的背時，他「砰」一聲重重將她摔到地毯上，並壓到她身上，將武器插進汙穢的淫水池，她朝他臉打了幾下，後來他順利插進去，開始抽插。

其實沒什麼好看的：歐士德弗拉翻攪著吉娜肥沃的土地，大屁股在幾公分間上上下下，吉娜手指張開在他背上，偶爾換個位置，彷彿在彈和弦。吉娜正呻吟著，歐士德弗拉突然跪起，像農夫搬一袋大麥一樣，把她翻成趴姿，接著一邊摸索，一邊將武器瞄準另一個洞穴的敵人。他全身使勁一壓，插入她體中，吉娜厲聲尖叫。時機完美，電視正好傳出槍響，我回頭瞄了一眼，看到美麗的村姑花容失色，她穿著一件破爛上衣，手緊抓著第一個真誠美國人的手臂，農夫間諜躲在雞舍不斷開槍。

吉娜右臂掙扎，努力想抬起身子，並推開歐士德弗拉，但他使勁壓著她，一手扯著她頭髮，一手抓住她右手臂。他職業摔角手的身分似乎挺有樣子的。

「婊子婊子婊子。」他喘氣大罵，美國人拖著美麗的村姑鑽過玉米田和槍林彈雨，穀粒四處紛飛，歐士德弗拉抓著吉娜的頭撞著地毯，美國人丟了一枚手榴彈，砰轟！中國佬農夫像肥料飛出玉米田，然後「去死去死去死臭婊子婊子。」歐士德弗拉嘶啞罵著，並用力頂進她肛門，兩人同時尖叫。

客廳詭異地陷入寂靜。美麗的村姑淚水盈眶，無比驚恐，雙眼從農夫的屍體望向真誠的美國人。「我的天啊。」她說。

「小心。」低沉的聲音回應。「我們這一輪贏了，但永遠還有更多人等著我們。」

歐士德弗拉哼一聲，從投降的敵人身上翻下，武器仍挺立著，但大概已發射。

吉娜高低起伏的身體靜靜躺了一陣子，然後她跪地站起。雖然她仍面對電視，但我看得到她右嘴角流下一點血，她大腿內側有點髒髒的。她慢慢走向左邊，走入應該是浴室的地方。

我流了不少汗，電視上有個女人舉起要洗的衣服誇張笑著，而我不覺走向酒櫃，又倒三杯酒，並加了融得差不多的冰塊。

我走回來時，歐士德弗拉原本仰躺著，但他坐正起來，接下酒，目光狂亂地盯著我。

「我要被殺了。」他說。

我壓根忘了這件事。

他抓住我褲腳，手中的酒灑了點到地毯上。

「我要死了。我知道。你一定要想辦法。」

「沒事的。」我說。

「不，不，有事，有事。我有很強的預感。我該死啊。」

「來廚房。」我說。

他睜大眼睛瞪著我。

「我想給你看個東西。」我又說。

「喔。」他說，他費了點勁才用雙手和雙膝撐起自己，搖搖晃晃站起。

我尾隨如鯨魚般的他走向廚房，他一進門，我馬上從口袋掏出槍，劃出一道弧線高舉起在頭頂，接著全力向下打在歐士德弗拉巨大的頭上。

「什麼玩意？」歐士德弗拉說，他停下來轉身，手緩緩放到頭上。

我瞠目結舌，看著他仍挺立、搖搖晃晃、魁梧的身體。

「是……我的槍。」我說。

他低頭看著那把小黑槍，軟軟掛在我拳頭上。

「你幹嘛打我？」他頓了頓說。

「給你看我的槍。」我說，仍驚愕地望著他空洞、茫然並困惑的眼神。

「你打我。」我又說一次。

我們四目相交。我們頭腦運轉的速度和效率，可比腦白質切除術後的樹懶。

「只是敲一下。給你看我的槍。」我說。

我們望著彼此。

「敲一下。」他說。

我們望著彼此。

「保護你用的。別跟吉娜說。」

他不再摸腦後，手和手臂垂下，像錨落入海中。

「謝了。」他遲頓地說，經過我回到客廳。

電視上，兩個眼睛像蛇的農夫有所密謀，我走到酒櫃前，盯著那張艾爾．卡彭的大照片。那是艾爾．卡彭嗎？對，是艾爾．卡彭。酒櫃中酒杯充足，我像機器人一樣又拿了三個新酒杯，從碗裡倒了些碎冰，每杯加了點蘇格蘭威士忌和水。我用手指隨意攪拌後，舔了舔，恍惚之中，裝作想到些什麼，從外套口袋拿出裝著老鼠藥的信封，倒了一半（五十克）進其中一杯酒。我再次用手指攪了攪，原本順勢要舔，還好回過神來。我將另一半毒藥倒到空杯，拿起水壺倒水進去，再次用手指攪拌。

「我要死了，鞭我！」歐士德弗拉躺在地上說：「打我，殺我。」

吉娜整理好回到客廳，站在歐士德弗拉上方，她胸口和額頭汗水閃爍著光澤。她垂下孩子氣的臉望著他，彷彿看著一隻有趣的癩蛤蟆。歐士德弗拉邊呻吟邊在地毯上微微扭動。然後他停了下來，低聲說：

「鞭我。」

吉娜彎向左邊，拿起皮裙，穿了起來，並隨意扣好腰部的扣子。她抽出皮帶。

「你們倆想先喝杯酒嗎？」我端著托盤，上面放了三杯蘇格蘭威士忌。

歐士德弗拉似乎沒聽到我說話，只專注地感受內心之光。吉娜伸出她空出來的手，拿了其中一杯正常的酒，喝了一大口。

「法蘭克，你想要——」

啪！

皮帶像炮彈抽過歐士德弗拉的大腿。他哼了一身，轉身趴在地上。

啪！皮帶抽到他屁股；啪！抽到他大腿後側。他強壯的身體痛得弓起來，吉娜停手時，他趴倒著不住顫抖。

我發現吉娜的肩膀仍冒著血，下唇的血也混著唾液慢慢流出。她低頭看著歐士德弗拉，用皮帶抽他的背，俐落又懾人。他身體現在出現三到四條鞭痕，皮膚浮腫，呈粉紅色，教人觸目驚心。

「啊。」我說：「這是正常表演的一部分嗎？」

她站在原地不答腔，緩緩喘著氣，她脖側流下一行汗，並流到雙乳之間，隨她肌膚起伏。

「我要死了，我要死了。」歐士德弗拉呻吟：「打我，拜託，打我。」

「你這白豬。」她用輕柔的聲音說：「肥仔，臭豬。」啪嗒！

我心不在焉拿酒杯喝了一口酒，然後吐在地毯上。拿錯了。

客廳轟然響起掌聲，我望過去，看到一個打扮浮誇的小獨裁者走過禮堂走廊，接受一群打扮正式的西班牙鬼、中國佬、亞洲佬或其他髒東西喝采。

「酒。」我聽到一個聲音。

歐士德弗拉現在跪在地上，一手伸向我的托盤。他雙眼失焦閃爍。

我舉起一杯酒，但吉娜從托盤拿了杯酒，交給歐士德弗拉，他一口吞下。

我手上拿著第三杯酒，嘆了口氣。歐士德弗拉拿錯酒了。

吉娜彎下腰，又喝了口她的酒，我回到舒格．雷和艾爾．卡彭面前，再倒兩杯酒。我托盤再次放了三杯酒，站在吉娜側後方。

「你想殺我。」歐士德弗拉跪在地上望著我們說：「你他媽渾身是屎的怪物，你想殺我。」他目光朦朧瞪著我們。

吉娜低頭看他，她棕色的大眼發亮，充滿好奇，嘴角首次彎起。

「嗑昏頭了？」她低聲問。

「我現在都看清了。」歐士德弗拉朝我們大叫：「**你就是殺手！**」他開始搖頭，全身顫抖。「我現在懂了，我懂了！就是**你！**」

啪嗒！皮帶抽過他的臉，他和我都嚇一大跳，他砰一聲倒地。

「對，對，鞭我，我活該。」他呻吟：「再鞭我。」

吉娜低頭看他，臉上仍帶著溫柔的微笑，汗水從她額頭、下巴和兩顆起伏的乳房流下。她緩緩舉高皮帶，舉到頭正上方，然後懶洋洋劃過一道弧，只以一半的力量擊中他的背。歐士德弗拉仍蠕動身軀，吉娜笑容中的溫柔化為譏諷。

我將托盤放到沙發上，走到吉娜後面，伸出雙手，終於捧到那對不可思議的巨乳。她乳房火燙，汗水淋漓，無比結實，我滿意地哼了一聲。我一邊擠一邊捏，吸吮著她脖子上鹹濕的汗露，我感到吉娜再次向後，然後「啪！」抽了歐士德弗拉屁股一鞭，停頓了一會，她再次舉高手，啪嗒！歐士德弗拉和我都哼了一聲，不過原因大概不大一樣。吉娜轉向我，我們炙熱濡濕的舌頭交纏，如蛇般無盡深入探索。雖然我已脫下她皮裙，撫摸、耙抓她豐滿的屁股，但那一瞬間，我的世界彷彿只剩嘴巴，舌頭在巨大洞穴中糾纏流動，不斷伸入或被伸入，咬或被咬，起起伏伏，填滿又抽空，這時，我感覺到有東西在抓我的腿。

「酒。」歐士德弗拉說：「酒，你幹他媽的殺手。最後一杯酒。」

我不情願地將雙手從吉娜身上放下，恍恍惚惚走到沙發，給他夢寐以求的那杯酒。

71

親愛的萊因哈特醫生，

我愛你。骰子說我應該要愛你，所以我愛你。骰子要我把自己獻給你，我也會的。我是你的。

伊蓮．辛普森（八歲）敬上

親愛的醫生，

骰子要我寫信給你。想不到能寫什麼。

骰子祝福你

弗列德．威沐樂

寫於德州豬鼻肉市

72

當代有許多關於骰子大師和骰子門徒的謠言，說骰子大師會將教義交給愛徒，要他們發揚光大。當然例子確實不少，骰子生活有部分是由一人啟發另一人想像，代代相傳。但更多時候是靠機率和胡說八道，而非專業和定論。有時，真正繼承教義的人會隱瞞教義，長達二十個月。要等到另一人努力不懈，找尋到身邊真正的骰子人，才知道有所謂的教義，但即使如此，這件事也說不準，是否傳遞下去純靠機率。這類老師只會偶爾說聲：「我是誰誰誰的骰子門徒。」如果說多了，恐怕不是真的。

骰子大師賈克博．艾克斯坦只有一個骰子門徒。他名字叫費普斯。費普斯完成了骰子生活研究之後，賈克博．艾克斯坦把他叫進辦公室。「我老了。」他說：「就我所知，費普斯，你是唯一能從我這裡繼承骰子大師名號的人。這裡有幾張影印紙，代代骰子大師相傳已七個月。我自己亂七八糟加了些珍貴的註解，並根據我的理解加入參考文獻。這幾張紙非常重要，我現在交給你，代表你從今以後便是骰子大師。」

「如果這些文件這麼重要，你最好自己留著。」費普斯說：「我沒讀什麼書便投入骰子生活，我喜歡原本的方式。」

「我知道。」賈克博說：「不過，這些文件在代代骰子大師手中已流傳七個月，所以你應該要收下，代表你繼承了教義。拿去吧。」

兩人剛好在火爐前。費普斯一接下，馬上把文件扔到火堆裡。

賈克博這輩子不曾生氣過，他擲下骰子，然後大吼：

「你在幹什麼！」

費普斯擲下骰子，回吼：

「你在說什麼！」

賈克博又請示骰子，嘆了口氣，然後靜靜補一句：

「至少留幾頁下次再燒嘛。」

——出自《骰子經》

73

歐士德弗拉四肢著地，全身扭曲，斷斷續續呻吟著，皮帶「啪嗒」抽過他背兩次，他緊緊抱著肚子。

電視中熱鬧的罐頭笑聲在熱鬧的客廳熱鬧地響起，歐士德弗拉曲身倒在地上，吉娜修長的雙腿全是汗水和精液，緊緻的乳房香汗淋漓，我嘴貼在她脖子上，口水直流，滴到我密布臭汗的胸口和肚腩，最後笑聲響起，熱熱鬧鬧地在濡濕的洞穴中回響，我挺著力大無窮、汁液橫流的肉棒，不斷盡情抽插，深入吉娜熾熱多蜜，層次豐富，緩緩蠕動的神賜聖碗。她不住沉吟，手中的皮帶垂在大腿邊；我進行著神聖的造物儀式，並慢慢加速波動。我雙手滑過她疲憊的雙臂，再次捧住她滿是香汗、奶頭尖挺的柔嫩巨乳。

一個英俊、傻呼呼的男人說：

「但我不喜歡做愛！」罐頭笑聲傳來，像一陣連環屁。歐士德弗拉喃喃說著永遠不會再犯了、小賤貨、要是男孩能怎樣怎樣多好，最後又是一連串打我打我。我給他的蘇格蘭威士忌和老鼠藥他喝了三分之二，剩下的全吐出來，說那是毒藥。

我感到吉娜抓著我蛋蛋，身子靠向我，然後她突然抽身，跨過歐士德弗拉，彷彿他是地毯上的嘔吐物。她拿了張直背椅，放到地毯中央，離他只有幾公分。我儘快脫下身上所有衣物，但我彷彿置身慢動作電影，來不及脫完，也來不及坐到椅子上，吉娜便把我的聖器塞了回去，雙腿盤住我，她如孩子般滿足地嘆了一聲，依著我堅硬的身軀，扭動沸騰的肉體。

有幾秒鐘，她棕色的大眼和我四目相交，我們脣舌相印，兩個波動的世界纏繞。我像侏儒章魚的巨大雙手也沒閒著，不斷撫摸她渾圓鮮嫩的屁股，然後我手捏啊捏，她身體攪啊攪；我向外抽，她向內擠；她陰穴層層肉瓣如海浪捲動，我一波波舔吮她的舌根；她劃圈，我直進；最後她嘴和我分開，頭向後仰，尖聲說：

「吸我，吸我。」她雙手捧著胸部對著我。

我低頭張嘴含住一邊，又舔又吸又咬，她呻吟：

「我是女人！我是女人！」

「我知道，我知道。」我說著從一邊火熱鹹濕的蜜乳換到下一個。

「用力，用力。」她呻吟。

我嘴張得好開，心裡擔心以後都合不攏嘴了。我腦中突然閃過奇異幻想，看到我下半輩子都像魚張著口。我盡力將一整個乳房吞入嘴中，雙手擠著另一個乳房，使勁捏著乳頭。她呻吟抱緊我，全身顫抖，骨盆開始大力衝撞著我，滾滾炙熱的白沫終於從我體內流出，灌注她的子宮。她層層花瓣不斷開閉，蜜穴彷彿有條多汁的舌頭不斷吸吮，她緊緻的金碗隨我起伏，一升一降，一合一離，神志昏迷，身體蠕動，呻吟嬌喘至結束。

或大致結束。我嘴離開她乳房，設法半合起我的嘴，抱住她溫暖軟柔的身體，我們的身體以中等速度攪動，依然陶醉在餘波之中，我下巴埋在她頭髮裡，她的唇舌隨意嚐著我胸口的汗水，歐士德弗拉一直說著死啊死啊死啊，有人說我們開福特汽車會比較快到目的地。

我們坐在原地兩、三分鐘，歐士德弗拉發出悶哼，他臉偶爾扭曲，露出笑容，電視熱鬧的罐頭笑聲，像從樓房窗戶潑出的水。

後來我將吉娜抬起，走到沙發旁，呈大字形攤在上頭，模糊想著何時才是阿嘉莎・克莉絲蒂的美妙時刻，而這場乾淨俐落、氣質滿點、不驚慌失措、不帶情緒和暴力、維持尊嚴、優雅和美感的偉大謀殺不知何時才會結束。電視中，英俊愚蠢的丈夫試著向他漂亮愚蠢的妻子解釋，為何要向正值青春期的女兒揭露人生的真相。

「如果我以前聽得懂蜜蜂是什麼，她也可以聽懂。[137]」女人說，演員停下來，等機器熱鬧的罐頭笑聲淡出。

吉娜現在又站到了歐士德弗拉上方，皮帶仍拿在手中——她從二十分鐘前鞭第一下之後就沒放開過皮帶。歐士德弗拉仰躺在地，身體微弓，他的雙腳朝向沙發。他傻傻笑著，雙眼凸出，老二勃起。

「我從來沒有故意……」他結結巴巴說：「乖男孩、乖女孩……犯錯……我病了、我病了……要死了……現在懂了……永遠不會再犯……當個乖孩子，媽媽，打我打我。」

吉娜一腳跨過他，雙腳分別站在他頭和肩膀附近，面向他的雙腿。她向前彎幾公分，吐了一口口水到他肚子上。

「好，瓊妮，有件事我今晚一定要告訴妳。」丈夫說。

「沒問題，爸，但快一點，傑克要騎機車來了。」

吉娜臉上掛著孩子般溫柔的笑容，抬起手臂向下一揮，啪！皮帶抽過他大腿。她再次舉起皮帶——她全身濕黏凌亂，精液從分開的大腿內側流下，她手停在弧線頂端，乳房顫抖——然後，啪嗒！皮帶擊中他的肚子和挺直的棒子。他尖叫，背拱起，笑容仍掛在臉上，電視的笑聲像瘋狗口中的白沫噴向客廳。

歐士德弗拉現在已語無倫次，喃喃呻吟，吉娜抬高手臂全力鞭了兩下，他拱起身子，彷彿將肚子和大腿迎向咻咻的皮帶。

「現在的青少年好暴力。」電視中蠢女人和蠢女人的朋友帶狗散步時說。

吉娜走回沙發，巨大的眼睛朝我笑，她以溫暖的嘴含住我癱軟的肉棒，津津有味地又吸又嚼。我

---

137 「鳥和蜜蜂」（The birds and the bees）是西方用來代稱性交的委婉用詞，現在通常是指「基礎性教育」。最早以前，他們會將男性比喻為蜜蜂，女性比喻為鳥，並以蜜蜂叮鳥來解釋性行為。

微笑，呆呆盯著電視螢幕上兩個不真誠又愚蠢的男人，正經談論他們那輛正經汽車的馬力，並和兒子那輛正經機車在短程上相比云云。

吉娜頭向後仰，胸部顫抖，手捧住我的蛋蛋和屁股，讓我腫脹、濕黏、尖頭發燙的老二陷得更深，她雙手一直擠，我不禁愈插愈深，她像吞劍人，身體向後仰，一邊呻吟，一邊吞更深，然後拉出來，喘氣、吸吮、舔舐，再張嘴吞下敵人破爛的武器（不可思議啊，莫非我會像卡通鬼魂吸進吸塵器一樣，被她吸進去嗎？）她手指在我屁眼摸著，然後她將口中老二拉出，朝我吐氣、舔了幾口，狠狠親我一陣，接著又吞得更深、更深……再換氣。

她屁股轉到沙發上，對著我，張開雙腿，頭又向後仰，讓我老二插回她嘴巴，深入喉嚨。她將濕黏的大腿貼到我雙耳之前，我最後聽到的是電視傳來的轟然機車聲。

吉娜身上都是精液、汗水和她的愛液，她把我的頭當巨大的陰莖，把陰戶貼上來，雙腿使勁夾，開始扭動身體，彷彿渴望拿東西填滿她。我臉埋入她陰戶柔滑的黏液中，撐到快淹死時才掙脫開來。

「我們成功了，我們成功了！」電視上有個男人大喊，機車引擎的轟然巨響淹沒了他的聲音。我將嘴脣移到她陰蒂，手稍微放開她屁股，手指滑入她肥沃的開口中，她陰穴像是一窪注滿上好潤滑油、觸感滑順的深池，另一個洞則是平滑貼身的手套。我感覺吉娜的手握著我老二的根部，偶爾包裹住我的蛋蛋，另一隻手抱住我屁股，手撫摸著我的股溝，後來又有另一隻手使勁抓著我的背和肩膀，我才驚覺她哪來第三隻手，突然之間，我眼前十公分處出現了歐士德弗拉凸出的眼睛和扭曲的恐怖笑容。

「酒、酒。」他抓著我肩膀說。

我和吉娜分開，下半身從她嘴中抽出，大步走向酒櫃，拿了那杯水。我大步走回來時，吉娜站在歐士德弗拉身旁；他軟倒在沙發上。她把皮帶遞給我。

「想試打幾下嗎？」她說。

「不，不，我是和平主義者。」我說：「謝了。」

她踏到他背上，舉高皮帶，但我跟她說，我先給他喝杯水。他轉向我，手顫抖地伸向我，接下玻璃杯，拿到脣邊大口吞嚥。咻啪！皮帶抽到他的手和玻璃杯，水灑一地。

「真沒禮貌。」我說，心想歐士德弗拉是不是不死之身。

她眉開眼笑望著我，像學校女孩剛用跳繩完成了過人的特技。

「救救我，萊因哈特，救救我。」歐士德弗拉含糊說著，並抓著我的膝蓋。吉娜沒有打他，但他突然滾到地上，彎起身子。吉娜笑著低頭望著他，但他姿勢動也不動；他再次痙攣。我一邊看，皮帶輕輕擦過我的頭髮和肩膀，吉娜將皮帶套住我的脖子，拉著我走向椅子，並逼我坐下。

她跨坐到我身上，身子輕輕湊著堅挺的老二下沉。她先慢慢摩擦，然後輕輕放進洞裡，然後換另一個洞，最後她全身滑到我身上，將老二深深埋入身體中。我們抽插，抓咬著彼此，又擠又捏又吸，耳中聽到一陣笑聲，歐士德弗拉喉嚨發出咕嚕聲並不住咳嗽，一人聲音說：「所以那終究不是蜜蜂。」我起身，緊緊抱著吉娜屁股，我跪到地毯上，翻身換成男上女下，她骨盆已在瘋狂扭動，嘴在我肩膀又吸又咬，我用力抽插，歐士德弗拉嘴中發出咕嚕聲，我用力抽插她、抽插、抽插、抽插，我嘴裡含著乳房，笑聲在客廳中回響，我們抽插抽插啊流出火燙啊炙熱融岩流入她體內啊內啊內射，然後再抽插一次爽啊啊啊爽爽爽，左邊的歐士德弗拉笑得好燦爛。他側身躺著，雙膝縮向身子，臉上的怪笑扭曲又醜陋。他老二挺直，肚子上的精液流到地毯，他雙眼睜開，目光空洞，動也不動，死了。

74

親愛的萊因哈特和貴公司，

您精闢的骰子生活理論，對費道公司的銷售、利潤和生活影響甚鉅，我們特此函謝。職業生涯過去這幾年，我愈來愈不滿足。我和大家一樣，常患胃潰瘍，也有情婦，我已和妻子離婚，也在服用ＬＳＤ之類的藥物，我會去迪斯可舞廳，但都沒什麼用。公司利潤平平，生活冷淡依舊。後來我在最厭惡、也不曾讀過的《紐約客》上看到您的文章，並在哥倫布市找到您的追隨者，從此之後，我的事業和個人全面扭轉。

骰子叫我做的第一件事是全面抬薪百分之三十，並寫信稱讚每個員工。那個月效率上升百分之四十三（下個月下跌了百分之二十八）。後來骰子要我停止製造傳統帽子（家族生產了六十七年的產品）。我的設計師開心地天馬行空。我們第一個帽子產線（你也許在《女性服飾》有讀到）是非常成功的「船形寬邊帽」，基本上像牛仔帽，但版型設計上，帽簷到帽頂的兩側齊平，前後則向外凸出十公分。

雖然我們的利潤下降百分之十五，銷量卻增加百分之二十，而且我不再感到無聊。我們第二個設計是防雨帽，外表看起來像三K黨的尖帽，不過是以鮮豔的塑膠製成，男女皆適合。賣得一點都不好（除了南方地區），但我們費道公司所有員工都覺得很滿意。我們利潤此時轉盈為虧，但我們將貫徹骰子的旨意。

骰子後來要我們放棄最賺錢的平價貴氣男帽產線。我們的零售商大吃一驚，但我們不在乎，因為我們正全神貫注實驗第三種設計（設計師說關鍵決策也由骰子決定）。新帽款叫「鬆餅」或「光環」（我們還沒請示骰子），帽子以學術帽為原型，基本上採用碟形設計，顏色、材質和形狀款式多樣，不過大多是橢圓或圓形。批發商對我們的新產品潛力存疑，但由於「船形寬邊帽」大賣，因此他們還是訂了不少。「船形寬邊帽」的訂單已接到好幾個月後了。

我們債臺高築，但總設計師和管理團隊全都自願減薪五成，換拿「光環」產線的利潤分紅，所以公司目前一定撐得住。骰子上週要設計師設計一款能罩住全身的帽子，雖然我們有人有所遲疑，但他目前已充滿熱情地投入設計。

想想看，我過去年復一年居然都只做同一款帽子咧！請將你所有出版著作寄給我們，感謝你的幫忙。

俄亥俄州哥倫布市費道帽子公司
喬瑟夫．費道總裁敬上

75

帕特警督直挺挺站在辦公桌後，警探抓著萊因哈特手肘，將他帶進辦公室。警督請萊因哈特坐到沙發上，警探離開後，輕輕將門帶上。兩人一聲不吭好一陣子。

「你知道我為何找你來嗎？」警督終於問道。

「不，恐怕我不知道。你又弄丟哪個精神病患了嗎？」萊因哈特尷尬地朝警督微笑。

「你認識一個叫法蘭克．歐士德弗拉的人嗎？」

「我知道。他是……」

「你上次見到他是什麼時候？」

「大約一週前。」

「描述一下見到他的事。」

「我……啊，我偶然在他公寓附近的街上遇到他。我們決定一起去吃頓晚餐。」

「繼續說。」

「吃完晚餐，他建議我們去哈林區找個女生朋友。於是我們就去了。」

「繼續說。」

「我和歐士德弗拉及他女生朋友廝混了幾個小時，然後我就走了。」

「你們在女友家做了什麼？」

「我們看了電視。然後，嗯，歐士德弗拉和朋友性交，然後我和她性交。那可說是個聯歡會。」

「歐士德弗拉和你一起離開嗎？」

「沒有。我單獨離開了。」

「你離開的時候他在幹什麼？」

「他在客廳地毯上睡覺。」

「歐士德弗拉和這女孩是什麼關係？」

「我會說基本上是被虐關係。也有些虐待元素。」

「你說你離開時，歐士德弗拉在睡覺？」

「對。」

「他當時健康狀況如何？」

「啊，嗯。不好。他過重，那天晚上吃太多了。消化出了點問題。贖罪行為讓他精疲力盡。」

警督帕特冷冷盯著萊因哈特醫生，然後突然問：

「那天晚上誰替大家倒酒？」

萊因哈特右臉肌肉抽動。

「酒？」

「對，酒。」

「歐士德弗拉準備酒的。」

「你自己曾自己倒過酒嗎？」

萊因哈特猶豫了一會。

「沒有。」他說。

警督繼續冷冷望著萊因哈特醫生。

「那天晚上，骰子有叫你殺了法蘭克．歐士德弗拉嗎？」

萊因哈特喉嚨發出微弱的聲音，臉緩緩別開，望著右方空白的牆面。過了一會，他低聲說：「沒有。」他沉默半晌，回望帕特警督，警督眼神冷漠。最後，警督按了辦公桌旁的按鈕，警探來到門口。

他對警探說：「帶她進來。」

吉娜進門。她穿著保守的及膝裙子、襯托不出身材的厚重上衣和鬆垮外套。

「就是這男的。」她說。

「坐下。」警督說。

「就是他。」

「呃，妳好。」萊因哈特說。

「他承認了。你看，他承認了。」

「坐下，吉娜。」警探說。

「叫我波特列麗小姐，毛臉怪。」

「請簡短重述妳那天晚上和歐士德弗拉的約。」警督說。

「這傢伙和法蘭克來到我公寓，我跟他們兩人都幹了。飲料是這傢伙倒的。歐士德弗拉感覺被下了藥，頭昏眼花，後來這人把他拖走了。」

「萊因哈特醫生？」警督冷冷地問。

萊因哈特緊張地看著波特列麗小姐，然後低聲猶豫地說：「歐士德弗拉先生和我去拜訪波特列麗小姐。我們看電視和……做愛時，他替我們倒了好幾杯酒。我離開時……他倒在地上，臉上帶著幸福的笑容。歐士德弗拉先生在哪？」

「他死了，王八蛋。」吉娜說。

「閉嘴。」警督說，然後繼續平靜陳述：「十一月十八日，有人在東河三區大橋下發現法蘭克・歐士德弗拉的屍體。根據驗屍報告，他已死了兩天，死因是老鼠藥中毒。」他目不轉睛盯著萊因哈特。「你或吉娜——其中一人——是歐士德弗拉生前最後見到的人。」

「也許他只是半夜去東河游泳，意外吞了些水。」萊因哈特露出緊張的笑容說。

「東河的砷濃度，」警督帕特回答：「仍在人體可承受的範圍。」

「那他到底發生什麼事？」萊因哈特醫生問。

「吉娜酒櫃和電視前的地毯查出了老鼠藥的痕跡。」

「啊。」

「你倒酒的！」吉娜尖聲說。

「沒有！不是我！歐士德弗拉倒的。」

帕特臉上露出笑容。萊因哈特皺眉。「也許骰子讓他決定自殺，以彌補自己的罪過。他有表現出受虐傾向。」

「酒是你倒的，而且你和他一起離開了。」吉娜尖聲說。

「我的說法不是這樣，波特列麗小姐。我……」

「你說謊。」她說。

「有四個目擊者表示他們看到你和歐士德弗拉離開了，萊因哈特。」警探說。

萊因哈特身子彎向沙發一會，然後他抬頭茫然望著警督。他沉默良久說：

「我和歐士德弗拉一起離開，警督。」

「好。你去哪裡？」

「他們搭計程——」吉娜開口。

「閉嘴！把她帶走。」

警探把吉娜帶走了。

「我們搭計程車。我在萊辛頓大道線的一百二十五街地鐵站下車。我要上廁所。歐士德弗拉繼續坐車走了。他滿醉的，我覺得自己下計程車很不好意思，但我也醉了。我找到附近的廁所……」

「你剛才為何說謊？」

「吉娜的目擊者揭穿你的謊言。」

萊因哈特不答腔。

「對，我……」

「而你這次仍在說謊。市裡沒有一個計程車司機記得那天晚上在哈林區載到兩個高大的白人。你身為醫生，應該能分辨得出來砷中毒和單純喝醉的差別。你身為醫生，一定知道老鼠藥要多少才會中毒。我們知道吉娜和四名目擊者都在說謊。我們知道你在說謊。我們知道歐士德弗拉是在吉娜家被殺，從未活著走出門。」

警督低頭望向垂頭的萊因哈特，彷彿在看一隻蟲子。萊因哈特似乎直盯著地板。四下唯一的聲音是從辦公室外傳來的打字聲。萊因哈特緩緩抬頭，望向警督。

「我謀殺了歐士德弗拉。」他輕聲說，然後再次緩緩將臉埋入雙手中。

沉默了一會，帕特靜靜說：

「繼續說。」

「我毒死了他。我殺死他，因為骰子要我這麼做的。」他突然抬頭望著帕特。「歐士德弗拉是個道德淪喪的禽獸。他死了活該。」接著他臉又埋入雙手中。「我在蘇格蘭威士忌中放入五十克的老鼠藥，拿給他。我在幹吉娜的時候他就死了。太可怕了。」

萊因哈特不說話了，帕特低聲問：「後來發生什麼事？」

「我騙吉娜說她把他打死了，讓她和朋友把屍體處理掉。」

警督走到門口，叫警探拿錄音機進來。他走到辦公桌後面，一語不發坐到椅子上。萊因哈特臉仍埋在雙手中，肩膀偶爾顫抖。警探拿了錄音機進來，放在帕特桌上，插上電。

「這是達西警司。測試錄音、測試錄音。」

他回播自己的聲音。聽起來滿專業的。

「你準備好的話，萊因哈特醫生。我希望你能告訴我事情來龍去脈。開始錄吧，警司。」錄音鈕喀一聲按下。「你叫什麼名字，萊因哈特醫生？」

「我是路修斯．萊因哈特醫生。」

「十一月十五日晚上發生什麼事？」

萊因哈特頭埋在雙手中，語氣輕柔，一字一句娓娓道出：

「十一月十五日晚上，我和法蘭克．迪蘭諾．歐士德弗拉吃晚餐。後來我們去哈林區一間公寓，我們在那裡跟一個女孩做愛。歐士德弗拉對那女孩很殘暴。他虐待她。我知道他過去曾強暴小女孩，也許殺了她們。他也會侵犯無辜的男孩……我有個兒子。他是個道德淪喪的……禽獸。他……他是個恥辱，不只是骰子人的恥辱，更是所有人類的恥辱。就我看來，他死有餘辜。」萊因哈特再次停頓。「歐士德弗拉喜歡喝酒。他喝很多。那天晚上他倒酒給我常混水。我恨他。吉娜也恨他。她一直反覆鞭打他，但他似乎很享受。我覺得令人作嘔，所以我十點半左右便離開了。歐士德弗拉當時開心醉倒在客廳地毯上。他怎麼被下毒我完全沒有……」

「停！」帕特大叫：「你到底在說什麼？」

萊因哈特哀傷地抬頭。

「說那天晚上發生的事。」

「但五分鐘前，你跟我說**你**殺了歐士德弗拉。」

萊因哈特猶豫了一下回答：「沒有啊。」

警督手伸到臉上時，手不住顫抖。

「萊因哈特。」他開口：「我……我想知道十一月十五日晚上……發生什麼事。」

萊因哈特歪頭，瞇起眼。

「好吧。」他說：「我跟你說。」他清了清喉嚨，若有所思望著帕特警督。

「十一月十五日晚上，法蘭克．歐士德弗拉和我去哈林區一間公寓，我們要去那裡打橋牌。法蘭克發牌，我洗牌的時候，在場兩個女孩其中之一——吉娜．波特列麗——鞭打我們並替我們倒酒……」

76

賈克博．艾克斯坦是萊因哈特的骰子門徒。他後來徹底了解虛無的潛力以及機率的神聖性，接受了萬物隨機存在的觀點。

一天，賈克博坐在辦公室，心境達到了崇高的虛無和隨機之境。花朵如綿綿細雨在他四周紛飛。

「我們在讚美你對虛無和隨機的演說。」眾神輕聲向他說。

「可是我現在沒在寫，也沒在說任何關於虛無和隨機的事。」賈克博說。

「你沒有說，也沒有寫，你坐在這裡就表達了一切。」眾神回答：「這是虛無和隨機真正的境界。」賈克博周圍和辦公室中，花朵飛旋的速度變得更快了。

但賈克博．艾克斯坦皺起眉頭。

「每一句話都真的很有道理。」他說：「但誰來清理這團亂啊。」

——出自《骰子經》

77

我和帕特警督偵訊結束一週後，他向關注的人表示，新的證據（不公開）顯示歐士德弗拉可能是自殺。私下，他告訴朋友和密探，他無法定我或吉娜的罪。吉娜若預謀在自家謀殺歐士德弗拉，不可能讓另一個白人在場，他也指出，老鼠藥在「受虐哈林區妓女」之間並非常見的謀殺手段。再者，一些激進自由派的陪審團肯定不會採信那四名證人的說法。但總之，她的證人顯然都在說謊。

萊因哈特醫生之所以無法定罪，因為不管是陪審團、激進自由派或百分之一百一十的美國人都無法理解萊因哈特的動機。警督不得不承認，他自己也不確定懂不懂。「他的動機是因為骰子要他下手。」檢察官將如此聲明，辯護律師會帶頭大笑，其他人也會跟著笑出來。世界變化快速，一般陪審團不論是不是土生土長的美國人，都跟不上潮流了。何況，就連帕特警督都開始懷疑是不是萊因哈特幹的，如果骰子叫萊因哈特殺人，他一定辦得到，但是他絕對不會犯下淫蕩下流、糊里糊塗、混亂骯髒、漏洞百出、毫無美感的犯罪。

然而，帕特警督又找我去了一趟，他長篇大論說完，最後留下了言猶在耳的一段話。

「萊因哈特，有朝一日，法律會追上你的腳步。有一天，憤怒將找到歸宿。有朝一日，你以骰子之名犯下的罪行將付出代價。有朝一日，你會明白，即使是在美國，多行不義必自斃。」

「也許你說的對。」我說：「但有什麼好急的嗎？」

於是我的骰子生活繼續。我給骰子六分之一機率，想盡我所能讓歐士德弗拉活過來，但骰子選了其他選項：我為法蘭克哀悼三天，並寫了一些禱告文和寓言故事。

一九七一年一月一日，我迎接了命運日三週年紀念日，並打算決定我那年的長期目標。骰子的選項有：（一）今年某一刻，我將娶琳達．瑞可曼、泰芮．崔西、蘭高小姐或某個隨機的女子（我覺得如果我無法和別人「骰子結婚」，那核心家庭未來恐怕會瀕臨絕滅）；（二）我放棄骰子一年，開始全新的生涯（我那天稍早讀了費治．亞里許的〈骰子慢慢消亡〉一文，這想法再也不令我害怕了）；（三）我將「展開革命行動，對抗世界固有的頑固勢力，我的目標是揭發虛偽和不正義的事，羞辱不公正之人，啟發、激勵受壓抑者，總之，我要向犯罪發起無止境的戰爭：換言之，就像我努力破壞自己體內的社會，我將激進地破壞社會」（我一個月前讀到一篇關於愛瑞克．坎農、亞特羅．瓊斯和他們地下革命組織的文章，那天的回憶湧上心頭，我感到熱血沸騰；我不敢說這段話代表我要**有所作為**，但我坐在客廳地毯準備擲骰時，心中以這段話為榮）；（四）我這一年將隨骰子指示，寫書籍、文章、小說或故事，至少完成兩本書（骰子中心和骰子生活基金有推出一些劣質的出版品，我對此非常不滿，因此我隱約覺得自己要來扭轉局勢）；（五）我會持續在世界上，以各種方式宣傳骰子生活，至於要如何貢獻全靠骰子來決定（這其實是我最想做的事。琳達、賈克博、佛瑞和麗麗安多多少少都屬於我們骰子團隊，沒有其他骰子人的話，骰子生活不免有點孤單）；（六）我這一整年選項，時間全限制為一天，這樣一來（引用我七一年命運日鼓舞人心的名言），「每一天黎明都是新生，其他人則茫然度日，繼續老去。」（最後一個選項令我耳目一新，因為我一直覺得長期的選項很無聊。即使是骰子模式，我也常陷入一成不變的窘境）。

但骰子決定考驗我，它滾出了「四點」——我這一年中要嘗試各種寫作計畫。後來骰子迅速決定了兩件事，我今年一定要完成「剛好二十萬字的自傳」（所以這本蠢玩意兒這一整年都在我身邊），時機成熟時（骰子和我心血來潮時），我也會撰寫其他骰子欽點的作品。

當然，寫作根本算不上是全職工作，我會繼續隨機見朋友，有時在骰子中心或與骰子團體工作，偶爾演講，心血來潮會扮演一陣子新角色，不時做些骰子練習，基本上過著悠然自得、周而復始、千變萬化、靈活隨興、無法預測的骰子生活。

果不其然，機率插手了。

78

H．J．惠波是位金融家，他腦袋糊塗，並遭到萊因哈特蒙騙，資助了他各種病態的計劃。根據國稅局、聯邦調查局、納粹親衛隊、美國在職精神科醫師協會的幹員在惠波公寓竊聽的錄音卡帶，我們得知一九七一年三月二十四日，骰子生活基金會的「方塊理事會」究竟發生了什麼事。雖然內容多半和萊因哈特逃避法律制裁一事無直接關係，但這份報告並非毫無價值，其中明確記錄下他和信眾發展出的病態結構和價值觀。

就我們所知，方塊理事會通常一個月開一次會，地點會隨機在世界上選一個地點，且不考慮合不合適。這次會議已事先排定，目的是要為萊因哈特下週出席的聽證會做準備，屆時他將面對紐約精神科醫師協會執行委員會對他的指控。指控相當單純，協會指出他的骰子理論荒唐不經，骰子療法不僅無用，也不道德，而且「恐怕毫無醫學價值」；他的骰子中心令人髮指，表面上模仿正式治療中心，背地裡卻違背所有道德和心理治療原則；他個人生活更是大眾之恥。紐約精神科醫師協會應該與他切割，公開譴責他所做所為。他將被趕出紐約精神科醫師協會，協會也將致函給美國醫學會和紐約州醫學會，望能禁止他在美國進行醫療和精神治療，所有採用他醫療方法的醫生也都必須禁止執業。

骰子生活基金會方塊理事會地點在惠波家客廳，那裡有一座軟綿綿的維多利亞風格沙發、一張東方書桌、一張法國鄉村風情的椅子、兩張丹麥摩登風格椅子、放了軟墊的海軍充氣艇、一塊巨岩和美國早期的壁爐，壁爐旁還有一片三公尺見方的白沙坑。客廳風格從石器時代早期到賈克博．艾克斯坦開玩笑稱之的「火燒島不朽風」。根據惠波指出，一切都是骰子選的。看來八九不離十。

當天晚上出席者包括：惠波，基本上他是個保守的生意人，但資本主義的腦袋莫名受骰子人所汙染；麗麗安．萊因哈特太太，她近期通過了紐約州律師協會考試，不過據傳她好幾題複選題都是擲骰子選的；賈克博．艾克斯坦醫生，他受萊因哈特拖累，一同進行多項冒險計畫，據報行為漸漸變得怪異和不負責任（目前美國在職精神科醫師協會已打算另行對他提出指控）；琳達．瑞可曼，她是萊因哈特的情婦，也是個無藥可救的妓女，兩人關係藕斷絲連；另外有兩個嬉皮，喬瑟夫．法恩曼和他妻子菲依，兩人都是骰子理論活動份子。理事會出席者不一定，因為各理事顯然會事先請示骰子，決定是否出席。

下午兩點，這些人全到了惠波家，或躺或坐散布在客廳。法恩曼太太、瑞可曼小姐和萊因哈特坐在沙發上，艾克斯坦和喬瑟夫·法恩曼坐在沙坑中，萊因哈特太太靠在巨岩上，惠波先生則坐在東方書桌前的法國鄉村風情椅子上。討論一開始，惠波先生滔滔不絕請大家在下週精神科醫師協會上，盡力為萊因哈特醫生辯護。他說，如果萊因哈特醫生被判有罪，脫離了紐約精神科醫師協會，現存骰子中心的閉館壓力恐怕會倍增；年輕醫生會怕遭到波及，不得不放棄骰子療法；治療師召募上也將變得更棘手。萊因哈特也許將被迫放棄參與《當代宗教》電視節目。如果萊因哈特正式定罪，被紐約精神科醫師協會除名，可能代表骰子生活的終結，全人類的希望也將破滅。

惠波提到，他很擔心萊因哈特聲譽受前骰子學生慘死影響，他也指出，警察和媒體都刻意以此事抨擊萊因哈特。惠波勸他最近別做太誇張的舉動，而且要用盡技巧在協會前為自己辯護。

但這段演講過後（內容合情合理），其他人居然不怎麼領情，他們似乎覺得骰子生活基金會和骰子人整體的形象都必須像其他事一樣碰運氣。萊因哈特說，如果他被趕出協會，基金會乾脆跟風譴責他，明哲保身。艾克斯坦的建議更簡單，他覺得基金會乾脆發表正式聲明，從今以後與地球和八大行星上做壞事的骰子人切割——這樣就不用「每天」發表新聲明了。

年輕的嬉皮喬瑟夫·法恩曼指出，紐澤西軍火庫炸彈案發生後，在案發不遠處發現了兩顆明目張膽的綠骰子；另外，伊斯德曼議員在參議院上，猛烈抨擊了骰子中心和骰子人。這兩起事件後，坊間突然出現無數不稱職的骰子治療師，為骰子學生創造愚笨且危險的選項；他說，聯邦調查局可能已滲透，並試圖敗壞整場運動。艾克斯坦醫生駁斥這無端的臆測，並指出骰子人根本不需要外力幫助，自己就能徹底抹黑自己了。

討論話題一轉，惠波先生抱怨國稅局原本讓骰子基金會免稅，如今卻試圖駁回這項決議，因為他們認為骰子信仰不算一般宗教範疇，基金會教育計畫似乎是要人放棄常人所謂的知識，科學研究也常引用虛構的文獻為證據（艾克斯坦此時說了句：「唉，人非聖賢嘛。」），而從傳統角度看來，非營利的骰子中心絕對不具治療效果，而且依照國稅局的說法，「痊癒」的骰子學生非但不適應社會，甚至會危害社會。萊因哈特太太和艾克斯坦對國稅局的事毫無興趣，惠波指出他每年收入減少三十萬美元，有一部分就是因為他慷慨支持著基金會。他補充，可靠的骰子會計師在骰子允許精準計算下，提出了最新的財政報告，根據報告，基金會在骰子中心、骰子團體治療、兒童骰子遊戲和艾克斯坦《方方正正男的案例》一書和雜誌《骰座》上都虧本，一個月淨虧損逾十萬美元（許多人插嘴喊「太棒了」和「好啊！」）。

（以下開始為逐字報告（HJ惠波客廳岩後：七一年四月十七日七點二十二分至七點三十九分））：

「（惠波的聲音）總之，我們遲早要有收入。你們知道全國上下其他產品都賺翻天了嗎？包括骰子男孩和女孩T恤、綠骰運動衫、袖扣、項鍊、領帶夾、手環、比基尼、耳環、尿布夾、彩珠和糖果？骰子製造商去年銷售還成長四倍？」

「所以呢！」賈克博．艾克斯坦說。

「那我們呢？」惠波呼喊：「其他骰子生活遊戲收費是我們四倍，賺了數百萬元，甚至完全誤解骰子生活的重點，反觀我們卻入不敷出。酒吧和迪斯可舞廳推出骰骰女孩，主打隨機脫衣，入場費都要五元了，我們媲美索多瑪和蛾摩拉[138]的骰子中心卻完全免費。每個人都拿骰子來賺錢，唯獨我們沒有！」

「那就是骰子的旨意。」艾克斯坦說。

「我們一直有給骰子賺錢的選項，但骰子一直拒絕我們。」萊因哈特太太說。

「但我不能一直貼錢啊。」

138 索多瑪和蛾摩拉是聖經中的兩個城市，城中充滿罪惡，不遵守神的規範，最後遭神毀滅。

「沒人要你貼錢。」

「但骰子一直要我這麼做！」

（眾笑。）

「目前為止，我們是世界史中唯一大賠特賠的宗教。」艾克斯坦說：「不知道為什麼，但我感覺滿好的。」

「聽著，H．J。」瑞可曼小姐說：「錢、權力、骰子男孩T恤、綠骰彩珠、骰子教堂——所有人拿骰子做的事——全都無關。骰子生活只是宣揚多重遊戲的遊戲，像宣揚多重劇場的劇場。利潤不重要。」

「聖人妳當就好，琳達。」艾克斯坦說：「與其為貧窮驕傲，我覺得不如去搶平民老百姓。」

「我告訴你們，我們一定要處理國稅局這件事，不然我就完了。」惠波說：「我們一定要雇用國內最好的律師打這場官司——不惜上訴到最高法院。」

「那根本是浪費錢，H．J。」

「不過，」萊因哈特太太說：「把這事搬上法庭搞不好有教育意義。『何謂宗教？』、『何謂治療？』、『何謂教育？』，我相信我能好好辯護，讓國稅局自己去找出答案。」

「我覺得我們可以雇用妳對國稅局上訴。」艾克斯坦說。

「我們要雇用最好的律師。」惠波說。

「我們需要骰子律師。」艾克斯坦說：「只有骰子律師明白自己在捍衛什麼。」

「骰子人不可靠。」惠波說。

（笑聲又響起，惠波也神經質地笑到岔氣。）

「對了，喬瑟夫。」萊因哈特醫生說：「愛瑞克．坎農和他朋友成了我的粉絲。他要我替他們拿下週日電視錄影的票。」

「他們可能想去現場嗆你。」法恩曼說。
「你們真的要長大。」惠波振聲疾呼：「路克聽證會需要一個好律師，不然我們全都會被拖下水。」
「對了，路克。」萊因哈特太太說：「你在聽證會上打算做什麼？」
「我還沒想過，麗麗安。」
「嗯哼，我們所有人都該思考一下了。」惠波說。
「列出選項，擲骰子。」艾克斯坦在沙坑裡說：「我不知道我們幹嘛討論這件事。」
「但路克的理論很重要。」惠波說：「一定要為之辯護。」
「其中一個選項可以寫路克整場聽證會都一直咯咯笑。」喬瑟夫．法恩曼說。
「但我喜歡你們。」萊因哈特說：「我不確定我希望基金會、骰子中心和骰子生活分崩離析。」
「那只是心理上的感覺，路克寶貝。」艾克斯坦說：「你一定要對抗那股感覺。」
「那就把呈現理性的機率提高。」萊因哈特太太說：「不然就把雇我當律師的機率提高。那樣你就萬無一失了。」
「他一定要考慮到個人形象。」惠波說：「不管是下星期面對紐約精神科醫師協會，還是下下週星期天的電視節目。骰子生活之父有義務永遠擲出真實。」
「骰屁。」艾克斯坦說：「如果他擔心形象，他就不是他了。」
「他必須幫助人。」
「骰屎。如果他覺得自己必須幫助人，他就不是他了。」
「但我有時想幫助人啊。」萊因哈特說。
「骰鬼。」艾克斯坦說：「如果你有**願望**，你就不是你了。」
「這些新的髒話是怎麼回事？」瑞可曼小姐問。
「他骰的，我哪知道。」

「你真好笑。」惠波說。

「跟你們比，我還不到你們一半好笑。」艾克斯坦回答：「寫下選項。擲骰子。其他全是狗屁。」

79

在骰子主導的宇宙中，要說有什麼確定的，那就是紐約精神科醫師協會執行委員鐵定會認定萊因哈特醫生有罪。五位委員絕對沒有人會同情他。主席偉恩博格醫生野心勃勃，事業成功，是傳統型天才，他最痛恨有人占用時間，害他不能在機構進行「垂死之人慮病症」這個光榮的研究。除了在克朗姆派對見過一面，他聽都沒聽過萊因哈特醫生，而在那之後，他當然再也不想聽到這名字。

卡勃史東醫生這人公平公正，理性開明，因此絕對會反對萊因哈特醫生。雖然曼恩醫生極力勸說其他委員，讓萊因哈特默默辭職走人就算了，但勸說失敗後，他自然會投票反對他所厭惡的一切。簡而言之，就是萊因哈特醫生。

第四位委員是皮爾曼醫生，他控訴萊因哈特是因為他兩名天資聰穎的精神科實習醫生（喬瑟夫．法恩曼和費治．亞里許）突然拋下他，並在萊因哈特隨機的指導下開始進行骰子療法。他是個膚色蒼白的中年瘦子，聲音很高，在他最受讚譽的代表研究中，他證明了青少年時期吸大麻的人後來更可能嘗試ＬＳＤ。他應該不大可能支持萊因哈特。

最後一位是沐恩醫生，他是紐約精神科醫師殿堂級的老前輩，曾與佛洛依德深交，一九二〇年代早期，發表了孩子天生注定墮落的理論，引起廣泛討論，他自一九二三年紐約精神科醫師協會成立以來便擔任執行委員至今。他已高齡七十七歲，也是偉恩博格醫生「垂死之人慮病症」研究機構中最重要的研究對象，但他仍積極參與這次程序。不幸的是，他行為有時相當詭異，搞不好私底下是個骰子人，不過同事認為他「稍微古怪的行為」是由於「初老症狀」。雖然他一向是協會中的保守派，但是，由於他極不穩定，他是唯一不見得會反對萊因哈特的人。

執行委員會時間是在一九七一年三月三十一日下午，地點在偉恩博格醫生「垂死之人慮病症」研究機構大型會議室。那天下午，偉恩博格醫生不耐煩地坐到長桌後頭，他年近五旬，身材矮胖，頭髮茂密，他一邊坐著皮爾曼和卡勃史東醫生，另一邊則是沐恩醫生和曼恩醫生。其他醫生都一臉嚴肅，神情堅定，除了沐恩醫生，在這當兒，他竟在偉恩博格主席和曼恩醫生之間默默睡著了，他時不時會緩緩靠到一人肩頭，接著像該上油的鐘擺，卡在原地一會，再慢慢晃到另一人肩頭。

五人坐的長桌太長了，他們看起來比較像五個縮首縮尾、互相扶持的逃犯，而不是裁判官。艾克斯坦醫生以朋友和個人醫師身分出席，他和萊因哈特醫生兩人坐在會議室中央的木椅上，面對那五個人。艾克斯坦醫生彎腰瞇眼坐著，萊因哈特醫生正坐挺胸，精神飽滿，他身穿合身的灰色西裝，打了領帶，看來格外專業。

「是，裁判官。」萊因哈特醫生在任何人開口之前說。

「等一下，萊因哈特醫生。」偉恩博格醫生厲聲說。他低頭看眼前的文件。「萊因哈特醫生知道自己面臨的指控嗎？」

「知道。」萊因哈特和艾克斯坦醫生異口同聲回答。

「年輕人，這關於骰子的亂象究竟是怎麼回事？」卡勃史東醫生問。他的拐杖放在前方桌上，彷彿那是聽證會的相關證物。

「那是我新發展出來的治療法，裁判官。」萊因哈特馬上回答。

「這我們明白。」他說：「我們的意思是，請你解釋清楚。」

「嗯，裁判官，在骰子療法中，我們會鼓勵病患用擲骰子來決定事情。目的是為了破壞人格。我們希望能創造多重人格，讓個人變得不一致、不可靠，逐步變得思覺失調。」

萊因哈特醫生口齒清晰，語氣堅定理智，但不知何故，眾人一片沉默，現場只聽得到沐恩醫生刺耳斷續的呼吸聲。卡勃史東醫生嚴厲的下巴變得更嚴厲了。

「繼續說。」偉恩博格醫生說。

「我的理論是說，我們所有人內心都有些小衝動，但那些衝動都被正常的人格所箝制，幾乎不曾付諸實行。那些小衝動像是人格中的黑人。自人格建立之後從來不曾享有自由；他們成了隱形人。雖然我們不承認，但每個小衝動其實都有機會形塑出完整的人格，唯一要做的就是像傳統的主導人格，給他機會發展，主體原先的人格會分裂，並陷入緊張，導致周期性的失控和混亂。」

「黑人就該乖乖待在他們的位置。」沐恩醫生說，滿臉皺紋的大餅臉突然動了起來，飽經風霜的面孔中冒出兩顆凶惡的紅眼。他情緒激動，身子向前傾，簡短撇下這句話，嘴仍不由自主張著。

「繼續說。」偉恩博格醫生說。

萊因哈特醫生嚴肅地朝沐恩醫生點點頭，繼續說。

「每個人格都建立在壓抑次要人格之上。要是有人能釋放衝動，拒絕固定模式，他就沒有限定的人格；他會變得不可預測，變化無常，甚至可謂『自由』。」

「他會發瘋。」皮爾曼醫生高音的聲音從桌子一端傳來。他蒼白乾瘦的臉上面無表情。

「我們好好聽他說。」卡勃史東醫生說。

「繼續說。」偉恩博格醫生說。

「在穩定、統一、衡常的社會中，侷限的人格有其價值；人人只要一個自我便能實現自我。今日則不然。在價值多元的社會中，唯有多重人格才能實現自我。我們每個人都壓抑著上百個潛在自我，不論我們在人格單一的道路上有多堅定，我們永遠不會忘記內心最深沉的欲望，我們渴望多樣、渴望扮演許多角色。

「諸位不介意的話，各位先生，請容我引用一段話。這是我診療錄音中，一名骰子病患所說的話。」萊因哈特醫生手伸向椅子旁的公事包，拿出幾張紙。他翻閱了一下，抬頭繼續說：

「這是奧維爾．鮑格斯教授說的話，就我來看，戲劇化地道盡了所有人面臨的難題。我引用如下：

「我覺得我應該寫本偉大的小說、寫好幾封信、對我社區有趣的人友善一點、辦多一點派對、花更多時間探索知識、跟我小孩玩、跟我老婆做愛、更常去爬山、去剛果、當個激進份子進行社會革命、寫童話故事、買更大的船、多出海、晒太陽游泳、寫本關於美國流浪漢的書、讓孩子在家自學、在大學當個更好的老師、當個忠實的朋友、花錢更大方一點、更經濟一點、在世界活得更充實一點、活得像梭羅不役於物、打多一點網球、做瑜伽、冥想、每天做那個加拿大皇家空軍運動計畫、幫我妻子做家事、在房地產賺錢、然後……然後諸如此類的。

「而且每一件事都要認真、頑皮、誇張、堅忍、開心、平靜、合乎道德、冷漠——像D．H．勞倫斯、保羅．紐曼、蘇格拉底、查理．布朗、超人和波哥[139]。

「但這太荒謬了。不管我做哪一件事，扮演哪一個角色，**其他自我便無法滿足**。你一定要幫助我，在我滿足一個自我同時，其他自我也應該感到尊重。幫我讓他們閉嘴。你一定要幫我，讓我振作起來，我不要在這他媽的宇宙魂不守舍，**一事無成**。」

139 D．H．勞倫斯（D. H. Lawrence, 1885-1930），英國作家和詩人，作品對性愛描述相當直白，在當時頗具爭議，代表作為《查泰萊夫人的情人》。保羅．紐曼（Paul Newman, 1925-2008），美國著名演員，曾榮獲奧斯卡影帝，代表作為《朱門巧婦》。波哥（Pogo）是美國漫畫家沃爾特．凱利（Walt Kelly, 1913-1973）作品的主角，漫畫內容富含雙關，諷刺有趣。

萊因哈特醫生抬頭微笑。「根據西方的精神醫學，我們解決奧維爾・鮑格斯的問題時，會勸他壓抑天生的多樣性，建立單一主導的自我，控制住其他人格。這是極權主義的辦法，代表他在精神上必須組織一支常備軍，時時鎮壓次要自我。正常的人格將一直處在叛亂動蕩之中。」

「有些說法挺有道理的。」艾克斯坦醫生附和。

「骰子療法中，我們試圖推翻極權人格——」

「大眾需要一個強大的領導者。」沐恩醫生打岔。

眾人一陣沉默，四周只聽得到他斷續的呼吸聲。

「繼續說。」偉恩博格醫生說。

「我目前只想說這句話。」沐恩醫生回答，他火紅的雙眼如火爐關上了爐門，身子緩緩朝曼恩醫生肩膀晃去。

「繼續說，萊因哈特醫生。」偉恩博格醫生面無表情說，但雙手像章魚想掐死魷魚一樣用力捏著文件。

萊因哈特醫生瞄了一下手錶，繼續說。

「謝謝你。在我們的比喻中——這比喻無比精準，堪比科學，簡直媲美佛洛伊德著名的本我、自我、超我——在我們的比喻中，以機率主導的反常個人其實是由一個仁慈的君主所控制——骰子。治療早期，只有幾個自我會出現在骰子選項中。但隨著學生進步，愈來愈多自我、欲望、價值和角色有機會出頭；人類不斷成長、擴張，變得更有彈性和多元。主導的自我漸漸無法違抗骰子。人格摧毀後，人就自由了。他——」

「我覺得不需要再讓萊因哈特醫生繼續了。」偉恩博格醫生突然站起來說：「不過，誠如觀察入微的艾克斯坦醫生所說，有些說法挺有道理的，但從先驗的角度來說，人格破壞之後，恐怕稱不上心靈健康。我不必說多，只要提醒諸位，曼恩醫生在變態心理學經典教科書上第一句是這麼說的：『如果人對自己的身分、事物的穩定性及整體自我有深刻的感受，他就會有安全感。』」他朝曼恩醫生一笑。「因此我——」

「正是如此。」萊因哈特醫生說：「不好意思，正是如此，裁判官。這想法總是在先驗時期就被駁斥，從未進入實証。我們實驗中不曾找來一個強壯的人，讓他破壞人格，讓他變得更多元、更快樂、更具創造力。我們的教科書上第一句會這麼寫：『如果人能維持強烈的信心，面對他的不一致和不可靠，全心接受事物不穩定性，以及不完整、毫無模式的混亂自我，在價值多元的社會裡，他會自由自在——而且充滿喜悅……』」

「關於破壞人格上，我們有許多實證經驗。」卡勃史東醫生平靜地說：「我們的精神病院滿滿都是不完整、毫無模式、生活混亂的人。」

「沒錯。」萊因哈特醫生冷靜回答：「但他們為何在病院裡？」

這問題沒有答案，萊因哈特醫生等偉恩博格醫生再次坐下，繼續解釋：

「我們的治療法試圖給予他們一個完整的自我，最後卻失敗了。在價值多元的社會中，有沒有可能人類天生的本質上，就**不希望**自己被統一、被單一化，**不希望**只有一種人格？」

除了沐恩醫生發出的呼吸聲，現場再次陷入沉默，偉恩博格醫生氣呼呼地清了清喉嚨。

「每當我檢視過去數百年的西方精神科治療法……」萊因哈特繼續說：「我都感到嘆為觀止，沒人承認治療法根本無法解決人類不快樂的問題。如雷蒙．菲爾特醫生所說：『綜觀二十世紀，精神症狀自然消退和各種學派所謂「治癒」的速率基本上沒變。』

「我們治療精神病的努力為何盡皆失敗？為何文明世界不快樂的情況不斷擴大，我們卻來不及解釋原因，也一籌莫展？我們的錯誤就在眼前。過去的社會簡單、統一、穩定，因此我們以為那就是人類理想的標準，但面對現今複雜、價值多元的文明來說，那根本**大錯特錯**。我們以為在健康的人類關係中，最重要的莫過於『誠實』和『坦白』，而在我們過時的道德標準中，說謊和假裝是邪惡的事。」

「啊，但萊因哈特，你不能——」卡勃史東醫生說。

「不，裁判官，很遺憾，我並不是在開玩笑。每個社會都建立在謊言之上。我們的社會不僅建立在謊言之上，還相互矛盾。人生活在簡單、穩定、單一謊言社會中，會建立統一的自我，並接受單一的系統，一輩子任其萌芽生長。他不會受朋友鄰居否定，不會注意到他百分之九十八的信念空洞無物，價值虛偽隨機，大多的欲望可笑徒勞。

「人活在多元謊言社會中，會吸收矛盾和謊言所造成的混亂，每天朋友、鄰居、電視都會提醒他，他的信念並非普世認同，他的價值觀只是隨機的個人看法，他的欲望通常是一場空。我們要明白，面對多數問題，當他矛盾的自我有了無數矛盾的答案，再要這人誠實或忠於自我，那他肯定老老實實發瘋。

「另一方面，面對這無止境的矛盾，我們為了解放他，一定要勸他放手，勸他假裝、偽裝、說謊。我們一定要給他一個方法發揮成長。他勢必要成為骰子人。」

「看吧！看到沒！」皮爾曼醫生插嘴：「他剛才承認他提倡的治療法鼓勵說謊。你們有聽到嗎？」

「我相信我們一直都在聽萊因哈特醫生解釋，謝謝你，皮爾曼醫生。」偉恩博格醫生說，他再次揉了揉面前的文件。「萊因哈特醫生，請繼續。」

萊因哈特醫生看了一下手錶，繼續說。

「在人人說謊成性的多元謊言社會中，有病的人才會誠實，嚴重有病的人才會要求別人誠實。當然，精神科醫師總是勸病人要真實和誠實。這種方式——」

「如果我們的方法這麼糟。」偉恩博格醫生厲聲說：「那為何我們的病人會有起色？」

「因為我們鼓勵他們扮演新角色。」萊因哈特醫生馬上回答：「主要是『誠實』的角色，但也要感到罪惡、自責、壓抑、醒悟、性向解放等等。當然，病人和治療師都誤以為自己找到了**真正的**欲望，其實他們不過在釋放和發展不同的新自我。」

「說得好，路克。」艾克斯坦醫生說。

「限制病人扮演單一新角色之後，後果不堪設想。病人會被迫找尋『真實』，並追求單一且一致的人格。尋找『真實自我』的過程中，他發現內心沉睡的角色時，短時間會感到解放，但一旦他覺得另一個自我才是真實的自己，他會再次感到束縛和分裂。有件事我們全都知道，卻往往刻意忽略，只有骰子療法承認——人是多元的。」

「對，人是多元的。」偉恩博格醫生拳頭突然砰一聲敲在桌上。「但文明的重點就是要把強暴犯、謀殺犯、詐欺犯和騙子全關起來，不讓他們自由。你似乎在暗示，我們應該打開牢籠，釋放我們其中少數的殺人犯。」偉恩博格醫生氣憤地聳一下左肩，讓沐恩醫生遲滯的身體再慢慢順軌道而行，落到另一頭，曼恩醫生同樣氣憤，但他肩膀柔軟多了。

「沒錯，路克。」曼恩醫生說，他隔著桌子冷冷望向萊因哈特醫生。「就因為我們內心有個傻瓜，不代表我們有理由將他表現出來。」

萊因哈特醫生看了一下錶，嘆了口氣，拿顆骰子，從右手丟到左手掌上，定睛去看。

「幹，算了。」他說。

「什麼？」卡勃史東醫生問。

萊因哈特醫生繼續說：「釋放強暴犯、殺人犯和傻瓜，對所謂擁有正常理性人格的獄警來說，這想法似乎是瘋了。反之，對殺人犯人格的獄警來說，釋放和平主義者也是瘋了。但現今正常人格的研究不僅沮喪無聊，也教人絕望。骰子療法是唯一能一舉顛覆所有作品的理論。」

「但社會將面臨——」卡勃史東醫生開口。

「整個國家都是骰子人的話，社會基本上會變得無法預測。整個國家都是正常人，社會面臨的問題很明顯——悲慘、衝突、暴力、戰爭和全面不快樂。」

「我還是不懂你為何反對誠實。」卡勃史東醫生說。

「誠實和坦白？」萊因哈特醫生說：「天啊！那是正常人類關係中最糟糕的事。『你真的愛我嗎？』這荒謬的問題反映我們腦袋出了問題。面對這問題，永遠都該回答『天啊，當然不愛。』或『我的愛不是現實，而是幻想。』人愈追求誠實和真實，所受的阻礙和約束愈多。『你對我**真正的**感覺是什麼？』聽到這問題永遠都該拿條皮帶，抽發問的人的嘴。但如果有人要求：『請天馬行空隨便亂想，告訴我你對我的感覺』，他便能從中解放，不再神經地執意於單一的真相。他能表達矛盾的自我——當然一次一種。他能完整扮演每個角色。他會和思覺失調症合而為一。」

萊因哈特醫生起身。

「你們介意我踱步嗎？」他問。

「請便。」偉恩博格說。萊因哈特醫生開始在長桌前大步來回走著，有一陣子，他只在沐恩醫生前踱步，換言之，就是在他兩個同事肩膀之間徘徊。

「好，接下來我們談談實務上的情況。」他又開口：「病人很難一開始就接受骰子療法。就像七十年前抗拒佛洛伊德的性神話那樣，他會打從心底抗拒機率。面對一個典型悲慘的美國人，我們首先要讓他以為這只是一個短期的遊戲，他才會讓骰子決定命運。當他發現，我認真要他用**機率**決定重要大事，無可避免，他肯定會嚇得尿褲子。

「那是比喻。大多數的案例中，克服剛開始的抗拒之後——我們所謂的**尿褲子**——骰子療法就開始了。一開始的程度不會危及正常人格。等病人懂得基本規則，玩心大起之後，我們便會擴大骰子的決定範圍。」

「說具體點，病人拿骰子做了什麼？」卡勃史東醫生問。

「嗯，首先我們會找出病人矛盾之處，並讓骰子替他決定。『樹林中分出兩條路，而我，我選擇了骰子指明的那條路，而這造就一切改變。』[140]小紅帽如此寫道，因此這點是不容質疑的。通常病人輕易就能上手。

「我們也會告訴他們如何運用骰子的禁令。每次他們要做事，我們會請他們擲骰子，如果是六點，他們便不能做；必須請示骰子選別件事。禁令很有幫助，但其實很困難。我們讀書、寫字、吃飯、調情、私通、交媾都出於習慣。結果現在『砰』出現了骰子禁令，簡直是當頭棒喝。理論上，我們的目標是成為貨真價實的隨機人，也就是沒有習慣和模式的人，一天吃飯零到六、七次，隨意睡覺，性事上隨機回應男女、狗、大象、樹、西瓜、蝸牛等等。當然，我們不會好高騖遠。

「我們會讓病人先判斷自己要怎麼用骰子。當然，雖然他願意擲骰子碰碰運氣，但遲早會陷入窠臼。不推他一把，他永遠無法突破。」

「病人不願意擴大骰子的用途，你們怎麼克服？」卡勃史東醫生說。他似乎很有興趣。

萊因哈特醫生停在他面前微笑。

「要克服第二階段抗拒——我們所謂的**便祕**——我們最常用的方法是用嚇的。我們會告訴病人擲骰子是為了解決他最大的問題：『給骰子一個選項，讓你和母親一起睡，對她毛手毛腳』、『讓骰子決定你要不要罵：「去你的，老爸」』、『擲骰子看你要不要毀了日記』。」

「接下來發生什麼事？」

「病人通常會噴屎或昏倒。」萊因哈特醫生說，他皺眉望著地板，再次踱步。「但他平復之後，我們會建議他比較沒那麼可怕，但仍超出範圍的選項。這時，他便會無比感激，接受我們的提案。」

萊因哈特醫生笑逐顏開，經過每個醫生面前，他都朝他們微笑。

「接著，他便開啟了自己的旅程。接下來一個月內，我們希望他能有以下其中一種反應——感到

140 改編自羅伯．佛洛斯特《未行之路》。

欣喜解放、放棄骰子療法或精神錯亂。精神錯亂是因為他不想承認他能假裝和改變，也不承認能解決自身的問題。他無法面對自由，不相信自己脫離了假象，不再是無助可憐的自己。

「當他發覺可怕的問題再也不需由他來承擔，他便會感到解放。問題已經交到骰子方正的肩膀上。他會感到欣喜若狂。他不再受控於虛妄的自我，將人生交到骰子手中，彷彿皈依或得到救贖。好比基督教徒放棄靈魂，將自己交予基督或神，重獲新生；也好比禪宗門徒或道教徒死心塌地信奉『道』。在這些案例中，學生放下自我控制的遊戲，將自己交給自己以外的力量。

「我們的骰子學生曾描述過這段經歷，我引用其中一段。」萊因哈特醫生回到椅子旁，從公事包拿出文件並開始讀。

感覺很棒。是一種宗教和心靈上的感受。突然之間，我不用再面對強暴小女孩和雞姦小男孩的困擾。我放棄掙扎，把混亂思緒都交到骰子手中。骰子要我強暴，我就強暴。骰子要我克制，我就克制。沒問題。骰子說飛到秘魯，我就飛到秘魯。我彷佛置身於一部我從來沒看過的電影。無比有趣，而且我就是主角。最近兩個月，我甚至懶得再給骰子小男孩、小女孩的選項。我不知道，其他事情好有趣，我似乎不再對那檔事有幹勁了。

萊因哈特醫生將文件放到椅子上，再次踱步。

「當然，我們的學生要達到這程度的自由，必須花上一段時間，也不一定能維持。起初，他們擲骰子時通常會想：『我現在有意志力能辦到任何事了。』這想法不好。不管是自我控制的假象或是『意志力』，這種想法都必須捨棄。學生一定要明白，他和骰子最初的關係好比嬰兒乘橡皮艇，在泛濫的河流中漂流：河流無論如何流動，都是好的；他不需知道自己飄向何方，也不需知道自己何時會抵達終點。重點是漂流。」

萊因哈特醫生踱步一會，專注望著他的聽眾。他愈說愈興奮，桌後方的五名醫生漸漸面露敬畏，除了沐恩醫生，他仍張嘴睡在曼恩醫生身上。

「其實，我也許說得太快了。」萊因哈特醫生再次開口。「也許我該跟你們介紹一些骰子練習，例如，情緒輪盤。學生列出六種可能的情緒，讓骰子擇一，然後盡可能誇張表達情緒至少兩分鐘。這可能是最有幫助的骰子練習，能幫助學生表達所有長期壓抑的情緒，有些情緒他甚至渾然不覺。羅傑．米特斯報告說，有個骰子學生在骰子命令下愛了一個人十分鐘，後來他發現自己仍愛著對方；最後小倆口結婚了。」

萊因哈特醫生停下腳步，友善地向偉恩博格醫生微笑。

「再來還有俄羅斯輪盤。我們有兩個版本。其中之一，學生列出三到六個不愉快的選項，擲骰子看自己要做哪一個。第二種，他會寫出一個極具挑戰的選項——例如辭職、侮辱一名母親或丈夫、搶銀行和謀殺——然後給與選項一個渺茫的機會。

「第二種俄羅斯輪盤是我們最好的骰子練習。雷恩霍特．巴維爾醫生藉此治癒他求助無門的死亡焦慮，他每天早上會拿出左輪手槍，放一顆子彈和五發空包彈，轉動輪巢，將槍管對準太陽穴，擲下兩顆骰子。如果骰子是兩點，他便會扣下扳機。每天早上他死的機率是兩百一十六分之一。

「從他發現這款骰子練習之後，巴維爾醫生的死亡焦慮便消失了；自從童年開始，他不曾感到如此輕鬆。上週，二十九歲的他突然英年早逝，實是一場悲劇。」

萊因哈特醫生望向一個個醫生，眼鏡後的雙眼泛著淚光。他繼續說。

「然後還有K練習——這是紀念著名德裔美籍研究者亞伯拉罕．克朗姆醫生。」萊因哈特醫生朝曼恩醫生一笑。「學生列出六個角色或自我，並一一扮演每個角色一段時間，短至幾分鐘，長至一週或更久。K練習是成功骰子生活的關鍵。學生每天練習一至兩小時，或每週練習一天，便能慢慢成為成熟的骰子人。」

「萊因哈特醫生，我……」

「當下，親朋好友會覺得學生發瘋了，並請來心理治療師，但要成為骰子人，一定要忽略身旁的懷疑和嘲笑。方恩醫生告訴我，他的學生一次一小時慢慢延長K練習，最後他從一天一小時，變成一天練二十三小時，每週每天都變換角色——除了星期天，他保留一天休息。起初，他朋友和家人都變得歇斯底里，心中既恐懼又憤怒，但他一向他們解釋他的努力，他們便開始適應。幾個月之後，他妻子和小孩早餐會乾脆問他是誰，馬上因應配合。他眾多角色包括柱頂修士聖西門、葛麗泰．嘉寶[141]、三歲小孩和開膛手傑克，他的家人心理相當成熟，值得肯定。願他們安息。」萊因哈特醫生停下腳步，神情肅穆，真誠望著曼恩醫生。

曼恩醫生目光空洞回望著他；然後他滿臉漲紅。萊因哈特醫生望著地板皺個眉頭，繼續踱步。

「如你們所知，」他說：「正如所有有效的醫療方式，骰子療法也有一定的副作用。

「例如，學生通常明白，骰子能決定他要不要繼續進行治療。他提高機率之後，骰子遲早會讓他放棄治療。有時，骰子又會叫他回來看診。然後又會命他們放棄。有時骰子會要他們付診斷費，有時不會。不得不承認，骰子學生身為病患滿不可靠的。不過，你們可以想見，病患愈不可靠，他愈接近痊癒。

「第二個副作用是學生會做出古怪的事，因此不只會讓自己變得引人注目，精神科醫生不可避免會受到牽連。

「還有件事，在第三抗拒階段，學生可能會試圖殺死心理治療師。」

---

141 柱頂修士聖西門（Saint Simeon Stylites, c. 390?-459），敘利亞的禁欲修士，他在阿勒坡的小平臺上活了三十七年。葛麗泰．嘉寶（Greta Garbo, 1905-1990），瑞典國寶級女演員，曾獲奧斯卡終身成就獎，瑞典銀行新發行的百元紙鈔上便印有她的頭像。

皮爾曼躲避他的目光，於是萊因哈特醫生停到他面前，友善地望著他說：

「一般來說，這情況應該能避免。」

他再繼續踱步。

「第四個副作用是學生堅持治療師也要用骰子來決定治療方式。如果治療師真誠列出選項，可能會做出違反醫療道德的事。值得一提的是，治療師違背愈多醫療道德，病人進度愈快。」

萊因哈特醫生在會議室另一端停下腳步，望了一下手錶，然後沿著桌子大步走回來，經過每個裁判官時都嚴肅地望著他們。

「進度。」他繼續說：「你們可能會想了解預後的事。

「參與骰子療法和進骰子中心的學生通常都是正常、平凡、悲慘的美國人。五分之一的人無法通過尿褲子這關，兩週便會放棄治療，離開骰子中心，生活不受影響。另外五分之一的人兩個月內會不時遇到便祕，最後也會放棄。這部分我們不大確定，因為有些人可能第一個月脫離治療和中心之後，其實已自我解放，不再需要治療師便能繼續過著骰子生活。

「兩百三十三個學生拿骰子練習了超過兩個月，我們進行特別調查，發現有十六人現在在精神病院，這輩子恐怕都無法獲釋。」

「老天啊。」卡勃史東醫生驚呼，他拿起桌上的拐杖，彷彿要保護自己的安危。

「不過，你們知道實情之後，肯定會感到開心，這十六人中其中一人雖然已處於緊張型思覺失調症六週，但其實他在明年一月十三日便會完全痊癒。他六週前擲骰子決定，他要扮演緊張型思覺失調症患者一年。」

萊因哈特醫生停在卡勃史東醫生面前，朝神色冷酷的主任溫暖微笑。

「我個人預測，這一年結束，學生所有症狀將『自然消退』，過個幾十年便會被釋放。」

長桌後的醫生瞠目結舌望著萊因哈特醫生。

「另外十五個病人似乎是精神崩潰了，如果把學生逼太急，太早讓他深入生活敏感之處，確實十分危險。不過，這類案例中，治療師大多相信在精神崩潰之後，學生人格會大幅成長改善。」

萊因哈特簡短瞄了一下手錶。他加速解釋。

「剩下的兩百一十七個接觸骰子療法兩個月以上的病患中，一百二十四人仍在幸福和崩潰之間掙扎；九十人似乎達到了穩定狀態，心中充滿喜悅，另有三人死亡，可說是不幸因公殉職。」

萊因哈特停在會議室中間，他背對艾克斯坦醫生，面對五名裁判官，臉上掛著溫柔寧靜的笑容。

「結果不盡理想。」他又停頓一會，接著說：「但值得注意的是，骰子療法的病患中，都不會有社會適應良好，卻感到人生悲慘的情況。就目前調查，所有骰子學生全都不適應當前的瘋狂世界。因此一切還有希望。」萊因哈特醫生眉開眼笑。

「我看沒道理讓他繼續說下去了。」曼恩醫生平靜地說，他聳了聳右肩，想頂開沐恩醫生。

「我想你說的對。」偉恩博格醫生說，並將面前的文件壓平。

「骰子療法和錢。」萊因哈特醫生說，他再次專注地踱步。「佛洛伊德創始之作問世後，錢的問題至今不多人處理。如諸位所知，佛洛伊德將錢和糞便連結在一起，他高明地指出，手頭緊的『緊』便是忍住糞便的狀態，正如他不朽的名言所說，是為了維持『完美無瑕的屁眼』。」

「萊因哈特醫生。」偉恩博格醫生打岔：「你不介意的話，我想——」

「再兩分鐘。」萊因哈特醫生看了一下手錶說：「佛洛伊德假設，精神病患認為任何外流的錢、糞便、時間或能量都是損失，換言之，玷汙了靈魂，更精確來說，便是玷汙了屁眼。顯而易見，再怎麼忍都注定會失敗。埃里希．佛洛姆曾一針見血說：『人生來注定要大便，這是一大慘事。』」萊因哈特醫生雙眼閃爍，一臉嚴肅。

「過去的治療法自然無法解決這難題。傳統精神分析認為渴望『完美無瑕的屁眼』是精神病，是欲望的反彈，但我們主張這欲望同所有欲望都是好的，唯有太過僵化時，才會造成問題。其實，人人都該同時接受『完美無瑕的屁眼』和排洩出的一塊塊大便。」

他站在卡勃史東醫生面前，伸出兩隻西裝筆挺俐落的手臂，靠到桌上。「我們不求排洩要有所節制，我們追求的是無窮的變化：換言之，隨機在便祕和腹瀉轉換，然後可能不定時有幾次正常排便吧。」

「萊因哈特醫生，拜託——」卡勃史東醫生說。

「當然，這是比喻。為了治療人對金錢的強迫焦慮，我們會先和學生進行簡單的骰子練習。我們先要他拿出一小筆錢，讓骰子決定要不要花，接著決定錢要怎麼花。然後我們再慢慢增加金額。」

「夠了。」偉恩博格醫生說，他起身面對萊因哈特醫生。萊因哈特走到他面前停了下來。「該說的也都讓你說了；我們也聽夠了。」

萊因哈特瞄了一下手錶，然後從口袋拿出顆骰子，望了一眼。

「你永遠無法叫他閉嘴。」曼恩醫生低聲說。

「我想我說完了。」萊因哈特醫生說，他回到座位上。艾克斯坦朝地板微笑。

偉恩博格醫生再次試著壓平面前皺巴巴的文件，大聲清了清喉嚨。

「好了，各位。」他說：「萊因哈特現在仍在場，我想請問大家，在我們投票之前，有沒有人有問題要問他。」他緊張地先朝右望，皮爾曼醫生噁心地咧嘴笑著，卡勃史東醫生嚴肅地盯著雙腿間的拐杖柄。兩人都不吭聲。接著偉恩博格醫生緊張地朝左望，沐恩醫生呼吸變得更響，斷斷續續抽著氣，比之前更不順暢，他身子慢慢劃出一道弧，倒向主席。

曼恩醫生用幾不可聞的聲音說：

「他不是人。」

「你說什麼？」偉恩博格醫生說。

「那人再也不是人了。」

「喔。沒錯。」偉恩博格醫生起身。「那沒有任何問題的話，我現在請萊因哈特醫生離開會議廳，我們會現場進行投票程序。」

「你說我不是人？」萊因哈特醫生平靜地說，他仍坐在艾克斯坦醫生旁的椅子上。「我不是人又怎樣。現今人類發展呈這副德性，**不是人**這詞還算得上是侮辱嗎？想想在市場、貧民窟、家庭、戰爭中，尋常平民老百姓做出的下流事，那才叫道德淪喪，我不過就行為反常罷了。你不用**不是人**形容他們，卻用來形容我。」

「萊因哈特醫生。」偉恩博格醫生打斷他，依舊站在原地。「請你——」

「拜託，我胡說八道也不過才一個小時。給我個機會。」

他沉默望著偉恩博格醫生，最後主席緩緩坐回椅子上。

「骰子造成的後果，和理性文明的人類造成的傷害相比，簡直小巫見大巫。骰子人根本是邪惡的門外漢。你們不自在，因為有人被操弄或受到傷害時，背後動機並非來自自我；你們驚訝，因為骰子人造成他人痛苦時，就像給小費一般隨便。因為你們就連面對痛苦，也講求目標明確、前後一致、合情合理。我們創造愛、表達愛、感受愛都是意外，都是因為骰子，一想到這點，你們對人類本質的想像便完全破滅。」

偉恩博格醫生慢慢從椅子再次站起，萊因哈特醫生只舉起他粗壯的右臂，繼續冷靜地說：

「但你們這麼努力捍衛的人類本質究竟是什麼？看看自己。你內心真正的發明家呢？愛人呢？冒險家呢？或聖人？或女人？你把他們都殺了。看看自己問：『神照著自己的形象造人是這副模樣嗎？』」萊因哈特目光從皮爾曼、卡勃史東、偉恩博格、沐恩掃到曼恩。「對神根本就是褻瀆。神創造、實驗、順勢而行。他才不會在過去拉出的屎坑中打滾。」

萊因哈特醫生將兩張紙放回公事包起身。

「我要走了，你們可以投票了。但請記得，所有人心靈都像變色龍一樣善變：因此，所有假象中，最殘酷的莫過於妄言人類最重大的心靈發展為『個性』和『獨特性』，兩者像石殼般將人困住，剝奪了人類神性。好比欣賞一艘船，卻只欣賞船錨。」

萊因哈特醫生獨自走向門口。

「一個真實的傻瓜。」他說：「一群真實的傻瓜。江山代有才人出。在骰子出現之前，一切都是徒然。」他最後朝艾克斯坦醫生一笑，離開了會議室。

80

一個全心投入的骰子學生問萊因哈特醫生：「骰子生活的本質為何？」

萊因哈特醫生回答他：「骰子生活大多都是無用的狗屁。」

——出自《骰子經》

81

（在骰子特別指示下，以下是紐約精神科醫師協會執行委員會，針對萊因哈特一案裁判審議過程誇張化的版本，由賈克博．艾克斯坦醫師實際錄音改編。）

五位委員沉默坐在原地良久，會議廳只聽得到沐恩醫生睡夢中刺耳、斷斷續續的呼吸聲。偉恩博格、卡勃史東和曼恩醫生全盯著萊因哈特醫生走出的那道門。皮爾曼打破沉默：

「我想我們應該把這件事劃下句點了。」

「啊。啊。啊，對。」偉恩博格醫生說：「投票。我們必須投票。」但他仍呆呆盯著門。「老天啊，他瘋了。」他補了一句。

「投票。」皮爾曼醫生以尖銳的聲音重複。

「對，當然了。現在要針對皮爾曼醫生提出的議案投票，因所列舉的原因，他提議委員會將萊因哈特除名，並要求美國醫療協會也考慮相應措施。皮爾曼醫生？」

「我贊成自己的議案。」他一本正經朝主席說。

「卡勃史東醫生？」

那老醫生手指緊張地摸著雙腿間的枴杖，茫茫望著萊因哈特醫生空蕩蕩的椅子。

「我投贊成。」他平心靜氣地說。

「兩票支持有罪。」偉恩博格醫生說：「曼恩醫生？」

曼恩醫生右肩用力一聳，將沐恩醫生頂到差不多坐正了，沐恩醫生火紅的雙眼睜開一會，不規律地眨了眨。

「我仍覺得我們應該請萊因哈特醫生自己默默離開。」曼恩醫生說：「形式上，我投反對票。」

「我懂你的感受，提摩西。」偉恩博格醫生滿懷同情地說：「你呢，沐恩醫生？」

沐恩醫生直起身子，眼皮緩緩掀開，露出垂死的火紅雙眼。他的面容之慘，彷彿受盡史上所有人類的苦難。

「沐恩醫生，剛才這人，你要投贊成票將他除名，還是投反對票，讓他繼續留在協會？」

在沐恩醫生歷經風霜、滿是皺紋的臉上，唯一保有生氣的便是那雙凶狠的紅眼，但他雙眼失焦，也許望著過去，也許望盡世事。他張開嘴，口水流下。

「沐恩醫生？」偉恩博格醫生重複第三次。

沐恩醫生動作緩慢，一定花了三、四十秒才完成這動作，他緩緩將雙手手臂舉到頭上，雙掌無力地半握成拳，然後嘴仍張著，把雙手砸到面前的桌上。

「反對！」他大吼。

眾人嚇得一片死寂，會議廳唯一聽得到的是沐恩醫生斷斷續續的巨大喘氣聲。

「你願意解釋一下嗎？」偉恩博格醫生過了一會輕聲問。

沐時醫生身體慢慢軟倒，再次滑向曼恩醫生肩膀，他看遍世事的凶惡雙眼現在半閉不閉。

「不需多言。」他虛弱地說：「繼續吧。」

偉恩博格醫生起身，臉上笑容散發威嚴。

「萊因哈特醫生除名投票案目前票數二比二，主席因此必須投票打破僵局。」他頓了頓，正經地撥了撥面前皺巴巴的文件。「我投贊成票。因此，票數為三比二，萊因哈特醫生就此從紐約精神科醫師協會除名。我們會寄封信給——」

「議程有問題。」沐恩醫生虛弱的聲音傳來，他雙眼只開了條縫，彷彿不想讓人直視他煉獄般的紅色目光。

「什麼？」主席驚訝地說。

「根據細則……控訴同事者不得……在提議案審議會中……投票。」

「恐怕我不理解——」

「我本人在三一年訂定那條細則。」沐恩醫生抽了口氣說。他似乎想離開曼恩醫生肩膀坐正，卻沒有力氣。「皮爾曼提出控訴。皮爾曼不能投票。」

沒有人說話。現場只有沐恩醫生刺耳零星的呼哧聲。

曼恩醫生終於小小聲說：

「這樣的話，票數就是二比二。」

「票數為二比一，判定無罪。」沐恩醫生說，他拚老命無力地抽氣，好不容易說出口：

「委員會主席除非票數平手，否則不得投票。」

「沐恩醫生，先生。」偉恩博格醫生說，語氣虛弱。他雙手撐著桌面，以免昏倒。「能麻煩你考慮改變選擇，或至少解釋一下嗎？」

在那張彷彿受盡史上所有人類苦難的臉上，沐恩醫生垂死的雙眼如燒紅的木炭，閃爍最後一絲紅光

「不需多言。」他說。

偉恩博格醫生再次將他壓平的文件捏皺。

「沐恩醫生，先生。」他弱弱的說：「你願意改變你的選擇，以……讓事情……讓事情……沐恩醫生，先生……沐恩醫生！」

會議廳中徹底死寂。

徹底死寂。

82

骰子是我的牧者，我必一無所缺。
祂讓我安歇在青草地上，領我到幽靜的溪水旁。
祂使我的靈魂崩毀，
以隨機之名引導我走正路。
我縱使走過死亡的幽谷，
也不怕遭害，因為機率與我同在，
兩顆神聖的方塊帶給我安慰。
在我敵人面前祢為我擺設宴席，
又用膏油澆我的頭，
使我酒杯滿溢。
善良、慈愛、邪惡和殘酷必伴隨我一生，
我要永遠住在機率的殿中[142]。

——出自《骰子經》

142 根據〈詩篇〉第二十三章改編。

83

沐恩醫生在會議中死亡，而罪有應得的我卻暫時逃過一劫，精神科醫界為此討論得沸沸揚揚。我後來默默退出了紐約精神科醫師協會（免得被揹上除名的臭名），但事後，偉恩博格醫生仍寫了封信給美國醫學會主席，於是美國醫學會著名的醫療道德委員會便召我接受質詢；文明的精英社會再次啟動緩慢、理性、官僚的程序，設法將我一腳踢開。

惠波先生恭喜我辯護成功，說他肯定政府單位不會再找麻煩了。

「你已學會了收斂，路克。嘴上理性，說法迂迴，這好處我看你懂了。在你的領導下，我們將解放美國人，讓多元表達變得更普及。」

「謝謝你，H．J，謝謝你。」

「星期天，你儘管告訴美國人潮流在哪。」

「等著瞧，H．J，等著瞧。」

84

《當代宗教》出品

（攝影機橫掃過去，照著低矮舞臺上的五個人，觀眾席坐了五十多個人。）

畫面出現福丹大學神學助理教授約翰・沃爾夫神父；促進統一社會普世中心艾里・費施曼拉比；普林斯頓大學精神醫學教授愛略特・達特醫師，他也是著名無神論者；然後是精神科醫生路克・M・萊因哈特，骰子信仰備受爭議的創立者。

「歡迎來到《當代宗教》節目，本節目的討論全是現場轉播，完全不經綵排，講求自由開放和即席自然。我們今日的主題是：

【骰子信仰是否是逃避？】

（畫面帶到魏普頓女士）

「我們今日節目主持人：絲隆・魏普頓女士，她是前影視女星、知名金融家和社交名流葛雷格・魏普頓的妻子，也是四個可愛孩子的母親。魏普頓女士也是第一長老教會宗教自由委員會主席。歡迎魏普頓女士。」

（她露出大大的笑容，熱情地開口。）

「謝謝你們。午安，各位先生、女士。我們今日有幸談論一個相當有趣的題目，我相信所有人都希望能多了解何謂骰子信仰。我們也請了幾位專業來賓到現場。萊因哈特醫生是去年最具爭議的人物

（畫面短暫轉到萊因哈特醫生，他穿一身黑，黑色的套頭毛衣搭配黑色西裝，有點像神父一般。他嘴上叼個大菸斗，但從頭到尾沒點燃過），他關於骰子療法的文章和書籍引起精神醫學界一片譁然，他的《骰子經》也令宗教界一陣驚駭。美國在職精神科醫師協會之前特別針對他，取消了他的會籍。然而，仍有許多不是精神病患者的人，支持萊因哈特醫生和他的宗教。去年，萊因哈特醫生和信眾開始經營骰子中心，全名為完全隨機環境實驗中心，成千上萬人前去中心體驗，有些人獲得深刻的宗教體驗，有些人則嚴重崩潰。不論意見為何，萊因哈特醫生無可否認是相當具爭議性的人物。

「萊因哈特醫生，討論一開始，我希望能先問你今天的中心問題，然後再請每個來賓針對同一個問題發表各自的意見：『你的骰子信仰是否是逃避？』」

「當然了。」萊因哈特醫生說，他心滿意足叼著菸斗，然後保持沉默。魏普頓女士起先引頸期待，後來緊張了起來。

「怎麼會是種逃避？」

「有三種方式。」萊因哈特說完再次無語咬著菸斗，安詳滿足。

「哪三種方式？」

萊因哈特垂下頭，攝影機向下看到他雙手摩擦著個東西，然後擲到面前小桌上，是顆骰子：六點。攝影機回到他臉上，觀眾看到萊因哈特直視鏡頭。他散發慈祥和關愛，穩穩叼著無煙的菸斗，望向觀眾。五秒鐘、十秒鐘過去。十五秒。

「萊因哈特醫生？」畫面外傳來女性的聲音（畫面轉回一臉嚴肅的魏普頓女士。然後回到萊因哈特。接著又回到皺著眉頭的魏普頓女士，再轉向張嘴吐著空氣的萊因哈特。最後，鏡頭遲疑地轉向沃爾夫神父，他看起來正專注準備待會要說的話。）

「費施曼拉比。也許今天可以由你開頭。」畫面外女性的聲音傳來。

費施曼拉比四十多歲，身材矮小，膚色黝黑，他語氣急切，說話時先朝魏普頓女士，後來朝萊因哈特。

「謝謝妳，魏普頓女士。我覺得萊因哈特醫生今天下午所說的一切非常有趣，但他似乎抓錯了重點：骰子信仰背離了人的身分：它崇拜機率和命運，因此崇拜著人類一路走來的敵人。人是偉大的萬物之主，負責組織、整合一切，而就我了解，骰子生活旨在破壞整體性和一致性。它背離了人類生活，也不像萊因哈特醫生一些評論家所稱，讓生活回到隨機的自然本質。不。自然也是有組織和整合。但骰子信仰某方面代表了崇拜崩毀、瓦解和死亡。可謂反對生命。我認為這是我們時代另一個令人作嘔的現象。」

（攝影機平穩地轉向魏普頓女士。）

「非常有趣，費施曼拉比。你說的一切確實引人深思。萊因哈特醫生，你想回應他說的話嗎？」

「當然了。」

萊因哈特再次望向電視機觀眾，一派詳和，親切地咬著菸斗。五秒鐘、十秒鐘、然後十二秒。

「沃爾夫神父。」魏普頓女士聲音拔了個尖。

「換我了？」

（畫面出現了沃爾夫神父，他有一張肥潤的圓臉，滿面通紅，一頭金髮，他遲疑地朝魏普頓望一眼，然後像檢察官一樣直視鏡頭。）

「謝謝你。不論萊因哈特醫生今天下午如何顧左右而言他，骰子信仰就是反基督崇拜。神創造的世界有道德律，呃，這個道德倫常。將自己的自由意志交於骰子決定，這是我所能想到不僅最令人髮指，也是完全違背了啊，這個神的犯罪。好比毫不反抗屈服於罪惡之下。這種行為，就是這個啊，懦弱。

「**逃避**這說法太客氣了。骰子信仰是犯罪，反對啊，這個神和尊嚴，也反對啊，這個神照自己形象造出的人類。我們和……呃，神創造的其他生物的區別就在自由意志。放棄這恩賜，可謂犯下違背聖靈之罪，這點罪不可赦。萊因哈特醫生也許受良好教育，也許是醫學博士，但他這個所謂的，呃，骰子信仰是我所聽過最……這個惡毒，呃，這個最可憎和邪惡的事啊。」

「我可以回應嗎？」萊因哈特的聲音從畫面外傳來，鏡頭切換到他直視前方，沉默放鬆的臉龐，顯然不打算再說任何一個字。彷彿他的臉每次出現在螢幕上便換了一個頻道。五、七、八、十秒過去。

「達特醫生。」一個柔和的女性聲音說。

達特醫生出現在畫面中：他年輕英俊，充滿活力，抽著香菸，情緒緊張，專注而聰明：

「我覺得萊因哈特醫生今天的表現非常有趣，我看過他的作品，也曾和認識他的人討論，他現在的樣子完全符合我心中浮現的臨床印象。我們若不了解創造者和信徒的**病狀**，我們不可能了解骰子信仰和逃避方式。基本上，如萊因哈特醫生自己承認，他是個思覺失調症患者（萊因哈特醫生出現在畫面上，安詳地望著觀眾，配上達特醫生接下來的分析）。萊因哈特醫生的精神錯亂和脫序情況相當嚴重，他失去單一身分，成為多重人格。文獻中有許多這類思覺失調症的例子，他和其他例子不同之處是他能大量替換人格。他藉著骰子和骰子信仰各種胡說八道來掩飾他角色扮演強迫的本質。我們社會中，精神錯亂和脫序這類疾病並不罕見，許多人投向骰子信仰，是因為骰子信仰創造了一個吸引人的說法，能掩飾並支持當今社會發生的精神崩潰（畫面再次回到達特醫生）。

「骰子信仰其實不算是逃避，就像其他宗教，它能帶來安慰和安定，也可以說，擁抱此信仰，個人心理上軟弱的特質便會變崇高。天主教和猶太教死板的神面前，被動是一種逃避，但在充滿彈性、難以預測的機率之神面前，被動不是這麼回事。只要以個人和團體病理學解釋，兩者其實都可以理解。」

達特醫生轉向魏普頓女士。畫面回到她，她的神情認真誠懇。

「剛才說猶太教的神很死板是什麼鬼話？」費施曼拉比的聲音從畫面外傳來。

「我只是在說大家普遍接受的精神醫學理論。」達特回答。

「如果要說什麼有病，」費施曼再次面色陰沉地出現在畫面中，「那就是沒本事又假客觀的神經心理學家，他們老是假裝自己了解擁有靈性的人。」

「兩位。」魏普頓小姐露出最佳笑容，試著調停。

「天主教可不會將人類的軟弱變崇高（沃爾夫神父聲音傳來，畫面切換到他），而是找尋人心靈的崇高之處。心理學家蟲子般的腦袋——」

「三位——」

「你們防備心這麼重真的很有趣。」達特醫生說。

「我們今日主題不在此。」魏普頓女士綻放笑容打斷三人。「主題是關於骰子信仰，現在有人說他的信仰是思覺失調症，更是一種疾病，我非常想聽聽萊因哈特醫生的看法。」

萊因哈特醫生又出現在畫面上，他容光煥發、親切友善、神態輕鬆。五秒、六秒。

「我不懂你為何保持沉默，萊因哈特醫生。」魏普頓女士從畫面外說。萊因哈特表情動也不動。

「這是典型的症狀，魏普頓女士。」達特醫生聲音傳來。「思覺失調症緊張狀態。萊因哈特醫生顯然能憑意志自由進出狀態，這種能力非比尋常。幾分鐘之後，搞不好他便會滔滔不絕，妳要叫他閉嘴都沒辦法。」

萊因哈特醫生將菸斗從嘴上拿下，長吐了一口氣。

「但我沒理解錯誤的話，達特醫生。」魏普頓女士說：「你是說萊因哈特醫生有某種精神疾病，這種人一般會被關在病院裡。」

「不，不算是。」達特醫生激動起來。「以我的說法，我會稱萊因哈特算是**準**思覺失調患者。他的信仰讓他做多數思覺失調病患能做的事：即使他人格分裂，信仰仍給了他單一的理由。沒有骰子信仰，他會是個無藥可救、滿口胡說八道的瘋子。有骰子信仰，他便能正常生活——當然是以一個完整的**準**思覺失調患者的身分，但總之就是能生活。」

「我覺得他今天下午沉默不僅可笑無禮，也是逃避。」費施曼拉比說。

「他啊，這個罪孽深重。不敢面對啊，這個美國人民。」沃爾夫神父說：「他無法面對真相。」

「萊因哈特醫生，你願意回答這些指控嗎？」魏普頓女士問。

（畫面中的萊因哈特緩緩拿下菸斗，目光仍盯著觀眾。）

「好。」他說。

（沉默五秒、十秒。十五秒。）

「但你的回答是？」

萊因哈特醫生此時第二次傾身，揉著雙手，將一顆骰子擲到桌上他動都沒動的杯子旁，杯子裡倒著某種棕色的飲品。特寫鏡頭看到了結果：兩點。他表情不變，身體回到原本的位置，慈善安詳地望著全世界的觀眾。

費施曼拉比開口，他的臉出現在畫面中：

「這種笨蛋吸引了成千上萬人？我不懂。印度有人餓死、越南人在受苦、我們的黑人兄弟仍在合法表達不滿，而這個人，還是個**醫生**，坐在原地，抽著一個沒點燃的菸斗，擲骰子。羅馬大火時，他就是那拉琴的尼祿[143]。」

「他啊，這個簡直更糟，拉比。」沃爾夫神父說：「尼祿後來重建羅馬城。這人只知道破壞。」

達特醫生開口：

「精神錯亂和思覺失調症患者會將自己和其他人當作物體，除了在他幻想世界中，他無法和其他人交流。」

「我們不在他的幻想世界嗎？」魏普頓女士問。

「我們在。他覺得他在用沉默操弄我們。」

「我們能怎樣阻止他？」

「不要說話。」

「喔。」

費施曼拉比開口：

「也許我們該聊聊別的事，魏普頓女士。我不希望看到妳這好節目被個白痴給毀了。」

畫面又出現萊因哈特醫生的臉，接下來的節目畫面都一直停在那裡，他的雙眼和菸斗對著觀眾。

「喔，謝謝你，費施曼拉比，你真貼心。但我覺得我們應該試著分析萊因哈特的信仰。畢竟是贊助商的要求。」

143 尼祿（Nero Claudius Caesar Augustus Germanicus, 37-68），羅馬帝國的皇帝。引申為做瑣碎小事，而忽略大事。

「看，他沒在抽搐。」（達特醫生）
「什麼意思？」（費施曼拉比）
「他不緊張。」
「喔。」
「我現在想回答妳第二個問題了，魏普頓女士。」（沃爾夫神父）
「呃，什麼問題？」
「妳的第二個問題是：『喔我的天啊，也許我們應該討論為何骰子信仰能吸引到人。』」
「喔，對。」
「我可以現在回答嗎？」
「喔，請。說吧。」
畫面上依舊是萊因哈特醫生，但沃爾夫檢察官似的聲音從中大聲傳出。
「惡魔總是透過華麗的偽裝啊，這個吸引人類，例如麵包、馬戲團啊，透過這個他無法完成的承諾啊。我相信——」
「如果他永遠無法脫離這狀態，不覺得很有趣嗎？」費施曼拉比聲音打岔。
「對不起，我在說話。」（沃爾夫神父）
「喔，他一定會脫離。」達特醫生說：「永久緊張症身體更緊繃，神志更恍惚。萊因哈特顯然只是在演戲。」
「大家怎麼會對這個瘋子感興趣？」費施曼拉比問。
「我相信他不是一直都這樣，是嗎？」魏普頓女士問。
沃爾夫神父說：
「我們錄影之前，他和我相談甚歡，但我可沒被騙。我早知道那只是啊，這個詭計。」

「達特醫生，關於骰子信仰為何吸引信徒，也許你也能發表一下高見。」魏普頓女士說。

「看，他又在吐氣了。」費施曼拉比說。

「別理他。」達特醫生說：「我們都在參與他的遊戲。」

沃爾夫神父說：

「魏普頓女士，我不得不說，妳剛才請我先回答問題，結果我還沒說完就被達特醫生無禮打斷。」

（一片沉默。畫面切換到魏普頓女士，她雙眼圓睜，張大嘴朝著右方。）

「我的天啊。」她說。

「老天。」工作人員聲音從畫面外傳來。

（一聲巨響，觀眾席傳來兩、三個女人尖叫。）

「這是在搞什麼？」

（砰。）

「**阻止他們！**」

魏普頓女士仍張著嘴，站起身，手撥動脖子上的麥克風。她試著擠出微笑：

「請觀眾席上的——」

「啊啊啊啊啊——」有人長聲尖叫。

「讓她閉嘴！」

（攝影機用力扭向觀眾席，畫面中看到兩個持武的人，一白一黑，站在觀眾席後面的門口，一人朝外望，另一人瞪著觀眾。然後，不知何故，畫面上又出現了萊因哈特，他拿下菸斗，吐了口氣，菸斗又放回嘴上叼著。）

「巴比占領電梯了嗎？」

「上電視了嗎？」

（砰，砰咻。）

「在座位上不准動！不准動！不然我們會開槍！」

「上電視了嗎？」

（砰砰砰啪。）

「去問愛瑞克現在怎——」

「**小心！！**」

更多槍聲傳來，萊因哈特消失了，畫面中看到一個持武的人抱著肚子倒下。兩人拿手槍朝觀眾席後方射擊。其中一人呻吟一聲倒下。另一人不射了，但仍維持警覺，環視四周。

「上電視了嗎？」一個比較粗野的聲音再次響起。

（萊因哈特醫生親切的面龐再次出現在家家戶戶的電視機上，這臺攝影機剛好負責照他，現在剛好播送出去，但鏡頭歪歪的，因為攝影師已拋下機器，默默躲到觀眾席，故作輕鬆，結果因為觀眾席上所有人都嚇壞了，他反而格外突兀，像在葬禮上裸體。）

「好了，查理，把攝影機對準這裡；副控室裡的兄弟會處理剩下的事。」

「麥坎去哪了？他要負責介紹亞特羅。」

「他是個……他是個……」

「喔，沒錯。」

「各位先生、女士，亞特羅．X。」

畫面上，萊因哈特醫生目光依舊。

「我上電視了嗎？」一人聲音問。

「他上電視了嗎？」

萊因哈特醫生吐氣。

「愛瑞克去哪了？」

「你們裡面的人在搞什麼鬼？」有人大叫。

畫面切換到費施曼拉比打結的雙腳，然後又切換到亞特羅．X，他背對鏡頭，望著副控室，全身緊繃。

「你上電視了。」副控室有人大喊，聲音含糊。

亞特羅轉向攝影機。

「全世界的黑人兄弟和白人王八蛋——」

穿灰色法蘭絨衣的白人手臂扣住他脖子；達特醫生神色緊張，出現在亞特羅後方。

「放下槍，就是你，不然我會把這人射死。」達特醫生朝他右邊大吼。

亞特羅的臉痛苦扭曲；他大口抽著氣。右邊畫面外有個東西落到地下。

「副控室裡面那個，就你！」達特醫生大叫：「你！把槍丟下來，雙手舉高出來。」

亞特羅的臉漸漸不痛苦了，觀眾注意到，達特醫生表情變得彷彿快要窒息。他脖子出現穿長袖黑西裝的白人大手，緊緊勒住他脖子，萊因哈特醫生的臉出現在達特醫生旁邊，他嘴上依舊叼著菸斗，也依舊一臉安詳。亞特羅從達特手中掙脫開來，觀眾看到萊因哈特另一手拿槍，抵在達特醫生身側。

「你現在要我拍什麼？」畫面外有個聲音說。

「拍我。」亞特羅聲音傳出。

攝影機慢慢照過兩名如摔角選手一樣僵持的心理學家、驚恐不解的魏普頓女士、費施曼拉比，越過沃爾夫神父的空椅，然後是亞特羅，他仍喘著氣，但專注真誠地望著鏡頭。

「全世界的黑人王八蛋和白人兄弟……」亞特羅開口。他臉上出現痛苦疑惑的表情。他說：「全世界的黑人兄弟和白人王八蛋，我們今天下午攻下這電視節目，就是為了告訴你們真相，除非拿著槍，不然他們不會在**任何**節目告訴你們。黑人——」

攝影棚後方傳出巨大爆炸聲打斷亞特羅。尖叫聲四起。然後「砰」一聲傳來。

「開火！！」

（更多人尖叫，出現好幾聲槍響。）

亞特羅望向右方，大喊：

「愛瑞克在哪？」

「我們快走！」有人大叫。

亞特羅緊張地轉向鏡頭，開始述說黑人身處於白人社會的困境，以及在白人打壓下，他難以傳遞的不平之聲。煙飄到他面前，原本只有人零零星星咳嗽，現在畫面外不斷傳來咳嗽聲，並伴隨陣陣槍響。

「催淚瓦斯。」有人大喊。

「喔，不。」有個女人尖叫，大哭失聲。

（砰。砰砰。）

（更多尖叫聲）

「走了！」

亞特羅繼續望向右方，偶爾停下，努力發表演說，他只要有空檔便真誠地凝望著鏡頭。

「……打壓無孔不入，每個黑人呼吸都好比有十個白人踩在他——胸口。我們不要再躺在白豬面前了！我們不要再遵守白人不正義的法律！我們不要再對白人——雷！小心那裡——那裡！——白人……啊……阿諛奉承。我們從今以後不再。沒有白人、沒有白人能——雷！那裡！（畫面外有人來回大叫；亞特羅蹲著，他臉上恐懼和恨意糾結，但他繼續努力演說。）

「……沒有白人能再次阻止我們被聽到的權利，述說**我們仍存在**的權利，你們想繼續奴役我們，**我們不會再為你們躺下！**啊。」

他演說最後的「啊」那聲十分輕柔，他向前倒到地上，星期天下午電視觀眾看到他最後一眼，他臉上不是恐懼，也不是怨恨，而是困惑和驚訝。

叫喊、呻吟和槍響仍零星傳出，煙和催淚瓦斯在電視畫面中飄動，萊因哈特醫生坐在他的小桌前，菸斗仍高高叼嘴裡，他眼中流出淚水。和之前相比，四周似乎平靜又沉悶，正當上千名觀眾想轉臺時，一個男孩出現在叼著菸斗的男人面前，他留著長髮，面容英俊，穿著一件藍色牛仔褲和黑色襯衫，領口敞開，他藍色的雙眼閃爍淚光。

他望向鏡頭五秒，眼神沉穩寧靜，滿是恨意，除了中途咳了一陣之外，他靜靜的說：

「我會回來。也許不是下個星期日，但我會回來。這社會有病，人人都被逼得只能過著有害身心的日子；目前世界有一場戰爭，一方打造和配合機器，扭曲、折磨著我們，另一方則是意圖摧毀機器的人。這是一場席捲全世界的戰爭；你站哪邊？」

他消失在鏡頭前，電視畫面只見煙霧瀰漫，萊因哈特醫生在那兒哭。他現在起身，並朝攝影機走三步。他頭被切掉了，觀眾只看得到黑毛衣和西裝。他簡短咳了一陣，小聲而堅定的聲音響起：

「本節目由正常、誠摯的人類支持播出，沒有他們就不會有本節目。」

黑色的身影消失了，畫面中唯一剩下的是張空椅和小桌子，桌上有杯沒動過的飲品，杯子旁有個模糊的白點，像天使壓成方塊狀的羽毛。

85

太初，機率已經存在，機率與神同在，機率就是神。太初，機率就與神同在。萬物是藉機率造的；

受造之物沒有一樣不是藉著祂造的。祂裡面有生命，這生命是人類的光。

有一個人名叫路克，是從機率差來的。他來是要為衝動做見證，叫世人可以藉著他相信。路克不是那機率，他來是為那機率做見證。那機率是真意外，讓一切生在世上的人都成隨機。祂來到自己所創造的世界，世界卻不認識祂。祂來到自己的地方，自己的人卻不接納祂。但所有接納祂的，就是那些意外信祂的人，祂就賜給他們權利成為機率的兒女，這些人既不是從血緣關係生的，也不是從人的情慾或意願生的，而是從機率生的。機率成為肉身（而我們見了他的光輝，無上無常之父獨生子的光輝），住在我們中間，充滿了混亂、謬誤和衝動。

86

這次節目很有趣，有談論重要議題，也有動作戲和觀眾參與。精心突顯了當代社會的關鍵問題。贊助商應該會滿意。

我大口喘著氣，搖搖晃晃走出副控室對面的門時，腦袋可不是在想這些事，我只覺得我快窒息了。我看到愛瑞克拖著亞特羅的屍體。進了走廊，這十五分鐘以來，我首度能好好呼吸，但我雙眼、鼻子和喉嚨仍灼痛難耐，彷彿它們都燃起了火焰。愛瑞克蹲在亞特羅上方，我跪到愛瑞克身旁檢查亞特羅傷勢時，我發現他死了。

「到屋頂上。」愛瑞克起身靜靜說。他黑色的雙眼流著淚水，彷彿沒看到我。我猶豫了一下，看了一眼骰子，發現我必須自己找路逃出去，不能跟他走。我們聽到外頭街道上傳來警笛聲。

「我要往下。」我說。

他全身顫抖，努力將雙眼聚焦在我身上。

「好吧，去玩你的遊戲吧。」他說：「可惜你不在乎輸贏。」他又打了個寒顫。「你想找我，打給住布魯克林高地的彼得．湯瑪斯。」

「好。」我說。

「不吻別一下？」他問完轉身，沿走廊朝安全梯跑去。

他打開走廊盡頭的窗戶時，我跪在亞特羅身旁，最後一次檢查脈膊。我身旁的門打開，一個警察表情猙獰，以可笑的動作跳進走廊，朝走廊開了三槍；愛瑞克消失在窗戶中，爬上了安全梯。

「你不可殺人！」我大叫，身體僵硬地站起。另一名警察從門口進來；他們兩人盯著我，第一個警察謹慎緩慢地沿走廊移動，去追捕愛瑞克了。

「你是誰？」我身旁的警察問。

「我是神聖羅馬天豬教會的佛爾斯神父。」我拿出已註銷的紐約精神科醫師協會卡，隨便在他面前晃兩下。

「你的羅馬領呢？」

「在口袋裡。」我回答，以嚴正的態度拿出我的羅馬領。我帶來原本是想在節目上戴，但骰子最後一刻拒絕了。我把領子掛上我黑色的套頭毛衣。

「好吧，快出去吧，神父。」他說。

「那就祝福你了。」我緊張地經過他身旁，憋氣進到煙霧瀰漫的攝影棚，踉蹌著跑向後方的主要出口。我跌跌撞撞進了樓梯間，開始蹣跚向下走。第一截樓梯底下有兩個警察蹲在兩側，手中都拿著槍；還有一個警察牽著三隻警犬，我接近時牠們朝我凶狠地吠叫。我在胸前劃十字，經過他們繼續向下。

我不斷向下爬，祝福汗流浹背的警察，他們衝過我去抓壞人；祝福汗流浹背的記者，他們衝過我去追英雄；祝福擠在大樓外凍僵的群眾，總之，就是祝福身邊碰到的所有人，尤其我自己，我覺得最需要祝福的人是我。

外頭下著雪：太陽從西方照耀，外頭彷彿下著暴風雪，大雪紛飛，從東南方撲面而來，我額頭和雙頰凍得發疼，頭彷彿也燃起火焰。人行道上人擠得水洩不通，他們戴上太陽眼鏡擋著陽光，在雪中眨著眼，呆望著九樓窗戶滾滾冒出的煙，街上動彈不得的車子喇叭聲不絕於耳，他們也渾然不覺。最後他們手向上一指，嘴裡「啊」一聲驚呼，直升機在一連串槍聲中從屋頂飛起。又是個尋常的曼哈頓四月天。

我引頸環視四面八方的人群，決定該請示骰子要往哪走了。是要往上城還是下城？我往

尾聲

有一天，兩名聯邦調查局幹員手拿點四五手槍追捕著路克。路克來到懸崖邊，縱身一跳，剛好抓住山脊下約二十公尺處的野藤樹根，人在空中擺盪。他向下看，十五公尺處有六個警察，手拿機槍、防身噴霧、催淚瓦斯罐，一旁還有兩輛裝甲車。他看到上方有兩隻老鼠，一白一黑，開始嚙咬他抓住的藤蔓。突然之間，他看到面前有一叢甘美成熟的草莓。

「啊。」他說：「新選項。」

骰子人 *The Dice Man*

作　　者　路克・萊因哈特（Luke Rhinehart）
譯　　者　章晉唯
封面設計　賴柏燁
行銷企劃　林芳如、王淳眉
行銷統籌　駱漢琦
業務統籌　郭其彬、邱紹溢
責任編輯　吳佳珍
副總編輯　何維民
總 編 輯　李亞南
發 行 人　蘇拾平
出　　版　漫遊者文化事業股份有限公司
地　　址　台北市 105 松山區復興北路 331 號 4 樓
電　　話　（02）27152022
傳　　真　（02）27152021
讀者服務信箱 service@azothbooks.com
漫遊者書目：www.azothbooks.com
漫遊者臉書：https://www.facebook.com/azothbooks.read
發行或營運統籌 大雁文化事業股份有限公司
地　　址　台北市 105 松山區復興北路 333 號 11 樓之 4
劃撥帳號　50022001
戶　　名　漫遊者文化事業股份有限公司
初版一刷　2019 年 4 月
定　　價　台幣 420 元

國家圖書館出版品預行編目 (CIP) 資料

骰子人 / 路克・萊因哈特（Luke Rhinehart）著 ; 章晉唯譯 . -- 初版 . -- 臺北市 : 漫遊者文化出版 : 大雁文化發行, 2019.04
400 面 ; 14.8X21 公分
譯自 : The Dice Man
ISBN 978-986-489-330-0(平裝)

874.57　　108004241

I S B N　978-986-489-330-0